U0463241

【国家社科基金青年项目】

中古出处与审美关系研究：

从 阮籍 到 韩愈

李昌舒 / 著

南京大学出版社

图书在版编目(CIP)数据

中古出处与审美关系研究:从阮籍到韩愈 / 李昌舒
著.—南京:南京大学出版社,2016.11
ISBN 978 - 7 - 305 - 17717 - 0

Ⅰ.①中…　Ⅱ.①李…　Ⅲ.①中国文学－文学思想史
－魏晋南北朝时代－隋唐时代　Ⅳ.①I209.2

中国版本图书馆 CIP 数据核字(2016)第 248883 号

出版发行　南京大学出版社
社　　　址　南京市汉口路 22 号　　　　　邮　编 210093
出 版 人　金鑫荣
书　　名　**中古出处与审美关系研究:从阮籍到韩愈**
著　　者　李昌舒
责任编辑　郭艳娟　田　雁
照　　排　南京紫藤制版印务中心
印　　刷　常州市武进第三印刷有限公司
开　　本　787×1092　1/16　印张 19.5　字数 233 千
版　　次　2016 年 11 月第 1 版　2016 年 11 月第 1 次印刷
ISBN　978 - 7 - 305 - 17717 - 0
定　　价　58.00 元

网址:http://www.njupco.com
官方微博:http://weibo.com/njupco
官方微信号:njupress
销售咨询热线:(025)83594756

＊ 版权所有,侵权必究
＊ 凡购买南大版图书,如有印装质量问题,请与所购
　图书销售部门联系调换

目 录

绪　论

一、研究现状

出即出仕，处即退隐。 在封建君主制度中，一方面，士人的政治理想必须通过出仕来实现；另一方面，这种理想往往会与君主权威及其他势力产生冲突，这不仅会阻碍理想的实现，而且会影响到士人的现实生存，有时甚至会危及其生命安全，因此，士人在选择出处时必须十分谨慎，在中国古代漫长而稳定的封建社会体系中，出处是士人必须面对的一个基本问题。

20世纪前半叶，因为与时代环境相去甚远，故出处研究成果很少，仅有一部专著，即蒋星煜的《中国隐士与中国文化》（1943），其《序》云："无论从哪一方面讲，'隐士'这个名词和它所代表的一类人物，是中国社会的特产。"①论文主要有王瑶《论希企隐逸之风》（出版于1951

---

① 蒋星煜：《中国隐士与中国文化》，上海三联书店重版，1988，1页。

年,但新中国成立之前即作为讲义讲授于清华大学),该文认为:"在封建社会里,士农工商是职业划分的类型,士大夫的出路除了仕以外,只有隐之一途;所以出处问题是士大夫的切身的问题。"①此著材料详实,论证充分,为后来几乎所有涉及隐逸、出处问题者必引之著。 20世纪90代以来,出处问题逐渐受到关注。 专著主要有:罗宗强《玄学与魏晋士人心态》(1991)、王毅《园林与中国文化》(1994)、林继中《文化建构文学史纲》(中唐—北宋)(1994)、李春青《乌托邦与诗:中国古代士人文化与文学价值观》(1995)、张法《中国美学史》(2000)。② 海外学者余英时致力于阐述古代知识阶层的历史演变及其特征,其上世纪八十年代在大陆出版的《士与中国文化》(1987)就涉及出处问题,近年来在大陆出版的多部著作同样涉及古代士人的出处矛盾。 此外,还有一些博士、硕士学位论文,如李红霞《唐代隐逸风尚与诗歌研究》(陕西师范大学2002届博士学位论文),霍建波《隐逸诗研究(先秦至隋唐)》(陕西师范大学2005届博士学位论文),许晓晴《中古隐逸诗研究》(复旦大学2005届博士学位论文),毛妍君《白居易闲适诗研究》(陕西师范大学2006届博士学位论文),肖玉峰《先秦隐逸思想及先秦两汉隐逸文学研究》(四川大学2006届博士学位论文)③等等。

综观近年来的出处研究,成果显著,但仍有可补充之处。 一方面,

---

① 《王瑶全集》第一卷,河北教育出版社,2000,211页。

② 霍建波对此有较为全面的概述,参见《隐逸诗研究(先秦至隋唐)》,陕西师范大学2005年博士学位论文,11—13页,本书于此只从出处主题略作补充。需要说明的是,出处与隐逸研究有交叉,但二者并不等同。

③ 此处所列依据中国知网(CNKI)。

依笔者有限之见，迄今为止，尚无一部以"出处"为名的著作问世；另一方面，从出处的角度探讨美学问题，则更是少见。作为中国古代美学主要的创作者、鉴赏者，士人的出处方式必然也影响到他们的审美趣味，因此，从出处的角度探讨中国古代士人的心态变化以及由此而形成的审美趣味的变化，应该是有一定意义的。

二、先秦两汉士人对出处问题的思考

余英时先生在《道统与政统之间——中国知识分子的原始型态》一文中将中国传统知识分子的基本特征总结为四点：

> 第一，在理论上，知识分子的主要构成条件已不在其属于一特殊的社会阶级……而在其所代表的具有普遍性的"道"。……第二，中国的"道"源于古代的礼乐传统，这基本上是一个安排人间秩序的文化传统。……第三，知识分子不但代表"道"，而且相信"道"比"势"更尊，所以根据"道"的标准来批评政治、社会从此便成为中国知识分子的分内之事。……第四，由于"道"缺乏具体的形式，知识分子只有通过个人的自爱、自重才能尊显他们所代表的"道"，此外便别无可靠的保证。中国知识分子自始即注重个人的内心修养，这是主要的原因之一，他们不但在出处辞受之际丝毫轻忽不得，即使向当政者建言也必须掌握住一定的分寸。①

这段话可注意者有二：（一）道统在理论层面的权威。孔子说：

---

① 《余英时文集》第四卷，广西师范大学出版社，2004，142 页。

"士志于道","士不可以不弘毅,任重而道远"。① 志于道、弘道则意味着士与出仕紧密相连。 孟子说:"士之失位也,犹诸侯之失国家也","士之仕也,犹农夫之耕也"。② 然而,出仕就要进入封建集权体制中,集权体制的势统有强大而严密的国家机器作为保证,士人之道统根本不足以与之抗衡。 大致而言,士人作为文官,文的身份指向礼乐代表的道统,官的身份则指向君权代表的势统,③就士人而言,当文与官,或者说道统与势统的身份发生冲突时,大多数士人在现实中或是畏惧于危险,或是屈服于富贵,弃道统而择势统。 但一方面历代都有坚持道统不屈服于势统者;另一方面,更重要的是,即使是势统之皇权,为了自己的利益,在某些时候需要压制、摧残道统,但也要借助道统确立势统的合法性与权威。 道统之权威虽然难以在现实中抗衡势统,在道德、理论层面却几乎从未受到怀疑。 借用鲁迅先生的话来说,无论满肚子是否男盗女娼,满嘴的仁义道德则是永远要说的。 在此意义上,文官身份带给士人的是道德伦理的权威与尊严。

(二) 势统在现实层面的威权。 余英时先生说:"中国'士'代表'道'和西方教士代表上帝在精神上确有其相通之处,'道'与上帝都不可见,但西方上帝的尊严可以通过教会制度而树立起来,中国的'道'则自始即是悬在空中的。"④ "道"除了带给士人道德的约束和理论意义上的尊严之外,并没有实际的保护,反而是与君权的势统往往抵触,

---

① 杨伯峻:《论语译注》,中华书局,1980,38 页,85 页。
② 杨伯峻:《孟子译注》,中华书局,1960,142 页。
③ 本书所讨论的"士人"具有文与官的二重身份,全书最后的"推论"会对此进一步探讨。
④ 《余英时文集》第四卷,137 页。

二者在现实层面的对抗完全是不对等的。《论语·微子》云:"微子去之,箕子为奴,比干谏而死。"朱熹注曰:"微子,纣庶兄也。 箕子、比干,纣诸父。 微子见纣无道,去之以存宗祀。 箕子、比干皆谏,纣杀比干,囚箕子以为奴,箕子因佯狂而受辱。"①古代历史数千年,明君、盛世何其少,昏君、暴君、乱世何其多,类似的例子在二十四史中比比皆是,举不胜举。 因此,士人"在出处之际丝毫轻忽不得",甚至可以说,"对于中国古代士大夫来说,'出'与'处'是人生最重要的问题"。②

这意味着,一方面,士人必须出仕,借助势统实现道统,道统所主张的礼乐如果要落到现实,唯有求助于势统;另一方面,士人之出仕,即成为身处道统与势统之间的文官,势统往往阻碍、压制道统。 这是一种矛盾,如何化解这种矛盾? 从先秦诸子开始,就思考这一问题,对后世影响最大的儒道两家均有深入思考:

不事王侯,高尚其事。(《周易·蛊卦》)③

君子之道,或出或处,或默或语。(《周易·系辞上》)④

危邦不入,乱邦不居。天下有道则见,无道则隐。(《论语·泰伯篇》)⑤

① 朱熹:《四书章句集注》,中华书局,1983,182—183 页。朱熹于《微子》篇题下注云:"此篇多记圣贤之出处。"
② 王毅:《中国园林文化史》,上海人民出版社,2004,72 页。
③ 黄寿祺、张善文译注:《周易译注》,上海古籍出版社,2001,164 页。
④ 黄寿祺、张善文译注:《周易译注》,543 页。
⑤ 杨伯峻:《论语译注》,87 页。

用之则行，舍之则藏。(《论语·述而篇》)①

君子哉蘧伯玉，邦有道，则仕；邦无道，则可卷而怀之。(《论语·卫灵公篇》)②

古之人，得志，泽加于民；不得志，修身见于世。穷则独善其身，达则兼善天下。(《孟子·尽心上》)③

天下有道，则与物皆昌，天下无道，则修德就闲。(《庄子·天地》)④

隐，故不自隐。古之所谓隐士者，非伏身而弗见也，非闭其言而不出也，非藏其智而不发也，时命大谬也。当时命而大行乎天下，则反一无迹；不当时命而大穷乎天下，则深根宁极而待；此存身之道也。(《庄子·缮性》)⑤

这几段话是论者屡屡引用的，学界对之已有充分探讨，兹不赘论。⑥ 诚如张仲谋先生所概括的："关于出处问题的讨论，是先秦哲学中的重要组成部分。而且，经过春秋、战国数百年的理论探索与人生实践，已经凝定为一个众所认可的处世模式，那就是孟子所概括的……

---

① 杨伯峻:《论语译注》,72 页。
② 杨伯峻:《论语译注》,171 页。
③ 杨伯峻:《孟子译注》,304 页。
④ 陈鼓应:《庄子今注今译》,中华书局,1983,306 页。
⑤ 陈鼓应:《庄子今注今译》,405 页。
⑥ 需要补充的是,《庄子》的这两段话论者较少提及。有论者指出,儒道两家虽然都讲隐,但二者又有区别,儒家是出仕受阻的待时之隐,道家则是绝意仕途之隐。综观《庄子》全篇,确有以出仕为腐臭的倾向,并且就道家对后世之影响而言,也是导向庙堂之外。但若就这两段话来说,应该也是一种待时之隐。这涉及《庄子》内、外、杂篇思想的复杂关系,此非本书主旨,故略述于此。

这种处世模式，以出与处（仕与隐）为基本命题，以兼济为最高理想，以保身为最低限度。它既强调了士人的社会责任，也照顾到保全自我与人格独立的低层次需要。……因此千百年来，尽管时移世异，这个人生的基本模式一直没有变。"①

值得注意的是，孔子"游于艺"同样与出处密切相关，而且对后世文艺的影响似乎更为直接。《论语·述而篇》："志于道，据于德，依于仁，游于艺。"②历来论者对这段话颇有关注，就"游于艺"而言，古今解说多有分歧。如果不去纠缠"艺"的界定问题，而是从出处问题的角度去理解，更可以见出"游于艺"对于士人的重要意义。李生龙先生的解释颇具启发性："孔子讲'游于艺'应是在他觉得自己道不能行，德未能彰，仁未能成，即官场不得志时才采取的退而求其次的生活和心灵安顿方式。……失意对热衷于政治的他来说可能是一种不幸；这种不幸所带来的心灵痛苦导致他兴趣发生转移，并转而寻求替代品。对于热爱文化艺术的他来说，'艺'自然就是最好的替代品。由于他把自己的热情、精力和时间由社会政治活动转移到文化艺术天地，通过典籍阅读、文化研究、艺术欣赏使自己从沉重压抑的生活和心境中解脱出来，从而获得了巨大的精神补偿。"而这"也是后世失意者医治心灵痛苦的屡试不爽的良药和文化艺术得以产生、兴盛的动力之一"。③就本书的主题而言，也许可以说，儒家独善与游于艺的思想奠定了后世士人化解出处矛盾的基本途径。

两汉时期，不仅政治上实现了大一统，而且随着武帝"罢黜百家，

①　《兼济与独善：古代士大夫处世心理剖析》，东方出版社，1998，62 页。
②　杨伯峻：《论语译注》，71 页。
③　《孔子"游于艺"思想阐微》，《湖南师范大学社会科学学报》，2006 年第 4 期。

独尊儒术"的确立，儒家思想的大一统同样得以确立，而且这两者的权威都集中于皇权，因此，士人往往自觉地将个人价值融于君主大业中，即使感觉到出处矛盾，也与后世的理解大相径庭。如颇具代表性的董仲舒的《士不遇赋》，只是感叹自己欲求建功立业而不达的苦闷。东方朔的"避世金马门"是今人多有提及的，论者往往以之为大隐的先导，就其《诫子》而言，（《全汉文》卷二十五）确有此倾向。但综观东方朔的言行，恐怕并非大隐之苟容而已，而是隐晦传达对不被重用的不满。"避世金马门"之典载于《史记》卷一二六《滑稽列传》，但就《滑稽列传》所记载的东方朔一生形迹而言，尤其是就《汉书》卷七十八《东方朔传》而言，东方朔显然是积极入世、以社稷苍生为己任者。如，谏上林苑不可兴建、谏昭平君当诛、谏董偃当斩以及谏去侈靡、重俭朴。"朔虽诙笑，然时观察颜色，直言切谏。"不过，武帝对这些均未采纳。"朔上书陈农战强国之计，因自讼独不得大官，欲求试用。其言专商鞅、韩非之语也，指意放荡，颇复诙谐，辞数万言，终不见用。朔因著论，设客难己，用位卑以自慰谕。"①政治上的失意促使东方朔反思士人与君主、"道"与"势"的关系。此文甚长，主要是论述汉代大一统的政治秩序导致士人难有先秦游士那样自由选择、建功立业的机遇。② 可见东方朔如同汉代大多数士人一样，以进取、兼济为人生目标。

三、基本思路

严格意义上讲，出处矛盾的觉醒与人的觉醒是一致的，因为只有个

---

① 班固：《汉书》，中华书局，1962，2863—2864 页。
② 文载《汉书》2864—2872 页。

人的觉醒，才会意识到个体存在的价值并不能依托于君主社稷，当出与处相冲突时，才自觉需要为自己的生命寻找新的依托，并且进而尝试着将出与处相统一，这也是本书将讨论的上限设置在魏晋更替之际的主要原因。① 林继中先生对于出处问题的演变史有精审之论："唐以前长期封建社会中，这一原则（指孟子达则兼济与穷则独善的出处模式——引者按）尚未形成可转换的关系；也就是说，兼济与独善并未形成一种对立而又可互补的关系；也就是说，兼济与独善并未形成一种对立而又互补的可转换的真正自调机制。 二者由对立走向互补，乃至可转换的关系，是在六朝至盛唐这一漫长历史时期内酝酿而成的""盛唐人有意识地以'隐'补'仕'的，是王维为代表的一批'亦官亦隐'者""真正能在廊庙与山林相沟通的基础上，进一步将'达则兼济，穷则独善'的原则化为自身生活的实践，自觉地将它改造成心灵的调节器的，有待于重建宗法一体化过程中的白居易"。② 这大致也是本书的基本思路。

　　学界对中国的中古有不同界定，其中一种是将魏晋南北朝隋唐五代称为中古，本书采用这一观点。 在此意义上可以说，本书主要探讨中古时期出处问题的哲学基础及美学意蕴。 魏晋至南朝，是出处关系从尖锐冲突到趋于缓和的第一个阶段，其成果是大隐的出处方式。 唐代则是出处关系在新的历史环境中发展的第二个阶段，其成果是中隐。

　　从出处问题的发展来看，魏晋之前，士人多讲小隐，出处分裂为

---

　　① 《史记》与《汉书》中虽也涉及隐士，但二十四史第一次为隐士立传的是范晔的《后汉书·逸民列传》，其原因主要是"经过了三国两晋，到范蔚宗的时代，希企和崇拜隐逸的风气，已经很普遍，很坚固地树立在士大夫和文人们的一般心理上了"。（《论希企隐逸之风》，《王瑶文集》第一卷，207页。）

　　② 《文化建构文学史纲》（中唐—北宋），三秦出版社，1994，122页，124页，126页。

二；魏晋之际，出与处激烈冲突，士人进退失据，困苦彷徨；东晋及南朝时期，士人多讲出处同归，隐显一致，此为大隐；中唐时期，面对由盛而衰的时局，白居易等人提出中隐说，在私人天地中构建艺术化的生活方式。

从士人心态的变化来看，小隐意味着必须忍受物质生活的艰辛，但没有官场的束缚与污浊，所以能获得精神的自由；大隐意味着获得物质上的享受，但必须忍受官场的倾轧与束缚，所以内心有矛盾与焦虑；中隐与大隐相似，在得到物质享受的同时必须忍受官场的束缚，但不同的是，它通过远离权力中心与日常生活艺术化等方式更为彻底地化解了出处矛盾，从而淡化了内心的矛盾与痛苦。

从与之相关的审美思想来看，出仕与庙堂密切相连，与之相对，退隐总是与山水自然联系在一起。 小隐则是全身心地隐于山水，没有表现出对山水的特别喜爱；大隐时时流露出对山水的向往，因为庙堂意味着束缚与污浊，山水意味着自由与高洁，在庙堂之外的山水中体悟玄远的精神境界是大隐的一个基本特征；中隐同样表现出对山水自然的热切向往，对山水自然的反复吟咏也是中隐的一个基本主题，但较之于大隐，中隐通过对日常生活艺术化、审美化的建构，不仅进一步缓解了出处矛盾，对此后中国美学的影响也更为深远。

四、主要内容

全书共十章。 第一至第六章以魏晋与南朝出处关系为对象，是出处矛盾从尖锐冲突到趋于缓和的阶段，郭象哲学的出现，既是竹林及西晋士人出处冲突的理论解决，又对东晋及南朝士人的出处方式产生直接影响。 简而言之，这一阶段出处矛盾的结果是大隐（包含朝隐、市隐、心隐等）的出现。　第七至第十章以唐朝出处关系为对象，是出处矛盾再次从冲突到统一的过程，当然，是在更高阶段上的发展。　南宗禅的出现，既是安史之乱带来的盛、中唐之变在哲学上的反思之一，又对中唐士人的出处统一产生深刻影响。　简而言之，这一阶段出处矛盾的结果是中隐（包含亦官亦隐、郡斋之隐、吏隐等）的出现。

　　这里要特别说明的是，大隐的哲学基础主要是郭象哲学，笔者在此前的一部著作①中对此已有详细论述。　在申请课题时，曾计划进一步探讨。　但在进入课题研究之后，发现自己对郭象哲学已难有新见，为免重复，本书不再单独讨论郭象哲学。

　　第一章，论阮籍的出处矛盾。　魏晋更替之际，出处矛盾空前尖锐。面对司马氏的残酷镇压，试图高蹈于名教秩序之外的竹林士人面临选择，或是如山涛、王戎，弃自然而归名教；或是如嵇康，越名教而任自然；或是如阮籍，徘徊两端而彷徨思索。　就对后世之影响而言，山涛等人的选择是大多数士人在实际中效仿的，嵇康则是士人在精神上皈依的对象，或者说，士人在实际中多遵循山涛、王戎之路，而在精神上则期待自己能如嵇康那样纵心肆志，但山涛、王戎与嵇康皆是落于出处之一端，出与处分裂为二。　因此，如何将名教之秩序与自然之自由统一，在出与处之间获得平衡，这是更为重要的。　阮籍的意义正在于此，其神形分殊的出处方式开启了后世各种吏隐的先河，或者说奠定了各种吏隐的基础。　虽然就其本人而言，似乎尚未自觉意识到这一点，其对出处矛盾的统一也只是初具萌芽，但正是这一萌芽导出出处同归的模式，从

---

①　李昌舒：《意境的哲学基础：从王弼到慧能的美学考察》，社科文献出版社，2008。

而成为此后士人努力的方向。

第二章,论西晋士人的出处矛盾与情的觉醒。 由于出处矛盾尚未从理论上得到解决,西晋士人困苦挣扎于动荡、混乱之世而无法自拔,私人感情成为他们渲悲遣忧的一个重要途径。 这有两方面的意义:其一,无论是儿女私情、夫妻离情,还是功名悲情,在某种意义上都是对出处矛盾的消解,通过各种情感的宣泄以化解出处矛盾成为后世大多数士人效仿的一种途径。 其二,情的觉醒与人的觉醒。 因为消解出处矛盾的需要,所以导出情的觉醒,情的觉醒与人的觉醒密切相关,人的觉醒与文的觉醒、艺术的觉醒、美的觉醒,乃至宗教的觉醒均密切相关,从这个意义上讲,西晋士人承续汉末以来的传统,并进一步踵事增华,从而为人的觉醒这一历史潮流推波助澜。

第三章,论东晋士人的出处观及其美学意蕴。 从出处关系上讲,东晋是一个极其重要的历史阶段。 郭象哲学形成于西晋后期,但西晋历经动荡,五十年而亡,因此,如何将郭象哲学转化为现实可行的出处方式,是东晋士人的历史任务。 东晋士人的贡献有三:一是强调不废事功而宅心玄远,名教与自然并行不悖;二是提出"体玄识远",将哲学义理的体悟作为实践大隐的前提;三是通过谈玄与山水之游,将出处同归的理论转化为一种生活方式,这种生活方式的核心是雅,雅意味着一种超越性的精神境界。

第四章,大隐的佛学基础:论《维摩诘经》对士人出处观的影响。大隐的哲学基础主要是郭象哲学,但同样与佛学密切相关。 东晋南朝之际,佛学,尤其是《维摩诘经》风靡中土,《维摩诘经》主要阐发般若空观,其"不二法门"对于士人的出处观应当具有重要影响。

第五章,论出处与山水的关系:从谢安到谢朓。 晋宋之际,山水自然作为独立的审美形象进入文艺作品中，文学上，以谢灵运的山水诗为标志；绘画上，以宗炳、王微的画论为标志。对于其原因，历来论者多有涉及。本章尝试从陈郡谢氏的角度，选取东晋谢安、宋朝谢灵运及齐朝谢朓为对象，论述出处问题与山水发现的内在联系。谢安不仅借山水以享乐，也借山水以化郁结；谢灵运在山水中体悟玄理，为声色大开奠定基础；谢朓则在官舍郡斋中，在宦游旅途中，将山水融入日常生活中，山水最终成为官场中人的逃遁之地。

第六章，论梁朝士人的出处观及其美学意蕴。梁朝士人及其文学在历史上一直倍受诟论，其原因很复杂，其中应当也有士人心态的影响，士人心态则与出处矛盾相关。一方面，梁武帝汲取南朝以来暴政亡国的教训，对皇室与士人多有优容，客观上创造了安定宽松的政治环境；另一方面，东晋以来的大隐思想逐渐为士人普遍接受。二者相结合，导出了梁代士人多以大隐为出处方式。其对美学的影响主要体现在两个方面：一是园林的兴盛，作为大隐的载体，园林在梁朝得到了充分发展，成为中国园林史上的重要一环；二是文的兴盛，这表现在多方面，如钟嵘《诗品》、刘勰《文心雕龙》的诞生，类书的编纂，咏物诗和宫体诗的发展，佛教的推广，等等。但由于梁武帝以文治国、优待士人的实质是对士人的猜忌与弱化，故身体、心态与文化之弱是梁朝皇室以及一般士人的共同特征，士人之疲倦与皇室之矫饰构成梁朝文学的基本内容。

第七章，论初、盛唐士人的出处观及其对文学的影响。初、盛唐上层士人主要遵循京官加别业的出处方式。但对于一般庶族士人而言，跻身仕途之路颇为坎坷。科举制的出现对于中国文化具有重要影响，一方面，其积极作用不言而喻，它使庶族士人有机会参与到帝国政权中；另一方面，由于录取人数之少、录取之后官位卑微、仕途坎坷，对于士人的进取意识又产生消极影响。这意味着初、盛唐士人以积极入仕为己任，但蹉跎仕途之现实与建功立业之理想形成巨大反差。不过，这一矛盾带给士人的不是灰心绝望，也不是抽身离去，而是愤激感慨，或是如王勃作理论反思，或是如高适坚持不懈。在此心态的影响下，其诗文多具悲壮风骨，建安风骨正是在此意义上以更为强劲的姿态回归文学。王勃与高适在初、盛唐文人中，当然不能算是最杰出的代表，但王勃对出处理论之反思，高适面对出处矛盾之悲壮，在初、盛唐士人中是颇有典型性的，因此，本章以他们为代表，探讨初、盛唐士人的出处观。

第八章，论王维的亦官亦隐及其美学意蕴。王维主要是盛唐诗人，但也许是个人经历使然，也许是佛学影响使然，作为盛唐诗人的王维，在出处方式上更多地表现出由"盛"而"中"的过渡形态。就对后世的美学影响而言，由于苏轼等人的阐释，王维对后世文人画，乃至中国美学的影响是任何一位唐代诗人无人能及的，因此，王维也是当代美学界关注最多的唐代诗人。本书尝试提出两点浅见：一是王维所受的佛学影响，一是辋川之闲。前者是王维研究中的一个重点和难点，几乎是所有研究王维、研究唐代佛学与文人关系者均无法回避的问题；后者是从出处矛盾、即亦官亦隐的角度解读王维在中国美学史上的价值。在附录中，通过对陆龟蒙山水田园诗的解读，彰显文官身份及出处矛盾对于山水田园诗的影响。简而言之，一个是辋川，一个是震泽，同样是身居别业，同样是山水田园题材，由于心态之不同，一个是闲，一个是苦，导出二者山水田园诗特色的诸多差异。

第九章，论白居易的中隐及其美学意蕴。上世纪八十年代以来，对白居易的研究有一个转变，先是对其现实主义的关注，后是对其出处方式的探讨。 对于白居易在出处思想发展史上的重要地位，学界已有充分重视。 如果从中唐作为"百代之中"这一历史转折点的角度来解读白居易的出处思想，也许更能体会到他在出处发展史上的重要价值。武则天在打压李唐关陇贵族的同时，重用通过科举选拔的士人，庶族士人的地位日趋提升，这一趋势在唐代虽有波折，但已是大势所趋，尤其是宋代对科举的高度重视，使得士人在政治、文化中的重要性达到巅峰。 在此意义上，白居易作为科举及第的庶族士人，其对出处矛盾的解决对于此后的士人具有典范意义。 一方面，从魏晋以来的名教与自然的冲突、出与处的冲突，至此有了一个较为圆满的理论解决；另一方面，中隐也开启了后世各种吏隐的基本形态。 也许可以说，中隐既是对此前大隐及亦官亦隐、郡斋之隐等的继承与发展，也奠定了后世士人出处方式的基本模式，从这个角度说，白居易的中隐虽不能说百代之中，但其承上启下的重要意义是不能忽视的。

第十章，论韩愈、姚合的私人天地及其美学意蕴。 不仅在历史上，韩愈与姚合、白居易的形象均相距甚远，即使是在当时，三人之间虽有几首唱和诗，但关系并不密切。 本书在白居易之后讨论韩、姚，主要是彰显文官身份、出处矛盾对于士人的深刻影响，或者说，无论在出处方式上是否认同或遵循中隐，在士人心态及审美趣味上，文官身份、出处矛盾决定了他们具有相似性。 这并不意味着无视其相异性，而是要说明文官阶层在面临出处矛盾时，会转而通过私人天地的建立与完善，寻求个人身心的闲适，这对于中唐之际意境范畴的出现具有直接影响。

必须说明的是，首先，出处问题是古代士人上下数千年思索的基本问题，牵涉到哲学、文学、艺术、美学等诸多方面的内容，①本书只是选取中古若干个案为研究对象，其中定有挂一漏万之误。就中古而言，从魏晋到隋唐，重要的士人与思想流派如此之多，而本书所涉猎十分有限，虽然笔者在广泛研读、多方比较之后，个人以为文中所选择的个案是较有代表性的，但限于学力及视野，定有诸多疏漏和不当之处。其次，本书涉及最多的是古代文学作品，因为从士人心态的角度入手，文学应是最佳的载体之一。本人并非古代文学专业出身，虽尽力以勤补拙，一定仍有野人献曝、贻笑大方之处，学力所限，时间所限，诸多遗憾，唯俟来日再补。

---

① 就绘画而言，依笔者有限之所见，中古时期，虽然在王微《叙画》、宗炳《画山水序》及张彦远《历代名画记》中已有出处矛盾的影响，但总体而言，东晋南朝是顾恺之、陆探微的时代，唐代则是吴道子、李思训的时代，出处问题对绘画的影响要到宋以后才充分表现出来。

第一章　论阮籍的出处矛盾

在中国古代出处问题演变史上，魏晋是一个尤为重要的时期。 王毅先生对此有充分阐述：

> ……就整个时代来说，士大夫们之所以对出处仕隐的选择那样殚心竭虑，或出或处，或仕或隐，其间的转换之所以那样频繁……所有这些都不过是中国封建社会形态中，集权制度与士人阶层间的关系由不成熟向成熟过渡中不可缺少的探索，其意义要站在中国古代文化不断完善之全过程的高度才能看清。就魏晋隐逸文化发展过程本身来说，其核心问题也是如何才能实现仕隐出处之间的平衡。

"竹林"时期虽然是短暂的，但它在中国文化史上却有突出的地位。这是因为士大夫阶层与集权制度、仕与隐、自然与名教等中国封建社会中意义重大的矛盾经过长期酝酿，特别是经过东汉中后期以来的催化,至"竹林"时期而达到近于激化的程度。①

　　学界多将魏晋与"人的觉醒"相联系,"人的觉醒"也应包括出处矛盾的觉醒。因为先秦两汉之际,士人对出处矛盾虽有诸多探讨,但尚未有群体自觉。魏晋之际,一方面,伴随着儒家大一统思想的崩溃,士人自觉地将个体价值与君主政权分离,或者说,个体价值不能寄托于君主政权;另一方面,司马氏的猜忌、镇压使得士人进退失据,无所适从。竹林士人主张越名教而任自然,追求游离于名教秩序之外的个体自由,这被视为对司马氏政权的消极反抗。在此意义上,名教与自然的冲突表现为出处矛盾。

　　在司马氏的政治高压下,竹林七贤选择了不同的出处方式。无论是决绝而去的嵇康,还是投身司马氏的山涛、王戎,都是立场鲜明;与之不同,阮籍却是彷徨两端,其对出处矛盾的体会与反思也最为深入,其对后世的影响也最为深远。在此意义上,论述魏晋之际的出处矛盾,以阮籍为代表,也许是可行的。

　　就哲学史而言,阮籍是魏晋玄学贵无论的一个重要人物;就思想史而言,魏晋风度是从古至今引人入胜的一个重要现象,其影响最大者,当属阮籍;就文学史而言,《咏怀诗》在中国文学史上的地位早有共识。阮籍可谓是一个矛盾的集合体,无论其处世,其思想,还是其诗文,总是纠缠在矛盾中,其思想是儒还是道,政治态度是同情曹魏还是支持司马氏等等,都是历来论者争论不休而难有定论的话题。沈祖棻先生说:"盖其蒿目时艰,未克匡救,乃思远引全身,同时复以不能忘情家

① 王毅:《中国园林文化史》,上海人民出版社,2004,218页,219页。

国，绝意存亡，又疑神仙之无稽，知世累之难脱，故陷于极端之徘徊与惶惑。此虽魏晋间人生活上所共具之问题，而宣之于诗，则以嗣宗最为强烈，而形成其作品之另一特征。"①在此意义上，探讨阮籍之矛盾，对于理解魏晋士人心态，尤其是玄学演进的内在逻辑具有重要意义。本章尝试以《咏怀诗》为主要研究对象，②论述阮籍所面临的出处矛盾，并进而探讨与此相关的其他几种矛盾。

一、出处矛盾

阮籍之矛盾固然很多，其最主要者，也许是出处矛盾。身处魏晋更替之际，士人必然要选择政治立场。历来研究者多认为阮籍亲近曹魏而反感司马氏，但亦有人认为阮籍支持司马氏，甚至是司马氏的核心成员。此非本书探讨之内容，然就《咏怀诗》观之，对于司马氏受人所托，却背信弃义，欺他孤儿寡妇，夺人天下的行为，阮籍确是深为不满。然虽有不满，却又不能决然而去，此当归因于彼时之政治环境，"魏、晋去就，易生嫌疑，贵贱并没"③。司马氏篡位，不仅注意现实政治权力之经营，也在思想上镇压不合作者，此可见于嵇康之死。沈祖棻先生云：

---

① 《阮嗣宗〈咏怀〉诗初论》，载程千帆《古诗考索》，上海古籍出版社，1984，281 页。

② 吉川幸次郎："《咏怀诗》再三呈露出这样的矛盾：自己提出的主张，自己又对此提出怀疑"，"阮籍在散文中力图使他的理论保持一贯性而讨厌矛盾分裂的现象，在《咏怀诗》中，却并不忌避各篇诗相互之间呈露矛盾"。（《中国诗史》，章培恒等译，安徽文艺出版社，1986，174 页，175 页）

③ 余嘉锡：《世说新语笺疏》，中华书局，1983，650 页。

康既旷迈自足，无有宦情，则非薄汤、武，充其量不过为表示消极之不合作，及对于时政之讽刺与鄙视，自与晏、飏、玄、丰等之有反对司马氏实迹者异科，而受祸之酷不二，则当时士流之慄慄自危可知。出处之际，既多嫌疑，故名士之欲全身远害者，遂不得不降心相从，以图苟安。①

竹林七贤在中国历史上具有重要象征意义，对竹林七贤的诸多问题，学界仍在探讨中。但大致而言，其意味着名教所代表的社会秩序之外的一种任运自然、追求个人自由的生活方式。在司马氏的高压政策下，七贤很快分化。嵇康决然而去，以被杀告终；山涛、王戎等人投身司马氏，享受高官与高寿；向秀在七贤中与嵇康关系最近，也是越名任心、逍遥世外者，在嵇康死后，他被迫出仕，下面这段话是治魏晋史者每每引用的，"后康被诛，秀遂失图，乃应岁举，到京师，诣大将军司马文王。文王问曰：'闻君有箕山之志，何能自屈？'秀曰：'尝谓彼人不达尧意，本非所慕也。'一坐皆说。随次转至黄门侍郎、散骑常侍"②。嵇康被杀意味着逍遥世外的出处方式是不被允许的，也许这同样是阮籍出仕的根本原因。从阮籍的出仕经历来看，其对出仕一直不太热衷，但在司马氏掌权之前，尚能较从容于进退。无论是蒋济之辟，还是曹爽之召，阮籍虽迫于压力而出仕，皆旋即以病辞归；在司马氏掌权之后，则无论如何蔑弃礼法，都再也不敢动辄辞归。

然而阮籍的特别之处在于，他一方面出入于司马氏府内，在政治上

① 《阮嗣宗〈咏怀〉诗初论》，载程千帆《古诗考索》，271 页。
② 余嘉锡：《世说新语笺疏》，79 页。

表示对司马氏之支持；另一方面又屡屡以惊世骇俗之言行挑战司马氏所倡导之礼法。《世说新语》关于这方面的记载很多，其对于魏晋风度的形成与发展具有重要影响。 其原因也许是个性使然，其表现也并非始于出仕司马氏之后，但如果考虑到司马氏以名教立世，其心腹如何曾、钟会之流，均以礼法之士自许，则也许可以说，阮籍越礼之行是借以表明自己虽在政治上不反对司马氏，在思想上却绝不与典午一党为伍。 换句话说，阮籍之出仕只是一种政治姿态，《晋书》卷四十九《阮籍传》载："遗落世事，虽去佐职，恒游府内，朝宴必与焉。"此现象也许可借阮籍《答伏义书》之言作注解，汤用彤先生对此有精审之论：

> 言意之辨，不惟与玄理有关，而于名士之立身行事亦有影响。按玄者玄远，宅心玄远，则重神理而遗形骸。神形分殊本玄学之立足点，学贵自然，行尚放达，一切学行，无不由此演出。阮籍《答伏义书》云："徒寄形躯于斯域，何精神之可察。"形骸粗迹，神之所寄。精神象外，抗志尘表。由重神之心，而持寄形之理，言意之辨，遂亦合于立身之道。①

此虽承自王弼之得意忘象论，但将之落实于出处实践中，则为阮籍之自得。 其意义在于，于司马氏森严罗网中为个人之精神自由保留一丝空间，嵇康越名教而任自然之方式固然彻底而决绝，但广陵绝响意味着其所崇奉之自然最终被名教所扼杀，其自然不能落到现实，只能停留于思想层面；山涛、王戎等竹林名士则弃自然而归名教，无论其在思想

① 汤用彤：《魏晋玄学论稿》，上海古籍出版社，1998，35 页。

中是否还存有自然之念,其实际行为则是舍自然而归名教;惟阮籍于司马氏之猜忌、礼法之士之攻击中,既能示之以名教之形,亦能以变异、反常之言行在一定程度上存自然之神,此为阮籍之神形分殊。 进而言之,名教与自然之关系为魏晋玄学之基本命题,依陈寅恪先生之观点:"……名教者,依魏晋人解释,以名为教,即以官长君臣之义为教,亦即入世求仕者所宜奉行者也。 其主张与崇尚自然即避世不仕者适相违反。"①则其与士人之出处观本即密切相关,典午专权,名教森严,以至成其屠杀异己之绳斧,则遵循自然之士人或被杀或转变立场本为应有之义。 贺昌群先生说:"魏晋政变之际,何晏被诛,曹社将屋,得志者入青云,失志者死穷巷,而庸庸者显赫,高才者沉沦,黄钟毁弃,瓦釜雷鸣,此志士之所同慨,何况动遭忌讳……此山涛、阮籍、嵇康等竹林七贤,所以徘徊于出处进退之间而不能自已者也。"②高平陵政变之前,虽浮华奢靡,但政治环境较为宽松,士人尚能逍遥于竹林之自然中;典午专权后,士人之出处与其政治态度紧密相关,被司马氏视为是否与己合作的重要标志,则士人不得不做出调整。③ 竹林士人或如嵇康,或如山涛等,各执一端,其结果皆是自然之沦没。 在此意义上也许可以说,阮籍以神形分殊为思想基础,徘徊于出处两可,犹豫于名教与自然两端之举不仅是竹林玄学在新环境下的一种选择,也是对集权礼法的一种突

---

① 《陶渊明之思想与清谈之关系》,载《金明馆丛稿初编》,三联书店,2001,204—205 页。

② 《魏晋清谈思想初论》,商务印书馆,1999,53 页。

③ "如果说,在正始时期相对宽松缓和的政治气氛中,知识分子的出处尚有某种相对自由的话,那么,在竹林时期极为严厉与恐怖的气氛中,这种自由恐怕是丧失殆尽了。这只需看一看竹林诸人或者被迫出仕,或者拒绝合作而被杀,就足以明白其中的道理。"(高晨阳:《阮籍评传》,南京大学出版社,1994,31 页)

破，更是此后西晋元康时期郭象玄学之先导，于此可见玄学自身演进之内在轨迹。就此而言，阮籍之于玄学，其功大哉。明人范钦、陈德文所编《阮嗣宗集》于《首阳山赋》文末注云："嗣宗当魏晋交代，志郁黄屋，情结首阳。"①这是对阮籍犹豫于出处两端的精确概括，虽然将黄屋代表的名教与首阳代表的自然相统一是郭象玄学所完成的，②但阮籍不自觉地会通二者的努力对于郭象应该不无启发。

通过越礼之行，阮籍身虽出而心仍为处，身虽立于礼法之士集中的司马氏府内，其心仍游于越名任心的竹林之中。"晋文帝亲爱籍，恒与谈戏，任其所欲，不迫以职事"③，"晋文王功德盛大，坐席严敬，拟于王者。唯阮籍在座，箕踞啸歌，酣放自若"④。余嘉锡先生认为阮籍只不过是"马昭之狎客"⑤，此论虽苛，却是实情。不过对于大多数士人而言，嵇康之决绝固然可贵，却不具有普遍性，阮籍神形分殊、依违两可的出处方式则更具现实性，换句话说，嵇康只能是高山仰止的对象，反倒是略显平庸、中庸（较之于嵇康）的阮籍更适合于效仿。用南宗禅的话头说，嵇康之行，适合上根器者；阮籍之为，更适合中下根器者。南朝士人盛行朝隐，依照王瑶先生之见，其思想基础即为玄学得意之说，⑥则也许可以说，其在一定程度上受到阮籍出处方式的影响。此

---

① 　转引自陈伯君《阮籍集校注》，中华书局，1987，28 页。
② 　郭象《庄子》注云："夫圣人虽在庙堂之上，然其心无异于山林之中，世岂识之哉！徒见其戴黄屋，佩玉玺，便谓足以缨绂其心矣；见其历山川，同民事，便谓足以憔悴其神矣，岂知至至者之不亏哉！"（郭象注，成玄英疏，曹础基、黄兰发点校：《南华真经注疏》，中华书局，1998，12 页）
③ 　余嘉锡：《世说新语笺疏》，730 页。
④ 　余嘉锡：《世说新语笺疏》，766 页。
⑤ 　余嘉锡：《世说新语笺疏》，537 页。
⑥ 　参见《论希企隐逸之风》，载《王瑶全集》第一卷。

后，随着封建集权体制的愈加严密，士人将神形分殊作为思想基础，进一步发展出吏隐的出处模式，既能保全自身、维持生计，又能在一定程度上施展兼济之志。

然就其时代而言，出处同归的理论尚未形成，阮籍徘徊两端的出处方式并不能为时代所认可。 伏义《与阮籍书》："而况吾子志非遁世，世无所适，麟骥苟修，天云可据，动则不能龙摅虎超，同机伊霍，静则不能珠潜璧匿，连迹巢光，言无定端，行不纯轨，虚尽年时，以自疑外。"①这是批评阮籍出不能如伊尹、霍光兼济天下，处不能如巢父、务光深藏山林。 即使是阮籍自己，也认为"出处殊途，俯仰异容"(《四言咏怀诗》其八)②。 可见其对于自己会通出处、名教与自然之尝试并无理论自觉，其所向往的仍是超越于名教之外的自然。《大人先生传》云："必超世而绝群，遗俗而独往；登乎太始之前，览乎忽漠之初；虑周流于无外，志浩荡而自舒；飘飖于四运，翻翱翔乎八隅。"因为现实之"有"的世界充满矛盾，所以追求一种"无"的境界，这种一往不复的超越也是阮籍《咏怀诗》的一个基本主题。 四十三：③ "鸿鹄相随飞，飞飞适荒裔。 双翮临长风，须臾万里逝。 朝餐琅玕实，夕宿丹山际。 抗身青云中，网罗孰能制。 岂与乡曲士，携手共言誓。"④现实之网罗有诸多制约，只有远离现实，鸿鹄之双翮才能舒展。 从文学上讲，这是

---

① 罗宗强先生说："这虽然说的是阮籍入仕以前的情形，但其实可以看作他一生行为的特点。仕既不愿同流合污，多所回避；隐又不能敛迹韬光，了却尘念。"(《玄学与魏晋士人心态》,浙江人民出版社,1991,148 页)

② 本书所引阮籍诗文,均据陈伯君《阮籍集校注》,中华书局,1987。

③ 为行文简洁考虑,本书凡引自《五言咏怀诗八十二首》者,均只标出篇数。

④ 曾国藩曰："此首亦'远游'遗世之念。"(转引自陈伯君《阮籍集校注》,中华书局,1987,334 页)

对屈原远游思想的继承；从哲学上讲，这是对王弼贵无论的继承与发展。 不过王弼侧重于老子的本体论之无，阮籍则将之转化为庄子的境界论之无。"左荡莽而无涯，右幽悠而无方，上遥听而无声，下修视而无章，施无有而宅神，永太清乎敖翔。"（《大人先生传》）这只能是一种精神境界之无。

然而精神的超越无法解决现实问题，所以阮籍在不断腾越而上的同时，又对它提出怀疑。 四十六："鸧鸠飞桑榆，海鸟运天池。 岂不识宏大，羽翼不相宜。 招摇安可翔，不若栖树枝。 下集蓬艾间，上游园圃篱。 但尔亦自足，用子为追随。"曾国藩曰："似以鸧鸠自比，以明不慕高位，不贪远图之意。"①黄侃曰："鸧鸠虽小，既无大鹏之翼，不羡天地之游；然生生之理，未尝不足。 用子追随，阮公所以自安于退屈也。"②从思想上讲，它是对庄子齐物论的发挥。 但二者并不等同，庄子之齐物是人生论的，是宏观的，他关注的是人之有限与道之无限之间的矛盾；另一方面，庄子哲学本是隐逸的哲学，他视官场为臭腐，宁可曳尾涂中也不愿入庙堂为牺牲。 所以，庄子对出处问题并无特别重视，对于他来说，这也许根本不是问题。③ 阮籍之大人先生与庄子理想

---

① 转引自黄节《阮步兵咏怀诗注》，人民文学出版社，1984，58 页。
② 转引自陈伯君《阮籍集校注》，340 页。
③ 《论语·宪问篇》载有一位荷蒉者对孔子击磬的评论，朱熹注曰："故闻荷蒉之言，而叹其果于忘世。且言人之出处，若但如此，则亦无所难矣。"（《四书章句集注》，159 页）意思是说，荷蒉者真的忘记世事，也就没有出处矛盾的困难。此注似乎也可移用于庄子。

的"神人"、"至人"形象很相似,在那里,同样没有将出处作为一个困惑。① 但精神之无限遨游并不能解决现实中的矛盾,无论精神的遨游有多远,如同屈原的远游可谓远矣,最终还是要坠落尘埃,回归现实。 就阮籍之时代现实而言,出处是最迫切的问题。 所以,阮籍之齐物论所指向的主要不是万物之齐,而是出处之齐,其落脚点在于消除出处之差异。 就此诗而言,所用意象出自《庄子·逍遥游》,在庄子,"'大'字是一篇之纲"。② 通过不断的超越,由小至大,由有限至无限,最终摆脱一切束缚,与道为一。 可见,阮籍此诗所表之义与庄子原义恰恰相反,而与郭象哲学相近,郭象之逍遥来自于各安己性,《逍遥游》郭象注云:"各以得性为至,自尽为极也。"③鸴鸠虽小,海鸟虽大,"苟足于其性……小大虽殊,逍遥一也"④。 于此可证前文所论阮籍与郭象玄学之内在联系。⑤

《咏怀诗》中与此类似的还有几首,如四十八:"鸣鸠嬉庭树,焦明游浮云。 焉见孤翔鸟,翩翩无匹群。 死生自然理,消散何缤纷。"此齐物是如此彻底,此思想是如此消极,以至于曾国藩怀疑非阮籍所作:"《上林赋》注:'焦明似凰,西方之鸟也。'此与鸣鸠并举,殊觉不伦。

① 冯友兰先生说:"王弼、何晏本来已经把《周易》和《老子》作为玄学的经典,阮籍又加了一部《庄子》,这三部书被以后的玄学家们称为'三玄'。"(《中国哲学史新编》第四册,人民出版社,1986,76 页)可见阮籍对《庄子》之重视,阮籍的超越性确实与庄子一脉相承。
② 林云铭:《庄子因》,转引自陈鼓应《庄子今注今译》,2 页。
③ 《南华真经注疏》,7 页。
④ 《南华真经注疏》,4 页。
⑤ 余敦康先生说:"这种自由的精神境界……郭象认为,它不在名教的外边,而就在名教之中,大鹏与小鸟只要安分守己,无待于外,都可以得到逍遥。郭象的这个思想其实是直接渊源于阮籍的。"(《魏晋玄学史》,北京大学出版社,2004,313 页)

末二句与前四句尤为不伦，疑后人所附会也。"①最后两句齐同生死之论也许并不重要，如果与《大人先生传》、《清虚赋》以及《咏怀诗》的很多诗相比，此诗前四句已经是"尤为不伦"。就前四句而言，"鸣鸠虽小却享逸娱之乐，焦明虽大却有孤寂之苦，二者各有其短长"②。齐同鸣鸠与焦明其实是肯定鸣鸠，放弃焦明。焦明以及其他冲天高飞的鸟是《咏怀诗》的一个重要意象，意味着从名教之网罗中飞越、挣脱出去。在这些诗作中，鸣鸠等在人世间跳跃的鸟是被贬斥、否定的意象。但阮籍之矛盾在于，就振翅之高而言，就游仙之远而言，不要说山涛、王戎等人，即使是嵇康，在精神上也没有他飞得高、游得远，因为嵇康决绝而去，并无犹豫，所以对于超越境界虽有追求，并非重点，而是更多诉诸任心而行、纵心而为。"如果说阮籍是通过齐物的方式，由超越外物的差别，最终所得到的是一种主观精神的混沌，那么，嵇康则是通过体认自身的内在自然情性，最终获得的只是对自己自然感性生命的复归。"③嵇康是向内，返归一己之心；阮籍是向外，腾越太虚之上。其原因在于阮籍不能舍弃现实，故特别能体会网罗之束缚、现实之矛盾，特别重视精神之无限超越。"苟非婴网罟，何必万里畿。"（七十）在此意义上也许可以说，阮籍在竹林七贤，乃至魏晋士人中最具精神超越性。也正因如此，只有阮籍才能充分意识到，无论思想怎么超越，无论精神之鸟飞得多高、游得多远，都不能代替、解决现实问题，所以他能将精神之贵无发挥到极致，并证明了此路不通，从而启发了西晋士人的

---

① 转引自陈伯君《阮籍集校注》，342 页。
② 韩格平：《竹林七贤诗文全集译注》，吉林文史出版社，1997，246 页。
③ 高晨阳：《阮籍评传》，287 页。

崇有论。 余英时先生在论述向秀、郭象哲学时，认为："向郭之解庄，反使绝俗之自然下侪于末流之名教，于是昔日之变俗归真，今悉为移真从俗矣。"① "昔日之变俗归真"，或者说从名教到自然，理论和行为最激烈的，是嵇康；诗文中表现最彻底的，当属阮籍。 然而，正因为他能最强烈地追求、最彻底地表现，所以他能最早发现它的不可行，所以他能早于向秀、郭象等人，在实际行为和《咏怀诗》中表现出"移真从俗"的倾向。

二、生存矛盾、思想矛盾及表达矛盾

阮籍之矛盾还有很多，与出处相关者主要有三：（一）生存矛盾：委曲求全与越礼而行，或者说惧祸与放达。（二）思想矛盾：儒与道。（三）表达矛盾：口不臧否人物与咏怀诗。 这几种矛盾在阮籍思想中本为一体，今为论述之便，暂分而析之。（一）生存矛盾。 阮籍徘徊于出处两可之间，对当权者若即若离，必然会招致当权者的不满。 蒋济征辟阮籍，"遣卒迎之，而籍已去，济大怒。 于是乡亲共喻之，乃就吏"（《晋书·阮籍传》）。 在司马氏当政期间，阮籍同样为礼法之士不能容忍。 前文已论，一方面，阮籍不敢如嵇康那样决绝，只能委屈以求全；另一方面，又不愿被视为司马氏之同类，更不甘与司马氏身边的礼法之士为伍。 故形虽出入于司马氏府内，神则逍遥于司马氏所倡名教之外，其"不拘礼教"之言行导致"礼法之士疾之若仇"（《晋书·阮籍

---

① 《士与中国文化》，上海人民出版社，1987，394 页。

传》），不仅有何曾的当面发难，①更有钟会的暗藏杀机，②此即阮籍的生存矛盾。它与出处矛盾密切相关，若其如山涛、王戎等一样投靠司马氏，则没有这样的矛盾；若其如嵇康之决然而去，则或许在嵇康之前即被杀，③同样不存在矛盾。因为徘徊于出处之间，处而不敢，出而不甘，故阮籍既委曲求全以保身，又以越礼之言行表示反抗，这既令倡导名教之司马氏难堪，更令礼法之士愤怒，故他受到的攻击最为激烈。《咏怀诗》中处处透露出这种压力与痛苦，"拔剑临白刃，安能相中伤。但畏工言子，称我三江旁"（二十五）④。即使是拔剑临白刃的危险也不及钟会等人的谗言可怕。咏怀诗中数次出现"欺"字，注者多释为曹魏弱主受欺于司马氏，或汉室受欺于曹氏父子，但于此之外，似乎也可理解为阮籍受欺于礼法之士。

> 萧索人所悲，祸衅不可辞。赵女媚中山，谦柔愈见欺。（二十）
>
> 悦怿犹今辰，计校在一时。置此明朝事，日夕将见欺。（五十五）
>
> 婉娈佞邪子，随利来相欺。孤恩损惠施，但为谗夫蚩。（五十六）

---

① 《世说新语·任诞》载："阮籍遭母丧，在晋文王坐，进酒肉。司隶何曾亦在坐，曰：'明公方以孝治天下，而阮籍以重丧，显于公坐饮酒食肉，宜流之海外，以正风教。'"（余嘉锡：《世说新语笺疏》，728 页）

② 《晋书·阮籍传》："钟会数以时事问之，欲因其可否而致之罪，皆以酣醉获免。"

③ 嵇康《与山巨源绝交书》："阮嗣宗……为礼法之士所绳，疾之如仇，幸赖大将军保持之耳。"

④ 黄节注引蒋师沦曰："《阮籍传》：'籍有济世志，属魏晋之际，天下多故，由是不与世事。钟会数以时事问之，欲因其可否而致之罪。'《三国志·钟会传》：'司马景王东征，会从，典知密事，故云但畏工言子，称我三江旁。'"（《阮步兵咏怀诗注》，人民文学出版社，1984，33 页）

魏晋风度从生活方式上讲，其核心是放达，阮籍之放达对魏晋风度的影响最大，这对于司马氏以名教立国的政策具有深刻的"解构"作用。这自然是司马氏所不能允许的，正如有论者所指出的，礼法之士对阮籍的攻击未尝不是来自司马氏的授意与唆使。因此，在言行上越是背礼而行，在政治上就越要承受更大的压力。阮籍深知这一点，其言行的乖张与性格的至慎成为矛盾又统一的两极，虽然至慎之性格早年即已养成，但在司马氏当权时，面对礼法之士的攻击，它对于保全自己具有重要作用。三十三："一日复一夕，一夕复一朝。颜色改平常，精神自损消。胸中怀汤火，变化故相招。万事无穷极，知谋苦不饶。但恐须臾间，魂气随风飘。终身履薄冰，谁知我心焦！"黄节曰："司马师曰：'阮嗣宗至慎，每与言终日，言皆玄远，口不臧否人物。'诗曰：'终身履薄冰'，所以昭其慎欤！"①可见阮籍的生存环境是多么险恶。如果说越礼而行是一种放达，借以冲击司马氏之名教，则也许可以说，如履薄冰之至慎是一种自我保护，苟免以全生。二者虽看似对立之两极，却融于阮籍一身。

（二）思想矛盾。阮籍思想经历了一个由儒而道的转变。在早年所写的《乐论》中，阮籍曾清晰而完整地表达其儒家思想。《晋书·阮籍传》的两段记载也是研究者多有引用的："籍本有济世志，属魏、晋之际，天下多故，名士少有全者，籍由是不与世事，遂酣饮为常"，"尝登广武，观楚、汉战处，叹曰：'时无英雄，使竖子成名！'登武牢山，望京邑而叹，于是赋《豪杰诗》"。虽然终其一生，阮籍并未表现出济世

---

① 《阮步兵咏怀诗注》，43 页。

之行，但其主要原因应归于时代环境，无论是曹爽还是司马氏，都不是阮籍理想的托付之人，但他深藏于心的济世之志并未完全消失。 此即阮籍的思想矛盾：时代环境使其不可能施展儒家兼济之志，但老庄思想只能缓解各种痛苦，并不能从根本上消除壮志未酬的苦闷。 这也许是他徘徊于出处两端的根本原因，罗宗强先生说："阮籍之所以幻想逍遥游而终于依违避就，根本的原因，就在于他内心深处终究还有儒家的思想根基。"①在《咏怀诗》中，儒家思想不时显露。 三十九："壮士何忼慨，志欲威八荒。 驱车远行役，受命念自忘。 良弓挟乌号，明甲有精光。 临难不顾生，身死魂飞扬。 岂为全躯士，效命争疆场。 忠为百世荣，义使令名彰。 垂声谢后世，气节故有常。"无论这首诗具体为何而作，但抒发了阮籍建功立业的壮士之志，这是很明确的。 无论这首诗是早期，还是与大多数咏怀诗一样作于后期，它都表明阮籍心中的理想人物不仅有飘摇于尘世之外的大人先生，也有战死沙场的忠义之士。黄节曰："魏晋之交，老庄之学盛行，嗣宗亦著有《达老》、《通庄》之论，然嗣宗实一纯粹之儒家也。 内怀悲天悯人之心，而遭时不可为之世，于是乃混迹老庄，以玄虚恬淡，深自韬晦，盖所谓有托而逃焉者也，非嗣宗之初心也。"②此诚为不刊之论。 论者多以阮籍与屈原并提，就思想而言，主要原因也许即在于此。 同样也是因为不能完全舍弃对现实的关注，对济世之志的追求，所以阮籍既不能忘我于采药、神仙，也不能自放于荣名、声色。

---

① 罗宗强：《玄学与魏晋士人心态》，150 页。
② 萧涤非：《读诗三札记》，作家出版社，1957，15 页。

天网弥四野,六翮掩不舒。随波纷纶客,泛泛若浮凫。生命无期
度,朝夕有不虞。列仙停修龄,养志在冲虚。飘飘云日间,邈与世路
殊。荣名非己宝,声色焉足娱。采药无旋返,神仙志不符。逼此良可
惑,令我久踌躇。(四十一)

方东树曰:"此即屈子《远游》所谓'心烦意乱'也。"①因为不能
忘怀现实,所以无论怎么超越,也不能消除苦闷与烦乱。黄侃曰:"生
命难料,朝夕不保,所以声色不足恋,荣名非己宝,唯有神仙可以悦
心。而自古所传,采药不迫,求仙无验,则神仙亦终不可信。言念及
此,焉得不惶惑、踌躇乎!"②此诗充分表现了阮籍思想的矛盾,大人先
生终究只能是精神性的幻象,不可托身;追求荣名、声色的闲游子
(十)、夸毗子(五十三)、缤纷子(五十九)、明哲士(七十五)又是
阮籍鄙弃的。无论是虚无缥缈的天上仙界,还是逐利争宠的人间现
实,均非阮籍理想的栖身之所,天上人间,无处寄身;就思想而言,为
儒不成,归庄不甘,儒道之间,无可安心——人生至此,焉得不惶惑、
踌躇!

(三)表达矛盾。阮籍是孤独的,其原因有多种:政治上,他选择
出仕,出入于司马氏府内,但其越礼任心的言行使他与司马氏府内的礼
法之士势同水火,在司马氏集团内部,他是孤独的;在竹林七贤中,他
既不屑如山涛、王戎等追随司马氏,更不敢如嵇康决然而去,出者如山
涛、王戎等,处者如嵇康,正所谓道不同不相为谋,对阮籍不能不有所

①　转引自黄节《阮步兵咏怀诗注》,52 页。
②　转引自陈伯君《阮籍集校注》,329 页。

疏远，他是孤独的。 思想上，他徘徊于儒道之间，尚未会通二者，儒之兼济与道之自由均未获得，更不被时代所认可，也是孤独的。《咏怀诗》中多次表现这种沉重的孤独。

> 独坐空堂上，谁可与欢者！ 出门临永路，不见行车马。 登高望九州，悠悠分旷野。 孤鸟西北飞，离兽东南下。 日暮思亲友，晤言用自写。（十七）

吴淇曰："'吾非斯人之徒与而谁与！'乃'独坐空堂上'无人焉，'出门临永路'无人焉，'登高望九州'无人焉；所见惟鸟飞、兽下耳；其写无人处可谓尽情。"①这种无人为伍、无人可解的"孤行士"（四十九）是阮籍的自况，尤其是后期，随着司马氏权力的稳固，士人纷纷投靠，阮籍的生存状况愈发危险，身边好友的背叛与陷害更是可怕，六十九："人知结交易，交友诚独难。 险路多疑惑，明珠未可干。 彼求飨太牢，我欲并一餐。 损益生怨毒，咄咄复何言。"注者多解为司马氏辜负魏文帝、明帝之托，但以之说明阮籍后期之孤独，似无不可。 在逐利争宠的"险路"上，虽然自己只是"欲并一餐"，也不能逃脱那些"求飨太牢"者的"疑惑"与"怨毒"，选择的道路既然不同，咄咄之言又怎能消除彼此的误会与矛盾？ 如果说嵇康之决绝明快尚能获得他人的敬意，②

---

① 转引自黄节《阮步兵咏怀诗注》，24 页。
② 嵇康与司马氏决裂的表白是《与山巨源绝交书》，但《晋书》卷四十三《山涛传》载："康后坐事，临诛，谓子绍曰：'巨源在，汝不孤矣。'"《晋书》卷四十九《嵇康传》载："康将刑东市，太学生三千人请以为师。"可见嵇康在时人心目中之地位。

阮籍之徘徊犹豫使他很难获得别人的理解。① 因此,阮籍不仅是极度的孤独者,又是极度的沉默者。 他找不到可以倾诉的对象,也无人理解他的苦闷,他只能沉默。

《咏怀诗》中处处是悲辞哀情,在在是涕泣涟涟,其沉重的哀伤几乎令人窒息,这其中也有无人可诉的孤独者的痛苦,三十七:"嘉时在今辰,零雨洒尘埃。 临路望所思,日夕复不来。 人情有感慨,荡漾焉能排。 挥涕怀哀伤,辛酸谁语哉! "曾国藩曰:"此诗之望所思,亦求友之意。"②人情之感慨无法自我排遣,然而所思之人不来,满腹辛酸与何人诉说?《晋书·阮籍传》载:"时率意独驾,不由径路,车迹所穷,辄恸哭而反。"要有多么沉重的伤痛,多么绝对的孤独,才能有这样的行为! 陈伯君先生对此评价道:

> (这)正是他的内心矛盾重重,走投无路,痛苦万分的一个恰好写照。他的这种有时痛苦到恸哭程度的内心矛盾,无处倾诉,只能倾吐于他的文学作品中。除了传下来不多的辞赋和散文(尤其是《大人先生传》)中透露一点消息外,恐怕最多的是寄托在他的大量的咏怀诗里。这种诗随感而发,随意抒写,正好发泄他的满腔郁闷,充分表露了他的思想感情。③

---

① 吉川幸次郎:"像阮籍一样站在广阔的视野上,不可能期待所有的人都做到,因而从他的立场上产生的感情,也不容易得到共鸣。这种感情是孤独的。这一种形态的孤独感也是从前的诗歌中所缺乏的东西,而在阮籍的诗中屡次言及。"(吉川幸次郎:《中国诗史》,147 页)吉川氏虽未说出产生此孤独的出处原因,但精辟地指出阮籍的孤独感是时代所无法理解的。

② 转引自黄节《阮步兵咏怀诗注》,47 页。

③ 陈伯君:《阮籍集校注·前言》,4 页。

这意味着《咏怀诗》是诗人在无人可说、无处可说的情况下的自我倾诉。如同没有田园诗，就没有历史上的陶渊明；同样难以想象，如果没有八十二首《咏怀诗》，历史上的阮籍会是什么形象。因此，咏怀诗之于阮籍，固然有多重意义，其中也应有倾诉心声、表白心迹之意，沉默的阮籍将所有的矛盾、苦闷倾诉在《咏怀诗》中。早在南朝，就有人指出："嗣宗身仕乱朝，常恐罹谤遇祸。因兹发咏，故每有忧生之嗟。虽志在刺讥，而文多隐蔽。百代之下，难以情测。"①虽然隐蔽，虽然难以情测，但其忧生、刺讥还是有所表现，虽然后人之猜测不断被更后的后人认为是附会、穿凿，但还是不断有后人在做新的附会、在试图接近真相，无论此附会是否成功，其实已经成就了历史上的阮籍。其理想追求、其彷徨困惑、其人格操守、其臧否人物、其委屈苦痛，不能在现实中说，却不能不于《咏怀诗》中说。在此意义上也许可以说，《咏怀诗》是说不可说。②

魏晋更替之际，阮籍徘徊于出处、生死、儒道等诸多矛盾中，《咏怀诗》中反复出现的"徘徊"一词也许是阮籍人生的一种写照。因为这种徘徊，在哲学上，阮籍成为竹林至元康玄学的过渡者；在思想上，阮籍开启了士人在集权体制内的形神分离的出处方式；在文学上，八十二首《咏怀诗》作为中国文学史的经典之作，历来论者已有充分讨论，兹不赘论。

---

① （梁）萧统编，（唐）李善注：《文选》，上海古籍出版社，1986，1067 页。
② 黄节曰："《晋书》本传云：……籍本有济世志，属魏晋之际，天下多故，名士少有全者，籍由是不与世事。遂酣饮为常。又云：籍发言玄远，口不臧否人物，斯则《咏怀》之作所由来也，而臧否之情托之于诗。"（《阮步兵咏怀诗注》，1 页）沈祖棻曰："夫嗣宗遭时不造，孤愤难任，其心至苦，其言至慎，犹有不得已于言者。乃始托之于诗。"（《阮嗣宗〈咏怀〉诗初论》，载程千帆《古诗考索》，268 页）

第二章　论西晋士人的出处矛盾与情的觉醒

公元 265 年，司马炎正式建国，在短暂的太康盛世之后，旋即陷入贾后乱政、八王之乱、五胡乱华，直至最后因永嘉之乱而灭国。于此短暂而动荡之世，士人命运多舛，死于非命者世所罕见，故历来论者多有惋惜。刘勰云："晋虽不文，人才实盛……前史以为运涉季世，人未尽才，诚哉斯谈，可为叹息！"①此前，建安士人于乱离中尚能慷慨激昂，梗概多气；此后，江左士人于偏安中也能高蹈浪漫，游心太玄；惟西晋士人辗转于司马氏的权力更替中，又喋血于司马氏的自相残杀中。故此，历来论者大多对于西晋文学评价不高，大多认为其缺少理想而流于形式。不过，在情之觉醒的时代潮流中，西晋士人在繁缛辞藻背后，同样也表现出重情倾向。本章选取张华、潘岳、陆机，论述西晋动荡时局导出的出处矛盾，以及由此而有的情的进一步觉醒。其原因有三：

---

① 刘勰著，范文澜注：《文心雕龙注》，人民文学出版社，1962，674 页。

三人皆取积极入世之出处态度，又皆以被夷三族而告终，对于仕途艰险有深刻体会；三人在文坛上皆有重要影响，可谓西晋文学的代表；三人文学皆有重情的特点，充分体现出魏晋以来的时代倾向。

一、张华：夫妇之离情①

张华身历武、惠两朝，对于西晋之政治与文学均有重要影响。如果说武帝时期，张华于伐吴与抚边之事虽功勋卓著，但并非定鼎之功；则可以说在惠帝时期，"华遂尽忠匡辅，弥缝补阙，虽当暗主虐后之朝，而海内晏然，华之功也"，几乎是一人之力在支撑将倾大厦。就文学而言，身处门阀士族把持朝政之西晋，张华倾心扶植寒门以及北上之吴、蜀士人，"华性好人物，诱进不倦，至于穷贱侯门之士有一介之善者，便咨嗟称咏，为之延誉"（《晋书》卷三十六《张华传》）。西晋一朝，文学成就卓著者，大多与张华有关。张华更以其自身之创作实践，对西晋文学思想产生重要影响。故此，论述西晋士人不应忽略张华。②

张华之仕途儿经坎坷，但从未有退隐之意，当贾后专政、乱象丛生之际，"少子韪以中台星坼，劝华逊位，华不从"（《晋书·张华传》）。在赵王伦的政变中，张华遇难。被杀之前的一端对话值得深思：

华将死，谓张林曰："卿欲害忠臣耶？"林称诏诘曰："卿为宰相，任

———————————

① 对于三人诗歌的主要特点，前人早有认识。江淹《杂体诗三十首》有《张司空华离情》、《潘黄门岳述哀》、《陆平原机羁宦》。（逯钦立辑校：《先秦汉魏晋南北朝诗》，中华书局，1983，1573—1574 页）

② 姜亮夫先生将张华一生功业概括为六个方面，参见《张华年谱·序》，《姜亮夫全集》第二十二卷，云南人民出版社，2002。

天下事，太子之废，不能死节，何也？"华曰："式乾之议，臣谏事具存，
非不谏也。"林曰："谏若不从，何不去位？"华不能答。（《晋书·张华
传》）

面对最后的质问，为什么不能答？ 也许是面对屠刀，逞口舌之辩
已毫无意义，但更可能是面对这种诘问，张华理屈词穷，无法为自己辩
解。 张华之死不仅不为时人所认可，也为后世所质疑。 唐房玄龄等
《晋书·张华传论》云："忠于乱世，自古为难。"明张溥云："竟以犹豫
族诛，横尸前殿，悲哉。 ……名位已极，笃于守经，徒为贾氏而死，适
资人口耳！"①今人姜亮夫先生云："张茂先一代达人，及其见收，乃无
言足以自辩。 悲夫，良士之不可不辨朝也！"②前文已论，出仕于乱世
不仅不是儒家所主张，反而是儒家所反对。 也许可以说，张华之尽忠
乱世并非"笃于守经"所致。

虽然终身未退，但于危机四伏之际，张华并非没有出处徘徊之意。
《鹪鹩赋》序云："鹪鹩，小鸟也……色浅体陋，不为人用，形微处卑，
物莫之害，繁滋族类，乘居匹游，翩翩然有以自乐也。 彼鹫、鹗、鹍
鸿，孔雀、翡翠，或凌赤霄之际，或讬绝垠之外，翰举足以冲天，觜距
足以自卫，然皆负矰婴缴，羽毛入贡。 何者？ 有用于人也。"③其义取
自《庄子·逍遥游》"鹪鹩巢于深林，不过一枝"，强调无用于世而得全

---

①　张溥著，殷孟伦注：《汉魏六朝百三家集题辞注》，人民文学出版社，1963，
108 页。

②　《张华年谱·序》，《姜亮夫全集》第二十二卷，云南人民出版社，2002，
407 页。

③　严可均校辑：《全上古三代秦汉三国六朝文》，中华书局，1958，1790 页。

天性。 此赋在当时影响很大,"陈留阮籍见之,叹曰:'王佐之才
也!'"(《晋书·张华传》)以阮籍名声之盛、眼界之高,而有如此评
价,也许是因为其中关于出处矛盾之思考对阮籍进退失据之心境颇有触
动。 而此文在当时引起广泛讨论也说明了其出处思想在当时颇具影
响。① 如果说《鹪鹩赋》主要是受时代风气之影响,《答何劭诗》则融
入张华多年为宦生涯的真切感受。 其一:

> 吏道何其迫,窘然坐自拘。缨绥为徽纆,文宪焉可踰。恬旷苦不
> 足,烦促每有余。良朋贻新诗,示我以游娱。穆如洒清风,焕若春华
> 敷。自昔同寮寀,于今比园庐。衰疾近辱殆,庶几并悬舆。散发重阴
> 下,抱杖临清渠。属耳听莺鸣,流目玩儵鱼。从容养余日,取乐于
> 桑榆。②

前六句是感慨为官之拘束与劳累,后面是希望能归隐田园,逍遥自
得。 就所表现的出处思想而言,此诗虽能反映张华晚年于出处之际的
犹豫心态,但并无特别之处,也许可以说,这正是张华,也是西晋士人
出处思想的特点。 就出处思想的发展而言,他们处于从嵇康的越名教
而任自然到郭象的名教即自然(或者说,从出处对立到出处同归)之间
的过渡状态,这也许是西晋士人缺少激情的原因之一。 在出处对立的
矛盾中,嵇康等人能逍遥方外,以一往不复的气势表达对当政者的决裂
与超越;在出处统一的状态中,东晋玄言诗人能在玄理与山水中体味萧

---

① 当时,贾彪有《大鹏赋》,傅咸作《仪凤赋》,针对《鹪鹩赋》提出不同的出处观。
刘勰云:"世珍鹪鹩。"(《文心雕龙·章表》)
② 逯钦立:《先秦汉魏晋南北朝诗》,618 页。

散与从容。 惟西晋士人，处于从对立到统一的调整与探索过程中，既无嵇康式的决绝与超越，也无兰亭诗人的从容与淡定，故只能在名教与自然、出与处、仕与隐的彷徨中无所适从。 此可见于裴頠之《崇有论》。《晋书》卷三十五《裴頠传》云："頠深患时俗放荡，不尊儒术，何晏、阮籍素有高名于世，口谈浮虚，不遵礼法，尸禄耽宠，仕不事事；至王衍之徒，声誉太盛，位高势重，不以物务自婴，遂相放效，风教陵迟，乃著崇有之论以释其蔽……"①但《崇有论》从现存的文字来看，仅停留于礼制层面的抨击，虽也涉及有、无之辨，但与王弼、郭象的玄学思想相比，颇为粗糙，故学界论及玄学发展，较少将裴頠作为一个独立阶段。 这也许可以从一个侧面反映出西晋前、中期士人在出处问题上的尚不成熟，而这正是张华，以及潘岳、陆机等人的思想背景。

张华另有一篇《归田赋》，与《鹪鹩赋》意思相近，较之于东汉张衡的同题之作，张华之作同样缺少新意。 一方面，面对动荡之时局，险恶之仕途，他身心疲惫，向往田园之自然、自由；另一方面，经过司马氏对竹林士人的镇压、分化，归隐意味着政治风险，同时物质条件上的艰苦也是一个重要的障碍，故其对归隐的渴望只是模糊的，抽象的，更是难以付诸实际的。② 也许可以说，对于张华，以及潘、陆而言，由于出处矛盾在理论上尚未统一，只能奔竞于仕途而无法自拔。

在此心态的影响下，儿女私情成为主要的宣泄之地。 从某种意义

---

① 张华之所以能在惠帝朝主理朝政，与裴頠的推荐有直接关系。在赵王伦的政变中，二人同时被杀。

② 张华另有两首《招隐诗》，"从现存残句看去，他认为隐士其实并不打算隐到底，无非是躲起来等待时机，由此可知他本人的态度始终是积极入世的，其招隐之作同淮南小山《招隐士》的方向基本一致"（顾农：《说陆机〈招隐诗〉》，《中国典籍与文化》，2011 年第 3 期）。

上可以说，私人情感的低回流连是出处矛盾的另一种表现方式，儿女私情的深处也许更多的是政治情感的传达。张华有几首描写夫妇离别的《情诗》，其三："清风动帷帘，晨月照幽房。佳人处遐远，兰室无容光。襟怀拥虚景，轻衾覆空床。居欢惜夜促，在戚怨宵长。拊枕独啸叹，感慨心内伤。"①此类情诗为数不多，钟嵘却据此认为张华之诗"儿女情多，风云气少"②。历来论者对钟嵘之论多有批评，因为张华也有《励志诗》、《侠客行》与《壮士篇》那样壮怀激烈的诗，何况魏晋本就是情之觉醒的时期，从古诗十九首至建安诸子，多以情动人，为何独言张华儿女情多？这需要对张华之情作具体分析。"晋世群才，稍入轻绮。张、潘、左、陆，比肩诗衢，采缛于正始，力柔于建安；或析文以为妙，或流靡以自妍。此其大略也。"③张华之诗既非对时世之感慨，也非对理想之抒发，只是对仕途艰辛的一种释放、调节，故力柔；思想的平庸又导出对文采的雕琢，故采缛。张华这方面的倾向虽然不是特别突出，但考虑到他在西晋文坛的影响，钟嵘言其"儿女情多"也许并不为过。④

不妨再以傅玄为例。傅玄与张华同为西晋初期对文学产生重要影响者，且同样以儒立世，在武帝建国之初，即上疏提倡复兴儒学，对礼法也是身体力行，"玄天性峻急，不能有所容；每有奏劾，或值日暮，捧白简，整簪带，竦踊不寐，坐而待旦。于是贵游慑伏，台阁生风"（《晋书》卷四十七《傅玄传》）。可见其礼法之严峻。在其身上，同样体现

①　逯钦立：《先秦汉魏晋南北朝诗》，619 页。
②　（梁）钟嵘著，曹旭集注：《诗品集注》，上海古籍出版社，1994，216 页。
③　刘勰著，范文澜注：《文心雕龙注》，67 页。
④　参见曹旭《张华"情诗"的意义》，载《文学评论》2012 年第 5 期。

了进取与退隐并存的现象，既有"投身效知己，徒生心所羞。鹰隼厉爪翼，耻与燕雀游"的壮怀激烈（《长歌行》）①，也有"安贫福所与，富贵为祸媒。金玉虽高堂，于我贱蒿莱"（《杂诗三首》其三）②的淡泊恬退。值得注意的是，就是这样一位礼法之士，同时又是多情之士，其《车遥遥》、《西长安行》、《云歌》以及《拟四愁诗四首并序》等皆善言情。明张溥云："（傅玄）独为诗篇，辛温婉丽，善言儿女，强直之士怀情正深。"③也许同样是因为名教礼法不能解决士人的出处困惑，故张华、傅玄等人在循礼而动的同时，又通过儿女私情的吟唱宣泄个人内心的苦闷。

二、潘岳：悼亡之哀情

潘岳在历史上的形象有二：一是人格的躁进，二是文学的深情。在重视文如其人的历史传统中，潘岳人与文的巨大反差历来倍受关注。金人元好问的评论颇具代表性："心画心声总失真，文章宁复见为人？高情千古《闲居赋》，争识安仁拜路尘？"（《论诗绝句》之六）近年来，研究者多从时代背景、人格心理、仕隐矛盾等角度揭示潘岳的躁进实有其不得已的苦衷，认为其为人与为文虽有不同，但为人的卑微并不妨碍为文的高情。本书尝试在此基础上，进一步探讨潘岳为人与为文之间可能存在的内在联系。

《闲居赋》为理解潘岳思想的重要文本，其序可视为潘岳出处思想的一个基本表述，要点有三：（一）建功立业的理想。"颐常以为士之生

---

① 逯钦立：《先秦汉魏晋南北朝诗》，555 页。
② 逯钦立：《先秦汉魏晋南北朝诗》，570 页。
③ 《汉魏六朝百三家集题辞注》，105 页。

也，非至圣无轨、微妙玄通者，则必立功立事，效当年之用。 是以资忠履信以进德，修辞立诚以居业。"①这是儒家的思想，士人以立功立事为己任。《杨荆州诔》序云："自古在昔，有生必死，身没名垂，先哲所题。"其功名心与用世志密切相关，由于潘岳长期处于幕僚之位，难有表现才干的机会。 在外放河阳令、怀县令时期，却能"勤于政绩"（《晋书》卷五十五《潘岳传》）。（二） 仕途蹭蹬的现实。 西晋时期，门阀士族初步形成，潘岳与张华一样，出身庶族，无门第可庇荫，唯有通过自己努力方可跻身仕途，但不同的是，业已稳定的政治格局留给寒素士人的空间已经很小。②《晋书·潘岳传》云："岳才名冠世，为众所疾，遂栖迟十年。""效当年之用"之理想与"栖迟十年"之现实是一对矛盾，《闲居赋》可以说是对这一矛盾的反思。"阅自弱冠涉乎知命之年，八徙官而一进阶，再免，一除名，一不拜职，迁者三而已矣。 虽通塞有遇，抑亦拙者之效也。"潘岳将仕途坎坷的原因归为自身之拙。"拙"是《闲居赋》的一个关键词，"有道吾不仕，无道吾不愚，何巧智之不足，而拙艰之有余也"。 前两句化用了《论语》的"邦有道，则知，邦无道，则愚"（《公冶长篇》），既然如此，则"拙者可以绝意乎宠荣之事矣"。（三）绝意仕途之后的归宿何在？ 这是全文的重点，潘岳的回答是庄园。"于是览止足之分，庶浮云之志，筑室种树，逍遥自得。池沼足以渔钓，春税足以代耕；灌园鬻蔬，以供朝夕之膳。 牧羊酤酪，

---

① 本书所引潘岳诗文，均据董志广《潘岳集校注》（修订版），天津古籍出版社，2005。

② "在高门势族控制九品中正制的情况下，寒素士人很难进入上品，因而在仕途上也多是沉沦下僚，大部分人都是依附幕府，或流连州县。傅玄、张华那一代寒素士人之所以能在政治上获得成功，那完全是因为遭际了魏晋易代的良机。"（钱志熙：《魏晋诗歌艺术原论》，北京大学出版社，1993，231—232 页）

以俟伏腊之费,孝乎惟孝,友于兄弟,此亦拙者之为政也。"这种田园之乐是潘岳困顿仕途中反复吟唱的一个基本主题。① 正如有论者所指出的,这种归隐田园的吟咏是对仕途蹭蹬之苦闷的一种调节。 越是仕途受挫,就越是渴求田园之闲适。②

但潘岳并未归隐,前文已经指出,西晋时期,出处矛盾尚未解决,庄园在消解出处矛盾中的重要作用尚未充分体现,换句话说,潘岳等人对庄园作为归隐之地的描述仍然只是承续庄子以及张衡《归田赋》的泛泛之谈,并未将庄园作为消解出处矛盾的承载之地来理解。 因此,他们只是一面于诗文中高谈隐逸之思,③一面于实际中求取功名之利,这就是矛盾又统一的潘岳。④ 就在写作《闲居赋》的这一年(公元296年),距离上次侥幸逃脱不过五年,距离下次被夷三族不过四年,潘岳又奔波于与贾谧的交往中,并旋即被提拔。 士人以出仕为己任,这是西晋以及中国历史上几乎所有士人的共同特点。 潘岳之饱受非议者,

---

① 此前的《秋兴赋》中就已表现了这一思想。其序云:"摄官承乏,猥厕朝列,夙兴晏寝,匪遑底宁,譬犹池鱼笼鸟,而有江湖山薮之思。"同样是因为仕途受阻而有归隐之思,赋的结论是:"耕东皋之沃壤兮,输黍稷之余税。泉涌湍于石间兮,菊扬芳于崖澨。澡秋水之涓涓兮,玩游鯈之澉澉。逍遥乎山川之阿,放旷乎人间之世,优哉游哉,聊以卒岁。"

② 参见王德华《论潘岳〈秋兴〉、〈闲居〉两赋的创作心态》,载《浙江师范大学学报》(社科版),1993 年第 6 期。

③ 缪钺先生《读潘岳〈闲居赋〉》一文指出:"觉其自伤仕宦不偶,以偏宕之笔,发愤慨之思,并非真恬淡。"(《读史存稿》,三联书店,1963,19 页)此论颇具启发性,《闲居赋》之重心不在田园之闲居,而在仕宦不偶之愤慨。后文即将论述的陆机之乡思同样可以如此理解。

④ 王瑶:"他们在诗文中所表现的希企隐逸的思想,也仅只表示一种对于隐逸的歌颂。我们不但能用史实来证明这些作者们没有做到这样超脱,甚至他也根本就没有想尝试地这样去做。"(《论希企隐逸之风》,《王瑶文集》第一卷,225 页)

并不在此，而在于为撷取功名所采用的手段。《晋书·潘岳传》载："岳性轻躁，趋世利，与石崇等诌事贾谧，每候其出，与崇辄望尘而拜。构愍怀之文，岳之辞也。谧二十四友，岳为其首。谧《晋书》限断，亦岳之辞也。其母数诮之曰：'尔当知足，而干没不已乎？'而岳终不能改。"即使是潘岳之母，对其"徼幸取利"之行也不能接受。① 西晋士人普遍缺少高尚情操，轻躁、趋世利者并非潘岳一人，也许是因为潘岳言高而行卑构成极大的反差，故所受非议最多。②

　　潘岳的痛苦不仅来自于他人的不理解与批评，以及仕途之坎坷，更来自于宦海险恶。其最凶险者，莫过于元康元年杨骏被诛一事。潘岳当时为杨骏主簿，当贾后诛杀杨骏及其党羽时，幸得故人及时相救，方得以全身而退。次年所做的《西征赋》即是述说这场屠杀带给自己的震撼："陋吾人之拘挛，飘萍浮而蓬转。寮位偏其降替，名节漼以隳落。危素卵之累壳，甚玄燕之巢幕。心战惧以兢悚，如临深而履薄。夕获归于都外，宵未中而难作。匪择木以栖集，鲜林焚而鸟存。"其心有余悸、如履薄冰之心态触手可及。

　　欲进而不得、欲归而不甘，同时还要面对他人之非议、仕途之凶

---

① 顾炎武云："乾没大抵是徼幸取利之意。"（《日知录集释：全校本》，上海古籍出版社，2006，1818 页）

② 就潘岳而言，长期沉沦于幕僚之位，奔走于权贵门下，仰仗于他人鼻息。凡有言行，惟揣摩幕主之意，难有独立的人格与见解，其人也懦，其位也微，其名也卑。武、惠两朝，前有山涛，后有张华，主理朝政，对潘岳均无提携，甚至多有抑制，其间或有政治背景的不同及其他因素，然潘岳沉沦下僚的局面则无法改变。观其对亲朋之深情，对黎民之勤政，于纵欲贪鄙的西晋一朝，颇为难得，而有此际遇，得此恶名，殊可哀也。

险,这就是潘岳在出处问题上进退维谷的困境。① 于此困境中,其心态只能是困苦挣扎而无法摆脱。 在此意义上,私人情感成为这种心态的宣泄之地,潘岳之多情为历来论者公认,刘勰云:"潘岳为才,善于哀文。"②清陈祚明说:"安仁情深之子,每一涉笔,淋漓倾注,宛转侧折,旁写曲诉,刺刺不能自休,夫诗以道情,未有情深而语不佳者。"③潘岳之私人生活颇为不幸,诚如论者所指出的,"属于'哀悼'性质的诗文几乎占了他全部作品的半数。 ……在亲情哀文中,潘岳所哀悼的亲人有岳父、内兄、妻侄、姨侄、从姊、胞弟、胞妹、爱妻、弱子、娇女等。我们说潘岳一生是躁竞不已的一生,而我们还应该说,潘岳一生是哀情无限、亲情无限的一生"④。 值得注意的是,躁竞与哀情也许是紧密相连的,仕途躁竞之坎坷郁结于胸,借助于哀情得以宣泄。 如下面颇具代表性的哀情之辞:

逝日长兮生年浅,忧患众兮欢乐鲜。(《哀永逝文》)

夜愁极清晨,朝悲终日夜。(《内顾诗二首》之一)

悲怀感物来,泣涕应情陨。(《悼亡诗》之三)

展转独悲穷,泣下沾枕席。(《哀诗》)

---

① "对于追求功名与保持人格之间的矛盾,西晋文人大体上有三种态度:……再一种则以潘岳、陆机为代表。他们始终困顿于出与处、进与退的矛盾之中,既不能舍掉功名利禄,又不愿放弃自在的人格,于是竭力调和,却屡屡失败,徒然造成沉重的心理负担。"(蒋方:《论潘岳的理想人格与现实行为的矛盾构成——兼论西晋文人的心理特点》,《湖北大学学报》[哲社版]1989 年第 1 期)

② 刘勰著,范文澜注:《文心雕龙注》,637 页。

③ (清)陈祚明评选,李金松点校:《采菽堂古诗选》,上海古籍出版社,2008,332 页。

④ 姜剑云:《论潘岳的人生道路与人格精神》,《漳州师范学院学报》2002 年第 3 期。

也许可以说，这既是对亡妻的哀痛，也是对自己"郁郁不得志"的感伤（《晋书·潘岳传》）。从汉末到南北朝，于此动荡、混乱之世，生离死别为常见之事，但它不一定就导出文人创作之篇篇哀情。不妨与东晋王羲之作一简单比较，从王羲之今存的书信来看，其笔下经常出现的"奈何奈何"同样是来自于亲朋离世之哀痛，但其诗作大多是敷衍玄理，不仅没有流连于哀痛之情，反而是萧散从容。其原因之一也许在于经过郭象哲学及般若佛学的洗礼，出处矛盾得以化解，士人大多奉行出处同归的大隐。而西晋士人在时代环境与出处理论上都尚不具备这种进退自如、逍遥自得的心态，潘岳的铺陈哀情与张华的流连私情，从某种意义上说，都是对仕途疲惫的消解与宣泄。这一点从潘岳今存的其他诗歌也可看出。"潘岳诗中，流露的主要是对个人情感生活仕途进退的关切。潘岳现存诗歌大致可分为三类，即悼亡……伤别……及宦游咏怀……这些诗中剩下的只有'儿女情'，'风云气'已荡然无存。"①也许可以说，无论是写哪一种题材，在某种程度上都会受到其心中郁结的、困扰其终生的出处问题的影响，借用现代人的术语来说，出处问题就是潘岳心中的情结。

三、陆机：功名之悲情

历来论西晋文学，多以潘、陆为代表。陆机的出身及经历意味着他不可能囿于儿女私情，而是将光大门第作为毕生追求。然而此身世

---

① 刘昆庸：《潘才如江，缘情绮靡——钟嵘论潘岳》，《中国韵文学刊》1998 年第
1 期。

不仅是陆机一生奋进之动力，也是阻力，以亡国之余、敌国之人的身份欲建功于新朝，①必然会面临诸多轻视与猜忌，如张华那样倾心扶持的北人寥寥可数，门阀士族把持的洛阳不可能给予陆机多少机会，动荡、险恶之时局更意味着仕进要面临诸多政治风险，一方面是建功立业、重振门第的理想，一方面是北人猜忌、时局动荡的现实，二者之矛盾构成了陆机人生悲剧的必然性。

历来论陆机者，对于其奔竞于乱世的出处态度多有非议。② 陆机何尝不知其所处之危险，只是其强烈的父祖荣勋情结使其义无反顾，知其不可而为之。《秋胡行》云："道虽一致，涂有万端。 吉凶纷蔼，休咎之源。 人鲜知命，命未易观。 生亦何惜，功名所叹。"（卷七）可以说，陆机深知自己面临的各种艰险，但即使是失去生命的危险也不能动摇其建功立业的信念。《晋书》卷五十四《陆机传》云："时中国多难，顾荣、戴若思等咸劝机还吴，机负其才望，而志匡世难，故不从。"如同潘岳曾因杨骏之事而面临灭顶之灾，然闲居之后，改拙为巧，终至覆灭；陆机也曾因赵王伦篡位之事而身陷图圄，③这一危险同样未能动摇

---

① "臣本吴人，出自敌国。"（卷九《谢平原内史表》）"于是吴平入晋，王浑登建业宫酾酒，既酣，乃谓君（周处）曰：'诸人亡国之余，得无戚乎？'"（卷十《晋平西将军孝侯周处碑》）本书所引陆机诗文，均据刘运好《陆士衡文集校注》，凤凰出版社，2007。以下只在正文中以夹注形式注明卷数。

② 即使是对于陆机十分推崇的唐太宗也不能认同。太宗对陆机赏誉有加，不仅亲自撰写《晋书·陆机传论》，而且高度评价其文学成就："百代文宗，一人而已。"但对于其仕于危邦的行为则多有批评："自以智足安时，才堪佐命，庶保名位，无忝前基。不知世属未通，运钟方否，进不能辟昏匡乱，退不能屏迹全身，而奋力危邦，竭心庸主……卒令覆宗绝祀，良可悲夫！"

③ 《谢平原内史表》云："诬臣与众人共作禅文，幽执图圄，当为诛始。"（卷九）后经吴王、成都王营救，"复得扶老携幼，生出狱户"。

陆机之决心，反而坚定了其投靠成都王的想法，直至最后如张华、潘岳一样，身死族灭。

从某种意义上讲，这种强烈的功名心与不能实现的矛盾与痛苦恰恰成就了陆机。陆机既以积极入世为己任，则自然以儒立世。其一，史称陆机"少有异才，文章冠世，伏膺儒术，非礼不动"（《晋书·陆机传》），这颇近于张华，但更为激进。张华尚有《鹪鹩赋》、《归田赋》谈玄崇隐之论，而陆机对玄学鲜有涉及。东晋葛洪云："陆君深疾文士放荡流遁，遂往不为虚诞之言，非不能也。"①其二，长文《七征》集中体现了陆机的仕隐观。"此文亦借通微大夫之言，以饮食之美、华居之丽、歌舞之甚、声色之欢、功业之隆、勋爵之美，劝谕玄虚子，终于使其弃隐而入世。……其意强调积极入世，体现了士衡之儒家人生观。"②虽然他也曾说过"遗情市朝，永志丘园"的话（卷五《赠潘尼》），但在玄风大炽的西晋，如此之语只能说是为所赠对象而言，③并非陆机本人志向所在。其所作《招隐诗》云："富贵苟难图，税驾从所欲"（卷五）。更是明确告白：要以功名富贵为人生首要重任。其三，陆机多有经世之文。《晋书》所收陆机三篇文章《辩亡论》、《豪士赋》与《五等论》均为颇具现实针对性的政治文章，陆机还撰有多种史书，凡此皆可视为陆机在功名心驱动下的经世之学。

不过陆机的成就并不在此，而在于感慨仕途险恶、理想受阻的悲苦之言，这成就了作为文学家的陆机。具体而言，其悲苦主要来自于仕途险恶、乡思、人生苦短与壮志未酬等，这也是陆诗的四个主题。

---

① 严可均:《全上古三代秦汉三国六朝文》,2132 页。

② 刘运好:《七征》题解,《陆士衡文集校注》,784 页。

③ 《晋书·潘尼传》云:"性静退不竞,惟以勤学著述为事。"

（一）仕途险恶。 陆机只活了四十三岁，却经历了亡国之变、被俘入洛、①杨骏之乱、贾后专政、八王之乱，其身份、其经历使其对仕途险恶的体会更为深切，这是其诗集中反复申述的一个基本主题，《君子行》云:"天道夷且简，人道险而难。 休咎相乘蹑，翻覆若波澜。 去疾苦不远，疑似实生患。 近火固宜热，履冰岂恶寒。 ……"（卷六）其行旅诗可视为仕途艰险的另一种表现，②著名的《又赴洛道中二首》即是其将行旅之苦与仕途之艰融合为一的典型作品，《猛虎行》是另一首代表性的行旅诗，清吴淇《六朝选诗定论》卷十评曰:"一旦世网婴身，迫于时命，而行役万里之外，此时何时，饥宁容择食，寒宁容择栖？ 然猛虎窟虽异于盗泉水，野雀林虽愈于恶木阴，然而危苦之极矣。 士之所以不辞者，将隐忍以就功名耳。 乃功未及建，而岁已载阴，深可悼也。"③既然以积极入世、振兴父祖荣勋为人生己任，就必然要面对仕途艰险，各种原本坚持的信念、原则只能是从权而为。 无论有多少"危苦"，只能是"隐忍"，只能是"悼"于一己诗文中。 在此意义上可以说，"戚戚如履冰"的心态是陆机诗文多悲苦之音的基础。（卷七《驾言出北阙行》）

（二）乡思。 对于陆机而言，华亭不仅是故里，也是故国，乡思与故国之思紧密相连，更折射出其游宦洛阳的艰难与孤独。《赠从兄车骑》:"孤兽思故薮，离鸟悲旧林。 翩翩游宦子，辛苦谁为心。 ……感

---

① 蒋方:《陆机、陆云仕晋宦迹考》,《湖北大学学报》(哲社版),1995 年第 3 期。
② "陆机有关行旅出游的诗作多写路途上的艰难困苦,既是对路途景物的真实描绘,又实含有对个人人生之途的艰难困苦的感慨。"(胡大雷:《中古诗人抒情方式的演进》,中华书局,2004,117 页)
③ 《陆士衡文集校注》,500—501 页。

彼归途艰，使我怨慕深。安得忘归草，言树背与衿。斯言岂虚作，思鸟有悲音。"（卷五）清吴淇《六朝选诗定论》卷十："'安得'二句，硬改忘忧草，作忘归草，此用事化腐为新之妙。见人生百忧，唯思归为最耳。"①对于陆机而言，其欲忘之忧主要是故国之思，因为故国意味着父祖曾经的荣勋，又对比于自己今日的功业无成。在此意义上，乡思与仕途艰难、功名未建的焦虑又是紧密相连的。②徐公持先生认为："陆机事实上非不能，而是不愿归'故薮'，所以他的思归情绪的存在，只是更加反衬出他功名欲念极其强烈，始终居于不可动摇的主导地位。"③这意味着陆机的乡思并不指向归隐，因为他完全可以如其在吴国初灭时，闭门故里，与华亭鹤唳朝夕相伴。从陆机作品来看，其乡思主要是抒发悲苦之情，而并不在于对故乡的深情，这也许就是古人多有批评的"如剪彩为花，绝少生韵"。④虽然是写乡思的悲苦，其重点却不在乡思，而在当下游宦者的悲苦之情。从接受者的角度来说，陆诗之悲缺少艺术感染力；但从作为创作者的陆机来说，借此乡思之题材写出胸中百般悲苦，作为"为己"之诗，自有其宣忧遣悲之意义。

（三）人生苦短。"日重光，奈何天回薄。日重光，冉冉其游如飞征。日重光，今我日华华之盛。日重光，倏忽过，亦安停。日重光，盛往衰，亦必来。日重光，譬如四时，固恒相催。日重光，惟命有分

---

① 《陆士衡文集校注》，390 页。
② 俞灏敏："陆机在思归故乡与追求功名之间痛苦地选择了后者，其抒发故乡之思往往是为了宣泄内心的郁积，所以这一主题浸透了他独特的心理体验，成为他赴洛后宦海挣扎的情感凝聚点。"[《吴中文化与陆机创作心态》，《吴中学刊》（社科版）1994 年第 4 期]
③ 徐公持：《魏晋文学史》，368 页。
④ 明陆时雍语，《陆士衡文集校注》，1352 页。

可营。 日重光，但惆怅才志。 日重光，身殁之后无遗名。"（卷七《日重光行》）功名未建而岁月流逝，人生之短与功业之难相交织，这同样是陆诗反复吟咏的主题。 值得注意的是，这是一首拟乐府之作，除了奉制应酬诗之外，陆诗多为拟乐府和拟古诗。 历来对此评价不高，认为陆之拟作重辞藻而掩真情，清潘德舆《养一斋诗话》卷一："六朝两名士，一陆机，一谢灵运。 其诗皆吾之所不喜，盖真性为词气所没。"①陆机重视形式之绮靡，故于布局用词精心雕琢，这也许是文学演变的规律，然是否就因此而一定导致真性之没，似未尽然。 如同样是拟乐府诗的《短歌行》，明王世贞论曰："语若卑浅，而亦实境所就，故不忍多读。"②此类诗作多是平常用语，反复申述的也是平常之情，却有其感人之处。 清叶矫然云："虽是口头惯熟，然钟鸣酒醒之余，每一念过，未尝不泣数行下也。"③之所以能有如此强烈的感染力，也许就是因为其中所蕴含的人生苦短与壮志未酬之间的强烈矛盾是古代士人几乎都要面临的一个主要矛盾。

（四）壮志难酬。 此可见于反复出现的"慷慨"一词：

慷慨亦焉诉，天道良自然。但恨功名薄，竹帛无所宣。（卷六《长歌行》）

天道信崇替，人生安得长。慷慨惟平生，俛仰独悲伤。（卷六《门有车马客行》）

盛时一往不还，慷慨乖念凄然。（卷七《董逃行》）

---

① 《陆士衡文集校注》，1365 页。
② 《陆士衡文集校注》，609—610 页。
③ 《陆士衡文集校注》，611—612 页。

人生固已短,出处鲜为谐。慷慨惟昔人,兴此千载怀。(卷七《折杨柳行》)

俯仰行老,存没将何观。志士慷慨独长叹,独长叹。(卷七《月重轮行》)

慷慨之义,或是"壮士不得志于心",①或是"叹思也"。② 就其主题而言,此壮志未酬的悲苦是陆诗反复吟咏的,它与乡思、人生苦短交织在一起,成为陆机诗文挥之不去的情感基调,③诚如《思归赋》所云:"悲缘情以自诱,忧触物而生端。 昼辍食而发愤,宵假寐而兴言。"(卷二)较之于张华、潘岳,陆机的身份、经历使其更多悲苦之音,无论此情在艺术表现上是否成功,这种悲苦的人生感喟则是陆机诗文的基调。 陆云在给陆机的书信中说:"云久绝意于文章,由前日见敦之后,而作文解愁,聊复作数篇,为复欲有所为以忘忧。"④也许可以说,这不仅是陆云,也是陆机作文的一个重要目的,简而言之,即,以悲苦之文遣悲苦之情。 钟嵘的一段话似可借以解释陆机诗多悲的原因,"非陈诗何以展其义;非长歌何以骋其情?"⑤这段话为历来论者所重视,在一定意义上可以说是对魏晋以来重情思想的总结。

汉末游士于天崩地坼、颠沛流离之际,于逐臣弃妻与朋友阔绝之主

---

① 《陆士衡文集校注》,537 页。

② 《陆士衡文集校注》,582 页。

③ "游宦无成,欲归无因,有限的生命在对功名与思乡的悲歌中悄然流逝,于是日居月储、生命苦短的悲歌亦时时交织于诗情之中。"(刘运好:《陆士衡文集校注·前言》,21 页)

④ 《陆士衡文集校注》,1312 页。

⑤ 曹旭:《诗品集注》,47 页。

题吟咏再三，《古诗十九首》遂成千古至文。 魏晋之际，曹植、阮籍因特殊之身世，在猜忌、排挤中郁郁终身，济世之志未及舒展，惟恣肆其情于文字。 又因其身份之显，才华之卓，故对于情之觉醒影响至深。西晋诸子承续此传统，于出处无依、生死攸关之际，用自己及亲人的生命作为代价，进一步开启情之觉醒。 其结晶也许就是陆机于《文赋》中提出的"诗缘情而绮靡"，对于此"情"之具体含义，是否就是一般意义上的情感，学界尚无定论，但也许可以说，它包含着一己之情。 这也是从汉魏以来整体思潮的趋向，哲学上，汉魏的圣人无情说渐为圣人有情论所取代；①生活上，中朝名士的纵情放达在《世说新语》中屡屡可见。 情的觉醒与人的觉醒、文的觉醒等命题密切相关，也许可以说，"诗缘情而绮靡"是对汉末以来情之觉醒影响于文之觉醒的一个基本总结。

---

① 参见汤用彤《魏晋玄学论稿》，67 页；余英时《士与中国文化》，425 页。

第三章 论东晋士人的出处观及其美学意蕴

　　较之于西晋士人的进退失据，彷徨困苦，东晋士人虽然也面临着诸多现实困境，但总体而言，政治上，皇权的削弱与门阀士族地位的上升使得士人的政治环境大为宽松；思想上，郭象哲学会通名教与自然的努力使得士人不再执着于出处对立，般若之"空"的不二法门更能遣除出处分别；物质上，庄园经济的普遍发展意味着士人可以从容享受私人生活。从曹魏到西晋，士人探索出名教即自然的出处模式，却没有条件在实践中展开；东晋士人在偏安的江左政局、明秀的江南山水中，相对从容地将这一出处模式落到实处。较之于汉末以来的士人，东晋士人主要有三方面的变化：心态的从焦虑到从容，诗文的从铺陈哀情到谈玄论佛，生活趣味的从俗到雅。本章尝试从出处的角度论述东晋士人的心态及生活方式，并在此基础上探讨其对于中国美学史的影响。

一、名教与自然的统一：大隐

东晋的安定局面始于中期，经过早期君权与士族的较量，门阀士族逐渐成为朝政实际的主宰力量，个人与社会、自然与名教之间的矛盾得以缓和，在此意义上，大隐成为东晋士人主要的出处方式。①《世说新语》载："谢万作八贤论，与孙兴公往反，小有利钝。"刘孝标注引《中兴书》曰："……（谢）万集载其叙四隐四显，为八贤之论……其旨以处者为优，出者为劣。孙绰难之，以谓体玄识远者，出处同归。"②这段话可注意者有二：（一）东晋士人的出处观。1.就总体倾向而言，东晋士人主张出处同归，即大隐，会通名教与自然。张翼《咏怀诗三首》其一："运形不标异，澄怀恬无欲。座可栖王侯，门可回金毂。风来咏逾清，鳞萃渊不浊。斯乃玄中子，所以矫逸足。何必玩幽间，青衿表离俗……"③这首诗强调精神的超越与形迹的合俗相融为一，和光同尘、会通名教与自然成为东晋士人的主要观点。王康琚的《反招隐诗》是研究者多有引用的："小隐隐陵薮，大隐隐朝市。伯夷窜首阳，老聃伏柱史……"④大隐意味着只要得意，山林可隐，朝市也可隐，如果执着于山林，不仅伤身害体，而且是"矫性失至理"。2.名教与自然的会通立足于将自然代表的超脱与自由融入名教代表的束缚与秩序中。出之劣在于其束缚，处之优在于其自由，但西晋灭亡的惨痛教训意味着王衍

---

① 参见唐长孺《魏晋玄学之形成及其发展》，载《魏晋南北朝史论丛（外一种）》，河北教育出版社，2000。

② 余嘉锡：《世说新语笺疏》，270 页。

③ 逯钦立：《先秦汉魏晋南北朝诗》，891—892 页。

④ 逯钦立：《先秦汉魏晋南北朝诗》，953 页。

式的不问世事是不可行的，因此，将处之自由与出之事功相结合成为东晋士人理想的出处模式。其代表即王导与谢安，二人既有匡扶社稷之事功，也有宅心玄远之风度，孙绰《丞相王导碑》曰："公雅好谈咏，恂然善诱。虽管综时务，一日万机，夷心以延白屋之士，虚己以招岩穴之俊，逍遥放意，不峻仪轨。"①所强调的正是名教与自然的相即相融，不因事功而废弃逍遥，这使其不同于沉溺于案几的俗吏；同样，一日万机之事功也不因雅好谈咏而荒废，这又使其不同于祖尚浮虚的中朝名士。孙绰《赠谢安》曰："仰咏道诲，俯膺俗教。"②在孙绰看来，谢安能够做到名教与自然并行不悖，俯仰自如。再如孙绰对另一位中兴名臣温峤的评价："既综幽纪，亦理俗罗。神濯无浪，形浑俗波。"（《赠温峤》其二）③同样强调其能宅心玄远而不废事功，幽纪与俗罗、神与形、出与处各得其宜。④

（二）大隐的关键在于"体玄识远"。"体无"是王弼提出的一个重要范畴，对于"体无"及其在中国美学史上的意义，笔者在他著中已有探讨。也许可以说，"体玄"是对"体无"的进一步发展，它意味着玄

---

① 严可均：《全上古三代秦汉三国六朝文》，1813 页。

② 逯钦立：《先秦汉魏晋南北朝诗》，900 页。

③ 逯钦立：《先秦汉魏晋南北朝诗》，898 页。陈顺智："首二句'幽纪'、'俗罗'——出处、隐仕可以同归，次二句则解释之所以可以如此是因为人的精神宁静无累，其形体则不妨与世推移、随波逐流。"（《东晋玄言诗派研究》，武汉大学出版社，2003，70 页）

④ 需要注意的是，在玄风大畅的时代环境中，轻于出而重于处或者说卑出而尊处的思想仍然具有较大影响，这必然导致对事功的轻视。唐长孺："东晋以后名教与自然的结合，基本上已经解决，但放逸之风，特别是不问世务的风气却在士大夫间始终存在。"（《魏晋南北朝史论丛［外一种］》，324 页）《世说新语·简傲》与《晋书》中多有记载。

理不再只是停留于外在的理论，更是一种内在的体悟。 这一点对于魏晋玄学至关重要，王弼的"体无"在其主要著作中并未展开讨论；嵇康多次讲"游心"，但嵇康以及阮籍均未在理论上提及"体"；郭象哲学的核心命题是"独化于玄冥之境"，作为境，只能是通过"体"感受，但郭象也没有讲"体"。 在此意义上可以说，孙绰将"玄"作为"体"的对象，并进而认为"体玄识远者，出处同归"，是对魏晋玄学的一个重要推进。① 因为能体悟到玄远之境，即使是在庙堂之上，也可享有山林之趣，出与处、名教与自然统一的关键在于"体"，虽然身为出，囿于名教，但因为体悟到自然之理，则心可游于处之方外。 庾友《兰亭诗》："驰心域表，寥寥远迈。 理感则一，冥然玄会。"②驰心于现象世界之外，获得一种超越的玄理之感。 现象虽各异，玄理则同一，这是一种冥然玄会的境界。 借用汤用彤先生对郭象"玄冥之境"的解释，"玄，同也；冥，没也"③。 而"玄会"，当是一种"玄悟"，即"体玄"的境界。 中国古代文化重视体悟，这是人所共知的，孙绰以及东晋士人的贡献在于将体悟与出处相联系。 王胡之《赠庾翼诗》："元直言归，武侯解鞅。 子鱼司契，幼安独往。 神齐玄一，形寄为两。 苟体理

---

① 刘怀荣："'出处同归'的前提是能够'体玄识远'，即能保持玄远的心境。这看似与郭象的说法相去不远，实则二者有重大的差别。一是郭象实现仕隐统一的主体是'圣人'，用他同时代人皇甫谧的话说，即是'非圣人孰能兼存出处'；孙绰则以是否具备玄学修养作为'出处同归'的内在前提；一是与郭象将隐虚化、以仕统一隐不同，孙绰则是在'体玄识远'的心理前提下同时肯定仕与隐。这就使'出处同归'说更易于为时人接受。"（池万兴，刘怀荣：《梦逝难寻：唐代文人心态史》，河北教育出版社，2001，42 页）
② 逯钦立：《先秦汉魏晋南北朝诗》，908 页。
③ 汤用彤：《魏晋玄学论稿》，181 页。

分，动寂忘象。 仰味高风，载咏载想。"①徐庶与诸葛亮、华歆与管宁，有出处之别，但只要神形分殊，形迹虽为二，神理则齐一。 关键在于体悟玄理，即可忘却出处形迹之差异。

二、大隐的实践：玄言与山水

但东晋士人既讲出处同归，也讲出劣处优。 孙绰诗云："野马闲于羁，泽雉屈于樊。 神王自有所，何为人世间。"②人世间的羁、樊会限制、委屈野马和泽雉，出仕会束缚个人自由。 谢安和邓粲，都是先隐居后出仕，而遭时人讥讽。③ 如何理解这一矛盾？ 这也许是历史的惯性使然，更重要的是在理论上无论如何会通，在实践上山林之自由与庙堂之束缚终究有别。 孙绰《遂初赋序》："余少慕老庄之道，仰其风流久矣。 却感于陵贤妻之言，怅然悟之。 乃经始东山，建五亩之宅，带长阜，倚茂林，孰与坐华幕击钟鼓者同年而语其乐哉！"④带长阜、倚茂林（山林）与坐华幕、击钟鼓（庙堂）在形迹上确有不同，因此，如何在实践中会通出处？ 这成为东晋士人思考的一个重要问题。 孙绰《答许询诗》其三："散以玄风，涤以清川。"⑤玄言与山水可以说是东晋士人会通出处最基本的两种途径。

（一）玄言。 东晋士人的玄言包括两个方面：文学中的玄言诗与生活中的玄谈。 就与出处之关系而言，二者并无根本区别，本书于此主

① 逯钦立：《先秦汉魏晋南北朝诗》，886 页。
② 逯钦立：《先秦汉魏晋南北朝诗》，902 页。
③ 参见《晋书》之《谢安传》、《邓粲传》。
④ 严可均：《全上古三代秦汉三国六朝文》，1807 页。
⑤ 逯钦立：《先秦汉魏晋南北朝诗》，899 页。

要以玄言诗为论述对象。刘勰的一段话是历来论者屡屡引用的:"自中朝贵玄,江左称盛,因谈余气,流成文体。是以世极迍邅,而辞意夷泰,诗必柱下之旨归,赋乃漆园之义疏。"①这说明玄言诗是承续魏晋玄谈而来,其内容主要是老庄哲学思想。那么,东晋士人为何不是承续汉末以来的诗歌题材、表达方式,却要另辟蹊径?其原因也许主要有二:1. 消解出处矛盾。② 王胡之《答谢安诗》其七:"巢由坦步,稷契王佐。太公奇拔,首阳空饿。各乘其道,两无贰过。愿弘玄契,废疾高卧。"③诗中列举了诸多出处不同的历史人物,在王胡之看来,出与处只要各乘其道,并无冲突。谢安的诗同样阐发了这一思想,《与王胡之》其四:"余与仁友,不涂不苟。默匪岩穴,语无滞事。栎不辞社,周不骇吏。纷动嚣嚣,领之在识。会感者圆,妙得者意。我鉴其同,物观其异。"④"语默"出自《周易》,指出处。在谢安看来,对出处之别的执着是有所遮蔽,关键在于"领之"、"得意",能够得意,则出处即为同一。通过玄言诗,无论是创作者还是鉴赏者,都能体悟到出处同归的大隐玄趣。又因为"体玄",故能"识远",远与近相对,指当下的名教生活,与之相对的远则指超越于名教之外的自然。玄言诗人大多为沉浮于名教中人,故通过玄言诗的创作与鉴赏,可以超越于名教之外,进达自然之境。

2. 以理遣情。孙绰《答许询诗》其八:"贻我新诗,韵灵旨清。

---

① 刘勰著,范文澜注:《文心雕龙注》,675 页。

② 李建中:"'淡乎寡味'的玄言诗,作为玄学人格的文本式存在,确乎'淡'化了消弭了西晋文人的心理焦虑,其具体表现之一,便是将西晋文人的'出处徘徊'淡为'出处同归'"。(《玄学人格与东晋玄言诗》,《江海学刊》1999 年第 1 期)

③ 逯钦立:《先秦汉魏晋南北朝诗》,887 页。

④ 逯钦立:《先秦汉魏晋南北朝诗》,905 页。

粲如挥锦，琅若叩琼。 既欣梦解，独愧未冥。 慑在有身，乐在忘生。 余则异矣，无往不平。 理苟皆是，何累于情。"①汉末魏晋以来，古诗十九首开创的生死契阔、夫妇离别之悲情成为诗歌的基本主题，导出了情的觉醒。 这固然有其积极意义，但情之泛滥又使人不堪其累。 在现实生活中，东晋士人同样是一往情深，《世说新语》中有很多这方面的记载。 也许正是有感于现实生活的各种变故带来的情感变化过于频繁，所以无论是王弼，还是郭象，在其玄学中一方面承认情的表达有其合理意义，另一方面又强调不能任其泛滥，要有所规矩。 因此，玄言诗的一个基本主题就是以理遣情。 许询《农里诗》："亹亹玄思得，濯濯情累除。"②作为玄言诗的重要代表，许询这两句诗含义很明确：玄思得而情累除。 这也是郭象哲学的基本思想，"忧来而患生者，不明也；患去而性得者，达理也。"③对玄理的体悟意味着对现实中的种种变故不生休戚之情，因此，理至而情去。 但在去除尘俗之情后，因为体悟玄理又会带来一种新的情感。"圣人无喜，畅然和适，故似喜也。"④也许可以说，东晋士人在玄言诗中所要体悟的就是这种畅然和适。 王羲之《兰亭诗》："悠悠大象运，轮转无停际。 陶化非吾因，去来非吾制。 宗统竟安在，即顺理自泰。 有心未能悟，适足缠利害。 未若任所遇，逍遥良辰会。"⑤对于大象、陶化之必然，不生抗拒或逃避之意，顺应其理，即可逍遥自得，这就会有一种超乎现实哀乐的与理为一的乐。 冯友兰

---

① 逯钦立：《先秦汉魏晋南北朝诗》，900 页。
② 逯钦立：《先秦汉魏晋南北朝诗》，894 页。
③ 曹础基、黄兰发：《南华真经注疏》，376 页。
④ 曹础基、黄兰发：《南华真经注疏》，140 页。
⑤ 逯钦立：《先秦汉魏晋南北朝诗》，895 页。

先生在论述魏晋风流时说："真正风流的人有深情。但因其亦有玄心，能超越自我，所以他虽有情而无我。所以其情都是对于宇宙人生的情感。不是为他自己叹老嗟卑。"又说："忘情则无哀乐。无哀乐便另有一种乐。此乐不是与哀相对的，而是超乎哀乐的乐。"①也许可以说，它不是一己出处、得失、生死之悲欣，而是一种洞达人生、历史和宇宙之规律的超越感，一种超乎小我哀乐的乐。玄言诗的这一特点，使它与重视抒情的中国诗歌传统相距甚远。历来论者多有批评，近年来，随着学界对玄言诗的研究逐渐深入，对其积极意义又多有肯定。就美学而言，玄言诗对于中国美学的影响更为深远。封建社会中后期，随着政治的日趋没落，士人一方面难以从宦海中抽身而去，一方面又要涤除宦海风波中的种种惊恐，于是出处同归的吏隐方式被大多数士人遵循，于是在文艺中追寻以理遣情的平淡之美。如果说诗文尚承载较多的政治教化功能，这种转向尚不太明显，绘画史上，对山水题材的重视、对水墨色彩的追求，尤其是文人画，以及南北宗之分的演变，则充分表现了玄言诗的审美趣味渐占主流。②

（二）山水。对于玄言与山水的关系，当代学者已有充分探讨。值得注意的是，山水的被关注与出处问题密切相关。孙绰《太尉庾亮碑》："公雅好所托，常在尘垢之外，虽柔心应世，蠖屈其迹，而方寸湛

---

① 《三松堂学术论集》，北京大学出版社，1984，609—617 页。

② 叶朗先生说："从审美活动（审美感兴）的角度看，所谓'意境'，就是超越具体的有限的物象、事件、场景，进入无限的时间和空间，即所谓'胸罗宇宙，思接千古'，从而对整个人生、历史、宇宙获得一种哲理性的领悟和感受。"（《胸中之竹》，安徽教育出版社，1998，57 页）这段话并非针对玄言诗而言，但以之概括玄言诗的思想及其对中国美学的影响，似乎同样适用。

然，固以玄对山水。"①庾亮是东晋早期的重臣，孙绰为了突出其风流
情趣，特别强调其山水之好，山水作为与尘垢（官场、名教）相对立的
存在被重视，以玄对山水更是意味着山水不仅是外在的与人隔绝的客观
存在，而是经过了玄学思想的灌注、被赋予了玄学意味的人化的自然。
孙绰的另一段话同样表述了这一思想："孙兴公为庾公参军，共游白石
山。卫君长在坐。孙曰：'此子神情都不关山水，而能作文。'"②与
山水相关的神情是什么？也许可以说，就是超越于名教之外的玄远情
趣。在一定意义上可以说，这是东晋士人在山水中所要体悟的主要内
容。孙绰《游天台山赋》作为东晋山水文学的代表作，为历来研究者所
重视。其序云："方解缨络，永托兹岭，不任吟想之至，聊奋藻以散
怀。"解脱了来自于名教的束缚，在山岭中逍遥自得，再通过文学作品
表现自己萧散的情怀。其文云：

> 释域中之常恋，畅超然之高情。……过灵溪而一濯，疏烦想于心
> 胸。荡遗尘于旋流，发五盖之游蒙。……于是游览既周，体静心闲。
> 害马已去，世事都捐。投刃皆虚，目牛无全。凝思幽岩，朗咏长
> 川。……挹以玄玉之膏，漱以华池之泉，散以象外之说，畅以无生之
> 篇。悟遗有之不尽，觉涉无之有间。泯色空以合迹，忽即有而得玄。
> 释二名之同出，消一无于三幡。恣语乐以终日，等寂默于不言。浑万
> 象以冥观，兀同体于自然。③

---

① 严可均:《全上古三代秦汉三国六朝文》,1814 页。
② 余嘉锡:《世说新语笺疏》,478 页。
③ 严可均:《全上古三代秦汉三国六朝文》,1806 页。

　　这段话可注意者有四:1. 游山的出发点在于解脱方内之缰索,获得超然象外的高情,最终是得到体静心闲、世事都捐的效果。"今我欣斯游,愠情亦暂畅。"(桓伟《兰亭诗》)① "今我斯游,神怡心静。"(王羲之《兰亭诗》)②在东晋士人对山水的观照中,始终有一个名教的背景,换句话说,是出于对名教的对抗、摆脱,从而亲近自然。 对于出处同归的大隐士人而言,因为在形迹上囿于名教之内,所以格外重视山水的超越性。③ 2. 仙、佛不仅在地理上与山林密切相关,而且在思想上与山林的作用相近:去除名教的尘垢,涤荡佛家所说的贪欲、瞋恚、睡眠、调戏、疑悔等五盖。 3. 即有而得玄与支遁的即色学说密切相关,按照般若学的空观,现象万有为因缘和合而成,并无自性,是为假有;假有虽假,却是观照般若之空的必经中介,真空不离假有。④ 落实到山水观,也许可以说,山水并无自性,却是体玄的必经中介。 套用黑格尔的话说,山水是道、玄的感性显现。 4. 最后两句说明山水观照的最高境界是天人合一。 天人合一为中国传统思想的一个重要特征,先秦儒道均有阐述。 孙绰是在佛学的意义上说,与儒道所说并不完全相同,

① 逯钦立:《先秦汉魏晋南北朝诗》,910 页。
② 逯钦立:《先秦汉魏晋南北朝诗》,913 页。
③ 韦凤娟:"朝隐使'隐'与'仕'的界线从理论上和行迹上都消失了,朝廷与山林的沟堑从心理上消失了。只有在这种特殊隐逸形式下,传统隐逸中孕育的对山水自然的热爱,才真正蔚为浓郁的时代风尚。……朝隐使得传统隐逸中的山水之情得到普遍的认同,促使山水成为审美对象而与人们的生活发生联系。士大夫们把寄情山水、悠游岁月当作朝隐最完美的实践,当成谈玄与享受相结合的生活方式的最切实的实践,使欣赏山水成为一代风尚,直接促使了山水诗的兴起。"(陶文鹏、韦凤娟主编:《灵境诗心:中国古代山水诗史》,凤凰出版社,2004,79—80 页)
④ 虽然在后来的僧肇看来,支遁的即色宗与当时其他的六家七宗一样,对般若之空的理解都有偏颇之处,但对于士人而言,对义理的细微区别并无多少关注。

但对于士人而言，对于中国美学而言，哲学义理的区别并非最重要，重要的是这种天人合一的境界意味着从当下的个人的有限存在中超越出来，本来束缚自己、困扰自己的名教之樊笼在"冥观"与"自然"中消失了。

三、大隐的归宿：雅的生活方式

东晋士人吟咏的山水呈现出新的倾向：在地理位置上，自远而近向城市近郊靠拢；在内容主题上，从简单到丰富以求赏目娱心。 庾阐《闲居赋》："于是宅邻京郊，宇接华郭，聿来忘怀，兹焉是托。 鸟棲庭林，燕巢于幕。 既乃青阳结荫，木槿开荣，森条霜重，绿叶云倾。 ……黄绮挈其云栖，渔父欣其濯足……"①之所以在京郊、华郭附近，是为了出仕者更便捷地享受处之乐趣，或者说，在出与处之间便捷转换。 谢安《与王胡之》第六首："朝乐朗日，啸歌丘林。 夕玩望舒，入室鸣琴。 五弦清激，南风披襟。 醇醪淬虑，微言洗心。 幽畅者谁，在我赏音。"②这是多么清幽淡雅又闲适惬意的生活方式！ 无论出仕之前，还是为官之后，谢安始终青睐这种生活方式，这也是东晋士人普遍遵循的。 较之于西晋乃至汉末以来的士人，东晋士人的心态是恬淡、平和的，这种心态又外化为雅化的生活方式。 形成这种心态的原因很多，其中一个重要的因素是大隐的出处方式。 王羲之因与上司发生矛盾，愤而辞职。 其《与谢万书》云：

---

① 严可均：《全上古三代秦汉三国六朝文》，1679 页。
② 逯钦立：《先秦汉魏晋南北朝诗》，906 页。

古之辞世者,或被发佯狂,或污身秽迹,可谓艰矣。今仆坐而获逸,遂其宿心,其为庆幸,岂非天赐! 违天不祥。顷东游还,修植桑果。今盛敷荣,率诸子,抱弱孙,游观其间。……比当与安石东游山海,并行田尽地利,颐养闲暇。衣食之余,欲与亲知时共欢宴,虽不能兴言高咏,衔杯引满,语田里所行,故以为抚掌之资,其为得意,可胜言耶!①

此文在出处问题演变史,以及士人心态史上都应受到充分重视,它明确将出处矛盾的消解与山水田园相联系,不是小隐者被迫的避世遁迹,而是主动将山水田园作为享乐之地;也不是小隐者的荒山野林,而是富贵与山林两得其趣的私人园林。 从《论语·微子篇》到东方朔的《诫子书》,出处矛盾一直是萦绕士人心头、丝毫轻忽不得的一个重要问题。 无论是庄子的"贤者伏处大山堪岩之下"②,还是东方朔的"避世金马门",都是无奈而又痛苦之举。 虽然东汉末年仲长统在《乐志论》中提出与王羲之类似的观念,③但汉末之际,仲长统的观念并不具有时代普遍性,只有以出处同归大隐为思想基础,以相对宽松的政治环境为现实基础,才能有这种逍遥自得、恬淡自如的心态,才能真正将山水田园作为身心游憩之地。

不妨再以两晋作一对比,西晋有石崇、潘岳等人的金谷集会,东晋王羲之、谢安等人的兰亭雅集更是千古流传,从石崇的《金谷诗序》、

---

① 严可均:《全上古三代秦汉三国六朝文》,1582 页
② 陈鼓应:《庄子今注今译》,中华书局,1983,274 页。
③ 余英时先生对此有全面探讨,参见《士与中国文化》第六章《汉晋之际士之新自觉与新思潮》。

王羲之的《兰亭诗序》中可以看出，二者有很大区别：如心态的躁动与恬淡，主题的低俗与高雅。再如西晋潘岳的《闲居赋》与东晋戴逵的《闲游赞》，潘岳之文表现的是官场失意后对田园闲居的兴趣，但由于其心态的浮躁，其对田园闲居的描写流于罗列，缺少生气，更无深情。戴逵虽然是处士，但与高门子弟多有来往，《世说新语·雅量》第三十四条刘孝标注引《晋安帝纪》说："（逵）性甚快畅，泰于娱生。好鼓琴，善属文，尤乐游燕，多与高门风流者游，谈者许其通隐。"①"通隐"意味着其并非遁居山林的小隐者，不是刻意执着于出处之别者。其《闲游赞》云：

> ……山林之客，非徒逃人患，避争斗，谅所以翼顺资和，涤除机心，容养淳淑，而自适者尔。凡物莫不以适为得，以足为至。彼闲游者，奚往而不适？奚待而不足？故荫映岩流之际，偃息琴书之侧，寄心松竹，取乐鱼鸟，则澹泊之愿于是毕矣。②

退居山林不再只是出于对人患、争斗的被动的逃避，而是为了自适，是主动的选择。也许可以说，在逃避尘世而入山林者的眼中，山林本身并无多少赏心悦目之处，这也可以从一个侧面解释为什么此前虽不乏隐者，却并无山水诗画的兴盛；在自适而入山林者的眼中，松竹与鱼鸟是寄心与取乐的对象，山水成为士人审美的对象。"以适为得，以足为至"可以说是东晋士人普遍遵循的生活方式，它对于此后的中国士人、

---

① 余嘉锡：《世说新语笺疏》，373 页。
② 严可均：《全上古三代秦汉三国六朝文》，2250 页。

中国美学均具有深远影响,从某种意义上可以说,它奠定了此后大多数士人对待文艺的基本态度,中国美学的诸多特点与此息息相关。

山水与士人的生活在距离上越来越近,在士人生活中也越来越重要,士人园林由此兴盛。 作为初始阶段,东晋园林虽然尚不完备,但已奠定了士人园林的基本意义、形态特征。 就其意义而言,园林有助于维持士人出处关系的平衡、调理身心、完善人格;就其形态特征而言,在相对封闭而独立的空间中,既有琴棋书画的创作与鉴赏,也有谈佛论道的超越与自由。① 这种生活方式的突出特征是"雅",罗宗强先生说:"(东晋)时期最为重要的文学思想,我以为还是一种全新的审美情趣的出现,这就是'雅'。"②雅相对于俗,雅俗之辨是中国美学的一个基本命题,其含义极其丰富。 从某种意义上也许可以说,俗来自于名教,属于官场的各种尘俗;与之相对,雅指向自然,属于山林的清虚、恬淡。 兹以陶渊明为例略论之,一方面,陶渊明受到玄学深刻影响,这是学界普遍认可的;另一方面,陶渊明虽最终弃官而隐,其奉行的并非出处同归,但若比较兰亭诗与陶渊明的大多数田园诗,即可见出,二者虽有旁观者与参与者、玄言诗与田园诗等诸多不同,但就其心态而言,二者具有一致性,即,追求名教之外的山林(田园)所指向的自然,这种追求又指向雅的生活方式。

《归园田居》其一:"少无适俗韵,性本爱丘山。 误落尘网中,一去三十年。 羁鸟恋旧林,池鱼思故渊。 ……久在樊笼里,复得返自

---

① 余开亮《六朝园林美学》(重庆出版社,2007)对此已有详细而精审之论辩,兹不赘论。

② 《魏晋南北朝文学思想史》,中华书局,1996,127 页。

然。"①此诗可注意者有二：其一，陶渊明诗文有一个基本的对立关系：田园与官场。田园指向自然、自由，官场指向束缚、困苦。俗韵、尘网、羁鸟、池鱼、樊笼，指向官场；丘山、旧林、故渊、园田，指向自然。也许可以说，田园的乐趣正在于官场之苦的背景，如果没有官场这一背景，田园之乐也许就没有这么强烈。读陶诗，可以很明显地感觉到，随着陶渊明田园生活的展开，时间越往后，其诗文中的愁苦之言就越多，其原因之一也许即在于官场背景的消失。其二，田园指向雅化的生活方式。陶渊明往往将田园作为园林，如，《庚子岁五月中从都边阻风于规林二首》其二："静念园林好，人间良可辞。"②《辛丑岁七月赴假还江陵夜行涂口》："诗书敦夙好，园林无世情。"③其对田园生活的描述着重突出其远离官场的闲适雅趣。《和郭主簿二首》其一："蔼蔼堂前林，中夏贮清阴。凯风因时来，回飙开我襟。息交游闲业，卧起弄书琴。园蔬有馀滋，旧谷犹储今。营己良有极，过足非所钦。春秫作美酒，酒熟吾自斟。弱子戏我侧，学语未成音。此事真复乐，聊用忘华簪。遥遥望白云，怀古一何深！"④在详列种种园居之乐后，所强调的是"忘华簪"。这不仅说明园林之乐的重要意义在于对官场生活的否定，也意味着士人自觉地在官场之外、在田园（或山水）中构建属于士人阶层的雅的生活方式。葛晓音先生说："从晋宋到唐代，典型的山水诗都能显示出诗人超脱、从容、宁静、闲雅的风度。这种品味高雅的士大夫气，便是中国山水诗的神韵所在。玄学对山水诗最重要的影

---

① 袁行霈撰：《陶渊明集笺注》，中华书局，2003，76 页。

② 《陶渊明集笺注》，191 页。

③ 《陶渊明集笺注》，193 页。

④ 《陶渊明集笺注》，144—145 页。

响就在这里。"①这虽是就山水诗而言,但移之于陶渊明的田园诗,以及东晋士人的玄言诗,似乎也是可以的。所谓"超脱、从容、宁静、闲雅",在一定意义上可以说,所突出的正是与庙堂生活的拘束、紧张、躁动、忙碌相对立的生活方式。

《二十四诗品·典雅》:"玉壶买春,赏雨茅屋。坐中佳士,左右修竹。白云初晴,幽鸟相逐。眠琴绿阴,上有飞瀑。落花无言,人淡如菊。书之岁华,其曰可读。"②东晋王徽之对竹的痴迷是《世说新语》中多处记载的,对菊的爱好则始于陶渊明,"落花无言"与玄学"言约旨远"的特征颇为相近,也许可以说,"典雅"的最初原型来自于东晋士人。

---

① 葛晓音:《山水田园诗派研究》,30 页。
② 郭绍虞:《诗品集解·续诗品注》,人民文学出版社,1963,12 页。

第四章　大隐的佛学基础：论《维摩诘经》
对士人出处观的影响

　　《维摩诘经》是一部印度大乘佛经，在中国佛教史和中国文化史上均有重要地位。鲁迅先生说："晋以来的名流，每一个人总有三种小玩意，一是《论语》和《孝经》，二是《老子》，三是《维摩诘经》。"[①]孙昌武先生说："维摩诘信仰始终是基本围绕着经典自身的发展的。自东晋到唐代，义学沙门给这部经典作了无数的义疏，以至使它成了佛门的入门书、大乘经中的普及读物。而在世俗中，真正开始认真研读这部经典的则是东晋的名士。到唐宋时期，它几乎又成为文人、官僚阶层的必读书。"[②]

　　从东晋到唐代，也是大隐与中隐出现的阶段，与《维摩诘经》在士人中的广泛流传恰恰同步，这应当不是一种巧合，而是意味着二者之间

　　① 《吃教》,《鲁迅全集》第五卷,人民文学出版社,2005,327 页。
　　② 《中国文学中的维摩与观音·导论》,高等教育出版社,1996,13 页。

具有内在的联系。 本章尝试以大隐的主要的哲学基础——郭象哲学为参照,初步探讨《维摩诘经》对士人出处观可能产生的影响。

一、慈　悲

僧肇在《注维摩诘经序》中说:"此经所明统万行则以权智为主,树德本则以六度为根,济蒙惑则以慈悲为首,语宗极则以不二为门。 凡此众说皆不思议之本也。"①权智强调的是如何接济众生的方便;六度侧重的是布施、持戒等修行实践;慈悲则是大乘普度众生的兼济;不二法门则是贯穿全经的基本思想,不二即平等、无分别,即荡相遣执、不落两边的中道实相。 其中六度为大乘共有之法门,因此,本书的讨论主要涉及《维摩诘经》中慈悲、权智和宴坐的不二思想。

小乘与大乘的一个基本区别即是自利还是利他,自度还是度人,这也就是慈悲。"以一切众生病,是故我病;若一切众生病灭,则我病灭。所以者何? 菩萨为众生,故入生死,有生死则有病;若众生得离病者,则菩萨无复病。"②这种普度众生的慈悲是本经的突出特征,其他诸多特征可以说皆由此而有,为此而设。"不尽有为,不住无为"就是这一慈悲思想的体现。 僧肇注曰:

> 有为虽伪,舍之则大业不成;无为虽实,住之则慧心不明。是以菩萨不尽有为,故德无不就;不住无为,故道无不覆。至能出生入死,遇物斯乘。在净而净,不以为欣;处秽而秽,不以为戚。应彼而动,于

---

① 释僧肇等《注维摩诘经》,《大正藏》第 38 册,327 页,页上、中。
② 鸠摩罗什译《维摩诘所说经》,《大正藏》第 14 册,544 页,页中。

我无为,此诸佛平等不思议之道也。①

　　大致来说,有为,属于世俗世界;无为,则进入超越现象界的空。凡夫众生属于有为世界,声闻、辟支二乘属于无为,而菩萨也能观无为之空,但不停留于此,为了成就众生之"大业",他还要回到有为世界。 因为不离开世俗世界,所以能成就兼济之德;因为不停留于一己之空,所以其佛法不仅利己,还能利他。 二乘欣喜于一己之净,凡夫则悲戚于身陷污秽,菩萨虽已处于清净,但"应彼而动",又回到污秽中。"何谓不尽有为? 谓不离大慈,不舍大悲。"②罗什注曰:"慈悲佛道根本也。 声闻无此故,尽有住无也。 欲不尽有为成就佛道,要由慈悲。"③菩萨不同于二乘,在于不是只求一己之解脱,还要成就众生。故虽了达无为而不住,超越有为而不舍,不舍是为了接济众生,此为慈悲。 因为这种慈悲,所以不住无为。"何谓菩萨不住无为? 谓修学空,不以空为证。"④二乘停留于空,而菩萨为了众生,还要由空返有。

　　这种自利与利他不二的思想与儒家的兼济思想颇有相似之处,僧肇有时就用独善称谓小乘,"独善之道何足贵乎?"⑤从普度众生的慈悲角

---

　　① 释僧肇等《注维摩诘经》,《大正藏》第 38 册,406 页,页中。按:本章对《维摩诘经》之解读多依据鸠摩罗什、僧肇与竺道生之注,从士人接受的角度来说,《维摩诘经》译本虽多,而以罗什译本最为流行,作为译者之注,当随经文本身之流传而广为士人熟悉。因此,三人之注与经文是否一致,三人之注彼此之间是否一致,这些均非本章所关注的内容。
　　② 鸠摩罗什译《维摩诘所说经》,《大正藏》第 14 册,554 页,页中。
　　③ 释僧肇等《注维摩诘经》,《大正藏》第 38 册,406 页,页中。
　　④ 鸠摩罗什译《维摩诘所说经》,《大正藏》第 14 册,554 页,页下。
　　⑤ 释僧肇等《注维摩诘经》,《大正藏》第 38 册,407 页,页上。

度来看,二乘甚至不如凡夫,"譬如高原陆地,不生莲华,卑湿淤泥乃生此华;如是见无为法入正位者,终不复能生于佛法。 烦恼泥中,乃有众生起佛法耳。 ……凡夫闻佛法,能起无上道心,不断三宝。 正使声闻终身闻佛法、力、无畏等,永不能发无上道意"①。 这不仅与小乘,即使是与《法华经》这样的大乘经典也是大相径庭,以至于僧肇在注经时需要详加辨析,"凡夫闻法能续佛种,则报恩有反复也;声闻独善其身不弘三宝。 于佛法为无反复也。 ……此经将以二乘疲厌生死进向已息潜隐无为绵绵长久,方于凡夫则为永绝。 又抑扬时听卑鄙小乘,至人殊应其教不一,故令诸经有不同之说也。"②在僧肇看来,此经之所以认为二乘不如凡夫,其关键即在于二乘是独善其身,此经着力于"卑鄙小乘",即否定自利成佛者,以达到弘扬大乘的效果。 罗什、僧肇与道生在注经时,多次提及"兼济"一词,贬斥小乘的"独善其身",其意即在于突出此经普度众生的思想。 这也意味着在大乘之普度与儒家之兼济之间,若悬置其佛、儒思想的差异性,可以说有一定程度上的相似性。 正如学界早有指出的,大乘之所以能成为中华佛教的主流,与此密切相关。

就出处观而言,小乘类同小隐,只在意一己身心之解脱;大乘则类同大隐,更重视个人与群体的统一。《庄子·逍遥游》载有尧让天下于许由而许由不受的故事,郭象注曰:"若谓拱默乎山林之中而后得称无为者,此庄老之谈所以见弃于当途。"诚如成玄英之疏所云,庄子是"贬尧而推许",郭象则是"劣许而优尧",庄子推崇的是许由式的避世者,

---

① 鸠摩罗什译《维摩诘所说经》,《大正藏》第 14 册,549 页,页中。
② 释僧肇等《注维摩诘经》,《大正藏》第 38 册,392 页下—393 页上。

郭象则为大隐的倡导者。　郭象进而论证许由之劣："夫与物冥者，故群物之所不能离也。　……故无行而不与百姓共者，亦无往而不为天下之君矣。　以此为君，若天之自高，实君之德也。　若独亢然立乎高山之顶，非夫人有情于自守，守一家之偏尚，何得专此!　此故俗中之一物，而为尧之外臣耳。"①郭象对尧与许由的评价与《维摩经》对待菩萨与二乘的分别十分相似。"与物冥者"是超越于万物而又不离弃万物，在精神境界上虽"极高明"而为了"与百姓共"，所以又要"道中庸"，和光同尘于万物以救溺万物。　许由也许有了"极高明"的精神境界，但他"亢然立乎高山之顶"，证空而弃有，为一己之净而舍众生之秽，所以他只能是"守一家之偏尚"的"俗中之一物"。

二、权　智

为了接济众生而有的诸种方便是此经的突出特色，也可以说，这也是此经广为流传的一个重要原因。"智度菩萨母，方便以为父。"②僧肇注曰："智为内照权为外用。　万行之所由生，诸佛之所因出。　故菩萨以智为母以权为父。"③智、内是无为之照，权、外是有为之用。　道生注曰："方便以外济为用，成菩萨道父义也。"④如果说慈悲近于智，则方便即为此智之用。　僧肇注曰：

　　　方便者即智之别用耳。智以通幽穷微决定法相，无知而无不知

---

①　黄兰发、曹础基点校：《南华真经注疏》，中华书局，1998，10—11 页。
②　鸠摩罗什译《维摩诘所说经》，《大正藏》第 14 册，549 页，页下。
③　释僧肇等《注维摩诘经》，《大正藏》第 38 册，393 页，页上。
④　释僧肇等《注维摩诘经》，《大正藏》第 38 册，393 页，页上。

谓之智也。虽达法相而能不证，处有不失无，在无不舍有，冥空存德，彼彼两济，故曰方便也。①

　　既然以兼济众生为目的，则应对不同的人而设立的方便就是至关重要的。如果说慈悲是菩萨普度众生之志，则方便就是普度众生的方法。一方面，菩萨虽形迹上混同众生，但并不因此失去其超越之境界，此为"处有不失无"；另一方面，菩萨又不因已知无为而尽有为，此为"在无不舍有"。如此，则"冥空"之"无"与"存德"之"有"相辅相成。"尔时会中有菩萨，名普现色身，问维摩诘言：'居士！父母妻子、亲戚眷属、吏民知识、悉为是谁？奴婢僮仆、象马车乘、皆何所在？'"②维摩诘虽有甚深佛法，却如世俗中人一样，有父母妻子等社会关系，也有奴婢僮仆等私有资产，这是普现色身菩萨的疑问所在，因为依照传统观点，这些都是修行者应当舍弃的。僧肇注曰："净名权道无方，隐显难测。外现同世家属，内以法为家属。恐惑者见形不及其道，故生斯问也。"③内与外、道与形的二分又统一，是《维摩诘经》平等不二思想的体现，二分是菩萨不同于凡夫之处，统一是菩萨不同于二乘之处，或者说大小乘的区别所在。"若须菩提不断淫怒痴、亦不与俱。"④僧肇注曰："断淫怒痴声闻也，淫怒痴俱凡夫也；大士观淫怒痴即是涅槃故不断不俱。"⑤对于淫、怒、痴，凡夫是沉沦于其中而不觉

---

① 释僧肇等《注维摩诘经》，《大正藏》第 38 册，329 页，页中。
② 鸠摩罗什译《维摩诘所说经》，《大正藏》第 14 册，549 页，页中。
③ 释僧肇等《注维摩诘经》，《大正藏》第 38 册，393 页，页上。
④ 鸠摩罗什译《维摩诘所说经》，《大正藏》第 14 册，540 页，页中。
⑤ 释僧肇等《注维摩诘经》，《大正藏》第 38 册，350 页，页上。

害，此为"俱"；声闻二乘是觉其为害而拒斥，此为"断"；大士则是不断不俱。只有不断不俱的不二，才能知空体无而不舍弃众生，普度众生又不随其沉沦。

由此出发，本经提出了"行于非道，是为通达佛道"的观点。"又问：'云何菩萨行于非道？'答曰：'若菩萨行五无间，而无恼恚。'"①行地狱至恶鬼这样的五无间之罪业，也可以通达佛道。这同样是一种极端的主张，僧肇注曰：

> 众生皆以烦恼为病，而诸佛即以之为药。如淫女以欲为患，更极其情欲，然后悟道；毒龙以嗔为患，更增其恣恚，然后受化。此以欲除欲以嗔除嗔，犹良医以毒除毒，斯佛事之无方也。②

这就将世俗生活，甚至是情欲、贪嗔痴等佛门戒律所严禁的东西也引为教化之方便，对于菩萨来说，当然只是方便，是先极其欲然后示其过，并非认同它们，但这种教化方便无疑会将世俗生活纳入佛法中，从而导出对世俗生活的肯定。"示行贪欲，离诸染著；示行嗔恚，于诸众生，无有恚阂；示行愚痴，而以智慧，调伏其心。"③类似的表述还有很多，于此不再具引。僧肇注曰："自上所列于菩萨皆为非道而处之无阂，乃所以为道，故曰通达佛道也。"④在"示……而……"的教化方式中，"而"之前为非道，"而"之后为道。就菩萨而言，若不处非道，和

---

① 鸠摩罗什译《维摩诘所说经》，《大正藏》第 14 册，549 页，页上。
② 释僧肇等《注维摩诘经》，《大正藏》第 38 册，404 页，页下。
③ 鸠摩罗什译《维摩诘所说经》，《大正藏》第 14 册，549 页，页上。
④ 释僧肇等《注维摩诘经》，《大正藏》第 38 册，391 页，页中。

光尘秽,则不能救济众生;又因为他有超越之精神境界,已经知空体无,所以能处于非道而处之无阂,是为通达无碍。但就众生而言,这意味着非道也有其价值,也是通向成佛证道的途径。

就出处观而言,首先,大隐也可以说是内与外、智与权、慈悲与方便的统一。大隐既有小隐的超越精神,认识到人间世的种种缺陷、错误;又不舍弃人间世,而是深入世俗生活,教化众生,引导其由非道入道。郭象说:"夫理有至极,外内相冥,未有极游外之致而不冥于内者也,未有能冥于内而不游于外者也。故圣人常游外以弘内,无心以顺有,故虽终日挥形而神气无变,俯仰万机而淡然自若。夫见形而不及神者,天下之常累也。是故睹其与群物并行,则莫能谓之遗物而离人矣;睹其体化而应务,则莫能谓之坐忘而自得矣。"①这段话清晰地说明内与外、自然与名教、处与出不仅不是对立的,而且是互补统一的,其理想的圣人与本经的菩萨同样相似,即东晋士人所追求的宅心玄远而不废事功,王导与谢安可以说是这种理想人格的典型。其次,"入诸淫舍,示欲之过;入诸酒肆,能立其志"②的生活方式是大隐者乐意效仿的,如果说在东晋的门阀士族身上尚未充分表现出来,但南朝士人,尤其是中唐之后随着科举制的推广,无优美门风约束的新进士人则将此生活方式推向极致。既能在红尘浪里享受世俗生活,又能在孤峰顶上体悟玄远境界,这也许是《维摩经》吸引士人的关键。士人所认同的,或者说期待的,也许就是这种人生方式。出仕为官既可以兼济众生,也可享受世俗生活的乐趣,至于是否有如菩萨那样超越性的一面,或者

① 曹础基、黄兰发:《南华真经注疏》,155 页。
② 鸠摩罗什译《维摩诘所说经》,《大正藏》第 14 册,539 页,页上。

说，超越性的精神体悟达到何种境界，则是各有不同。在某种意义上也许可以说，"行于非道，是为通达佛道"的不二法门为士人出仕兼济与个人享乐提供了佛法的依据，它对于各种以吏为隐的出处方式有着重要影响。传统的小隐将吏与隐割裂，如果说隐是"道"，吏可以说是"非道"，既然佛法都强调"行于非道，是为通达佛道"，则出处又为什么不能是"行于非道之吏，是为通达隐道"？

三、舍利弗宴坐

不二思想可以说是《维摩诘经》最突出的特点，也是历来论者关注最多的内容。本书于此讨论的是《弟子品》中关于宴坐的一段话："忆念我昔，曾于林中宴坐树下。时维摩诘来谓我言：'唯，舍利弗！不必是坐，为宴坐也。夫宴坐者，不于三界现身意，是为宴坐；不起灭定而现诸威仪，是为宴坐；不舍道法而现凡夫事，是为宴坐；心不住内亦不在外，是为宴坐；于诸见不动，而修行三十七品，是为宴坐；不断烦恼而入涅槃，是为宴坐。'"[1]对于这段话的不二思想以及对于南宗禅的影响，学界论之已详。罗什师徒对这段话同样十分重视，均有详细而精审之辨析，就本书之主题而言，三人之注更具启发性，故于此择其要而略作申述。

　　什曰：……菩萨安心真境，识不外驰，是心不现也。法化之身超于三界，是身心俱隐，禅定之极也。声闻虽能藏心实法，未能不见其身，身见三界则受累于物，故隐而犹现，未为善摄也。亦云，身子于时

---

[1]　鸠摩罗什译《维摩诘所说经》，《大正藏》第 14 册，539 页，页下。

入灭尽定,能令心隐。其身犹现,故讥之也。①

声闻二乘心已隐而身犹现, 故执着于身隐, 出入有碍；菩萨身心俱隐, 故不执着于身隐, 出入无碍, 隐显自如, 故既能身心入定又能现无量变化。 这意味着不能执着于身之离事、求定, 如此并不能藏意、息欲, 只有身心俱隐, 方可在事而不为事所缠。

生曰:原夫宴坐于林中者,以隐其形也。若不隐必为事之所动。是以隐之使离于事,以为求定之方。而隐者有患形之不隐,苟执以不隐为患而隐者,犹为不隐所乱,非所使隐也。隐形者本欲藏意也,意不藏必为六尘所牵,是以藏之以不见可欲,得因以息欲。而藏者有患意之不藏,苟执以不藏为患而藏者,尚为不藏所乱,非所以藏也。若能于三界不见有不隐不藏之处,则不复为之所乱,尔乃所以是隐藏之意耳。不隐不藏为现,现必不出三界,故言不于三界现身意也。②

道生的辨析极为精微, 当细细体会。 舍利弗之所以逃离尘世, 闲居林下, 是追求身形之隐。 之所以追求身隐, 是要身离于事, 如此方可进入禅定状态。 但这样的隐者是有所患、有所执的, 其患、其执在于担心被不隐扰乱, 故需要排斥不隐。 隐与不隐为二, 这并非真正的隐。 身隐的目的是在于藏意, 意不藏就会被色、声、香、味、触、法等六尘所牵引扰乱, 因此, 藏意是为了不被眼、耳、鼻、舌、身、意等六根的

---

① 释僧肇等《注维摩诘经》,《大正藏》第 38 册,344 页,页中。
② 释僧肇等《注维摩诘经》,《大正藏》第 38 册,344 页,页下。

欲望控制。 但这就有了对立，藏与不藏为二，执于不藏之为患，说明藏并不彻底，这并非真正的藏。 如果能在色、无色等三界中出入自在，六尘不会扰乱心意，六识不会产生欲望，无所患，无所执，才是真正的隐、藏。 用后来慧能的话说，即:"于六尘中不离不染，来去自由，即是般若三昧，自在解脱。"①较之于罗什之论，道生之辨似更为圆融。以此观之，舍利弗之病并非心隐而身现，而是心尚未真隐，仍会被尘世扰乱，所以要躲避尘世，借身隐以成就心隐。 在道生看来，心若真隐，就不会被扰乱，从而也就不必借身之躲避方可达到心隐。 概而言之，菩萨之隐是身心俱隐、形神无迹而不执于身隐;舍利弗因为不能身心俱隐，所以追求身隐。

> 肇曰:小乘入灭尽定,则形犹枯木,无运用之能;大士入实相定,心智永灭,而形充八极,顺机而作,应会无方,举动进止,不舍威仪。其为宴坐也,亦以极矣。上云不于三界现身意,此云现诸威仪。夫以无现故能无不现,无不现,即无现之体也。庶参玄君子,有以会其所以同,而同其所以异也。②

较之于罗什、道生，僧肇更重视体用一如。 诚如汤用彤先生所云，"肇公之学说，一言以蔽之，即体即用"③。 作为"秦人解空第一者"，④僧肇之注将荡相遣执、不落两边的不二思想发挥到了极致，体

---

①　杨曾文校写《新版敦煌新本六祖坛经》,宗教文化出版社,2001,38 页。

②　释僧肇等《注维摩诘经》,《大正藏》第 38 册, 344 页,页下。

③　《汉魏两晋南北朝佛教史》,上海书店,1991,333 页。

④　罗什评语,转引自吕澂《中国佛学源流略讲》,中华书局,1979,100 页。

用一如也许可以说就是体用不二。小乘因为执着于身隐，所以不能应接众生，缺乏"运用之能"；大士则因为已经心隐，所以能身现八极、应会无方而不影响其"心智永灭"。心无现故能无不现，无不现即无现，这是隐与现的不二。值得注意的是，僧肇这段话从思想到表述都与郭象哲学十分相似，不执于隐现、出处之别，隐现不二、出处一如也是郭象哲学的核心思想，"唯大圣无执，故芚然直往而与变化为一，一变化而常游于独者也"，①"圣应其内，当事而发；已言其外，以畅事情。情畅则事通，外明则内用，相须之理然也"②。正是出于对许由式的避世小隐的批评，郭象强调圣人能即世而离世，因为精神上的圆融自如，所以能不为世俗扰乱，出入人间世而不为所累。小隐者执于出处、隐现之别，是因为其精神不能圆融，一旦应接世俗，则精神外驰而动荡，这与舍利弗的执于林下宴坐有相似之处，僧肇的另一段话未尝不可以看作郭象对小隐者的批评。"身为幻宅，曷为住内。万物斯虚，曷为在外。小乘防念，故系心于内；凡夫多求，故驰想于外；大士齐观，故内外无寄也。"③也许可以说，《维摩经》对小乘的批评与郭象哲学对小隐的批评在理论上有相似之处。虽然罗什师徒的隐现之隐的理解是佛学范畴，与郭象哲学的仕隐之隐有根本区别，但对于研读《维摩经》的士人而言，也许并不十分注意此义理之区别。舍利弗离于事以求定，在形迹上类似于小隐，对于士人而言，舍利弗受呵意味着执着于身之隐是错误的，关键不在于身隐，而在于"心智永灭"，则无须执着于身隐，即使身现尘俗，应接俗务也不会影响心之超越。

---

① 《南华真经注疏》，52 页。
② 《南华真经注疏》，530 页。
③ 释僧肇等《注维摩诘经》，《大正藏》第 38 册，345 页，页上。

四、在家出家与一切皆是道场

《维摩诘经》关于在家出家、一切皆是道场的思想对于士人涤除出处差异，会通出处，具有重要影响。 1. 在家出家。 本经主要人物维摩诘虽然是一位在家居士，却能应接众生，行大乘佛法，又能辩才无碍，折服诸多菩萨。"虽为白衣，奉持沙门清净律行；虽处居家，不著三界；示有妻子，常修梵行；现有眷属，常乐远离；虽服宝饰，而以相好严身；虽复饮食，而以禅悦为味；若至博弈戏处，辄以度人；受诸异道，不毁正信；虽明世典，常乐佛法。"①这一在家出家的形象对于不能舍弃世俗又心向佛法的士人而言，是独具魅力的。 这对于中国居士佛教的发展具有重要影响。② 就出处观而言，在家出家的维摩诘成为后世士人反复吟咏的对象，学界对此论之已详。 值得注意的是，越是对出处关系有深入思考的士人，就越是亲近维摩诘。 如王维，其亦官亦隐的出处方式在后世影响很大，其名维字摩诘的名字也许意味着对维摩诘的亲近；白居易的中隐更是被后世士人纷纷效仿，其笔下同样反复出现维摩诘。 也许可以说，士人对维摩诘形象的理解与接受主要就在于，其在家出家的居士方式与出仕处士的出处方式之间可能具有的相似性。在"虽……，……"的表述模式中，对于士人的出处关系而言，可以是：虽为出仕，常为处士；虽处庙堂，而游山林；虽身陷俗务，心超尘

---

① 鸠摩罗什译《维摩诘所说经》，《大正藏》第 14 册，539 页，页上。

② 潘桂明："维摩诘一方面是极其世俗的长者，他的生活环境和生活方式具有贵族的一般特征；另一方面态度精神生活则是彻底出世的，其思想境界远在出家菩萨之上。世间和出世间的两重性格在维摩诘身上得到最完美的统一。"(《中国居士佛教史》，中国社会科学出版社，2000，29 页)

世；虽应接万变，常处宁静……概而言之，维摩诘不二形象的启发意义在于，士人将对立的出处身份相统一。

2. 一切皆是道场。僧肇注曰："闲宴修道之处谓之道场也。光严志好闲独，每以静处为心，故出毗耶将求道场。净名悬鉴故现从外来，将示以真场，启其封累，故逆云吾从道场来。从道场来者，以明道无不之，场无不在。若能怀道场于胸中，遗万累于身外者，虽复形处愦闹，迹与事邻，举动所游无非道场也。"①光严童子以静处为心之道场，认为人间尘世会扰乱修行，所以取静舍动，这是一种执，将佛法与尘俗世界割裂。在维摩诘看来，道即佛法无所不到，所以道场也无所不在，不取不舍，动静一如。其关键在于"怀道场于胸中"，即一心融于佛法，尘世之"万累"根本不能扰乱内心之宁静，所以即使形迹处于动荡喧闹之中，与各种俗务相交，也不影响其自身之修行。在此意义上，一举一动，凡所游历，无非道场。诚如此经所云，"诸有所作，举足下足，当知皆从道场来"②。若就出处观而言，光严童子以静处为心的修行方式与小隐者的避世离居十分相近，而维摩诘的不离世间而出世的修行方式与东晋至南朝的大隐更为相似。大隐本为得意之隐，也可以称之为心隐。王瑶先生《论希企隐逸之风》一文已有详细阐发，兹不赘论。于此只举一例，《晋书》卷八十二《邓粲传》载："足下可谓有志于隐而未知隐。夫隐之为道，朝亦可隐，市亦可隐。隐初在我，不在于物。"关键在于一己之心是否领悟，若是心已悟入超越的玄理或佛法，则外在行迹或隐或显已无关紧要。

---

① 释僧肇等《注维摩诘经》，《大正藏》第 38 册，363 页，页下。
② 鸠摩罗什译《维摩诘所说经》，《大正藏》第 14 册，543 页，页上。

　　《世说新语·文学篇》载:"支道林、许掾诸人共在会稽王斋头。 支为法师,许为都讲。 支通一义,四座莫不厌心;许送一难,众人莫不抃舞。 但共嗟咏二家之美,不辨其理之所在。"刘孝标注引《高逸沙门传》曰:"道林时讲《维摩诘经》。"①支遁、许询都是东晋名士,与之相交的孙绰、王羲之、谢安等人都是东晋士人的主要代表。 由此可见此经在东晋士人中的巨大影响。② 东晋正是大隐盛行的第一阶段,孙绰所说的"出处同归"成为东晋士人普遍的出处方式。《世说新语》中多有士人谈论、参悟《维摩诘经》的记载,也许可以说,从哲学基础上讲,大隐的出处方式的形成,既是郭象哲学影响的结果,也与《维摩诘经》密切相关。

---

　　①　余嘉锡:《世说新语笺疏》,227 页。
　　②　关于中古士人对《维摩诘经》的接受与理解,学界已多有探讨,兹不赘论。参见孙昌武《中国文学中的维摩与观音》;宁稼雨《从〈世说新语〉看维摩在家居士观念的影响》,《南开学报》2000 年第 4 期。

第五章　出处与山水——从谢安到谢朓

南朝时期，山水自然作为独立的审美形象进入文艺作品中，对于其原因，历来论者多有涉及。作为门阀士族的代表，谢氏在东晋南朝经历了从兴盛到衰落的过程。值得注意的是，谢氏子弟的出处行藏往往与山水自然结下不解之缘，学界对此已有关注。①本章尝试在此基础上进一步探讨出处矛盾对于山水发现之影响。

一、谢安之山水：娱情与体玄

作为谢氏家族地位的奠基性人物，从周旋于桓温到淝水之战，谢安对于晋祚存亡居功至伟。史家论曰："建元之后，时政多虞，巨猾陆梁，权臣横恣。其有兼将相于中外，系存亡于社稷，负扆资之以端拱，

---

① 萧华荣：《华丽家族——两晋南朝陈郡谢氏传奇》，三联书店，1994。丁福林：《东晋南朝的谢氏文学集团》，黑龙江教育出版社，1998。

凿井赖之以晏安者，其惟谢氏乎！"(《晋书》卷七十九《谢尚谢安传论》)但这只是谢安人生的一面，其人生中的另一面是山水。《晋书·谢安传》云：(谢安)"寓居会稽，与王羲之及高阳许询、桑门支遁游处。出则渔弋山水，入则言咏属文，无处世意。……有司奏安被召，历年不至，禁锢终身，遂栖迟东土。尝往临安山中，坐石室，临浚谷，悠然叹曰：'此去伯夷何远！'"即使是被责以"禁锢终身"，也不愿出仕，可见谢安隐居志向之坚决。对于谢安迟迟不愿出仕的原因，学界多有讨论，就本章而言，可注意者有二：(一)对仕途险恶的畏惧。伯夷是商周之际有名的隐士，将山水与隐居相联系，这是从先秦孔子、庄子以来的一贯思想。而其根本，则是对"邦无道"的畏惧。《与王胡之》第一章："鲜冰玉凝，遇阳则消。素雪珠丽，洁不崇朝。膏以朗煎，兰由芳凋。哲人悟之，和任不摽。外不寄傲，内润琼瑶。如彼潜鸿，拂羽雪霄。"①这是庄子思想的表现，膏因为朗而被煎，兰因为芳而早凋，哲人悟此而和光同尘，如飞鸿，虽在形迹上表现为混同世俗，精神上则已是超越云霄之外。这一思想贯穿谢安生命始终，淝水大捷之后，因功高而招忌，谢安决意辞官东归，虽因病逝未能成行，但可见其于出处之际没有丝毫犹豫。(二)对山水之流连。东山位于会稽境内，会稽景色之美在《世说新语》中屡有记载，这对于山水之被发现具有重要意义，但它并非唯一要素。《晋书·谢安传》记载："安虽放情丘壑，然每游赏，必以妓女从。又于土山营墅，楼馆林竹甚盛，每携中外子侄往来游集，肴馔亦屡费百金，世颇以此讥焉，而安殊不以屑意。"德国汉学家顾彬

---

① 《先秦汉魏晋南北朝诗》，905 页。德国汉学家顾彬说："对自然观的转变和山水诗的发展，六朝时期最兴盛的豪门大族之一谢氏家族，起了举足轻重的作用。"(《中国文人的自然观》，马树德译，上海人民出版社，1990，136 页)

据此认为，谢安是"新的遁迹概念的代表人物"①。对于谢安而言，山水尚不具备特殊的审美意义，它与妓乐、游集、美食一样，都是获得身心享乐的一种途径，而此享乐又是对立于为官者的勤苦为政、身心受缚，意味着归隐不再是传统的小隐者的远离人迹、贫困潦倒。这种以丰厚的物质条件和完备的享乐设施为基础的归隐是士人更乐意的选择，山水正是在此意义上进入士人的生活中。

但谢安不止于此，如果说东山意味着享乐意义上的山水，则可以近似地说，兰亭则意味着玄理的山水。东山是其家族所在之地，出仕之前，谢安曾盘桓于此二十余年；在京城为官期间，曾在城外堆土为山，以仿东山；晚年辞官，其去向也是故乡东山，可见东山在其生命中的重要意义，在东山的徜徉中，谢安得到的是身心的逍遥自适。其携妓出游、随心任性的生活方式是后来唐人如李白、白居易等人屡屡钦慕的，于此可见谢安仕与隐、出与处、兼济与独善并行不悖的人生态度。兰亭指永和九年王羲之召集的兰亭集会。兰亭诗在从玄言诗到山水诗的转变过程中具有重要意义，②孙绰《三月三日兰亭诗·序》："情因所习而迁移，物触所遇而兴感。故振辔于朝市，则充屈之心生；闲步于林野，则辽落之志兴。仰瞻羲唐，邈已远矣；近咏台阁，顾深增怀。为复于暧昧之中，思萦拂之道，屡借山水，以化其郁结，永一日之足，当百年之溢。"③外在环境会影响内在心理，人因为"所习"、"所遇"之不同而有不同心理感受。对于这些大多身处官场中的士人，平日里主

---

① 顾彬：《中国文人的自然观》，118 页。
② 参见小尾郊一《中国文学中所表现的自然与自然观》，邵毅平译，上海古籍出版社，1989，103—122 页。
③ 严可均：《全上古三代秦汉三国六朝文》，1808 页。

要是"振辔于朝市"，所以多有"充屈之心"，也正是在此意义上，"闲步于林野"而兴的"辽落之志"格外可贵，"屡借山水，以化其郁结"一句历来受研究者重视，因为它十分精确地道出士人亲近山水的根本原因。谢安不仅参与集会，而且留下两首《兰亭诗》：

> 伊昔先子，有怀春游。契兹言执，寄傲林丘。森森连领，茫茫原畴。回霄垂雾，凝泉散流。
>
> 相与欣佳节，率尔同褰裳。薄云罗阳景，微风翼轻航。醇醪陶丹府，兀若游羲唐。万殊混一理，安复觉彭殇。①

这两首诗的共同特点是写景，将玄理与山水相结合。分别而言，第一首中，在森森、茫茫的树林、田野中，面对着云雾缭绕、泉水潺潺的自然景象，诗人获得了人格的自由，此所谓"寄傲林丘"。摆脱尘世的种种计较、忘却官场的各种束缚，在山水间舒散身心，"嘉会欣时游，豁尔畅心神。"（王肃之）②这是几乎所有兰亭诗的共同指向。从美学上讲，这与当时出现的中国最早的两篇山水画论的思想是一致的。王微在《叙画》中指出山水画的意义在于"畅神"，宗炳在《画山水序》中提出"澄怀观道"的命题，联系其整篇思想，也许可以说，屡借山水，澄怀以观道。只有经过山水这一中介，郁结之怀才得以澄，玄远之道才得以观。第二首兰亭诗中，述行——写景——悟理的写作模式与后来的谢灵运完全相同，如果说在谢安这里还只是偶尔为之，在谢灵运那里

---

① 逯钦立：《先秦汉魏晋南北朝诗》，906 页。
② 逯钦立：《先秦汉魏晋南北朝诗》，913 页。

则是得到充分表现。

二、谢灵运之山水:泄忧与自适

谢灵运是中国文学史上第一个真正大量创作山水诗的诗人,历来论者对他已有充分关注。明人张溥对于谢灵运的人生悲剧有精确解析:"谢瑍不慧,乃生客儿。车骑先大笑之。宋公受命,客儿称臣,夫谢氏在晋,世居公爵,凌忽一代,无其等匹,何知下伍徒步,乃作天子。客儿比肩等夷,低头执版,形迹外就,中情实乖。……盖酷祸造于虚声,怨毒生于异代。以衣冠世臣,公侯才子,欲倔强新朝,送龄丘壑,势诚难之。予所惜者,涕泣非徐广,隐遁非陶潜,而徘徊去就,自残形骸。"①这段话包含三个层次:(一)士族之身份意识。《宋书》卷六十七《谢灵运传》云:"祖玄,晋车骑将军。父瑍,生而不慧,为秘书郎,蚤亡。灵运幼便颖悟,玄甚异之,谓亲知曰:'我乃生瑍,瑍那得生灵运!'"谢灵运是谢玄之孙,谢玄为淝水之战的前线总指挥,同样是谢氏家族地位的奠基性人物,后被封为康乐公,谢灵运之被称为谢康乐即是因袭谢玄之爵位。对于祖上之功业,谢灵运有充分之自觉,正是这种自觉使其命运多蹇。《宋书·谢灵运传》云:"朝廷唯以文义处之,不以应实相许。自谓才能宜参权要。既不见知,常怀愤愤。"虽出仕而不能被重用,这是谢灵运与刘宋王朝的矛盾之一。(二)朝代更替之困境。在建宋过程中,谢混等人被杀;宋代晋后,谢灵运的爵位被降;文帝继位,又杀了谢晦等人。在东晋风光无限的谢氏家族,面对着昔日的部下、如今的天子,当然会有"怨毒"之心,虽然不得不"低头执

---

① 《汉魏六朝百三家集题辞注》,169页。

版", 但必然会"中情实乖"。① (三) 出处选择之犹豫。 出仕既然得不到重用, 则只能寄情山水, 但这同样行不通。 因为"送龄丘壑"意味着"倔强新朝", 以不合作对抗朝廷, 所以"势诚难之"。 就谢灵运本人而言, 其归隐之心也并不坚决, "感深操不固, 弱质易扳缠"(《还旧园作, 见颜范二中书》)②。 归隐之操守不坚固, 隐遁之志向也很虚弱。 一方面, 朝廷不允许他逍遥于庙堂之外; 另一方面, 自己身处江海而心存魏阙, 在出处去就之间徘徊, 必然是"自残形骸", 以被弃市告终。 诚如顾绍柏先生所云: "纵观灵运一生, 他基本上处于仕与隐的矛盾之中, 他隐而又仕, 仕而复隐, 仕不专, 隐难久, 不满, 反抗, 直至酿成大悲剧。"③

因为有此困境、犹豫, 诸多郁结情怀需要化解, 身处玄风正炽的晋宋之际,④谢灵运必然转向玄言。 前文所引的《文心雕龙》所概括的"世极迍邅, 而辞意夷泰"不仅是玄言诗, 也是山水诗的特点, 对于晋宋士人而言, 二者的区别只在于前者是借玄理以解脱, 后者是于山水而忘忧。 王瑶先生说: "他们发现以玄言来说理, 反不如用山水来表理更好, 更有文学的效用。 因此山水诗便兴起了。'老庄'其实并没有'告

---

① 沈玉成: "瞧不起和不信任汇成了谢灵运悲剧命运的矛盾焦点。"(《谢灵运的政治态度和思想性格》,葛晓音编选《谢灵运研究论集》,广西师范大学出版社,2001,103 页)谢灵运瞧不起刘宋王朝,后者不信任谢灵运。

② 本书所引谢灵运诗文,均据顾绍柏《谢灵运集校注》,中州古籍出版社,1987。

③ 《谢灵运集校注·前言》,2—3 页。

④ 《宋书·谢灵运传论》:"自建武暨于义熙,历载将百,虽缀响联辞,波属云委,莫不寄言上德,托意玄珠。""《文心雕龙·明诗篇》:江左篇制,溺乎玄风。"

退',而是用山水乔装的姿态又出现了。"①玄言诗与山水诗的创作动机、思想趣味是基本一致的,皆是在艰难坎坷的仕途中追求心理的超越与宁静。《述祖德诗二首》是对祖父谢玄的功勋的赞颂,也可以看作谢灵运自己人生理想的表述。 第一首开篇即云:"达人贵自我,高情属天云。 兼抱济物性,而不缨垢氛。"达人之出仕是为了匡时济世,而不是为了世俗之利禄,此即达则兼济天下。 第二首结尾云:"高揖七州外,拂衣五湖里。 随山疏浚潭,傍岩艺粉梓。 遗情舍尘物,贞观丘壑美。"在淝水之战后,谢玄与叔父谢安相同,也是因功高而被贬,也是选择归隐故乡东山,山水成为归隐生活的重要内容。 谢灵运也是如此,其山水诗的创作与出处矛盾密切相关。 无论是在隐居故乡始宁,还是出仕于永嘉及临川,其内心之苦闷都需山水来化解。《宋书·谢灵运传》说:"出为永嘉太守,郡有名山水,灵运素所爱好,出守既不得志,遂肆意游遨,遍历诸县,动逾旬朔。 民间听讼,不复关怀。 所至辄为诗咏,以致其意焉。"在任临川内史期间,"在郡游放,不异永嘉"。 不仅是游,而且要写,通过"诗咏""致其意"。 什么样的"意"? 不妨以其赴永嘉途中及初至永嘉所写的几首诗为例:

---

① 《王瑶全集》第一卷,294 页。另外,当代学者对此多有进一步阐发,胡明先生的一段话可谓代表:"不可否认,谢灵运是我国第一个将'山水'大量捉入翰章的诗人,但他并非是自觉地要用'山水'推到玄言,引进新的题材,扩展诗的领域。他没有存一个鼎革诗歌的目标在心胸间再去模山范水,而只是为了验证玄理才去描绘山水,为了阐扬老庄才去'极貌以写物'、'穷力而追新'的。谢诗吟咏山水,妙语体物,正是志在托意玄珠,功在密附老庄。谢灵运运用'山水'来说明玄理,阐发玄理,映照玄理,补证玄理,给玄理以新的生命。"(《谢灵运山水诗辨议》,《谢灵运研究论集》,145—146 页)

平生协幽期,沦踬困微弱。久露干禄请,始果远游诺。宿心渐申写,万事俱零落。怀抱既昭旷,外物徒龙蠖。(《富春渚》)

目睹严子濑,想属任公钓。谁谓古今殊,异世可同调。(《七里濑》)

《蛊》上不贵事,《履》二美贞吉。幽人常坦步,高尚邈难匹。颐阿竟何端,寂寂寄抱一。(《登永嘉绿嶂山》)

渔舟岂安流,樵拾谢西芘。人生谁云乐?贵不屈所志。(《游岭门山》)

这类语句大多出现在各篇之末,此即论者常说的"玄言的尾巴"。萧华荣先生说:"谢灵运山水诗有一个三段结构的模式,即:述行——写景——悟理。……悟理一段是由观照山水所体认领悟出的人生哲理——几乎全是隐遁忘世的庄老玄理","谢灵运山水诗总是归结为隐逸"。[1]谢灵运反复申述的正是归隐之"意",无论其出于何种原因,无论其是否真有此"意",这种模式却为此后的山水诗奠定了一个基本主题:山水总是与归隐相联系。就哲学思想而言,这是从庄子已有的;就文学而言,这是东汉张衡、仲长统等人已有表现的;就诗歌而言,这是玄言诗开启风气的;就山水诗而言,这是谢灵运确立的。[2]无论这种归隐之意是单独陈述,还是化入意象,作为山水诗的灵魂,此"意"是必不可

---

[1] 分别见于《华丽家族——两晋南朝陈郡谢氏传奇》,237页,244页。

[2] 小尾郊一:"究竟是自然美的刺激催发了归隐的感慨,还是因怀有归隐的感慨才强烈感到眼中的自然美,此中的心理过程无从确定。但以后的山水诗中可以看出,归隐的感慨与山水写景必定是结合在一起的。"(《谢灵运的山水诗》,宋红编译:《日韩谢灵运研究译文集》,广西师范大学出版社,2001,36页)

少的，否则就失之于浅，甚至沦为纯粹的咏物诗。 较之于世代皆有的
模山范水的赋，较之于南朝的咏物诗，谢诗的特色固然同样在于惟妙惟
肖地刻画山水景物之形象，《文心雕龙·明诗篇》的一段话多被作为对
谢诗的评论："宋初文咏，体有因革，庄老告退，而山水方滋。 俪采百
字之偶，争价一句之奇，情必极貌以写物，辞必穷力而追新。 此近世之
所竞也。"①但如果仅仅止于此，则谢诗与咏物诗似无实质性区别。 也
许可以说，虽然结合得还不是很紧密，虽然还处于写景与言理相分离的
状态，但谢灵运山水诗的灵魂正在于写景之后的玄言，那是写景的目的
和归宿所在。② 白居易《读谢灵运诗》："吾闻达士道，穷通顺冥数。
通乃朝廷来，穷即江湖去。 谢公才廓落，与世不相遇。 壮志郁不用，
须有所泄处。 泄为山水诗，逸韵谐奇趣。 大必笼天海，细不遗草树。
岂惟玩景物，亦欲摅心素。 往往即事中，未能忘兴谕。 因知康乐作，
不独在章句。""通"为出仕，"穷"即归隐，朝廷与江湖的对立也就是出
处之别，即庄子的"魏阙"与"江海"。 谢灵运出仕之壮志不被君王所
用，所以泄为山水诗，因此，他的山水诗创作并非止于"玩景物"，也
不以"章句"为旨归，而是要"摅心素"，涤除出处矛盾带来的苦闷。
王夫之《古诗评选》评谢诗："景不虚情，情皆可景；景非滞景，景总含

---

① 刘勰著，范文澜注：《文心雕龙注》，67 页。
② 曹道衡先生的一段话极具启发性："事实上谢灵运式的山水诗与其说是改变
了玄言诗的风气，还不如干脆说只是玄言诗的继续罢了。那些主要以山水诗为题材
的诗人，总免不了将玄理，甚至唐代王维等人的作品还是如此。"（《也谈山水诗的形
成与发展》，《谢灵运研究论集》，64 页）这意味着山水诗的发展是逐渐将玄言融入景
物中，以景说玄，直至二者水乳交融，诗中无一句玄言，诗外却充满理趣，这也许就是
中唐所说的"象外"之义。

情，神理流乎两间。"①谢诗之情大多为欲出而不能之愤懑、欲归而不成之焦虑，情之底蕴在于出处矛盾。 正是这种矛盾、愁苦与间或出现的释然之情使得景不再只是与人相隔膜、了无生气的物，而是成为人的情感的载体，与人的情感相融为一。② 虽然较之于后来的谢朓、王维等人，谢诗的情与景远未达到水乳交融的圆融，但将景与情相结合，不是止于写景之描摹，也不是止于抒情之慷慨，情皆可景，景总含情，这样的尝试也许是从谢灵运开始的，或许这正是王夫之如此推崇谢灵运的原因。 不仅如此，谢灵运从出处矛盾出发的山水诗创作也为此后的山水诗奠定了基本趋向。③《从斤竹涧越岭溪行》："情用赏为美，事昧竟谁辨？ 观此遗物虑，一悟得所遣。"在山水之"赏"中"遗"、"遣"庙堂之"虑"，山水之用，即在于此"遗"与"遣"。

　　谢灵运另有一段话值得注意，《山居赋·序》："古巢居穴处曰岩栖，栋宇居山曰山居，在林野曰丘园，在郊郭曰城傍，四者不同，可以理推。 言心也，黄屋实不殊于汾阳。 即事也，山居良有异乎市廛。"言心，即从出处同归之理上讲，庙堂无异于山林，这是郭象哲学的思

---

①　王夫之：《船山全书·古诗评选》，岳麓书社，1996，734 页。

②　韦凤娟："融玄理于景、寓玄理于情的手法，使谢诗改变了支遁、孙绰等玄学家笔下的山水描写那种纯理性的、冷漠的色调，而使诗中的山水与现实生活的欢悦、苦恼发生联系。我们从谢灵运山水诗中所看到的他的惨淡经营、迷茫苦闷，显然都不是言玄的工具所能承担的任务。"（《谢灵运山水诗的艺术特点》，《谢灵运研究论集》，120 页）

③　皮朝纲、詹杭伦："他是大将军谢玄之孙，本有一番旷世济物的宏伟抱负。但由于统治阶级内部的剧烈斗争，使他在政治上的抱负得不到施展，才转而寄情于山水的。从这里我们也可以看到，文人走向山林，自然美进入艺术作品，初不尽出于逸兴野趣，而常是政治上失意后的慰藉。这是中国美学史上值得注意的一种现象。"（《谢灵运美学思想钩玄》，《谢灵运研究论集》，176 页）

想,也是东晋以来大多数士人认同的;即事,庙堂与山林、市廛与山居确有不同之处,谢灵运的做法是二者断裂,弃市廛而赴山居。 一则作为康乐县侯,他有此物质条件穷山尽海;二则在他的时代,中国文化的内倾性尚未充分展现,"壶中天地"、"芥子须弥"的思想也未在士人生活方式上表现出来,因此,他的山水主要是向外的,仍带有汉赋猎奇逐异的特点,所谓"酷不入情"(《南齐书·文学传论》)也许指的就是这一点,后世山水诗与田园诗合流,意味着景物是身边熟悉的庭中山水,士人的目光不再向外追逐,而是向内反转,用老子的话说,这就是从"大而远"到"远而返"的转向。 不过,谢灵运并非完全是向外的,他也有后世所常见的郡斋诗,《斋中读书》:"昔余游京华,未尝废丘壑。 矧乃归山川,心迹双寂寞。 虚馆绝诤讼,空庭来鸟雀。 卧疾丰暇豫,翰墨时间作。 怀抱观古今,寝食展戏谑。 既笑沮溺苦,又晒子云阁。 执戟亦以疲,耕稼岂云乐。 万事难并欢,达生幸可托。"就在郡斋这熟悉的日常环境中,在公务之余,在平凡、普通的日常生活中,就有当下的极高明而道中庸的境界。 其中流露出的平和、闲适,是后来韦应物、白居易等人闲适诗的基调,尤其是从"寝食"一句之最后,与白居易中隐东都洛阳时所反复吟咏的"中隐"趣味颇为相近。 谢灵运另有一首《读书斋》,顾绍柏先生认为有阙文,从其所写的几句来看,与此诗有同样的情趣,从其一生形迹来看,谢灵运对此郡斋之乐并未有充分重视,也许是因为其特殊之身份,不屑于"浊官"任上久留,故此郡斋之趣味未及充分展开,但此趣味成为稍后谢朓山水诗的基调。①

---

① 葛晓音:"从谢灵运一生出处行迹来看,他有相当一部分时间是确确实实地在故乡的丘园中度过,而且永嘉、临川的两次出守还开了以外郡为'沧州'的先例。"(《山水田园诗派研究》,35 页)

对于谢灵运山水诗的成因，历来论者多有探讨。值得注意的是，此问题总能引起研究者的兴趣却又很难有一个令人信服的定论，这可以说是中国文学史、美学史研究中一个颇为有趣的现象。故本书于此不揣浅陋，试作进一步探讨。在诸多研究中，日人小尾郊一对此问题的研究颇具代表性。在《谢灵运的山水诗》一文中，小尾氏提出这样的疑问：“究竟是自然美的刺激催发了归隐的感慨，还是因怀有归隐的感慨才强烈感到眼中的自然美，此中的心理过程无从确定。但从以后的山水诗中可以看出，归隐的感慨与山水写景必定是结合在一起的。……究竟是什么缘故写景与归隐之情要如此这般地结合在一起呢？”此问可谓直探本源。小尾氏的论述大致分为两层：（一）老庄与山水密切相关。谢灵运对山水的爱好受到老庄的影响，“也许老庄并没有直接地‘好山水’，但却充分具有导向好山水的要素。灵运之好山水虽天性使然，但老庄思想的引导也是不可怀疑的”①。（二）老庄与隐逸思想密切相关。“老庄思想与隐遁思想事实上在当时是相为表里、密不可分的关系。”总之，“以老庄的山水观，居于与自然成为一体的境地，歌咏自然，又发表老庄境地的感慨，同时以老庄为依据，抒发对隐逸的赞美。这三者对他来说是一个境界，即圣人的境界、理想的境界”②。此论全面而深刻，但似仍有可申述者。

首先，庄子哲学不能直接导出对山水自然的发现。笔者在他著中对此已有辨析，兹不赘论。东晋以来流行的是“山水即天理”，不同于传统的“目击道存”，前者是即此即彼的，不是现象与本质的关系，不

---

① 《日韩谢灵运研究译文集》，39—40 页。
② 《日韩谢灵运研究译文集》，44 页。

是末与本的关系,而是山水即天理,这是郭象哲学的思想;目击道存则是庄子哲学。庄子说万物平等,因为万物皆为道之显现;郭象则是万物就其各有其性,性各平等而言,万物皆平等。虽然说"道在屎溺",但庄子要在山水万物背后看到一个超越的道,道是庄子关注的最终、唯一的存在;郭象关注的是每一个物,就其自身而言皆有存在的意义。就此而言,谢灵运对山水自然的亲近更近于郭象哲学。

其次,就谢灵运的时代而言,士人普遍接受的是魏晋玄学解读的庄子,确切地说,是郭象解读的庄子。作为魏晋玄学的集大成者,郭象不仅亲自删汰、确定了今天《庄子》三十三篇的内容,而且其《庄子注》影响最大,流布最广。魏晋玄学的基本命题是名教与自然的关系,郭象的回答是名教即自然,二者统一的关键在于形神相离、形坐而神忘,这是一种神形分殊、"得意忘形骸"①的思想,意味着隐不在于外在行迹,而在于心意、精神之隐。其背景是魏晋之际出处矛盾的剧烈冲突,一经提出,即流行于士人中,东晋玄言诗大多倡导此旨。②作为清谈名家,谢灵运也必然受到郭象哲学的影响。③

概而言之,郭象哲学(对感性的个体之物的肯定,对出处矛盾的理论解决),隐逸(不是小隐的索居山林,真正的小隐很难有对山水的喜爱,而是即庙堂即山水的心隐,只有身处魏阙者才会表现对江海的喜爱),山水(不是小隐者的人迹罕至的野外环境,而是心隐者的身边的园林景物),这三者紧密相连的。这是发现山水自然的思想条件,再加

---

① 汤用彤:《魏晋玄学论稿》,36 页。

② 参见王瑶先生《论希企隐逸之风》一文,载《王瑶全集》第一卷。

③ 方东树:"看来康乐全得力一部《庄》理。其于此书,用功甚深,兼熟郭注。"(《昭昧詹言》,汪绍楹点校,人民文学出版社,1962,139 页)

上江南山水的客观条件，谢灵运对山水的爱好以及卓越的文学才华的主观条件，终于导出山水自然的发现。这是从玄言诗即有的现象，从量变到质变，是谢灵运完成的。但仍然不能消除的疑问是：同样受到郭象哲学影响，同样是面对江南明秀的山水，同样具有卓越的文学才华，东晋孙绰等人为什么不能写出山水诗？孙绰的《游天台山赋》已有此自觉，同样，《兰亭诗》已有很明显的从玄言到山水的转向。再往前进一步即是山水诗，可是他们为什么没有？如果仅从文学才华的高低以及对山水的爱好上找原因，是不严密的。也许可以这样理解：从思想上讲，谢灵运体验的出处矛盾远远强烈于东晋孙绰诸人，其隐而不能、仕而不成的尴尬境地是前人没有的，比较王羲之的《与谢万书》即可看出。与东晋不同的是，门阀士族的衣食无忧、优哉游哉的生活方式已过去，面对昔日部属、如今君主的猜疑、屠杀、凌辱，只能是进退失据，求隐不能、求仕无望，无论是逃避，还是进取，都无法挽回风流总被雨打风吹去的没落趋势，这是门阀士族的必然结局。① 谢灵运的身世、个性与才华使他对此格外敏感，所以他更需要消解这种矛盾与痛苦。为了化解此矛盾与痛苦，谢灵运有诸多尝试，交接僧人，研讨佛法；②通过拟写乐府诗，借古人杯酒浇胸中块垒；通过写玄言诗，在玄

---

① 谢灵运的山水诗在三十八岁之前并无突出成就，如《九日从宋公戏马台集送孔令》一诗，其对自然的描写与理解远不如谢瞻的同题之作，其原因之一也许就在于他尚存幻想，尚未意识到，在寒士劲卒统治的新朝，门阀士族的命运已经注定，故其对处处矛盾的体验不深，个人的痛苦不够强烈。

② 关于佛教之于谢灵运山水诗的影响，学界已有充分探讨，考虑到慧远在江南的影响，以及庐山诸道人《游石门诗》及序表现出的对山水的喜爱，谢灵运对山水的喜爱与慧远佛学有关，这是必然的。但也许可以说，这并非全部。此非本书主旨，故存而不论。

理、佛理中忘忧。 但均不理想,在此意义上,借山水以忘忧成为谢灵运在时代风气下的主动选择。① 就玄言诗而言,也许可以说,东晋百年来的玄言诗已穷尽其内在意义,正如西晋之玄学到东晋转为玄言诗一样,到了刘宋,玄言诗转为山水诗,其目的仍是解决现实中面临的困惑,寻求精神的超脱与宁静。 当玄言诗已无法满足此需要时,则只能将玄言诗中已蕴涵的山水独立出来,这可以说是文学自身的发展规律。

三、谢朓之山水:吏隐与闲适

谢朓主要生活于萧齐时代,后世往往将谢朓与谢灵运并称"大、小谢",可见二人有诸多共同之处,其最突出者,当是借山水以化其郁结。 所谓郁结,在谢灵运,是欲重振家族门第而不得;在谢朓,则主要是欲逃离皇权斗争而不得,门阀士族之衰落于此可见。"京洛多尘雾,淮济未安流。 岂不思抚剑,惜哉无轻舟。"(卷四《和江丞北戍琅琊城诗》)②面对多艰之世,虽也有慷慨之气,却"无轻舟",所谓"抚剑"只能是"思"而已。 在《和王著作融八公山诗》诗中,即使是面对作为谢氏家族荣耀顶峰的标志的八公山,谢朓也只是感慨道:"平生仰令图,吁嗟命不淑。"(卷四)虽然也有重振门第的意识,但更深知时世变换,因此,较之于谢灵运的张扬进取,谢朓更多的是软弱退让。 然而,门阀士族的身份决定其无论如何逃避,悲剧性的结局也是不可避免的,张溥

---

① 方东树:"康乐仕不得志,却自以脱屣富贵,模山范水,流连光景,言之不一而足,如是而已。"(《昭昧詹言》,汪绍楹点校,130 页)

② 本书所引谢朓诗文,均据曹融南校注《谢宣城集校注》,上海古籍出版社,1991。以下只在正文中以夹注形式注明卷数。

云："康乐死于玩世……宣城死于畏祸。"①在某种意义上也许可以说，谢朓诗的基调就是这种依违于出处之间的矛盾与畏祸心理。②《观朝雨》集中体现了这一点："平明振衣坐，重门犹未开。 耳目暂无扰，怀古信悠哉。 戢翼希骧首，乘流畏曝鳃。 动息无兼遂，歧路多徘徊。 方同战胜者，去翦北山莱。"（卷三）此诗最能表现诗人于出处之际犹豫不定之心态：既有建功立业之渴望，更有畏祸避灾之恐惧。 曹融南先生于此注释曰："动息，犹出处。 言出处之情有疑，譬临歧路而多惑也。 ……孙鑛曰：'欲退又怀荣，欲进又畏祸，所以无兼遂也。'"最后两句表明"隐胜仕也"。③ 然而，谢朓并未就此归隐，终其一生，仍是以出仕为主，④因此，这种畏祸心态以及与之而来的疲倦感成为谢诗中挥之不去的主要情感。

　　　　常恐鹰隼击，时菊委严霜。（卷三《暂使下都夜发新林至京邑赠西府同僚》）

　　　　谁知倦游者，嗟此故乡忆。（卷二《临高台》）

---

　　① 《汉魏六朝百三家集题辞注》，196 页。

　　② 詹福瑞："抒写仕与隐的矛盾也就成为此一时期诗歌的主题。在谢朓诗歌中，这种怀荣畏祸、心悬宫阙与蒿蓬之间的思想，几乎篇篇皆是。"（《南朝诗歌思潮》，百花文艺出版社，1995，123 页）

　　③ 曹融南校注：《谢宣城集校注》，216 页。

　　④ 詹福瑞："他既想敛翼退隐，又希翼骧首直前；既想乘流冲浪，作龙门之跃，又畏曝鳃之祸。'吾入见先王之义则荣之，出见富贵又荣之，二者战于胸臆'（《韩非子》卷七《喻志》），极生动地表现出谢朓迟疑于动与息两端而不能自决的心态。卒句虽以'战胜'结之，但观其一生，'能战胜于俄顷，而不觉旋惑于富贵。'（《义门读书记》卷四十七），'戢翼希骧首，乘流畏曝鳃。动息无兼遂，歧路多徘徊'，可以视为玄晖一生思想性格的自我写照。"（《南朝诗歌思潮》，123—124 页）

　　行矣倦路长,无由税归鞅。(卷三《京路夜发》)

　　疲策倦人世,敛性就幽蓬。(卷三《移病还园示亲属》)

　　江皋倦游客,薄暮怀归者。(卷四《和何议曹郊游诗二首》其二)

　　从十九岁释褐为官,至三十六岁被杀,谢朓短暂的一生大多是在宦海中奔波,仕途之疲倦与归隐之渴望是谢诗的基本主题。 钟嵘评谢诗:"末篇多踬。"①这是指谢诗多以归隐作为篇末结语,几乎是"篇篇一旨"。 从诗歌思想内容上讲,这确实失之于单调,但谢朓写诗也许主要目的并非为人,而是为己——排解内心之恐惧、疲倦。 陈祚明评小谢诗云:"《诗品》以为'末篇多踬',理所不然。 夫宦辙言情,旨投思遁,赋诗见志,固应归宿是怀。 仰希逸流,贞观丘壑,以斯托兴,趣颇萧然,恒见其高,未见其顺。"②为官者于宦海浮沉之际,在诗文中表达思遁归隐之志,是其固有情怀的自然流露。 因为相对于官场之争斗、倾轧,山林之自然、自由的意义格外突出。《之宣城郡出新林浦向板桥》:"江路西南永,归流东北骛。 天际识归舟,云中辨江树。 旅思倦摇摇,孤游昔已屡。 既欢怀禄情,复协沧洲趣。 嚣尘自兹隔,赏心於此遇。 虽无玄豹姿,终隐南山雾。"(卷三)此诗于忧惧与疲倦之外,融入了一抹难得的欢快:"既欢怀禄情,复协沧洲趣。"这是将归隐之思融入利禄之途,出与处、仕与隐、庙堂与山林奇妙地被统一。 离开权力斗争的中心,京城之"嚣尘"得以隔离;外放郡守,山水之"赏心"得以可能。 由此可以如雾中玄豹隐于山林,归隐之自由与为官之富贵二

---

①　曹旭:《诗品集注》,298 页。

②　陈祚明评选,李金松校:《采菽堂古诗选》,上海古籍出版社,2008,635 页。

者兼得。 宣城时期虽然短暂，却是谢朓山水诗创作的高峰，无怪乎后世
以"谢宣城"称之。

> 结构何迢遰，旷望极高深。窗中列远岫，庭际俯乔林。日出众鸟
> 散，山暝孤猿吟。已有池上酌，复此风中琴。非君美无度，孰为劳寸
> 心。惠而能好我，问以瑶华音。若遗金让步，见就玉山岑。（卷三《郡
> 内高斋闲望答吕法曹》）

虽身处郡斋内，而无案牍吏务缠身，有酒有琴，有知己之间的诗文
酬唱，更有山水可赏，这种山水已非谢灵运式的远离人寰的奇幽山水，
而是庭院内平常的自然山水。① 李亮先生说："一个'窗'字，'笼天地
于形内，挫万物于笔端'……荒山野岭已转为泉石园林，这些人化了的
自然景观，揭窗可望，去险就安，更便于士大夫怡情适性，游赏山
水。"②较之于谢灵运的"钩深索隐，穷态极妍"③，谢朓对山水的描写
已转向浅近、通俗。 对于大小谢的一古一近，一深一浅，历来论者多有
论述。 从出处方式上讲，作为郡守，却有闲适的私人生活，为官而似
隐，对于后世徘徊于出处矛盾之间的士人而言，这种郡斋之隐是他们乐
意效仿的。 从审美上讲，这种"闲静淡远的情致"④也是后世吏隐文人

---

① 小尾郊一："由齐到梁，对山水的吟咏开始显著增多。不过，此时的山水，却
并不仅是谢灵运的那种深山幽谷的山水，而是自己周围的日常所看到的山水，是旅
行途中的山水，是庭园内的山水等等，所咏的山水的范围变得非常广泛。"（《中国文
学中所表现的自然与自然观》，178 页）

② 《山水隐逸与资生适性》，载《谢灵运研究论集》，261 页。

③ 《采菽堂古诗选》，519 页。

④ 张国星：《谢灵运·谢朓》，春风文艺出版社，1999，94 页。

在文学艺术中所追求的。

清人宋长白的一段话是今人多有引用的："纪行诗前有康乐，后有宣城。譬之于画，康乐则堆金积粉，北宗一派也。宣城则平远闲旷，南宗之流也。"①明代董其昌等人提出绘画的南北宗之分，从技法上讲，工笔还是写意；从对象上讲，重客观自然之描摹还是重主观心意之抒发，是南北宗区分的关键。就大小谢之比较而言，在山水诗的表现内容和表现技法方面，谢朓诗更接近于后世，此后世不仅是指一般论者所说的唐代诗歌，②更指封建社会中后期的审美趣味。

概而言之，东山、兰亭之于谢安主要有两点意义：一是生活方式的娱情之用，如石崇在《金谷诗序》中所说的"娱目欢心之物"；二是精神境界的悟道之用，如宗炳《画山水序》所说的"山水以形媚道"。前者不必多论，山水只是感官享乐之物；就后者而言，葛晓音先生说："在玄言诗中，诗人……在深沉静默的观照中'坐忘'，遗落一切，忘却自我，心灵与万化冥合，达到与自然浑然一体的境界。"③也许可以说，谢安尚未有对山水形象的自觉审美，或者说，山水形象并未在审美意义上被诗人接受。永嘉、始宁之于谢灵运也主要有两点意义：一是作为泄忧之用，在山水流连中宣泄壮志未酬之忧，借山水化解出处矛盾带来的苦闷；二是作为自适之用，在登山临水中遣虑忘忧。谢灵运《游名山志》序："夫衣食，生之所资；山水，性之所适。"其贵族之身份及对山水之爱好使其得以"寻山陟岭，必造幽峻，岩嶂千重，莫不备尽"（《宋

---

① （清）宋长白撰：《柳亭诗话》卷二八，《续修四库全书·集部·诗文评类》。

② 严羽《沧浪诗话》："谢朓之诗，已有全篇似唐人者。"宋人赵师秀《秋夜偶成》诗云："玄晖诗变有唐风。"

③ 《山水田园诗派研究》，28 页。

书·谢灵运传》）。 在此过程中，山水从玄言之附庸而独立为诗歌题材。 虽然谢灵运的山水诗还有诸多玄理成分，其对山水的描绘尚停留于猎奇、探幽之层次，但山水以独立的审美形象进入士人视野，在审美的意义上被理解，这也许是谢灵运作为山水诗鼻祖的特殊意义所在。宣城之于谢朓则主要是于郡斋中容身，富贵与山林、魏阙与江海之趣兼得。 在郡斋中，在宦游生活中，其所描写的是身边的、日常生活中的景物。 诚如詹福瑞先生所云："谢朓对山水诗的最大变革，是把谢灵运拉到尘世之外的山水诗，再拉回到尘世中来，让山水与都邑风物、仕宦生活联姻，创造出一种都邑山水诗。"①就山水诗的发展而言，其所理解的山水已摆脱了玄言的理窟，而更多情景交融的审美形象。

就本章的主题而言，山水之进入审美领域，固然是诗运转关、审美发展的必然结果，却也与谢氏子弟的选择相关。 对于谢氏子弟尤其是大、小谢在山水诗上的成就，学界论述多矣；对于大、小谢困扰终生的出处矛盾，学界同样已有充分揭示；本章则试图彰显谢氏子弟的山水成就与出处矛盾之间的内在联系：出处矛盾的无可化解促使士人走向山水，这一点在后世的山水诗、山水画的发展历程中有充分体现。 进而言之，谢氏子弟不仅发现了山水，也奠定了山水对于士人的特殊意义，对于后世在出处矛盾中困扰、彷徨的士人而言，山水成为他们消解出处矛盾、追求精神自由的载体，是他们在官场之外，为自己构建的另一片逃遁之地。

---

① 詹福瑞:《南朝诗歌思潮》,130 页。

第六章　论梁朝士人的出处观及其美学意蕴

中国历史上，梁朝士人及其文学作品往往是被批评的对象。 近年来，学界对梁朝士人多有深入细致之解析，对梁朝文学也多有肯定。本章尝试从出处的角度解读梁朝士人心态，①并进而探讨其美学意蕴。

一、大隐与园林

较之于魏、晋、宋、齐，梁朝士人的出处关系最为缓和。 梁武帝不仅长寿，在位四十多年，而且以文治国，优待士人，长期以来士人动辄得咎、死于非命的现象在梁朝几乎消失。 在此意义上，出处同归的大隐成为梁朝士人的基本准则。 沈约《司徒谢朏墓志铭》云："形虽庙堂，心犹江海。"②这是指谢朏通过神形分殊以调节出处。 形虽拘束于

---

① 对于梁朝皇族，以及本书所提及的诸多士人，其身份是士族还是庶族，学界仍有争论。此非本书主旨，故不作辨析，均以士人称之。

② 陈庆元:《沈约集校笺》，浙江古籍出版社，1995，204 页。

名教代表的尘俗世务，神则可超越于自然代表的自由之境，或者说，形奔走于庙堂而神逍遥于山林。这也是齐梁士人的普遍观点，任昉《答何微君诗》："散诞羁韏外，拘束名教里。得性千乘同，山林无朝市。"①只要得性，或者说得意，即可将"羁韏外"与"名教里"相统一，山林与朝市也就没有差别。统一的关键在于内心之得意，而不是外在之形迹，此即为从得意忘象而来的神形分殊，它是大隐的思想基础。沈约《谢齐竟陵王教撰〈高士传〉启》："迹屈岩廊之下，神游江海之上。爰奇商洛，访美东都，盖欲隐显高功，出处同致。巢、由与伊、旦并流，二辟与四门共轨。"②只要能神形分殊，即可出处同致，巢父、许由这样的隐居不仕者与伊尹、姬旦这样的安邦定国者可以奇妙地相互统一。

出处同致的承载之地是园林。伴随着出处矛盾的趋向统一，园林日益成为士人生活不可或缺的组成部分。梁朝士人对此深有体会。张缵《谢东宫赉园启》："性爱山泉，颇乐闲旷，虽复伏膺尧门，情存魏阙，至於一丘一壑，自谓出处无辨，常愿卜居幽僻，屏避喧尘，傍山临流，面郊负郭，依林结宇，憩桃李之夏阴，对径开轩，采橘柚之秋实……"③既不离开尧门、魏阙，又有山泉、丘壑，这就是名教与自然的统一。面郊负郭则说明园林并不远离城郭，而往往位于城郊结合部，其目的显然是为了出仕者的方便。通过园林构造的方外空间，出仕者可以在为官之余，享受逍遥之趣。萧纲《临后园》诗云："隐沦游少海，神仙入太华。我有逍遥趣，中园复可嘉……"④由于园林的兴

---

①　逯钦立:《先秦汉魏晋南北朝诗》,1597—1598 页。
②　陈庆元:《沈约集校笺》,116 页。
③　严可均:《全上古三代秦汉三国六朝文》,3334 页。
④　逯钦立:《先秦汉魏晋南北朝诗》,1966 页。

盛，传统的只有隐士才能享受的山林泉石同样可以被出仕者享受，在此意义上，隐逸就不必远遁大海、高山，在自家后园即可获得。沈约《宋书》卷九十三《隐逸传论》认为园林的出现改变了传统的隐逸方式：

> 夫独往之人，皆禀偏介之性，不能摧志屈道，借誉期通。若使值见信之主，逢时来之运，岂其放情江海，取逸丘樊，盖不得已而然故也。且岩壑闲远，水石清华，虽复崇门八袭，高城万雉，莫不蓄壤开泉，髣髴林泽。故知松山桂渚，非止素玩，碧涧清潭，翻成丽瞩。挂冠东都，夫何难之有哉。

出仕者也有对江海林泉的爱好，也有超越名教的自然追求，但君主之信任，时运之际会，使其不能隐身江海、丘樊。那么，如何满足出仕者对山水的渴求？或者说，如何解决身处名教中人对自然的向往？正是在此意义上，山林泉石由野外走向市朝，在崇门高城中蓄壤开泉，此即园林。有了园林，则松山桂渚、碧涧清潭与挂冠东都相统一，处之自然与出之富贵相统一。既如此，又何必独往、偏介，执着于远遁江海的小隐？沈约《休沐寄怀诗》："虽云万重岭，所玩终一丘。阶墀幸自足，安事远遨游。临池清溽暑，开幌望高秋……"①无需远遨游，为官者在休假时，在园林中，即可享受隐逸之趣。② 通过园林，市朝中可以

---

① 陈庆元：《沈约集校笺》，368 页。

② 余开亮："士人在朝政之余，不用长途跋涉就能在一方山水之中营造属于自己的独立空间。同时，在园林中还可以集合饮食、文会、音乐、书法、楹联等其他隐逸文化因子。所以园林在中国古人那里很快成为了隐逸文化的承载代表。"（《六朝园林美学》，重庆出版社，2007，38 页）

有山水之趣，名教中人也能享受自然，此即"休沐乃幽栖"（何逊《下直出谿边望答虞丹徒敬诗》）。①

　　园林是士人在官场之外构建的私人空间，主要作用有二：（一）文艺活动。萧统《钟山解讲诗》："清宵出望园，诘晨届钟岭。轮动文学乘，笳鸣宾从静。……精理既已详，玄言亦兼遄。……眺瞻情未终，龙镜忽游骋。非曰乐逸游，意欲识箕颍。"②这是讲诗，在山水胜景中，精理已详，玄言兼遄，而且能体悟箕山颍水的隐逸之趣。（二）宗教活动。刘峻《始居山营室诗》："自昔厌喧嚣，执志好栖息。啸歌弃城市，归来事耕织。……髣髴玉山隈，想象瑶池侧。夜诵神仙记，旦吸云霞色。将驭六龙舆，行从三鸟食。谁与金门士，抚心论胸臆。"③刘峻即《世说新语》的注者刘孝标。玉山、瑶池、神仙、六龙、三鸟等都属于道教词汇。山居虽不同于园林，但对于作者而言，山居修道不仅仅只是纯粹的道教行为，更指向避世归隐。金门出自东方朔的"避世金马门"，在此意味着大隐的出处方式。南朝，尤其是萧梁是佛道二教兴盛的时代，对于大多数士人而言，参与佛道活动，可以满足士人隐逸的心理需求。虽然不能真的弃官归隐，但可以使身心暂时游憩于名教之外，体悟处的乐趣。德国汉学家顾彬说："作为'会心处'，一种情况下，园林是饮宴、游玩、赛诗和论辩聚会之所，另一种情况下，它又是道教和佛教真理的象征，两种情况都是避离社会：这里远离勾心斗角和权力之争，面对自然，精神是自主的、自由的。这表露在对自然的

　　① 逯钦立：《先秦汉魏晋南北朝诗》，1685 页。
　　② 逯钦立：《先秦汉魏晋南北朝诗》，1797 页。
　　③ 逯钦立：《先秦汉魏晋南北朝诗》，1758 页。

一种新的美学感受之中，这种感受又开始出现在文学艺术的一切领域。"①对士人而言，文艺和佛道活动在某种意义上是对官场罗网的逃避，对精神自由的追求。

庾信有一篇《小园赋》，虽是其羁留北周时所写，但考虑到庾信主要活动于梁，其思想也许在梁时即有，纳入本书也许是可以的。"若夫一枝之上，巢父得安巢之所；一壶之中，壶公有容身之地……岂必连闼洞房，南阳樊重之第；绿墀青琐，西汉王根之宅。余有数亩弊庐，寂寞人外，聊以拟伏腊，聊以避风霜……名为野人之家，是谓愚公之谷。诚偃息於茂林，乃久羡於抽簪。虽有门而长闭，实无水而恒沉……"②此文详细阐述了士人园林的内容及意义，对于此后的中国园林、中国美学均具有深远影响。概而言之，其要有四：（一）壶中天地成为此后士人园林的基本模式，对于士人而言，一个官场之外的私人空间是必需的。（二）园林不仅可以提供必要的经济基础，而且可以拒斥尘俗，使奔波于仕途宦海的身心得到休憩。（三）园林内的布局充分体现了文人趣味。对文人身份的突出是对官吏身份的淡化，官吏身份意味着拘束、世俗，文人身份（野人、愚公）意味着自由、高雅。（四）抽簪、陆沉是朝隐，借助园林，不离庙堂而能隐遁。士人园林兴起于六朝，但晋宋时期，谢安、谢灵运等人的园林地处偏远，多为高山峻岭；齐梁时期，随着大隐思想的盛行，园林转向近郊，规模缩小，奠定了此后士人园林的基本模式。

---

① 顾彬:《中国文人的自然观》,91 页。
② (北周)庾信撰,(清)倪璠注,许逸民校点:《庾子山集注》,中华书局,1980,19—25 页。

值得注意的是，梁元帝萧绎的《全德志论》虽然同样是论述大隐与园林的密切关系，却透露出特殊意味："物我俱忘，无贬廊庙之器；动寂同遣，何累经纶之才。 虽坐三槐，不妨家有三径；接五侯，不妨门垂五柳。 但使良园广宅，面水带山。 饶甘果而足花卉，葆筼筜而玩鱼鸟。 ……或出或处，并以全身为贵；优之游之，咸以忘怀自逸……"①此文的前半段强调的是出处同归的大隐，二者并行不悖。 但最后几句所说的全身为贵、忘怀自逸的思想则与东晋士人的大隐有很大差别，对于东晋士人而言，虽已有此倾向，但总体而言，还是主张宅心玄远而不废事功，王导、谢安虽为风流宰相，但其事功是首要的，运筹帷幄、安邦定国是不可或缺的风流要素。 而对于梁朝士人而言，似乎徒具风流之形式而缺少事功之实质。 兹以沈约为例：沈约在齐梁文坛具有重要地位，既列为萧子良的"竟陵八友"，参与永明声律的制定；又与梁武帝交好，入梁后身居高位，对齐梁文坛的新变具有重要影响。② 但沈约劝说萧衍篡齐自立时，直接宣称："士大夫攀龙附凤者，皆望有尺寸之功，以保其福禄。"（《梁书》卷十三《沈约传》）朝代兴废之际，沈约关注的只是一己之私利，这与萧绎的"全身为贵"是一致的。 入梁后，"（沈约）用事十余年，未尝有所荐达，政之得失，唯唯而已"（《梁书·沈约传》）。 这是真的做到了"忘怀自逸"。③ 相比之下，东晋士人大多不曾忘记国家大事，翻检东晋史籍，风流名士们大多都有涉及时政之

①　严可均：《全上古三代秦汉三国六朝文》，3049 页。
②　日人兴膳宏教授的《艳诗的形成与沈约》一文对此有详尽论述，载氏著《六朝文学论稿》，岳麓书社，1986。
③　王瑶："如果他们的从仕都是'不营物务'的话，在东方朔还是'不敢'或'不愿'，恐怕'才尽者身危'，心里也许还有一点自惭；但在后来朝隐的人看来，却是'不屑'，心里正是'心安理得'的。"（《论希企隐逸之风》，《王瑶文集》第一卷，229 页）

文，即便是被时人评为"飘如游云，矫若惊龙"①的王羲之，也曾上疏
力谏桓温北伐之不可行，写信劝说谢万注意带兵方式。这是梁朝与东
晋大隐的一个重要不同，而梁朝士人之所以如此，则与武帝以文治国的
政策密切相关。

二、以文治国与士人之弱

尚文虽为南朝一贯之风气，②但武帝之重文尤为突出，《南史·文学
传序》曰："自中原鼎沸，五马南渡。缀文之士，无乏於时。降及梁
朝，其流弥盛。盖由时主儒雅，笃好文章，故才秀之士，焕乎俱集。"
其原因也许主要有二：（一）士族的影响。士族的一个重要特征是文
化。③梁朝时期，以王、谢为代表的士族虽然没落，但仍然有较高的社
会地位，其源远流长的文化素养更是令新兴皇室向往。武帝贵为皇帝
之尊，不仅亲自从事文学创作，而且大力提倡。（二）巩固政权的需
要。④鉴于刘宋与萧齐的覆灭主要是皇权内部的自相残杀，武帝对于皇
室成员的习武颇为猜忌，《梁书》卷四十四《太宗十一王世祖二子》载：

---

① 余嘉锡：《世说新语笺疏》，623 页。

② "时膏腴贵游，咸以文学相尚。"（《南史》卷二十二《王承传》）"士人并以文义
为业。"（《南史》卷三十七《宗悫传》）"自晋、宋以来，宰相皆文义自逸。"（《梁书》卷三
十七《何敬容传》）

③ 田余庆："士族的形成，文化特征本是必要的条件之一。非玄非儒而纯以武
干居官的家族，罕有被视作士族者。"（《东晋门阀政治》，北京大学出版社，1996，339
页）

④ 樊荣："梁武帝萧衍在扫荡群雄之后，正是从守成的、恒久的经天纬地观点出
发，把推行宫体诗的形成作为改造梁初时代精神和世人心态的工具之一来予以运用
的。"［《从文学现象和社会环境的变化看宫体诗的酝酿和形成》，《新乡师专学报》（社
会科学版）1997 年第 2 期］

"（大同）十年，高祖幸朱方，大连与兄大临并从。高祖问曰：'汝等习骑不？'对曰：'臣等未奉诏，不敢辄习。'"萧大连兄弟是太子萧纲之子，是萧衍的孙子。周一良先生说："'骑马'这一行为，看来似乎给人以颇为奇妙的印象。在南朝末期，似乎总把骑马在某种程度上看成是与政治上的野心有关联的行为。也许因为政治斗争与军事有密切关系，而军事行动则必须骑马，因而把骑马作为有特殊意义的辞汇，记录在案。……萧大连兄弟从小的时候就本能地意识到，骑马这件事，其中包含着对自己不利的，或者说是政治上危险的因素。"①不仅是南朝末期，在中国历史上，骑马往往带有政治意味。张伯伟先生在论述"骑驴"在中国文学中的意蕴时，认为："这一观念是具有政治性的"，"骑驴在观念上是与骑马相对，代表了在朝与在野、出与处、仕与隐的区别"。② 在此意义上也许可以说，萧统、萧纲等人的弃武习文也是一种特殊意义上的出处选择。所谓特殊，不仅是指一般意义上的出处进退，更是对皇权的觊觎与否，骑马习武者，意味着有争夺皇权之野心；流连文艺者，意味着无心争夺，无意皇权。也许可以说，与阮籍的饮酒类似，萧梁皇室子弟的好文在一定程度上也是一种避祸。

不仅是对于皇室成员，对于手下武臣，武帝同样如此。武帝一朝，很少如宋齐君主出于猜忌，甚至是防患于未然的阴暗心理，对武将大肆屠杀，而是多有优容。同时，又鼓励武将习文。在此政策的引导下，整个社会多轻武重文，《梁书》与《南史》中类似记载比比皆是。其效果也是明显的，钟嵘《诗品·序》论时人："才能胜衣，甫就小学，必甘

---

① 《关于〈世说新语〉的作者问题》，《清华大学学报》（哲学版）2006年1期。
② 张伯伟：《再论骑驴与骑牛——汉文化圈中文人观念比较一例》，《清华大学学报》（哲社版），2007年第1期。

心而驰骛焉。 于是庸音杂体，各各为容，致使膏腴子弟，耻文不逮，终朝点缀，分夜呻吟。"①上行下效，朝野上下竞相以文为业，以文为荣。东魏权臣高欢曾颇为感慨地说："江东复有一吴儿老翁萧衍者，专事衣冠礼乐，中原士大夫望之以为正朔所在。"（《北齐书》卷二十四《杜弼传》） 无论是狭义的文学，还是广义的文化，皆是梁朝士人孜孜以求的。

但它同时也造成了梁朝之弱。（一） 身体之弱。《颜氏家训·涉务篇》的一段话是治史者每每引用的："梁世士大夫，皆尚褒衣博带，大冠高履，出则车舆，入则扶侍，郊郭之内，无乘马者。 周弘正为宣城王所爱，给一果下马，常服御之，举朝以为放达。 至乃尚书郎乘马，则纠劾之。 及侯景之乱，肤脆骨柔，不堪行步，体羸气弱，不耐寒暑，坐死仓猝者，往往而然。 建康令王复性既儒雅，未尝乘骑，见马嘶喷陆梁，莫不震慑，乃谓人曰：'正是虎，何故名为马乎？'其风俗至此。"②这说明骑马之禁令不仅适用于皇室成员，同样适用于士人。 如此一来，士人身体焉能不弱？ 侯景作为北方降将，从寿春长途奔袭，竟然能攻陷台城，饿死武帝，虽有萧正德内应之力，但梁朝军事实力之弱于此可见。武帝后期内部已无将可用，军事上所依赖者，唯北朝降将。③ 而其以文教化皇室子弟的良苦用心同样落空，梁朝灭亡的真正原因不在于侯景之乱，而是皇室子弟的自相残杀，史家对此早有定论。 唐李延寿《南史》

---

① 《诗品集注》，54 页。

② （北齐）颜之推撰，王利器集解：《颜氏家训集解》，上海古籍出版社，1980，295 页。

③ 陈寅恪先生对此有精审而详尽之考辨，参见《魏书司马叡传江东民族条释证及推论》，载《金明馆丛稿初编》。

卷七《武帝本纪》论曰："自江左以来，年逾二百，文物之盛，独美于兹。然先王文武递用，德刑备举，方之水火，取法阴阳，为国之道，不可独任；而帝留心俎豆，忘情干戚，溺于释教，弛于刑典。既而帝纪不立，悖逆萌生，反噬弯弧，皆自子弟，履霜弗戒，卒至乱亡。"在此意义上可以说，武帝以文治国的政策是其身死国灭的重要原因。

（二）心态之弱。这不仅是武帝以文治国所致，同样与南朝政治密切相关。江左各朝更替频繁，忠义一词史书罕见。《南齐书》卷二十三《传论》："君臣之节，徒致虚名。贵仕素资，皆由门庆，平流进取，坐至公卿，则知殉国之感无因，保家之念宜切。市朝亟革，宠贵方来，陵阙虽殊，顾眄如一。"士人关心的是自家门第，而不是君主苍生。对他们来说，皇权更替不过是将一家物与另一家。从君主的角度来说，他们既要压制削弱士族的权力，以伸张皇权；又要利用士族维护统治，确立自己政权的合法性。因此，齐梁士族，很少参与政治斗争。作为陈郡谢氏子弟，谢朓身处萧齐内乱之际，而置身事外。"时明帝谋入嗣位，朝之旧臣皆引参谋策。朓内图止足，且实避事。弟瀹，时为吏部尚书。朓至郡，致瀹数斛酒，遗书曰：'可力饮此，勿豫人事。'"（《梁书》卷十五《谢朓传》）这种政治态度深得君主之心，齐明帝即位后对谢朓颇为重用。梁武帝篡位之际，谢朓同样不豫人事，在武帝登基后同样受到重用。《梁书》作者姚思廉引用其父姚察论曰："谢朓……极出处之致矣！"因为不参与皇权争夺，所以受到君主重视，也许可以说，这是南朝历代君主与士族默认的政治规则。

王导、谢安等能安邦定国的士族子弟固然不可复见，大多数梁朝士人更是以一己利禄为人生目标。何逊《早朝车中听望》诗："诘旦钟声罢，隐隐禁门通。蓬车响北阙，郑履入南宫。宿雾开驰道，初日照相

风。 胥徒纷络驿，驺御或西东。 暂喧耳目外，还保性灵中。 方验游朝
市，此说不为空。"①"耳目外"与"性灵中"的对立又统一正是大隐的
思想。 但全诗的重点在于表现庙堂之显赫声威，透露出为官者的自满
炫耀，这与东晋士人有很大不同，虽然都是大隐，但东晋士人强调的是
在不废事功的同时，追求精神境界的超尘脱俗、淡泊玄远，即处的超越
性；梁朝士人追求的则是寄身当下、感官享乐，即出的世俗性。 换句话
说，同是大隐，东晋士人侧重的是宅心玄远而不废事功；梁朝士人侧重
的是富贵与园林并行不悖。 吴均《主人池前鹤》："本自乘轩者，为君
阶下禽。 摧藏多好貌，清唳有奇音。 稻粱惠既重，华池遇亦深。 怀恩
未忍去，非无江海心。"②为了稻粱之食、华池之居，本应振翅九皋的仙
鹤如今成为阶下之禽，关键是他还振振有词，洋洋自得，"怀恩未忍去"
一句，道尽梁朝士人精神之萎缩。 何逊的《穷鸟赋》同样是以鸟为对
象，更能见出梁朝士人的精神状态："嗟穷鸟之小鸟……既灭志于云霄，
遂甘心于园沼。 时复抢榆决至，触案穷归，若绝气而自堕，似惊弦之不
飞，同鸡埘而其宿，啄雁稗以争肥，异海鸥之去就，无青乌之是非。"③
为了出仕，为了享受鸡埘之宿、雁稗之肥，于是灭志于云霄，甘心于园
沼。 何、吴被梁武帝称为"吴均不均，何逊不逊"（《南史》卷三十三
《何逊传》），在梁朝以皇室主导文坛的潮流中，二人均未被皇室文坛所
接纳，其诗作也被后世认为多有坎坷不平之气。 二人尚且如此，可见
梁朝士人思想之萎靡。

（三）文化之弱。 士族之衰弱不仅是政治上的，也是文化上的，

---

① 逯钦立:《先秦汉魏晋南北朝诗》,1694 页。
② 逯钦立:《先秦汉魏晋南北朝诗》,1749—1750 页。
③ 严可均:《全上古三代秦汉三国六朝文》,3303 页。

《颜氏家训·勉学篇》："梁朝全盛之时，贵游子弟，多无学术，至于谚云：'上车不落则著作，体中何如则秘书。'无不熏衣剃面，傅粉施朱，架长檐车，跟高齿屐，坐棋子方褥，凭斑丝隐囊，列器玩于左右，从容出入，望若神仙。 明经求第，则顾人答策；三九公宴，则假手赋诗。"①这既是身体之弱，心态之弱，也是文化之弱。 士族子弟已经不能亲自作文，只能假借他人之手，这意味着士族所自我标榜的文化优势已然丧失。 梁朝文化之主导力量已转移到皇室，皇室之文是另一种弱。 萧统、萧纲兄弟的东宫文士集团，虽然人数众多，活动频繁，成果丰富，但武帝重文，本为弱化皇室和士人进取、谋篡之身心，故皇室与士人之文当然尽力展示柔弱之心志。 因此，文只能是选择排斥怨刺、放弃兴寄，这必然导致文之弱。② 历来论者对此已有充分揭示，朱熹的评论颇具代表性："齐梁间之诗，读之使人四肢皆懒慢不收拾。"③ "懒慢不可收拾"意味着无进取之心，无昂扬之气，这正是萧纲等人所要表白的，从某种意义上可以说，这也是武帝重文的根本目的所在。

三、疲倦与矫饰

弱与俗密切相关。 因为进取意识的丧失，所以将目光从社会现实转向身边的日常生活，从而"使日常生活普遍诗化"。④ 较之于汉魏古诗，较之于晋宋之作，齐、梁诗均表现出作者视野的由外而内、由远及

---

① 王利器：《颜氏家训集解》，145 页。

② 阎采平："丢弃风骨，不主兴寄，反对怨思抑扬，导致齐梁诗歌气势屡弱，风格疲软不振。这是齐梁诗歌之'弱'。"（《齐梁诗歌研究》，北京大学出版社，1994，40 页）

③ （宋）黎靖德编，王星贤点校：《朱子语类》，中华书局，1986，3325 页。

④ 葛晓音：《论齐梁文人革新晋宋诗风的功绩》，《汉唐文学的嬗变》，北京大学出版社，1990，56 页。

近、由大到小,由深到浅,这既是弱,也是俗。 俗既是内容上的世俗化,也是精神上的低俗。 它与士人的大隐密切相关,因为出处关系上的销处于出,将处的超越性消解于出的世俗性,所以只能沦为园沼内的穷鸟,只能是休沐而栖的世俗官僚。 其关注者,只能是世俗的日常生活。 又因为面对武帝的以文治国实以猜忌、弱化为目的,士人在诗文中不敢有兴寄,只能在题材上拓展,在技巧上逞才,在此意义上,咏物诗成为齐梁诗歌的主要形式。 但在花团锦簇、五光十色的咏物诗背后,显露的是士人心态的浓重倦意。 何逊《赠诸游旧诗》:"弱操不能植,薄伎竟无依。 浅智终已矣,令名安可希。 扰扰从役倦,屑屑身事微。 少壮轻年月,迟暮借光辉。 一涂今未是,万绪昨如非。 新知虽已乐,旧爱尽暌违。 望乡空引领,极目泪沾衣。 旅客长憔悴,春物自芳菲。 岸花临水发,江燕绕樯飞。 无由下征帆,独与暮潮归。"①弱操、薄伎、浅智、屑屑、迟暮——对自己的定位是如此卑微;身事微、从役倦、昨如非、泪沾衣、长憔悴——对世事、对人生是如此疲倦。 在某种意义上也许可以说,这种卑微与疲倦是梁朝一般士人的基本心态。 从建安诸子的梗概多气,嵇、阮的悲愤彷徨,潘(岳)、陆(机)的哀情愁苦,孙(绰)、许(询)的淡泊玄远,谢灵运的郁结不甘,一路而来,士人心态如今唯有深深的卑微与疲倦。 从这个意义上讲,出处矛盾的消解,不仅意味着抗争与痛苦的解脱,更意味着士人理想与追求的沉沦。

与一般士人不同的是,皇室成员仍在战战兢兢地应对武帝的猜忌,应对的工具是武帝倡导的文。 对武帝,文学是政治姿态的一种表白,

---

① 逯钦立:《先秦汉魏晋南北朝诗》,1685 页。

是类似于醇酒妇人的自污；对自己，则是赏玩之具。萧统《文选序》："譬陶匏异器，并为入耳之娱；黼黻不同，俱为悦目之玩。"①文学的意义不再是感物、言志、缘情，而是纯粹的娱乐。梁朝文学的代表是宫体诗，历来论者夥矣，尤其是近年来，学界对宫体诗的研究成果丰硕，相关探讨已是十分详尽。本书于此结合前文所论，略作申述。此宫体诗主要指萧纲等人的作品。就文学自身之演变而言，它承续齐梁咏物诗及梁朝前期武帝、沈约等人的艳诗而进一步发展，视野更窄，雕琢更繁，性情更隐。就现实因素而言，宫体诗是梁朝皇室矛盾的产物，简言之，是应对猜忌而有的矫饰。②宫体诗的领军人物是简文帝萧纲。但宫体诗并非萧诗全部内容，其《答张缵谢示集书》云："至如春庭落景，转蕙承风；秋雨且晴，檐梧初下；浮云生野，明月入楼；时命亲宾，乍动严驾；车渠屡酌，鹦鹉骤倾。伊昔三边，久留四战。胡雾连天，征旗拂日。时闻坞笛，遥听塞笳。或乡思凄然，或雄心愤薄。是以沉吟短翰，补缀庸音，寓目写心，因事而作。"③就其所列而言，文之内容是十分开阔的。萧纲早年在藩，历任南兖州、荆州、南徐州、雍州、扬州等诸州刺史，经历不可谓不丰富，今存诗集中也有若干边塞诗。如果将此"寓目写心，因事而作"的原则坚持下去，按照其所列内容去作文，其文学成就暂且不论，其所写之内容绝不止于宫体诗。

然而，在徐陵的《玉台新咏序》中，宫体诗人的视野几乎完全局限

---

①　(梁)萧统编,(唐)李善注:《文选》,上海古籍出版社,1986,2页。

②　殷璠《河岳英灵集序》:"自萧氏以还,尤增矫饰。"(《唐人选唐诗》[十种],上海古籍出版社,1978,40页)萧氏指萧统及其《昭明文选》,此"矫饰"侧重于表达形式,与本书所讲的矫饰有一定差距,但二者有相通之处。

③　严可均:《全上古三代秦汉三国六朝文》,3010页。

于宫中。"优游少托,寂寞多闲。厌长乐之疏钟,劳中宫之缓箭。纤腰无力,怯南阳之捣衣;生长深宫,笑扶风之织锦。虽复投壶玉女,为欢尽于百骁;争博齐姬,心赏穷于六箸,无怡神于暇景,惟属意于新诗。"①对于宫体诗的成因,学界同样已有充分探讨,然其间似仍有略可补充者。萧纲如此爱好诗文,其生活阅历也足够丰富,在藩时固然不用多论,即使其入主东宫的过程,也是颇为曲折,入主之后,其储君的合法性仍未完全确立。②面对宋齐以来皇储之争的历史教训,面对武帝及其他皇族成员的猜忌现实,其内心世界不可能完全是美人含羞、内人昼眠,无论其受佛教影响有多深,无论佛经之色相描摹多么蛊惑人心,在宫体诗之外,必然还有诸多苦闷、不平,③然而,这些内容为什么不能"寓目写心,因事而作"?④陈子昂说:"齐、梁间诗,彩丽竞繁,而兴寄都绝。"(《与东方左史虬修竹篇》)⑤为什么"兴寄都绝"?也许并非没有兴寄,而是不能入文。换句话说,宫体诗人并非没有志,

---

① (陈)徐陵编,(清)吴兆宜注,(清)程琰删补,穆克宏点校:《玉台新咏笺注》,中华书局,1985,12—13页。

② 参阅骆玉明、吴仕逑《宫体诗的当代批评及其政治背景》,《复旦学报》(社科版),1999年第3期。骆玉明:《色情与阴谋——关于"宫体诗"事件,兼谈古代文学与政治》,《书城》2007年第6期。

③ 萧纲的前任太子萧统因蜡鹅事件,被武帝猜忌,不能自辩,有论者认为,萧统之死与此相关。这对于萧纲不能没有影响。另外,武帝显然没有给予作为太子的萧纲充分的信任与权力,侯景之乱中,萧纲撰文怒斥武帝权臣朱异,将之比作豺狼,这何尝不是宣泄对武帝的不满。

④ 值得注意的是,"宫体诗歌思潮的形成和鼎盛期,是在萧纲入主东宫的时期,即从中大通三年到大同年间这一段期间。"(詹福瑞:《南朝诗歌思潮》,百花文艺出版社,1995,196页)也许这并不少偶然的巧合,而是因为入主东宫造成其他人的忌恨,所以萧纲特别需要示弱?

⑤ 周祖谟编选《隋唐五代文论选》,人民文学出版社,1999,70页。

而是有志不能言。 其原因也许就在于武帝之以文治国，其实质是对皇室成员及士人的猜忌与弱化。 在此意义上也许可以说，萧纲等人的宫体之作其实是一种矫饰，是对特殊意义上的出处矛盾的调节。《隋书》卷三十五《经籍志》的一段话是论者屡屡引用的："梁简文之在东宫，亦好篇什，清辞巧制，止乎衽席之间；雕琢蔓藻，思极闺房之内。 后生好事，递相放习，朝野纷纷，号为'宫体'。"无论宫体诗的界定是否局限于此，并且宫体诗人也有其他题材的诗歌，但就其主要倾向而言，此即宫体诗的内容。 也许可以说，"思极闺房之内"正是武帝所需要的，也是其他心怀忌恨者乐意看到的。 有猜忌，就有矫饰；面对猜忌，只能矫饰。 沈德潜曰："诗至于宋，性情渐隐，声色大开，诗运一转关也。"①虽然性情之隐为刘宋以来文学自身演变之进程，其原因很复杂，但就萧梁皇室而言，性情之隐也许是作者有意为之，是对内心之志的一种矫饰。 在武帝已死，自己被侯景幽禁于永福省的临终之际，萧纲特别强调的是自己"立身行道，始终如一"（《梁书》卷四《简文帝纪》），也许是深知矫饰是皇室的普遍风气。

　　宫体诗的另一位主要人物萧绎也是有志而能矫饰之人，②萧纲比之为曹植，二人感情甚笃。 侯景之乱中，萧绎任荆州刺史，手握重兵，在各地纷纷派兵勤王戡乱的背景下，萧绎却是"虚张外援，事异勤王"（《梁书》卷五《元帝本纪》），"但坐观于时变，本无情于急难"。③ 坐视武帝困馁而死，简文帝毙于土囊，从而自己登基为梁元帝。 面对时局动荡、西魏虎视眈眈的危境，萧绎不是联合各方力量对抗外侮，而是

① 霍松林校注：《原诗、一瓢诗话、说诗晬语》，人民文学出版社，1979，203 页。
② 《南史》卷八《世祖本纪》云：(萧绎)"性好矫饰，多猜忌。"
③ 庾信《哀江南赋》语，(清)倪璠注，许逸民校点：《庾子山集注》，150 页。

全力铲除其他皇室成员。① 最终导致国破身死，而其被西魏所俘的原因竟然是因为不会骑马，无法突围。② 萧绎于城陷之前，纵火焚古今图书十四万卷（《资治通鉴》卷第一百六十五《梁纪》二十一），这是令历来论者痛惜的一场文化浩劫。 就其本人而言，又何尝不是对武帝以文治国的一种情绪化的否定。

概而言之，梁朝士人于宽松稳定的政治氛围中，遵循大隐的出处方式。 此为东晋以来的一贯思想，但梁朝的一般士人销处于出，将处之超越性消解于出仕之世俗性，导致士人人格的弱与俗；皇室成员在武帝以猜忌为实质、以弱化为动机的以文治国的背景下，主动示弱，以袵席之间、闺房之内的宫体诗作为矫饰，可以说是一种特殊意义上的出处调节。 就美学而言，一方面，它进一步完善了魏晋以来的士人园林，将山水与市朝融为一体，对于此后的士人园林具有重要影响；另一方面，咏物诗与宫体诗虽然隐没性情，却也使文学的形式和技巧得到极大发展，对于盛唐诗的到来具有积极意义。

---

① 张溥《梁元帝集》题辞曰："闲读梁元帝《与武陵王书》，言：'兄肥弟瘦，让枣推梨，上林闻鸟，宣室披图。'友于之情，三复流涕。汉明东海，词无以加。乃纵兵六门，参夷流血，同室之斗，甚于寇仇，外为可怜之言，内无急难之痛，狡人好语，固难以常测也。"（《汉魏六朝百三家集题辞注》，215 页）

② 《南史》卷八《世祖本纪》载："及魏人烧栅，朱买臣、谢答仁劝帝乘暗溃围，出就任约。帝素不便驰马，曰：'事必无成，徒增辱耳。'"

第七章　论初、盛唐士人的出处观
及其对文学的影响

　　从初唐到盛唐，从贞观之治到开元盛世，中国历史终于迎来了它最灿烂的时期。就士人出处心态而言，也有了根本性变化，在时代精神的感召下，在取士制度的鼓励下，士人普遍以出仕为己任。然而，蹉跎仕途的现实与建功立业的理想形成巨大反差。不过，这一矛盾带给士人的不是灰心绝望，也不是抽身离去，而是愤激感慨，或是如王勃作理论反思，或是如高适坚持不懈。① 在此心态的影响下，其诗文多具悲壮

---

　　① 罗宗强先生在论述阮籍与陈子昂的不同时，说："最重要的是，他们的差别，正反映了两个不同的时代。一个是战乱的、人命危浅、朝不虑夕的时代；一个则是封建社会的全盛期。"(《隋唐五代文学思想史》，上海古籍出版社，1986，70 页)这也是魏晋和初、盛唐的根本区别。不同于魏晋之际士人的进退失据的危险处境，初、盛唐时期类似于阮籍身份的上层士人并未充分体会到出处冲突，他们在京官加别业的出处方式中体会的功成名就之后的适意逍遥。换句话说，对于大多数身处上层的初、盛唐士人而言，出处关系是和谐统一的。但就美学而言，这些上层士人大多承续齐梁以来的台阁遗风，是后世批评的对象；倒是那些身处中下层、仕途坎坷的士人在文艺上的成就更为突出。因此，本书选择的讨论对象不是在当时占据政治主流的上层士人，而是处于政治边缘的中下层士人。

风骨,建安风骨正是在此意义上以更为强劲的姿态回归文学。 本章尝试通过对王勃和高适个案的解读,探讨初、盛唐士人的出处观,并进而论述其对于文学的影响。①

<h2 style="text-align:center">一、王勃:道与时的理论思考</h2>

初唐文学成就最为杰出者,当属王、杨、卢、骆四杰。 四杰主要活动于高宗时期,属于初唐的中间三十年。 虽然成名甚早,但四杰仕途均多坎坷,"他们都年少而才高,官小而名大,行为都相当浪漫,遭遇尤其悲惨。"②这是一种矛盾:初唐上升、开明的政治环境吸引着他们以建功立业为己任,但仕途的困顿又不断打击着这种兼济之志。 正是在这种矛盾中,他们的诗歌在形式上虽对齐梁多有继承,在题材和思想上

---

① 关于初、盛唐出处问题,有三点需要说明:1. 初唐王绩以隐逸闻名于世,但正如贾晋华先生所指出的,王绩虽在形式上刻意效仿魏晋名士,但时代环境已有根本变化,其隐逸虽刻意模仿阮籍与陶渊明,但徒具其形,不具有时代性。(《王绩与魏晋风度》,载《唐代文学研究》第二辑,广西师范大学出版社,1990)2. 唐代制举对隐士的重视导出以隐求仕的终南捷径,这只是谋求出仕的一种变异途径,并不意味着出仕心态的变化。学界对此已有充分探讨,兹不赘论。3. 初、盛唐京官加别业的出处方式虽在形式上类似于齐梁士人,但二者有根本区别:初、盛唐上层士人在诗歌中所吟咏的朝隐或大隐思想只是对南朝以来的诗歌主题的一种形式上的承续,其内心也许并未感受到出处矛盾的强烈冲突。从形式上看,南朝士人与初、盛唐士人皆是朝入庙堂而暮归山庄。但就心态而言,前者是神形分殊,士人身居庙堂而心处山林,即无论出处,皆以独善为归宿;后者是身心一如,士人身居山庄而心游庙堂,即或出或处,皆以兼济为己任,其别业之隐只是在休沐时的休憩、调节,并不影响其积极进取的出仕行为。 二者在形式上虽皆为出处同归,但前者落实于"处",后者则偏重于"出"。学界对此同样已有辨析,在此意义上也许可以说,初、盛唐的京官加别业并非严格意义上的大隐。

② 闻一多:《唐诗杂论》,山西古籍出版社,2001,17 页。

却有很大变化。① 在此意义上也许可以说，四杰在文学上的创新与出处矛盾密切相关，不是在出处之间徘徊，而是出仕之后的仕途困顿导致兼济理想不能实现，所以要抒发这种困顿与痛苦，所以能突破齐梁的旧题材，开拓出新的风貌。 就出处问题而言，在经过魏晋南北朝长期的分裂、动荡之后，作为贞观之后登上历史舞台的士人，初唐四杰，以及大多数士人均渴望参与到帝国的政权中。② 虽然困顿仕途，也有愤懑、痛苦，但不是绝望，也不是灰暗，而是生于明时，处于圣朝，却不能参与其中施展抱负的不平。③

　　四杰成就最高者是王勃，兹以王勃为对象，探讨其对出处问题的思考及对其文学创作的影响。 也许是初唐开明的政治环境鼓舞了士人的参政意识，也许是高宗、武后时期的举荐制度拓宽了士人的参政门径，也许是自王通、王绩而有的入世态度影响了王勃。 总之，对于入仕，王勃是孜孜以求的，此可见于其干谒之文中。《上刘右相书》：

----

　　① "他们四人都是才华横溢的雅士，都曾怀有建功立业的雄心壮志。可是，在政治生活中他们却走过了一条坎坷不平的道路，屡受统治阶级的排挤打击，一个个受尽磨难，郁寂终生。……磨难深化了他们对生活的体验和认识，而贵族化的宫廷诗又难以抒写他们的郁郁不平之气和远大的抱负，于是，他们转而致力于开拓诗歌的思想题材，探索新的格律形式。"（关博兰：《初唐四杰浅论》，《中南民族学院学报》[哲社版]，1992 年第 2 期）

　　② "四杰是一群充满幻想充满激情的青年志士，他们最根本的人格特征是积极进取以成就功名。"（董天策：《当时风骚唐音始肇——初唐四杰诗歌创作综论》，《中国文学研究》1990 年第 3 期）

　　③ "对于人生的叹息，是渴望建功立业而不被知遇之后的愤激情怀的产物。它表现出来的并不是悲观厌世，而是对于青春常在、勋业不朽的强烈向往。"（《隋唐五代文学思想史》，57 页）

岂非顺物不若招类,报国不如进贤。……君侯足下……亦复知天下有遗俊乎?……伏愿辟东阁,开北堂,待之以上宾,期之以国士。使得披肝胆,布腹心,大论古今之利害,高谈帝王之纲纪。然后鹰扬豹变,出蓬户而拜青墀;附景抟风,舍苔衣而见绛阙。(卷五)①

这段话充分表现了王勃的出仕态度:(一) 虽是干谒,但并非俯首低眉,而是以贤才、遗俊自许,对方若推荐自己,是为国进贤。 这种自信是王勃性格的一个突出特征。《山亭思友人序》:"嗟乎! 大丈夫荷帝王之雨露,对清平之日月。 文章可以经纬天地,器局可以蓄泄江河,七星可以气冲,八风可以调合。 独行万里,觉天地之崆峒;高枕百年,见生灵之龌龊。 虽俗人不识,下士徒轻,顾视天下,亦可以蔽襄中之一半矣。"(卷九)也许可以说,这种睥睨一切的自信是四杰,乃至初、盛唐士人的普遍心态。(二) 王勃对自己之才颇为自负。 他认为,国家的兴盛离不开有才之士,《三国论》:"余观三国之君,咸能推诚乐士,忍垢藏疾,从善如不及,闻谏如转规。 其割裂山河,鼎足而王,宜哉。"(卷十一) 在王勃看来,三国之君能割裂山河、鼎足而王的关键就是推诚乐士,重士用士。 在《秋夜于绵州群官席别薛昇华序》中,王勃更是宣称:"夫神明所贵者道也,天地所宝者才也。"(卷九)也正因如此,在诸多干谒之文中,他强调不仅是自己需要出仕,也是国家需要自己建功。(三) 在上者以上宾、国士之礼对待士人,士人则应披肝胆、布腹心,尽忠为国。 王勃干谒的目的是为了出仕,但出仕的目的并非一己富

---

① 本书所引王勃文,均据(清)蒋清翊注《王子安集注》,上海古籍出版社,1995。以下只在正文中以夹注形式注明卷数。

贵，而是以古今利害襄理帝王纲纪。《上绛州上官司马书》："故曰有非常之后者，必有非常之臣。有非常之臣者，必有非常之绩。至今雷奔雨啸，风旋电转，拾青紫于俯仰，取公卿于朝夕。"（卷五）非常之君（后）——非常之臣——非常之功——非常之位，这是王勃理想的士人的出仕道路，不论其是否过于浪漫，但它既反映出初唐开明的政治环境，也显示出士人对帝国政权的认同。将青紫、公卿之名位建立在建功立业的基础上，这是初唐士人的普遍心态。

　　然而，现实却是，王勃的为官之路颇为坎坷，先是因一篇戏文而被逐出王府，后又因官奴之事几乎被杀，无论其具体原因究竟为何，对于满腔凌云志的王勃而言，其打击是十分沉重的。但王勃的可贵不仅在于其出仕的理想，更在于理想受挫后的心态。《夏日诸公见寻访诗序》："天地不仁，造化无力，授仆以幽忧孤愤之性，禀仆以耿介不平之气。顿忘山岳，坎坷于唐尧之朝；傲想烟霞，憔悴于圣明之代。"（卷七）虽然坎坷，虽然憔悴，但王勃深信自己所处的是唐尧之朝，圣明之代，这不仅与六朝士人不同，与晚唐士人动辄怨天尤人、心灰意冷也有本质区别。这与王勃的出处观密切相关，王勃的出仕虽有个人功利成分，但更重要的是为国建功，《与契苾将军书》："常思并建忠孝之绩，共申家国之仇。"（卷六）这使他在受挫时不会沉湎于一己的失意中，而是感慨："丈夫不纵志于生平，何屈节于名利。"（卷六《秋日宴季处士宅序》）虽然在政治上很不成熟，虽然有聚讼纷纭的裴行俭之论，但就此语观之，王勃刚健的风骨卓然可见。

　　王勃对出处的思考集中于"道"与"时"两个范畴。前者集中体现于《送劼赴太学序》：

> 且吾家以儒辅仁,述作存者八代矣,未有不久于其道而求苟出者也。故能立经陈训,删书定礼,扬魁梧之风,树清白之业,使吾徒子孙有所取也。……加之执德宏,信道笃,心则口诵,废食忘寝,涣然有所成,望然有所伏,然后可以托教义,编人伦,彰风声,议出处。若意不感慨,行不卓绝,轻进苟动,见利忘义,虽上一阶,履半级,何足恃哉!终见弃于高人,但自溺于下流矣。(卷八)

虽然汲汲于功名,渴望出仕并飞黄腾达,但"不久于其道而求苟出"是王勃不能接受的。家传的儒学教育使王勃"信道笃",其"议出处"当然也是从道而行。在出处问题上,"道"为本,出处与否应遵道而行。① 反之,背"道"而出即使"上一阶半级"也是"自溺於下流"。王勃并非士族,但在他身上表现出陈寅恪先生所说的士族谨守礼法的"优美门风"。这也许正是"道"所赋予的,"道"是一种自律,也是一种自信,它意味着出处的困顿并不在于自己或君主有所过失,而是因为"道"之不行。

"道"之不行的原因是"时"之未及,《上绛州上官司马书》:

> 至若时非我与,雄略顿于穷途;道不吾行,高材屈於卑势。……有时无主,贾生献流涕之书;有志无时,孟轲养浩然之气。则亦有焉。……故曰知与不知,用与不用,观夫得失之际,亦穷达之有数乎。

---

① "子曰:'富与贵,是人之所欲也;不以其道得之,不处也。贫与贱,是人之所恶也;不以其道得之,不去也。君子去仁,恶乎成名?君子无终食之间违乎仁,造次必于是,颠沛必于是。'"(杨伯峻:《论语译注》,37 页)也许可以说,王勃的出处进退遵循的是儒家原则。

其有邀时誉，忘廉耻，徇苟得，设向背于朝廷，立纵横于势利。举三寸之舌，屈辱豪门；奉咫尺之书，逡巡下席。……岂知夫四海君子，攘袂而耻之乎？五尺微童，所以固穷而不为也。（卷五）

"时"之及否对于"道"之行否具有决定性意义，"时"即君主的知与不知，用与不用，这是出处问题在君权制度下的基本特点。出处矛盾的根本症结即在于此，在君权的势统与士人理想的道统之间，势统是主宰性的，士人能否实现道统理想取决于势统的用与不用。士人所能做的，就是时来则出，时去则处，出处进退不违道。《平台秘略论十首·贞修二》："以礼升降，以时舒卷。……故进不违义，退不复生。清贞静一保其道，委迤屈伸合其度。"（卷十一）面对出处矛盾，王勃反复强调的是"以礼"、"与时"、"不违义"、"不复生"、"保其道"、"合其度"。既然出处进退不为自己左右，自己所能修为的只是出处进退时的态度。

"时"之不及，"道"之不行，导致"才"之不用。《为人与蜀城父老书》："盖闻天地作极，不能迁否泰之期；川岳荐灵，不能改穷通之数。岂非圣贤同业，存乎我者所谓才；荣辱异流，牵乎彼者所谓命。"（卷六）"期"、"数"，是"时"，是自己无能为力的；自己所有者是"才"，有"才"而无"时"，此之为"命"。换句话说，虽然有"才"，但君主不知、不用，意味着"时"之不及，"道"之不行，其原因只能归之于"命"。也许可以说，可知者、可修者，是一己之"才"；不可知、不可为者，是穷通之"命"。"命"是什么？王勃没有回答。对于大多数士人而言，将个人的困顿归之于神秘而抽象的命，也许是一种不得已而为之的"悬置"，因为在君主集权制度内，士人的出处矛盾最终指向的其实是政治体制，而这显然不是士人轻易所能涉及的，尤其是对于初、

盛唐士人而言，时代给予他们的更多是一种希望和鼓舞。《秋日登洪府
滕王阁饯别序》："嗟乎！时运不齐，命途多舛。冯唐易老，李广难
封。屈贾谊于长沙，非无圣主；窜梁鸿于海曲，岂乏明时。所赖君子
见机，达人知命。"（卷八）一方面，王勃认识到自己身处"圣主"、"明
时"；另一方面，却是时运不齐，命途多舛。由雄才大略出发，终归于
安贫知命，这不能不说是一种悲哀。对于古代士人，尤其是对于那些
虽有文才却无政治经验的文人而言，其人生轨迹，大多如此。

　　被逐出王府之后，王勃踏上漫游之旅。漫游对于唐代诗文之兴盛
具有重要意义，①就王勃而言，可谓是失之于仕途，却得之于文学。《还
冀州别洛下知己序》："东西南北，丘也何从？寒暑阴阳，时哉不与。"
（卷九）"时"之未及，"出"之受挫，而有东西南北之游历。《夏日登韩
城门楼寓望序》：

　　　　下官狂走不调，东西南北之人也。流离岁月，羁旅山川。……池
　　台左右，觉风云之助人；林麓周回，观岩泉之入兴。……赏欢文酒，思
　　挽云霄。（卷六）

　　在漫游中，以文会友，赏欢文酒，名胜古迹、池台林泉不仅助人，
抚平仕途的失意，还可入兴，将山川景象引入审美感兴。较之于齐梁
士人的台阁庭院，王勃短暂的一生却有着开阔的视野，除去在沛王府内
的几年，其行迹遍于大半个中国，西到四川，东到江苏，南到海南，其
留下来的文集中数量最多的就是游宴诗序。其主旨主要有三：（一）抒

---

　　①　参见陈伯海《唐诗学引论》，知识出版社，1984，47—49 页。

发仕途失意的愤懑。《秋日游莲池序》："人间龌龊，抱风云者几人；庶俗纷纭，得英奇者何有。 烟霞召我，相望道术之门；文酒起予，放浪沈潜之地。 ……秋者愁也，酌浊酒以荡幽襟；志之所之，用清文而销积恨。"（卷六）仍然是睥睨一切的自信，但掺入了愤激与孤傲，酒以荡幽襟，文以销积恨，此恨当指宦海沉浮所受到的中伤与屈辱。《春日孙学士宅宴序》："若夫怀放旷寥廓之心，非江山不能宣其气；负郁怏不平之思，非琴酒不能泄其情。 则林泉为进退之场，樽酒是言谈之地。"（卷六）江山、琴酒是仕途失意者的宣气泄情之物。 兼济理想受挫后，王勃将种种委屈、郁结尽情挥洒于山水流连中。

（二）在山水林泉中体验出处同归的大隐。《夏日宴张二林亭序》："出处之情一致，筌蹄之义两忘。"（卷七）在林亭中宴集，即可出处一致，林亭之功用可谓神奇之极。《秋晚入洛於毕公宅别道王宴序》："道王以天孙之重，分曲阜之新基；毕公以帝室之华，拥平阳之旧馆。 迹尘钟鼎，思在江湖。 居荣命於中朝，接风期於下走。 绿縢朱绂，且混以萝裳；列榭崇轩，坐均於蓬户。 宾主由其莫辨，语默於是同归。"（卷八）这是强调参与宴会者的身份既有出仕者，也有处士，语默同归即出处同归，显然，王勃描绘的山水游宴中的大隐并未涉及真正的出处关系。 初唐在文风上承续齐梁，在山水观上同样承续齐梁，虽然出处态度有根本性变化，但在形式上仍然以山水林泉为赏心之雅事，达官贵人于休沐时游憩山林，即可有高人雅韵，此可见于初、盛唐时期遍布长安近郊的园林别业。① 王勃既然渴望寄身上层，对于上层士人的生活方式

① 参见葛晓音《山水田园诗派研究》，180—185 页；贾晋华《唐代集会总集与诗人群研究》上编第二章"《景龙文馆记》与中宗朝文馆学士群"（北京大学出版社，2001）；查正贤《论初唐休沐宴赏诗以隐逸为雅言的现象》（《文学遗产》，2004 年 6 期）。

也有自觉效仿。《三月上巳被禊序》:"虽朝野殊致,出处异途,莫不拥冠盖於烟霞,披薜萝於山水。"(卷七)类似的语句在王勃诗序中比比皆是,也许只能视为时代风气的影响。《上许左丞启》:"自违隔恩华,婴缠风恙,守愚空谷,敛迹仙台。……朝野既殊,风猷遂隔。望芝兰之渐远,觉鄙吝之都生。"(卷四)离开都城,离开庙堂之地,离开官宦为伍的生活方式,空谷、仙台的山林竟然使得王勃"觉鄙吝之都生"。也许可以说,较之于多不胜数的赞美隐居的语句,这才是王勃真正的想法。

(三)山水之游历有助于诗文之创作。《越州秋日宴山亭序》:"是以东山可望,林泉生谢客之文;南国多才,江山助屈平之气。"(卷六)谢灵运与屈原皆为放逐之臣,放逐山水之间又成就了其诗文,王勃既是自比谢、屈之有才而不见用,也是充分认识到山水与文学的密切联系。《游冀州韩家园序》:"眺望而林泉有馀,奔走而烟霞足用。……高情壮思,有抑扬天地之心;雄笔奇才,有鼓怒风云之气。"(卷七)正如论者所指出的,王勃文学的刚健风骨与其山川游历密切相关,闻一多先生说:"五律到王杨的时代是从台阁移至江山与塞漠。"①在开阔的高山大川与在狭小的台阁庭院所体验的情感显然不同,形诸诗文当然也有不同的风格。

就文学理论而言,王勃在理论上主张极端的功利主义。其《上吏部裴侍郎启》是研究唐代文论者每每提及的一篇代表作,针对"屈宋导浇源於前,枚马张淫风於后"数百年的文学传统,王勃主张:"黜非圣之书,除不稽之论。牧童顿颡,思进皇谋;樵夫拭目,愿谈王道。"(卷

---

① 《唐诗杂论》,21页。

四）可见，"皇谋"、"王道"才是王勃倡导的"文"，除此之外皆应黜去。 对于裴行俭的索要诗赋以备荐举的善意，王勃却大加挞伐，并"谨录古君臣赞十篇并序"呈给对方。 于此不仅可见王勃之文学观念，也可见初唐士人之心态。 不过，在出仕受挫之后，王勃从个人销恨解愁的需求出发，其创作实践遵循的却是理论上曾激烈否定的感物缘情。转变的关键，也许即在于出处困顿。 就文学而言，这种情感充沛、风骨刚健的作品较之于齐梁文人的咏物诗、宫体诗，当然是一种本质的变化，也为盛唐的到来奠定了基础。

二、高适：悲与壮的情感宣泄①

盛唐是中国古代历史的鼎盛期，在政治、军事等各个方面均达到巅峰。 就士人的出处态度而言，最突出的表现就是士人对政权的向心力与参与意识，这又突出表现为强烈的出仕意愿与功名意识。 盛唐文化最灿烂者，非诗莫属；就诗人而言，群星璀璨，每一颗都足以令后世文人仰望与钦羡。 本书选取高适作为研究对象，并非以之作为盛唐诗歌、盛唐文化的代表，而是基于如下考虑：（一） 有唐一代，鉴于现实的用人制度（外因）与文人的政治经验（内因），文人虽然幻想着布衣公卿之唾手可得，奔波于长安风尘，游历于东西南北，却大多是沉沦下僚，坎壈终生。 能位致公卿者，寥寥可数。《旧唐书·高适传》云："而有唐以来，诗人之达者，唯适而已。"王勃所渴望的拾青紫、取公卿的理想在高适身上实现，高适可谓文人入仕成功之典范。 周勋初先生

---

① 　关于高适之"适"，也有研究者写作"适"，但严格意义上似乎应该是"适"，如通行的周勋初先生《高适年谱》、孙钦善先生《高适集校注》及刘开扬先生《高适诗集编年笺注》均为"适"。

说:"高适五十前后生活发生巨大变化:未仕之前,蹭蹬落魄,盛唐诗人罕有其比;入仕之后,煊赫显达,盛唐诗人中亦罕有其比。"①未仕之前的高适在一定程度上可谓盛唐文人现实的写照,入仕之后的高适在一定程度上可谓盛唐文人理想的代表。(二) 就诗人而言,高适对出仕的执着、对功名的渴望即使在盛唐,也是突出的。 如岑参,历来与高适并称为边塞诗人,但就出处心态而言,岑参今存诗集中有大量的山水田园诗,其反复陈述的是仕途疲倦与思归主题,与高适大相径庭。 其他如王昌龄、王之涣、孟浩然等人,更多的是文人才具,对于出仕多为浪漫的想象。 至于李、杜,无论是诗歌成就,还是出处思考,当然最能代表盛唐气象,但此远非本书所能囊括,暂存而不论。

高适从二十岁初游长安,失意而归,到五十岁被荐举,授封丘县尉。② 三十年的布衣之身,当有诸多辛酸委屈。《酬裴秀才》:"男儿贵得意,何必相知早。 飘荡与物永,蹉跎觉年老。 长卿无产业,季子惭妻嫂。 此事难重陈,未于众人道。"③司马相如早年的贫困,尤其是苏秦早年的不得志是高适感同身受的。 多年不得意,困苦潦倒,种种感慨形诸文字,奠定了高诗的基调之一:悲。 高适之悲包括三个方面:(一) 物质生活的贫困。"岁物萧条满路歧,此行浩荡令人悲。 家贫羡尔有微禄,欲往从之何所之?"(《别李景参》)贫贱之人百事艰难,所见者满目萧条,所思者微薄俸禄。 然而,虽欲从之,又有何路可往? "行子迎霜未授衣,主人得钱始沽酒。 苏秦憔悴人多厌,蔡泽栖遑世看

---

① 《周勋初文集》第四卷,江苏古籍出版社,2000,49 页。

② 对于高适之生年,学界尚未有统一意见,本书依据周勋初先生《高适年谱》,载《周勋初文集》第四卷。

③ 本书所引高适诗,均据孙钦善《高适集校注》,上海古籍出版社,1984。

丑。"（《九月九日酬颜少府》）苏秦当年说秦不成，失败而归。"归至
家，妻不下纴，嫂不为炊，父母不与言。"①苏秦是高适笔下反复出现的
人物，最主要的原因也许即在于，这种屈辱与辛酸也是高适三十年困顿
生涯中必然经历的。"疵贱"是高诗中反复出现一个词，②以疵贱自称，
可见其内心的痛苦与愤激，较之于王勃之少年轻狂，高适长期沉沦，其
心态显然有很大变化。（二）黎庶生活的艰辛。"且喜润群物，焉能悲斗
储！"（《苦雪四首其三》）高适长期生活在下层，甚至亲自参加农业劳
动，从而对黎庶的艰辛多有体会。（三）对民生多艰的哀叹往往与一己
之志不能伸的悲愤交织在一起。　对于高适以及盛唐士人而言，壮志未
酬才是悲的最主要的原因。"农夫无倚着，野老生殷忧。　圣主当深仁，
庙堂运良筹。　仓廪终尔给，田租应罢收。　我心胡郁陶，征旅亦悲愁。
纵怀济时策，谁肯论吾谋！"（《东平路中遇大水》）诗人的视野既超越
于台阁山林的南朝士人，也不同于优游于壶中天地的中隐士人，而是将
自身命运的穷通与社稷苍生联系在一起。　一己的求取功名与社稷苍
生，或者说个人与社会相融合，这是高适，乃至盛唐士人心态的一个重
要特征。"惆怅悯田农，裴回伤里间。　曾是力井税，曷为无斗储？　万事
切中怀，十年思上书。　君门嗟缅邈，身计念居诸。　沉吟顾草茅，郁怏
任盈虚。　黄鹄不可羡，鸡鸣时起予。"（《苦雨寄房四昆季》）由悯田
农、伤里间，而想到自己的沉沦埋没。　虽然高位之黄鹄不可羡，但仍然

---

① （西汉）刘向集录：《战国策》，上海古籍出版社，1978，85 页。
② 如，"世情恶疵贱，之子怜孤直"（《酬庞十兵曹》），"世情薄疵贱，夫子怀贤哲"
（《宋中别李八》），"纵诞非尔情，飘沦任疵贱"（《酬别薛三蔡大留简韩十四主簿》）。
孙钦善注曰："疵贱，多缺陷而卑贱之人。"（《高适集校注》，7 页）

坚持不懈,以祖逖闻鸡起舞自勉。①

由此又导出高诗的另一个基调:壮。"逢时愧名节,遇坎悲渝替。适赵非解纷,游燕独无说。 浩歌方振荡,逸翮思凌励。 倏若异鹏抟,吾当学蝉蜕。"(《赠别王七十管记》)生逢良时而名节未着,有愧更有忿懑。 自己既能"解纷",也有"说",只因遇到艰难险阻,无人用己,虽有才而不得施展。"浩歌"两句充分表现了高诗之壮。 最后两句看似欲隐,其实更是以大鹏扶抟而上为理想。② 虽然贫贱,虽然有诸多辛酸与屈辱,虽然经历了长达三十年的沦没,但高适之为高适,盛唐之为盛唐,也许可以说,正在于这种自信与坚持。

> 自从别京华,我心乃萧索。十年守章句,万事空寥落! 北上登蓟门,茫茫见沙漠。倚剑对风尘,慨然思卫霍。拂衣去燕赵,驱马怅不乐。天长沧洲路,日暮邯郸郭。酒肆或淹留,渔潭屡栖泊。独行备艰险,所见穷善恶。永愿拯刍荛,孰云干鼎镬! ……隐轸经济具,纵横建安作。……淇水徒自流,浮云不堪讬。吾谋适可用,天路岂寥廓! 不然买山田,一身与耕凿。且欲同鹪鹩,焉能志鸿鹤!(《淇上酬薛三据兼寄郭少府微》)

---

① 刘怀荣:"不遇的悲哀与不平成为一种群体性的心理体验,首先是以仕进激情的普遍高涨为前提的。从某种意义上说,正是这种文人群体积极的参政意识、强烈的社会责任感,使盛唐文人具有了一种独特的豪迈之气与悲壮之情,使盛唐文人与魏晋以来的文人在文化心态上有了本质的区别。"(池万兴,刘怀荣:《梦逝难寻:唐代文人心态史》,52 页)

② 《庄子·逍遥游》的大鹏是高诗的一个重要意象。"时辈想鹏举,他人嗟陆沉"(《别王徹》),"知君不得意,他日会鹏抟"(《东平留赠狄司马》),"并负垂天翼,俱乘破浪风"(《酬秘书弟兼寄幕下诸公》)。

此诗主要内容有四：（一）自从二十岁干谒不成，离开京华长安，就意兴萧索。这与王勃颇为相近，王勃离开长安，"觉鄙吝之都生"。因为长安是政治中心，官宦云集之地，只有在长安，才有更多振翅青云的机会。（二）苦读、游历以求出仕。由于唐代取士制度的原因，唐代文人多有读万卷书、行万里路的经历，这对于唐代文人心态、唐代文化均有重要影响，学界对此已多有探讨。值得注意的是，1. 高适不愿与大多数士人一样走科举或明经之路，而是坚持以制举入仕，其所读之书多为纵横术，经济具。① 大致而言，纵横、经济之策为安邦定国、经世济民的谋略，虽然盛唐文人对此多有涉猎，但如高适，以及李白等执着于此者并不多见。2. 高适的行万里路也与盛唐文人有诸多差异，虽然也有东征、南下、北上的经历，但他对边塞的重视则与大多数盛唐诗人迥异。戴伟华指出："开元初至天宝末约 40 年间，7 个边地重镇，其入幕文士仅 20 余人"；"盛唐诗人中并非只有高、岑说过'功名只向马上取'的豪言壮语，但大多数士人仅仅停留在愿望上，没有付诸行动"。② 高适却对边塞情有独钟，不仅在诗中屡屡言及霍去病、卫青、李广等汉代名将，而且数次去边塞，尤其是五十岁方得荐举，被授封丘县尉，对于一般士人，尤其是经过三十年漫长等待，已近晚年的高适来说，应该倍感珍惜，可是，仅仅三年，于五十三岁时辞职而去，旋即赴长安交游、干谒，并在五十四岁时，赴陇右成为哥舒翰幕府之宾。五十四岁，

---

① 如，"常怀感激心，愿效纵横谟"（《塞上》），"我惭经济策，久欲甘弃置。君负纵横才，如何尚憔悴"（《效古赠崔二》），"因睹歌颂作，始知经济心"（《同房侍御山园新亭与邢判官同游》）。

② 《对文人入幕与盛唐高岑边塞诗几个问题的考察》，载《唐代文学研究》第六辑，广西师范大学出版社，1996，121 页，122 页。

对于中国古代大多数为官者而言，恐怕意味着日薄西山、万事将休，对于高适，则是真正意义上的仕途拉开序幕。没有对边塞情况的深入研究，没有对自身才识的强烈自信，恐怕不敢冒这种风险，可见高适的纵横、经济之策并非泛泛而谈。（三）"永愿拯刍荛，孰云干鼎镬。"为了拯救黎庶，宁愿冒着生命危险。这种兼济天下的态度是盛唐士人的普遍心态，也许可以说，这也是盛唐之为盛唐的一个重要原因，正是因为有了士人的广泛参与，以社稷、苍生为己任，才有昂扬蓬勃的盛唐气象。从出处思考上讲，士人对出仕的执着与社稷苍生紧密相连，这是魏晋以来士人普遍缺乏的。（四）最后八句展现了高适的出处心态。浮云与天路，一为退隐，一为出仕。刘开扬先生注曰："江总《除尚书令谢台启》：'声寄浮云，方祈九天之路。'言其高远，欲退隐也。适则谓浮云不可寄，而天路可至，意指得君之用也。"①只要自己的"纵横策"、"经济略"得到君主使用，则高官可致。所谓买山田以归隐只是求仕不成的愤激之辞，高此类诗篇还有很多，甚至接近于前文所论谢朓的"末篇多踬"，也是在篇末屡屡陈述归隐之思，但二者有实质不同，谢朓是出于对皇权斗争的恐惧，欲逃离杀身之祸，有其现实原因；高适则是强烈进取心的曲折表现，其一心所念者，是与王勃一样的青紫、公卿，其渴望的，是高飞九天的鸿鹄，而不是巢一枝即安的鹪鹩。

《画马篇》充分表现了高适的出处观："君侯枥上骢，貌在丹青中。……感兹绝代称妙手，遂令谈者不容口。麒麟独步自可珍，驽骀万匹知何有！终未如他枥上骢，载华毂，骋飞鸿。荷君剪拂与君用，一日千里如旋风。"刘开扬先生笺曰："此诗先言画马乃图太守枥上之

---

① 《高适诗集编年笺注》，中华书局，1981，56 页。

骢，次写画马之毛色装配，再写画马之势态，而赞绝代神技。夫此独步之骐骥岂驽骀万匹所能望其项背哉？然而视太守枥上之骢，能为太守之用，日行千里者，则未可相比也。适盖有望于李少康之荐用也。"①从庄子到嵇康，都是讲马被戴上枥后，就失去自由。高适则认为，只要成为枥上之骢，即使日行千里的骏马也不能相比。这是多么热切的功名心！出仕、名利不再是束缚自由的缰锁，而是施展才能的台阶。对于名缰利锁，嵇康等人是避之不及，高适则是求之不得，于此可见从魏晋到盛唐士人出处观的巨大变化。在《和崔二少府登楚丘城作》中，诗人表现得更加急不可耐："公侯皆我辈，动用在谋略。圣心思贤才，揭来刘葵藿？"公侯之位皆我辈之才所能胜任，能否得到，全在于君主是否采用我们的谋略。可是，圣明的君主，您既然思求贤才，何不来将我们这些卑微而忠诚的臣下收归己用？这是多么直接的表白！对于魏晋六朝徘徊于庙堂与山林的士人，以及中唐之后将庙堂与山林融为壶中天地的士人而言，这种毫不遮掩的对出仕的渴求是难以想象的。但从某种意义上讲，有了士人的这种渴求，才有盛唐的出现。

　　这种渴求与执着是高诗"壮"的主要原因，或者说，对出仕以实现政治理想的执着导出高诗虽悲而能壮的基调。历来论者对此多有涉及，严羽曰："高、岑之诗悲壮，读之使人感慨。"②即使疵贱三十年，也能有壮思逸兴，因为深信自己身处明时，③所以无论多么艰难蹉跎，希望犹存，壮志未泯，悲语也能使人感慨。明徐献忠曰："左散骑常侍

---

①　《高适诗集编年笺注》，109 页。
②　《高适诗集编年笺注》，412 页。
③　如，"良时正可用，行矣莫徒然"（《送韩九》），"明时好画策，动欲干王公"（《东平路作三首》其二），"大国多任士，明时遗此人"（《遇崔二有别》）。

高适,朔气纵横,壮心落落,抱瑜握瑾,浮沉闾巷之间,殆侠徒也。 故其为诗,直举胸臆。"①因为有壮心,因为怀抱瑜瑾,所以即使浮沉闾巷,穷困潦倒三十年,也不放弃;即使已有封丘县尉之职,并且年逾五十,也要放弃。 这不仅是一己的游侠个性,更是盛唐时代的感召所致,在李白、杜甫,以及诸多盛唐士人身上,同样有此心态,虽因个人秉性不同,或强或弱,但皆是将个人理想与社会群体交织在一起,用魏晋玄学的话来说,就是自然与名教的统一。 清王士禛云:"高悲壮而厚。"②厚当指感情深厚,所谓沛然而莫之能御也,也许可以说,厚来自于对功名的自信与执着。 郑振铎云:"他的诗也到处都显露出以功名自许的气概。 他不谈穷说苦,不使酒骂坐,不故为隐遁自放之言,不说什么上天下地,不落边际的话。 他是一位'人世间'的诗人……所以他的作风,于舒畅中又透着壮烈之致,于积极中更露着企勉之意。"③高诗也有穷苦之悲,也有对酒之郁怏,也有隐遁自放之言,但这些都不能掩盖其强烈的渴求与执着,所以能穷苦而不沉沦,使酒而不颓废,隐遁而不放弃,一言以蔽之,悲而能壮。④

---

① 《高适诗集编年笺注》,413 页。

② 《高适诗集编年笺注》,420 页。

③ 《插图本中国文学史》,人民文学出版社,1957,323—324 页。

④ 今人对此也多有阐发,如,"高适诗又不是简单的悲凉,与他积极进取的人生观相联系,他的诗歌是有气骨的,能在悲凉中透出苍劲,有一种愤而不屈郁勃向上的精神,从而呈现出慷慨悲壮的特色。"[王珏:《愤世嫉俗悲凉慷慨——试论高适在宋州的诗歌创作》,《商丘师专学报》(社会科学版)1986 年第 1 期]"高适诗所谓'壮'者,即雄壮豪放也……不但展示出蓬勃向上、璀璨壮丽的盛唐气象,同时也凸现出诗人性格豪爽、抱负远大和刚毅勇敢的精神面貌。……所谓'悲'者,即深沉悲凉,这是因为他的一生,为国建功立业的英雄壮志和报国无门的巨大苦闷,以及对人民疾苦的深切同情,紧密地交织在一起,所以呈现出深沉厚重、悲慨苍凉的特征。"(余正松:《古雅同源前后辉映——陈子昂与高适之比较》,《四川师范学院学报》,1993 年第 2 期)。

　　在入哥舒翰幕府之后，高适诗歌在数量上大为减少，在风格上也少见悲壮慷慨，论者对此已有充分注意和探讨。不过，若仅归为诗人生活环境的变化，以及由此而有的思想变化，似乎仍不够全面。因为此后十年时间，安史之乱爆发，高适先是参与哥舒翰抗击安禄山的潼关之战，后追随玄宗、肃宗逃亡，再后是东赴扬州，西去四川，其经历不可谓不丰富；无论是洛阳失守的逃亡，还是被谗左迁闲散之职，其内心不能不有波澜。其笔下虽也有涉及，但寥寥可数。那么，为何情动于中而不能充分形之于言？从出处心态上也许能对此略作补充。首先，无论是在淮南节度使任上平永王，还是在蜀州刺史任上讨平段子璋、徐知道，剑南西川节度使任上抗击吐蕃，都有较为充分的空间供其运用纵横策、经世略，其兼济理想已在现实中施展，对高适而言，其诗歌创作的冲动已大大削弱。其次，宦海险恶使其不能不有所顾忌，以高适的谋略，对此当有充分认识。不妨以《自武威赴临洮谒大夫不及因书即事寄河西陇右幕下诸公》为例。此诗为奔赴哥舒翰幕府途中所作，提前寄诗给将来的同僚以表白心迹："……主人未相识，客子心切切……隐轸戎旅间，功业竟相褒……我本江海游，逝将心利逃，一朝感推荐，万里从英旄。飞鸣盖殊伦，俯仰忝诸曹。燕颔知有待，龙泉惟所操。相士惭入幕，怀贤愿同袍。清论挥麈尾，乘酣持蟹螯。此行岂易酬，深意方郁陶。微效倘不遂，终然辞佩刀。"①首先表明自己并无任何得志

────────────

①　刘开扬先生笺曰："首段六句……客行之人，中心何其忧劳哉！次段二十句写征战之事，言但见士马战归，戈铤照耀压谷之间，声气一何壮也！……末段十六句述志，言己江海漫游，本已忘于心利，而一朝感推荐之知，故不远万里来从诸俊士也。飞鸣本非其比，忝居诸曹，而知君等封侯有待，龙泉之剑惟当在握也。今已入幕，愿与同袍贤者清论、饮酒。此行岂易为酬，意方郁结，如不得微效，终当辞去佩刀之赠以退隐也。"（《高适诗集编年笺注》，57页）

轻狂，而是忧心忡忡，然后将哥舒翰，以及幕下诸公吹捧一番：不仅战功卓著，而且幕下诸公都是贵人之相，封侯可待。又明确表示自己毫无欲念，对利禄避之不及，自己来是陪大家喝酒、聊天的。当然，如果自己不能奉献一点功劳，自会辞职离开。如果是李白来写，必是天马行空的狂想曲；如果是杜甫来写，当为社稷苍生的千古忧；高适则是如履薄冰如临深渊，其委曲求全的心态足以表明往日的慷慨激越已经有意淡化。从入幕到去世，十一年时间，高适实现了几乎所有盛唐文人梦寐以求的理想，从疵贱之身到裂土封侯，其一年之内由八品的左拾遗一跃而为三品的大都督府长史兼节度使的传奇经历更是令其他文人仰视。李白比之为霍去病，杜甫比之为廉颇。① 由此诗来看，其仕途的成功并非偶然，而作为诗人的高适，作为一个远去的背影已是必然。

悲壮慷慨与风骨密切相关。风骨不仅是文学批评范畴，也是美学范畴，在中国古代美学史上具有重要意义。② 在此意义上可以说，初、盛唐风骨的回归不仅对于中国文学，而且对于中国美学，均有深远影响。关于初、盛唐文学的风骨范畴及其流变，学界已有充分探讨。本书尝试补充的是，风骨的重归与发展与士人的出处矛盾具有一定程度的内在联系。从王勃到高适，从初唐到盛唐，士人一以贯之的是对政权

---

① 李白："将投霍将军。"（《送张秀才从军》）杜甫："中原将帅忆廉颇。"（《奉寄高常侍》）明人胡震亨云："高适，诗人之达者也，其人故不同。甫善房琯，适议独与琯左。白误受永王璘辟，适独察璘反萌，豫为备。二子穷而适达，又何疑也。"（《高适诗集编年笺注》，420 页）于此可见高适在政治谋略上远高于李、杜。
② 参见汪涌豪《风骨的意味》，百花洲文艺出版社，2001。

的积极参与、对出仕以建功立业的执着追求。① 因为这种积极与执着，
又因为其结果往往是坎壈蹉跎，理想与现实的反差形成情感的激荡，导
出其诗文的悲壮慷慨。 在此意义上，建安之后日渐隐去的风骨以更为
强劲的形态回归文学。②

---

① 不仅如此，高适同样认为出仕与时、道相联系。"穷达自有时，夫子莫下泪。"
(《效古赠崔二》)"逢时当自取，看尔欲先鞭。"(《别韦兵曹》)"始谓吾道存，终嗟客游
倦。"(《酬别薛三蔡大留简韩十四主簿》)"昨日遇夫子，仍欣吾道存。"(《酬司空璲少
府》)

② 林庚先生在《盛唐气象》一文中说："建安时代乃是一个解放的时代，那是从
两汉的宫廷势力之下解放出来，从沉闷的礼教束缚之下解放出来。……而唐代也正
是从六朝门阀的势力下解放出来，从佛教的虚无倾向中解放出来、从软弱的偏安与
长期的分裂局面下解放出来。……而初唐社会上残余的门阀势力与诗歌中残余的
齐梁影响，到了盛唐就一扫而尽。这一种解放的力量，也就是建安风骨真正的优良
传统。"(《唐诗综论》，人民文学出版社，1987，31—32 页)林先生所说的"解放的时
代"，似乎也可移用于出处关系上，对于竹林士人而言，是从出处的模糊状态中痛苦
自觉的"解放"，对于初、盛唐的下层士人而言，是从南朝末期僵化的出处同归中再一
次获得悲壮而激昂的"解放"。

第八章　论王维的亦官亦隐及其美学意蕴

　　初、盛唐的盛世气象使士人主动、自觉地融"道"入"势"，即把兼济理想与君王之大业统一起来。一方面，上层士人在建功立业之余，享受山林野趣；另一方面，中、下层士人虽坎坷仕途，但多以积极入仕为人生目标，在此意义上可以说，初、盛唐士人的出处关系是融洽的。但随着君王之"势"的日趋没落，"势"与士人之"道"之间的关系逐渐由和谐、统一趋于对立、紧张。在此背景下，士人需要再次调整出处方式，王维的亦官亦隐就是这一调整的先导。从出处理论的发展史来讲，"亦官亦隐"处于从大隐到中隐的过渡时期；从中国美学史来讲，王维的诗歌对于中国美学史具有深远影响。本章尝试探讨亦官亦隐的出处方式与其审美趣味之间的内在联系。

一、亦官亦隐与王维的人生经历

　　开元九年，年仅二十一岁的王维进士及第，相对于大多数士子而言，可谓少年得志。 但很快就因为偶然事件而遭贬，其表面原因是伶人舞黄狮子事件，然而深层的原因可能是玄宗对诸王的猜忌与打击。对于初登仕途的王维而言，这次打击在他的心理上留下了沉重的阴影。"微官易得罪，谪去济川阴。 执政方持法，明君无此心。 间阎河润上，井邑海云深。 纵有归来日，多愁年鬓侵。"（卷九《被出济州》）①远离京城，到偏远的济州任一个卑微的司仓参军，诗人心有不甘。"微官易得罪"，充满委屈与愤懑，"明君无此心"，也许是为了宽慰自己，也许是正话反说，诗人意识到自己的被贬与玄宗有关。 最后一联似乎感觉到前景的渺茫。 赴济州途中，他又多次感叹："前路白云外，孤帆安可论"（卷四《早入荥阳界》），"此去欲何言，穷边循微禄"（卷四《宿郑州》），从中可以感觉到诗人心绪的黯淡。 对于刚刚扬起风帆、准备施展济世之志的诗人而言，此次打击虽然不能从根本上动摇他的入世信念，但对于今后的出处心态，必然具有重要影响。 虽然政治斗争的残酷性是任何一位宦海中人必然遭遇的，然而对于年轻的诗人而言，它来得太早了一点，使诗人过早地步入政治心态的晚年期。

此后，王维徘徊于出仕与归隐之间，直到天宝初年奉行亦官亦隐的出处方式，即使在安史之乱中被授伪职，叛乱平定后也未退隐。 其原因是复杂的，也许是兼济之志尚存，也许是经济上对俸禄的依赖，除此之外，应该还有思想上的原因。

二、亦官亦隐的哲学基础

《与魏居士书》是王维晚年之作，在某种意义上可以视为其出处观

---

① 本书所引王维诗文，均依赵殿成《王右丞集笺注》，上海古籍出版社，1998。以下只在正文中以夹注形式注明卷数。

的总结,研究者多予重视。 原文甚长,不具引。 其结论是:

> 孔宣父云:"我则异于是,无可无不可。"可者适意,不可者不适意
> 也。君子以布仁施义,活国济人为适意。纵其道不行,亦无意为不适
> 意也。苟身心相离,理事俱如,则何往而不适,此近于不易,愿足下思
> 可不可之旨,以种类俱生,无行作以为大依,无守默以为绝尘,以不动
> 为出世也。(卷十八)

魏居士为太宗时期名臣魏征之后,既然是居士,说明其在出处问题
上坚持"处"的立场,王维写此信的目的是劝其出仕。 于此可见王维亦
官亦隐的哲学基础主要有三:(一)儒学。"上有致君之盛,下有厚俗之
化",这是儒家兼济思想的表现,"君子以布仁施义,活国济人为适意"
则为儒家的理想人格。 儒家思想不仅具有维持社会秩序、经国安邦之
类的"群体价值",而且在"布仁施义"、"活国济人"的过程中,个人
的"个体价值"也能够得以彰显。 因此,对于王维这样饱读儒家经典的
士人而言,也许可以说,儒家思想是其人生态度的根基,这也许是其早
年屡屡被贬而始终未能断然离去的基本原因。 被贬济州时,王维写有
《不遇咏》:"北阙献书寝不报,南山种田时不登。 百人会中身不预,
五侯门前心不能。 ……今人作人多自私,我心不说君应知。 济人然后
拂衣去,肯作徒尔一男儿!"(卷六)①即使是在张九龄罢相后,诗人的

---

① 此诗有学者认为是中第之前的作品,陈铁民先生认为是被贬济州时所作,陈
先生主要是依据诗中所描写的自然景物。不过,从另一个角度也许同样可以得出这一
结论:前文已经提及,王维的《上张令公》有学者认为是开元十一年献给张说的,如果此
说成立的话,则此诗似是因献诗之后未得提携而发,因为开元十一年王维居于济州。

心情似乎尚未完全绝望，如《出塞作》："居延城外猎天骄，白草连天野火烧。 暮云空碛时驱马，秋日平原好射雕。 护羌校尉朝乘障，破虏将军夜渡辽。 玉靶角弓珠勒马，汉家将赐霍嫖姚。"（卷十）诗中洋溢的仍然是盛唐边塞诗所特有的英雄色彩与浪漫气息。 晚年遭遇安史之乱、被授伪职，即使如此，也仍有"奉佛报恩"的忠君行为。①

"欲洁其身，而乱大伦"和"无可无不可"均出自《论语·微子篇》：

> 子路曰："不仕无义，长幼之节不可废也；君臣之义，如之何其废之？ 欲洁其身，而乱大伦。君子之仕也，行其义也。"
>
> 子曰："不降其志，不辱其身，伯夷、叔齐矣！"谓"柳下惠、少连，降志辱身矣，言中伦，行中虑，其斯而已矣"。谓"虞仲、夷逸，隐居放言，身中清，废中权。我则异于是，无可无不可"②。

封建集权制度决定了士人在选择出处问题上必须十分谨慎，无论是先秦孔孟，甚至是宋儒朱熹，都没有坚持片面的"出"，而是认为"常适其可"，即根据具体情况而变化：当出则出，当处则处。 但王维的"无可无不可"与孔子原意有很大区别，朱熹于《里仁篇》注曰："无可

---

① 王维晚年热衷佛事，其中也含有忠君意义。陈铁民先生说："在这里，对宗教的愚妄信仰与对君主的忠心融合为一了。"（《王维新论》，北京师范学院出版社，1990,139 页）另外，傅绍良先生《张九龄罢相与王维思想的转折再议——兼论佛儒合一的宗教观念的政治效应》对此有进一步阐发，文载《四川大学学报》（哲社版），2000年第 6 期。

② 杨伯峻：《论语译注》,208 页,209 页。朱熹于《微子篇》题下注云："此篇多记圣贤之出处。"（《四书章句集注》,182 页）

无不可，苟无道以主之，不几于猖狂自恣乎？ 此佛老之学，所以自谓心无所住而能应变，而卒得罪于圣人也。 圣人之学不然，于无可无不可之间，有义存焉。"①同样，依照《微子篇》里子路的观点，"无可无不可"的标准也应该是君臣之"义"，但王维则将之转为一己之"意"，这就把客观的伦理规范的"义"转换为主观的心理感受的"意"。② 这也意味着，无论兼济之"道"是否实现，只要自己"无意"于之，也不会有不适意的感受。 在此意义上也许可以说，较之于儒家的刚健进取，王维的"适意"或多或少是一种人格的软化与萎缩。

（二）玄学。 王维亦官亦隐的出处态度不仅与儒家相关，同样受到郭象玄学的影响。③ 从《与魏居士书》中可以看出，王维对魏晋玄学十分熟悉，其对许由的批评与郭象如出一辙，而其对嵇康的批评应该也是郭象潜在的思想，因为郭象哲学正是对嵇康代表的竹林玄学的反拨与纠正。 所谓"恶外者垢内，病物者自我"，"顿缨狂顾，岂与俯受维絷而有异乎？ 长林丰草，岂与官署门阑有异乎"，既可以看作佛学的影响，也可以说是郭象哲学的"无心以顺有"。④ 类似的表述在王维诗文中还有很多，如，"人外遗世虑，空端结遐心。 曾是巢许浅，始知尧舜深。

---

① 《四书章句集注》，71 页。

② 安华涛："王维则抛开'有道'、'无道'的客观依据，提出'适意'与'不适意'的概念，'可者适意，不可者不适意也'，完全是一种主观的感觉。"（《三元同构的士大夫心理结构——解读王维〈与魏居士书〉》，《社科纵横》，2000 年第 4 期）

③ 邵明珍在《论王维"无可无不可"说及其思想渊源》一文中明确指出："王维所接受的是向秀、郭象的玄学观，恪守君臣大义，并深受郭象'虽处庙堂之上'，'心无异于山林之中'思想的影响。"（《学术月刊》，2003 年第 8 期）

④ 王维曾作有《青龙寺昙壁上人兄院集》，其弟王缙的《同咏》之作云："无心世界闲，谁知大隐客。"（赵殿成：《王右丞集笺注》，216 页）身处初、盛唐的时代氛围中，士人对于大隐及郭象玄学或多或少都会有所涉猎。

苍生讵有物，黄屋如乔林"（卷四《送韦大夫东京留守》）。 巢父、许由是隐而不仕者，尧、舜则为济世之君王，在庄子那里，前者受推崇后者受贬抑，在郭象这里，则恰恰相反。 王维以前者为"浅"后者为"深"说明他认同郭象的观点，黄屋指代庙堂，乔林指代山林，"黄屋如乔林"，此句似直接源于郭象哲学。 再如，"理齐少狎隐（一作理齐狎小隐），道胜宁外物"（卷四《留别山中温古上人兄并示舍弟缙》）。 这是说，只要在道理上出处齐一，就可以轻视小隐（"狎小隐"），既然领悟了出处同归之"道"，何须像庄子那样执着于"外物"？

（三）佛学。 较之于儒学与玄学，佛学对王维的影响似乎更为深远。 与他同时代的苑咸就说："王兄当代诗匠，又精禅理。"[1]后世更称之为"诗佛"，以与"诗圣"杜甫、"诗仙"李白并列。 因此，王维与佛学的关系历来为研究者关注。 就本书主题而言，牛头禅和慧能禅的影响似乎更大一些。

1. 牛头禅。 王维确立亦官亦隐的生活方式是在自岭南返回之后，在此之前，虽屡次或出或处，均未能出处同归。 即使是在张九龄罢相之后，也未真正归隐，也许诗人在寻找一条"适意"的归隐之路。 郭象玄学虽然从理论上解决了出处矛盾，但尚不充分，诗人还需要寻找其他的、更为坚实的理论依据。

开元后期奉使岭南，回京途中在江宁瓦官寺拜见了一位璇上人，不久即奉行亦官亦隐。 这次会见对于王维具有深刻影响，研究者多有重

---

① 赵殿成:《王右丞集笺注》,183 页。

视，并对璇上人的思想进行了分析。① 本书认为，璇上人可能属于牛头宗，这一认识或许是肤浅猜想，但对于理解亦官亦隐的成因及特点具有重要意义，故不避浅陋陈述于此。

（1）就牛头宗之活动范围和主要思想而言，王维通过璇上人所接触的可能是牛头宗的禅法。就地域而言，据印顺法师所论，牛头宗以牛头山（今名牛首山，位于江苏省南京市）而得名，其主要活动地域为江东。据杨曾文先生考辨，开元二十九年王维路过江宁（今南京市）时，这一地区盛行的正是牛头禅法。② 至于这种风气是否影响到瓦官寺的璇上人，则有待于进一步考证。就佛学思想而言，牛头宗以般若空观为佛学渊源，牛头初祖法融所传为般若南宗。达摩门下，直到四祖道信才开始由重楞伽转向重般若，因此，较之于慧能承续而来的"楞伽南宗"，"牛头山中心的般若南宗"对般若之"空"的阐发更早，也更具影响。③

（2）就王维的接受与理解而言，璇上人所传应是牛头宗的禅法。此次会见，王维写有《谒璇上人》诗并序。首先，其诗云："少年不足言，识道年已长。事往安可悔？余生幸能养。誓从断荤血，不复婴世网。浮名寄缨佩，空性无羁鞅……"诗人虽已浸淫佛学多年（识道年已长），但这种强烈的悔恨是此前所没有的（事往安可悔），对仕途奔竞的

---

① 陈允吉先生认为："完全可以肯定"他是一个南宗僧人。（《王维与南北宗禅僧关系考略》，《唐音佛教辩思录》，上海古籍出版社，1988，63页）陈铁民先生断定其为北宗僧人。（《王维集校注》，179页）孙昌武先生认为：此僧"派系不明"，但从该诗的序中可以看出，"是传习新禅法的"。（《禅思与诗情》，中华书局，1997，73页）就目前现有的资料而言，诸多争论都言之有据，但似又都不能作最后定论。

② 《唐五代禅宗史》，中国社会科学出版社，1999，281—288页。

③ 参见印顺《中国禅宗史》第三章"牛头宗之兴起"，江西人民出版社，1999。

舍弃更是如此决绝（不复婴世网），而支撑其新的出处观的理论基础是般若空观：不是挂冠而去的小隐，而是视浮名为空，虽身处官场而不以之为束缚（浮名寄缨佩，空性无羁鞅）。① "空性"是全诗的关键，说明王维从璇上人那里领悟的主要是般若之空的思想，这与牛头宗完全吻合。 般若空观对于中国大多数佛教宗派均有重要影响，王维的空观当然不能简单认定为牛头宗影响所致，但至少可以说与牛头宗是一致的。其次，其序云："上人外人内天，不定不乱。 舍法而渊泊，无心而云动。色空无得，不物物一也；默语无际，不言言一也，故合得神交焉……"此序的关键在于般若学的色空观。 色空关系是佛学，也是禅宗各派的基本问题，中唐僧人宗密曾用摩尼明珠为喻，说明禅宗各家色空观的不同，牛头宗的见解是："闻说珠中种种色皆是虚妄，彻体全空，即计此一颗明珠都是其空。 便云都无所得方是达人，认有一法便是未了，不悟色相皆空之处，乃是不空之珠。"②注意这里的"都无所得"，它是牛头宗特有的思想，这既不同于北宗的去色现空，也不同于洪州宗的即色即空，荷泽宗的无色本空，而是色空皆空。 而王维在序文中所说的正是"色空无得"，也许可以说，这只能是牛头宗的思想。

（3）对于出处及审美的影响：般若空观涤除了出处差别，导出亦官亦隐的出处方式与动静一如的审美风格。 从岭南返回之后，诗人虽然没有立即归隐，但所作诗歌已经大大淡化了此前的失落与痛苦，而是体味隐逸的闲适乐趣。 之所以会有这一重要变化，也许就是因为与璇上

① 陈允吉："'浮名寄缨佩'一句，更是他后期半官半隐的绝妙写照。"（《王维与南北宗禅僧关系考略》，《唐音佛教辨思录》，第 63 页）
② 《中华传心地禅门师资承袭图》，石峻等编《中国佛教思想资料选编》第二卷第二册，中华书局，1983，468 页。

人的会见进一步消解了出处对立所带来的紧张与焦虑。既然"色空无得",一切毕竟空,王维也可以说:"出处无得"、"仕隐无得",出仕与归隐既然都是"无得",又何必执着于出处之不同? 这也就是《与魏居士书》所说的"身心相离","身"虽出仕而"心"隐逸,只要"心"能体悟"空性",则"身"之或出或处"都无所得",所以能超越官场之"羁鞅",此即亦官亦隐。落实到审美上,即"默语无际"的动静一如,也就是《谒璇上人》诗所说的"颓然居以室,覆载纷万象",在极静寂的心灵状态中显现自然万物的鸢飞鱼跃、生动活泼。二者之间具有内在联系,因为出处矛盾得到缓解,所以能从容往返于出仕之庙堂与归隐之山林,从而体味到山水田园的寂静与灵动。

2. 慧能禅。如果说谒璇上人使诗人进一步消解了出处对立,则可以说,与神会的问答最终坚定了他亦官亦隐的信念。[①] 对于王维与慧能禅的关系,学界论之已详。有论者认为,从王维后期生活情状来看,更近于北宗禅的修行方法。这当然是精确的。但从士人接受的角度讲,一方面,士人对佛教的信仰具有实用理性的特点,即不会刻意强调宗派之间的差异,而主要根据自己的人生需要来选择信仰对象,这可以说是士人信佛的普遍现象;另一方面,即使是在同一时期,士人可以在某些方面表现出此宗的影响,也可以在另外某些方面表现出彼宗的影响。就王维亦官亦隐的出处方式而言,也许可以说,与慧能代表的南宗禅关系更为密切。

关于慧能禅学对士人出处观的影响,笔者在他著中已有涉及,兹不

---

① 王维与神会的对话载于《神会和尚禅话录》(杨曾文编校,中华书局,1996),孙昌武先生对此已有详细论述,兹不赘论。参阅《禅思与诗情》第一、二章。(中华书局,1997)

赘论。　兹引赖永海先生的一段话以作总结："禅宗初几祖的作风，从总体上说，比较重林谷而远人间。　他们提倡独处幽栖，潜行山谷，泯迹人间，杜绝交往。　……这种现象自惠能之后，就发生了明显的变化……惠能在《坛经》中极力反对离世间求解脱的思想和做法，而主张于世间求出世、即世间求解脱，反复强调'法元在世间，于世出世间，勿离世间上，外求出世间。'这一思想经神会提倡弘扬之后，禅宗后学多沿着惠能所开拓的人间佛教的路线走，进一步把世间与出世间打成一片。"①这种从出世到入世的转向，即世间出世间的修行观是慧能禅在封建社会中后期兴盛发展的根本原因，这种转向对于士人的心态和出处方式产生深刻影响。

　　王维不仅通过神会接触了慧能禅，而且亲自写过《能禅师碑》，其序云："无有可舍，是达有源；无空可住，是知空本。　离寂非动，乘化用常。　在百法而无得，周万物而不殆。"（卷二十五）这是对慧能禅十分精确的概括，说明王维对慧能禅有很深的领悟。　在此意义上也许可以说，在他中晚年的生活中，王维之所以能心安理得地来往于辋川和长安之间，牛头禅和南宗禅起到了关键作用。

　　回到王维的《与魏居士书》："苟身心相离，理事俱如，则何往而不适。"这句话是这封信的关键，在《能禅师碑》中也说过类似的话："苟离身心，孰为休咎?""身心相离"意味着精神境界之"心"可以超越于尘埃之表，游于六合之外，此为隐、处；日用践履之"身"则落实于朝堂之上，案牍之间，此为官、出。　二者合一，是为亦官亦隐，出处一如。"理事俱如"是佛家追求的至高境界，理为本体，事为现象，如为真

---

① 《佛道诗禅——中国佛教文化论》，中国青年出版社，1990，59 页。

实,真实即空。 在王维看来,只要身心相离,即可体悟理事俱如的境界。 身心相离的最终结果是"适","适"是一己之"意"的闲适、自由。

王维思想中呈现出三教融合的特点,这是学界普遍共识。 值得注意的是,王维在何种意义上融合三教? 通过前面的分析,也许可以说,王维主要是在亦官亦隐的生活方式上融合三教。 郭象之"无心"、般若之"空"、孔子之"无可无不可"在王维这里,被提炼成身心相离的人生态度,在此态度下,又形成亦官亦隐的生活方式。①

三、亦官亦隐的美学意蕴

(一) 辋川别业。 开元二十五年暮春,张九龄等人聚会于逍遥谷,②王维写有《暮春太师左右丞相诸公会于韦氏逍遥谷宴集》,其序云:"山有姑射,人盖方外。 海有蓬瀛,地非宇下。 逍遥谷天都近者,王官有之。 不废大伦,存乎小隐。 迹崆峒而身拖朱绂,朝承明而暮宿青霭,故可尚也。"(卷十九)姑射、蓬瀛,都是超越尘俗的隐士居住的地方,这说明虽然都是官僚,但聚会逍遥谷即可有隐逸之意味,"不废大伦,存乎小隐",只能是大隐或亦官亦隐,因为真正的小隐是废大伦

---

① 韩经太:"一言以蔽之,王维的心态模式,正以此'身心相离'为基础,而'无可无不可'为导向。所谓'身心相离',既可以是身在江湖而心存魏阙,亦可以是身在朝市而心游江湖,这样,'终南捷径'有了存在的合理性,'朝隐'也有了存在的合理性。这确实可称得上是一种兼综复合性的心理结构。"(陶文鹏、韦凤娟主编:《灵境诗心:中国古代山水诗史》,220 页。)

② "韦嗣立在骊山所置幽栖谷,在当时是最著名的别业。中宗曾率领千官前去游赏,即席封为逍遥公。许多应制山水诗皆以歌咏这所山庄为题。"(葛晓音:《山水田园诗派研究》,181—182 页)

的。崆峒、青霭，是隐于山林；朱绂，承明，是居于庙堂。在此序中，王维还把座上的宾客比喻为"冠冕巢由"，巢父、许由是历史上有名的隐士，与代表庙堂的冠冕本来是对立的，但在王维这里，二者得到统一。

统一的关键在于不舍庙堂而游于山林，正是因为不能舍弃庙堂，所以需要山林，山林的清净与淡泊可以涤除庙堂的喧嚣与巧诈，山林在亦官亦隐的出处方式中的重要性即在于此。

> 野巾传惠好，兹贶重兼金。嘉此幽栖物，能齐隐吏心。早朝方暂挂，晚沐复来簪。坐觉尘器远，思君共入林。（卷七《酬贺四赠葛巾之作》）
>
> 幽寻得此地，讵有一人曾。大壑随阶转，群山入户登。庖厨出深竹，印绶隔垂藤。即事辞轩冕，谁云病未能。（卷七《韦给事山居》）

这两首诗颇有趣味，前一首中，葛巾为"幽栖物"，其作用真可谓神奇之至：虽然身处庙堂，然而通过"早朝方暂挂，晚沐复来簪"，即可获得山林之趣。"坐觉尘器远，思君共入林"，是说身虽为官而心已隐，或者说，身处于魏阙之上而心游乎江海之间。"觉"、"思"说明这是一种心隐，诗人并无放弃庙堂的打算，因为有了葛巾，即可"齐吏隐心"。后世士人热衷给自己取山人、居士之类的名号，其用意也许与此葛巾相同。山居的意义同样如此，后一首中，"庖厨出深竹，印绶隔垂藤"是将庙堂融入山林，"即事辞轩冕"并非真的挂冠而去，而是退朝之后，于"深竹"、"垂藤"之中享受心隐之趣，即山林而忘轩冕。

在此意义上，庄园对于诗人就是必不可少的。天宝元年，王维出任左补阙一职,自此之后再也没有辞官。 据陈铁民先生考证,"始营蓝田辋川别业最晚当在"天宝三年。① 这说明在确立了亦官亦隐的生活方式之后,诗人对别业的要求是多么迫切。 如果说长安是"亦官"之地,辋川则是"亦隐"之地。 从某种意义上也许可以说,"亦官"是为稻粱谋,"亦隐"则是悦情性,前者维持物质生活,后者追求精神自由。 二者合一,构成了诗人完整的人生方式。 在这之后的二十年左右的时间里,除了受安禄山叛乱影响之外,王维基本上都是来往奔波于长安和辋川之间,过着亦官亦隐的生活。②

> 少年识事浅,强学干名利。徒闻跃马年,苦无出人智。即事岂徒言,累官非不试。既寡遂性欢,恐招负时累。清冬见远山,积雪凝苍翠。皓然出东林,发我遗世意。惠连素清贫,夙语尘外事。欲缓携手期,流年一何驶。(卷二《赠从弟司库员外絿》)

一方面,诗人反思了自己往日的进取之心,放弃了兼济理想;另一方面,"遗世"的途径在于"出东林","远山"和"苍翠"是自己独善的

---

① 《王维新论》,17 页。
② 《请施庄为寺表》云:"臣亡母故博陵县君崔氏,师事大照禅师三十余岁,褐衣蔬食,持戒安禅,乐住山林,志求寂静,臣遂于蓝田县营山居一所。草堂精舍,竹林果园,并是亡亲宴坐之余,经行之所。"这说明王维最初营建辋川的目的是为了让母亲修行之用,但这并非主要目的。对于王维而言,辋川主要是隐逸之地,从王维的诗文中可以看出,辋川在其亦官亦隐的生活中具有十分重要的意义。

归宿。① 不久，诗人即隐于辋川。 此次隐居不再是决然而去的小隐，而是亦官亦隐的中间道路。"幸忝君子顾，遂陪尘外踪。 闲花满岩谷，瀑水映杉松。 啼鸟忽临涧，归云时抱峰。 良游盛簪绂，继迹多夔龙。 讵枉青门道，故闻长乐钟。 清晨去朝谒，车马何从容。"（卷三《韦侍郎山居》）前面六句写山居的"尘外"之意趣，中间四句是说来此游览的人都是平时深处官中的高官显贵。 最后两句是说经过尘外之游，庙堂所具有的各种"尘"已被涤除，因此，早上去拜见皇帝的时候，高官显贵们轻松愉悦。《田园乐七首》（卷十四）典型地体现了这一点：

　　出入千门万户，经过北里南邻。蹀躞鸣珂有底，崆峒散发何人。
（之一）

　　再见封侯万户，立谈赐璧一双。讵胜耦耕南亩，何如高卧东窗。
（之二）

　　采菱渡头风急，策杖村西日斜。杏树坛边渔父，桃花源里人家。
（之三）

　　酌酒会临泉水，抱琴好倚长松。南园露葵朝折，东谷黄粱夜春。
（之七）

　　这几首诗充分表现了诗人的辋川之乐。 第一首和第二首是说明田园之乐的背景，也许可以说，是庙堂中的风尘促成了诗人的归于田园。

━━━━━━━━━

　　①　卢渝："'达则兼济天下，穷则独善其身'，是中国封建士大夫共同的生活态度，王维也同样遵循着这一原则。当他在黑暗现实面前屡碰钉子之后，便丢弃了'布仁施义、活国济人'的理想，而'皓然出东林，发我遗世意'，走上'独善其身'的道路。"《王维传》，山西人民出版社，1989，99 页。

第三首和第七首表现田园闲逸与自然的意趣,田园的意义即在于消解庙堂的拘束与焦虑,体悟身心的超越与自由。

"不到东山向一年,归来才及种春田。雨中草色绿堪染,水上桃花红欲然。优娄比丘经论学,伛偻丈人乡里贤。披衣倒屣且相见,相欢语笑衡门前。"(卷十《辋川别业》)①这首诗表现了诗人时隔一年回到辋川的激动与欣喜。优娄比丘是佛家弟子,伛偻丈人是庄子塑造的隐者,也许可以说,之所以提及这两种人,是因为他们都不是庙堂之人,诗人刚刚从庙堂中摆脱出来,迫切需要呼吸庙堂之外的自由气息。辋川为诗人提供了这样一个场所,它可以缓解庙堂带来的内心的痛苦与焦虑,使诗人获得精神的超越与自由。从某种意义上可以说,这也是对名教与自然的矛盾的一种解决方式。庙堂意味着名教,意味着对纲常秩序的遵守。《论语·微子篇》载有子路对隐者的批评:"君臣之义,如之何其废之?欲洁其身,而乱大伦。"②前文引用的《与魏居士书》同样也认为,君臣之义为人之"大伦"。辋川意味着自然,意味着对一己自由的追求。这也就是"野老与人争席罢,海鸥何事更相疑"的境界(卷十《积雨辋川庄作》),"争席"出自《庄子·寓言》,"海鸥"出自《列子·黄帝》,二者一要消除人我之别,一要消除人物之别,其关键即在于"忘我",忘掉属于"我"的种种巧诈、机心,从而达到一种物我两忘、浑然为一的自由境界。

---

① 从下面两首诗中,同样可以看出诗人对辋川的依恋:"羡君明发去,采蕨轻轩冕。"(卷二《春夜竹亭赠钱少府归蓝田》)看到钱少府自长安返回隐居地,诗人越发思念辋川。采蕨,指隐逸生活。轩冕,官车和官帽,这说明辋川的功用在于由隐逸而超越庙堂。"依迟动车马,惆怅出松萝。忍别青山去,其如绿水何!"(卷十三《别辋川别业》)离开辋川奔赴长安时,诗人依依不舍,满怀惆怅。

② 杨伯峻:《论语译注》,207页。

　　这种亦官亦隐的出处方式对王维诗歌的艺术特点具有直接影响，《辋川集》中的《竹里馆》："独坐幽篁里，弹琴复长啸。深林人不知，明月来相照。"（卷十三）有研究者指出，此诗的意境类似于阮籍《咏怀诗》。① 二者的情感底蕴并不相同，阮籍的《咏怀诗》表现的是魏晋士人如履薄冰的焦虑与痛苦，王维此诗则着力表现一种恬淡闲适的情怀，但二者的出发点是一致的，都是来自于出处矛盾，无论是《咏怀诗》还是《辋川诗》，都是来自于对出处矛盾的反思与消解。就王维而言，辋川带给他的是与庙堂的束缚与危险相对的自由与安宁。

　　（二）闲。悠游于辋川别业中，诗人从庙堂之琐碎公务、巧诈机心中摆脱出来，从而不仅有属于自己的闲暇时间，而且获得了澄明空静的心胸，这就是闲。《辋川集序》云："余别业在辋川山谷，其游止有……与裴迪闲暇，各赋绝句云尔。""闲暇"既是物理的，也是心理的。如果说亦官亦隐的生活方式带来诗人心态上的变化，则可以说，这种变化主要就是闲。"终南有茅屋，前对终南山。终年无客长闭关，终日无心长自闲。不妨饮酒复垂钓，君但能来相往还。"（卷六《答张五弟》）"无心"是对世事的不关心，是对种种机心的超越，它是诗人从庙堂中抽身而退的结果。"无心"故闲，闲意味着对外在现实的疏远，这又可以说是一种懒。"轻阴阁小雨，深院昼慵开。坐看苍苔色，欲上人衣来。"（卷十五《书事》）慵也就是懒，虽然已经是白天了，但在自己的"深院"里，诗人懒得开门，懒得关注外面的现实社会，懒得参与尘俗世务，只是静静地坐着，观看苍苔的颜色，苔色如此深厚，似乎要沾染到

────────────

　　① 《中国古诗名篇鉴赏辞典》，（日）前野直彬、石川忠久编，杨松涛译，江苏古籍出版社，1987，113—114 页。

自己的衣服上,这是一幅寂静、清幽、淡雅的水墨画。"好读高僧传,时看辟谷方。 ……北窗桃李下,闲坐但焚香。"(卷九《春日上方即事》)无论是佛家的高僧传,还是道教的辟谷术,都是逃脱尘俗的途径。 纷纷扰扰的尘世被"北窗"与"香"所阻隔,北窗之内,香烟袅袅,借用美国学者宇文所安的话说,这就是诗人的"私人天地"。①

闲指向审美化的人生方式。"言入黄花川,每逐青溪水。 随山将万转,趣途无百里。 声喧乱石中,色静深松里。 漾漾泛菱荇。 澄澄映葭苇。 我心素已闲,清川澹如此。 请留磐石上,垂钓将已矣。"(卷三《青溪》)一方面,没有澄明空虚的心灵,就不能发现美,这是中国美学中的审美心胸论。 闲意味着从功利计较、浑浊之心中超越出来,而有一种虚静之心,因此,闲心导向美,或者说,闲心是审美的前提;② 另一方面,"素已闲"之"心"所映照、所发现的清幽淡泊之美。③

> 寒山转苍翠,秋水日潺湲。倚杖柴门外,临风听暮蝉。渡头余落日,墟里上孤烟。复值接舆醉,狂歌五柳前。(卷七《辋川闲居赠裴秀才迪》)

---

① "私人天地"由美国汉学家宇文所安提出,主要指相对于集体的政治生活之外的个人生活。参见宇文所安《机智与私人生活》,载《中国"中世纪的终结":中唐文学文化论集》,三联书店,2006。

② 刘勰说:"四序纷回,而入兴贵闲。"刘永济先生解释为:"闲者《神思》篇所谓虚静也,虚静之极自生明妙,故能撮物象之精微,窥造化之灵秘,及其出诸心而形于文也,亦自然要约不繁,尚何如印之不加抉择乎?"(《文心雕龙校注》,中华书局,1962,181 页)

③ 林继中先生对"我心素已闲,清川澹如此"评曰:"心闲景淡,两相促成。不是心闲如何见得如此清淡景致? 不是如此清淡之景又如何给出这般悠闲的心境?"(《栖息在诗意中:王维小传》,河北大学出版社,2000,114 页)

"倚杖柴门外，临风听暮蝉"，这是一种悠闲之境，在此闲境中，诗人能发现"落日"之"余"、"孤烟"之"上"的美，这两个动词向来为人所称赏。 也许可以说，一方面，正是因为诗人之心的"闲"，才能捕捉到如此细腻的景物变化；另一方面，寒山、秋水、柴门、暮蝉、渡头、墟里，这是一个幽寂淡泊的境界，它与尘世的喧嚣之声与炫目之色相对，是诗人闲心的写照。"接舆"语出《论语》，接舆之狂是很多士人仰慕的人格境界。 以接舆称呼裴迪，既可看出二人的友谊深厚，更表现出诗人对儒家狂者境界的期许，也许可以说，只有在辋川之闲中，才能有接舆之狂的超越与自由。 五柳为陶渊明，陶渊明曾自著《五柳先生传》，这里以五柳指代王维自己。 从悠然闲适的秋日景色，到裴迪的醉酒狂歌，这都是闲居生活中的乐趣。 也许可以说，这种由"闲"而来的"乐"来自于由"出"而"处"的转向，来自于"亦隐"的生活方式。

但王维的"闲"并不彻底，因为他不仅有隐，还有官，官的生活在其诗歌中同样有所表现，如果说"亦隐"带给诗人的是闲适与自由，"亦官"带来的则是焦虑与痛苦。 如，"酌酒与君君自宽，人情翻复似波澜。 白首相知犹按剑，朱门先达笑弹冠。 草色全经细雨湿，花枝欲动春风寒。 世事浮云何足问，不如高卧且加餐。"（卷十《酌酒与裴迪》）对于世态之炎凉、人心之险恶，诗人有深切的体会，这也许是身处庙堂所不可避免的。 这种感受会带入隐逸生活中，扰乱诗人的"闲"心与闲"景"。"谷口疏钟动，渔樵稍欲稀。 悠然远山暮，独向白云归。 菱蔓弱难定，杨花轻易飞。 东皋春草色，惆怅掩柴扉。"（卷七《归辋川作》）回到辋川，同样是疏钟、渔樵、远山、白云这些清幽淡泊的景物，心情却是"惆怅"。 诗人感觉自己如同"菱蔓"、"杨花"，面对庙堂之上的种种斗争、倾轧,只能是"弱难定"、"轻易飞"。 在此意义上也许可以说,因为诗人的心仍停留在庙堂之上,所以山林之美并不能消解内心的惆怅。"寓目一萧散,消忧冀俄顷。 青草肃澄陂。 白云移翠岭……心悲常欲绝,发乱不能整。 青簟日何长,闲门昼方静。 颓思茅檐下,弥伤好风景。"(卷二《林园即事寄舍弟紞》)游历山水的功用在于"萧散"、"消忧",这是从东晋兰亭诗人以来一贯的认识。 然而,诗人的心不仅没有轻松起来,反而是悲痛欲绝。"闲门昼方静",也有闲,也有静,为什么不能进入幽寂淡远的境界? 因为有"颓思"。① 值得注意的是,在以恬淡平和为总体风貌的王维诗集中,"心悲"、"发乱"两句十分突兀,为什么会有如此强烈的痛苦? 也许是丧妻丧子的家庭不幸? 或者是安史之乱中的被授伪职? 又或者是由于亦官亦隐的生活方式? 就最后一点而言,在王维所处的时代,盛世气象并未完全消退,同时代的大多数士人还处于积极进取的理想之中,王维消极隐退的思想与时代的整体思潮并不一致;从隐逸理论自身的发展来说,王维"亦官亦隐"的理论并未完全成熟,"亦官"与"亦隐"之间仍有差异与冲突之处,只有到了中唐的白居易那里,随着中隐理论的提出,"亦官亦隐"的不和谐才得到进一步涤除。

也许可以说,无论是整个时代,还是诗人自己,都没有完全认同"亦官亦隐"的人生方式。 这意味着,在"亦官亦隐"的人生实践中,诗人的内心仍有羞愧和焦虑。 与之相对的是,在后来的白居易那里,我们就很少看到这种羞愧与焦虑。 白居易对"闲"的吟咏远远超过了

---

① 最后两句是说,"本来观看风景,希望能消除忧愁,谁知面对好风景却更加忧伤!"(陈铁民:《王维集校注》,472 页)

王维，他的"闲"主要是一种适意与自得之乐。

四、亦官亦隐的历史意义

封建社会中后期，政治日衰，士人心理不断内敛，审美思想逐渐趋向简、淡、远，这正是王维诗歌的艺术特点，因此，王维在后世的地位不断提升。对于王维诗歌的艺术特点及其在后世美学史上的影响，学界多有涉及，相关著作和文章多不胜举，兹不赘论，于此仅就本书主题略作申述。

《旧唐书·王维传》载：王维常与裴迪等人在辋川别业"浮舟往来，弹琴赋诗，啸咏终日"。这种自由与闲适来自于亦官亦隐的出处方式。如果仅有隐而无官，则不能有充裕的物质条件作为支撑；更重要的是，这种闲适与自由是相对于庙堂的紧张与拘束而言，如果失去了庙堂的背景，则隐逸不会有如此强烈的吸引力，自然在他们的目光中也不会如此美好，或者说，他们所理解的自然就不是这种清幽、宁静、淡远的景象。在此意义上可以说，王维诗歌的艺术特点与其亦官亦隐的出处方式密切相关。闻一多先生说："王维替中国诗定下了地道的中国诗的传统，后代中国人对诗的观念大半以此为标准，即调理性情，静赏自然，他的长处短处都在这里。"①所谓"调理性情"，也许可以说，就是要调理庙堂所带来的焦虑与动荡，所以他们对于自然，是"静"，是"赏"。"静"不仅是欣赏的方式，也是欣赏的内容，是他们从自然中所要体悟的；"赏"说明他们并非与自然融为一体，而是为官之余的一种旁观。这也许就是宋人所说的"富贵山林，两得其趣"（张戒《岁寒堂诗话》评

---

① 郑临川述：《闻一多先生说唐诗》（下），《社会科学辑刊》，1979年第5期。

王维诗歌语）①的出处方式。 葛晓音先生说："王维在天宝年间的山水田园诗往往能在再现自然美的同时，创造一种空静绝俗的理想美。 正是由于他在现实中已无法坚持自由高洁的人生理想，只能在艺术中进行人格自我完善的缘故。"②这意味着现实政治环境导致出处方式的变化，进而影响到审美思想的变化，在此意义上可以说，王维审美风格的形成并非来自于审美自身，而是出于人格完善的需要。 理解这一点，对于理解此后的中国美学的发展十分重要。 在后文对白居易、韩愈和姚合的论述中我们可以更清楚地看到，审美趣味和思想的发展往往是作为创作者和鉴赏者的士人出于调节出处矛盾、完善自我人格、追求精神解脱的需要。

王维的亦官亦隐在盛唐并不普遍，但随着中唐的到来，其重要性日渐突出。 蒋寅先生在论及大历诗人时，曾指出："在他们的身上就出现了一方面高唱归隐、一方面又留恋爵禄的矛盾。 这一矛盾的最终消融是在谢朓式的吏隐中，从而放情山水、居官如隐及由此产生的满足感自然地成了诗中反复歌咏的内容。 寄情山水，使大历诗人发现了山水胜境作为避世佳处的新的功能属性。"③这是十分精当的，但就大历诗人

---

① 丁福保辑：《历代诗话续编》，中华书局，1983，460 页。
② 《山水田园诗派研究》，223 页。
③ 《大历诗风》，上海古籍出版社，1992，112 页。

所处的时代而言，也许可以说，王维的影响更为直接。① 关于王维与大历诗人的关系，学界已有充分探讨，其中应当也包括亦官亦隐的出处方式。 不仅如此，白居易的中隐与此同样具有内在联系。

附：

论出处矛盾对陆龟蒙山水田园诗的影响

陆龟蒙为晚唐诗人，在历史上是隐逸诗人的形象，《新唐书》收入隐逸传。 本书将之附于王维一章之后，主要是考虑到：二者诗歌题材的相似——都是抒写田园山水，都有隐逸情怀；但二者身份的不同——陆龟蒙终身布衣，王维虽奉行亦官亦隐的出处方式，但辋川别业中的王维一直都是官，这决定了陆龟蒙与王维面对相似的诗歌题材，却表现出完全不同的情感基调及审美趣味。

一、身份及心态

《新唐书》卷一百九十六《隐逸传·陆龟蒙传》记载："有田数百亩，屋三十楹，田苦下，雨潦则与江通，故常苦饥。 身畚锸，芟刺无休

---

① 魏耕原："王维和谢朓有不少相似之处：第一，年轻时都经过一个辉煌或比较兴盛的时代；第二，仕宦中途都遭遇显明的挫折，小谢最终死于狱中，更见不幸；第三，都有学佛之经历；第四，亦仕亦隐的生活方式非常相近；第五，诗书琴画各有兼通；第六，山水诗同具清丽清秀的风格。不仅如此，王维写普通日常生活中的山水诗，正是沿着小谢的路子拓展出来。"（《谢朓诗论》，中国社会科学出版社，2004，281页）

时。"《自遣诗三十首》序云:"自遣诗者,震泽别业之所作也。故疾未平,厌厌卧田舍中,农夫日以末耜事相聒。每至夜分不睡,则百端兴怀揽人思,益纷乱无绪。"①可见,陆虽有震泽别业以及一定数量的田地,生活相对稳定,却仍需不时亲自劳动,并且与一般农夫杂居为伍,其震泽别业并无另外一个京城或外郡中的官府作为背景,换句话说,陆并无官宦身份,只是一介寒士。这是一种矛盾:祖先之荣耀与自身之修为使其不可能甘心农桑之业,晚唐之时局及科举之黑暗又使其难以在仕途上有所作为。这是陆诗反复哀叹的一个主题,是陆龟蒙的情感基点,它导向的是孤独和愤激的偏激之情。这类诗句在陆集中比比皆是,不绝于耳。下面这首诗可谓字字血泪,是其心态的典型而完整的写照,虽甚长,具引如下:

世既贱文章,归来事耕稼。伊人著农道,我亦赋田舍。所悲劳者苦,敢用词为诧。只效刍牧言,谁防轻薄骂。嘻今居宠禄,各自矜雄霸。堂上考华钟,门前仁高驾。纤洪动丝竹,水陆供鲙炙。小雨静楼台,微风动兰麝。吹嘘川可倒,眄睐花争姹。万户膏血穷,一筵歌舞价。安知勤播植,卒岁无闲暇。种以春鸸初,获从秋隼下。专专望稑穜,揩揩条桑柘。日晏腹未充,霜繁体犹裸。平生守仁义,所疾唯狙诈。上诵周孔书,沈溟至酣藉。岂无致君术,尧舜驰上下。岂无活国方,颇牧齐教化。蛟龙任干死,云雨终不借。羿臂束如囚,徒劳夸善射。才能消箕斗,辩可移嵩华。若与吒辈量,饥寒殆相亚。长吟倚清

---

① 宋景昌、王立群点校:《甫里先生文集》,河南大学出版社,1996,142 页。

瑟,孤愤生遥夜。自古有遗贤,吾容偏称谢。(《村夜二篇》之二)①

　　这是典型的寒士之辞,满腹经纶、胸怀大志却只能是物质生活的贫困、身份地位的卑微,此为其基本处境,因而发为愤激之辞,对现实的抨击,对自身的哀叹,借用庄子的术语讲,外患与内热皆备。 这样的心态,无论他在其他诗文中如何闲雅、恬淡,总是装模作样,总是游离浮泛。 金代元好问说:"龟蒙,高士也,学既博赡,而才亦峻洁,故其成就卓然为一家。 然识者尚恨其多愤激之辞而少敦厚之义。 若《自怜赋》、《江湖散人歌》之类,不可一二数。 标置太高,分别太甚,镂刻太苦,讥骂太过。 唯其无所遇合,至穷悴无聊赖以死,故郁郁之气不能自掩。"②现实与理想之间的 "无所遇合" 是陆龟蒙终生面对的根本矛盾,也是其诗文中 "多愤激之辞" 的根本原因。 这与王维的出与处、官与隐、兼济与独善之间的矛盾完全不同,也是造成二者诗歌题材相似而风格迥异的重要原因。 如果说辋川别业的基调是闲适之乐,震泽别业的基调则是苦闷之悲。 如果用一个字分别概括王维与陆龟蒙各自的别业生活,则辋川别业可以说是闲,震泽别业可以说是苦。

　　从题材上看,陆诗数量最多的依次是:愁怀之作、与皮日休的唱和之作、咏物和闲怀。 这说明:1.陆诗中愁怀之作数量很多。 也许可以说,这是晚唐士人的普遍心态,无论如何强颜欢笑,恬淡闲适,其情感基调是末世之愁。 2.从数量上看,闲怀、咏物和闲情之作合起来构成

---

　　①　《甫里先生文集》,37 页。
　　②　元好问:《校笠泽丛书后记》,《元好问全集》(增订本)上册,山西古籍出版社,2004,709 页。

了陆诗的主体,陆诗之所以被后世作为隐士之代表,原因即在于此,我们对陆诗审美趣味的分析主要以这类诗为对象。

二、审美趣味

陆龟蒙在历史上往往与皮日休合称,这主要应归因于《松陵集》的影响,此集为皮、陆以及其他文人参与的唱和诗之集,其中的张贲在诗中就"皮、陆"并称。对于二者的共同特点,研究者多有探讨。本书于此侧重于从出处问题出发,略论二者之不同,以显陆诗之特点。就皮日休而言,及第之前的《皮子文薮》与苏州任上的《松陵集》,二者之间已有很大差异,"创作倾向来了个一百八十度的大转弯","从皮日休前后期诗歌的差异,可看出作家社会地位、生活境遇的不同,会影响到政治思想的转化,进而影响到审美情趣的改变"。① 从早年的愤世嫉俗到苏州时期的闲适恬淡,这种转变与其《七爱诗》中刻画的白居易颇为相近。陆龟蒙则一直是"江湖散人",对于及第、出仕的理想,一直深埋于心。"道随书籍古,时共钓轮抛。好作忘机士,须为莫逆交。看君驰谏草,怜我卧衡茅。出处虽冥默,薰莸肯溷殽。"(《和新秋三十韵次韵》)② 虽然皮只是苏州刺史幕下的一位郡从事,但在陆看来,"驰谏草"与"卧衡茅"二者之间一出一处,并不相同。因此,《松陵集》中,皮、陆之诗虽大多相近,仔细辨析仍有细微差别。

一室无喧事事幽,还如贞白在高楼。天台画得千回看,湖目芳来

---

① 申宝昆:《略论皮日休前后期诗歌的不同》,载《枣庄师专学报》1987 年第 1、2 期合刊。

② 《甫里先生文集》,28 页。

百度游。无限世机吟处息，几多身计钓前休。他年谒帝言何事，请赠刘伶作醉侯。（皮日休《夏景冲澹偶然作二首》之二）①

只于池曲象山幽，便是潇湘浸石楼。斜拂芰盘轻鹭下，细穿菱线小鲵游。闲开茗焙尝须遍，醉拨书帏卧始休。莫道仙家无好爵，方诸还拜碧琳侯。（陆龟蒙《和夏景冲澹偶作二首韵》之二）②

"冲澹"是两首诗的主题，但皮诗侧重于对世机、身计的淡忘，对官场喧嚣的拒斥，如同白居易，其对眼前景物本身并无多少关注；陆诗则缺少庙堂的背景，故侧重于对眼前景物细致入微的刻画，对冲澹生活方式的精雕细琢。这意味着，虽然皮日休只是微末之官，但二人之心态及审美取向已有很大差异。"贤达垂竿小隐中，我来真作捕鱼翁。前溪一夜春流急，已学严滩下钓筒。"（《自遣诗三十首》其二十一）③贤达是小隐故垂钓，陆是真的捕鱼。小隐不是吏隐，吏隐者对垂钓的理解或者说兴趣正在于逃离官场的斗争，追求任运自然的生活方式，而穷士、真正的江湖之士对垂钓的理解也可以这么模仿，也可以在表面上这样说，但由于其对垂钓的理解没有庙堂的背景，故其对垂钓之乐的体验没有吏隐者深刻，其对垂钓的态度也没有那么亲切，这也可以说是吏隐者和穷士对于山林江湖之态度的根本区别。

陆作为隐士的形象在历史上深入人心，对陆诗的评价虽有争议，但肯定者居多。明人吴宽的一段话颇具代表性："窃以为穷而工者，不若隐而工者之为工也。盖隐者忘情于朝市之上，甘心于山林之下。日以

---

① （清）彭定求等编：《全唐诗》，中华书局，1960，7081 页。
② 《甫里先生文集》，120 页。
③ 《甫里先生文集》，144 页。

耕钓为生，琴书为务，陶然以醉，倏然以游，不知冠冕为何制，钟鼎为何物。且有浮云富贵之意，又何穷云？是以发于吟咏，不清婉而和平，则高亢而超绝，求之唐人，若陆鲁望是己。"①此论也许适用于苦吟诗人，然以之评论陆龟蒙，则殊为不妥。首先，陆何尝"甘心于山林之下"？《秋日遣怀十六韵寄道侣》说得很明确："有路求真隐，无媒举孝廉。自然成啸傲，不是学沉潜。"②陆诗中虽偶尔有"浮云富贵"之句，但更多的是对自己"骏骨正牵盐，玄文终覆酱"的愤激（《纪事》）。③

其次，陆之一生，确为隐士，但作为隐士之诗文，其"工"主要在于细致入微、却了无生气的刻画隐逸之物。陆诗中连篇累牍的《渔具诗》、《樵人十咏》、《茶中杂咏》、《酒中十咏》、《添酒中六咏》等等，本是极具诗意的题材，却写得枯燥乏味。如《渔具诗·网》："大罟纲目繁，空江波浪黑。沉沉到波底，恰共波同色。牵时万鬐入，已有千钧力。尚悔不横流，恐他人更得。"④借用《淮南子》的一段话来评价此诗，即："画西施之面，美而不可悦，规孟贲之目，大而不可畏，君形者亡矣。"⑤其原因即在于陆对于自己朝夕相伴的这种生活环境并不满意，"耕钓为生，琴书为务，陶然以醉，愉然以游"的生活方式并不是陆所认同的，对于这些隐逸之物并没有多少亲切的情感，故虽能刻画其形而不能体味其神。

---

① （明）钱穀:《吴都文粹续集》卷五十六引吴宽《沈石田稿序》,清文渊阁四库全书本。

② 《甫里先生文集》,43 页。

③ 《甫里先生文集》,39 页。

④ 《甫里先生文集》,53 页。

⑤ 《说山训》,俞剑华编《中国古代画论类编》,人民美术出版社,2000,6 页。

复次，且不论"穷而工者"与"隐而工者"之间孰优孰劣，就本文的主题而言，小隐而工者，不若吏隐而工者。因吏隐者真正体味到庙堂之风波、险恶，故热衷山林之闲适、自由。身之为吏而心之为隐，山林在吏隐者的理解中，意味着自然的环境导出自然的生活方式、进而自然的心境，这就是自由。借用英文来表达，就是 Nature→Natural→Freedom。在一定程度上可以说，山林江湖之所以能进入古代文人的诗、画等艺术领域，也正是在此意义上被接受、被解释。这正是王维在中国美学史上的意义所在，此后的为官者在不满官场之倾轧、劳碌却又无法挂冠而去的尴尬中，总能从王维的山水田园诗中找到精神的游憩之所。王维作为山水画的精神鼻祖，山水画在中唐之后的发展，皆与吏隐者对山水的这种理解、接受密切相关。而真正的隐者陆龟蒙虽罗列、刻画山水田园之形却不能表达出其"君形者"，罗宗强先生说："他们大量写闲居、垂钓、茶具、酒具、渔具，反映他们的闲逸生活，追求一种冲淡的无拘束的精神境界，但是处处反映出的却是空寂与无聊，可以说是心如死水。……皮日休和陆龟蒙唱和诗之所以无一可读，原因即在于此。"①造成其诗无一可读的原因在于其心如死水，造成心如死水的原因有很多，但其中缺少出处矛盾的内在张力也许是一个重要原因，陆龟蒙这样的隐者既然没有对隐居环境的真正热爱，也就难以体悟隐居环境的美。

不妨再以李德裕作一说明。李德裕为中唐党争李党之首，终身处于权力漩涡中。由于牵涉太深，虽明知宦海风波之险恶、劳碌，却又无法全身而退，故只能在为官之同时，经营位于东都洛阳的平泉庄。一

---

① 《隋唐五代文学思想史》，404—405 页。

方面，"就以李德裕现存于《全唐诗》者为例，一百三十九首中题为'忆山居'、'思平泉'之类竟占七十二首之多！"另一方面，"作者情意所关，并不在乎对田园景物本身的体味，而仅仅是在倾诉，倾诉自己的向往之切、思念之深。其中罗列了一批景点，却缺少王维式的可感的画面"。① 在此意义上也许可以说，李德裕与陆龟蒙，前者缺少切身感受，后者缺少思想底蕴，纯粹的出与纯粹的处都缺少适当的张力。王维则正好，悠游于出处之间，既有出处矛盾之内在张力，又能在日常生活中徜徉山水，故感受最深，成就最高。进而言之，对山水田园的感情与出处矛盾紧密相连，越是挣扎、徘徊于出处矛盾，对山水田园就越是怀有深情。

---

① 林继中：《唐诗与庄园文化》，漓江出版社，1996，67 页，68 页。

第九章　论白居易的中隐及其美学意蕴

　　中唐是唐代由盛而衰的转折点，在一定意义上也可以说，它也是中国两千年封建历史的转折点。清代叶燮说过一段很著名的话："吾尝上下百代，至唐贞元、元和之间，窃以为古今文运诗运，至此时为一大关键也。……不知此'中'也者，乃古今百代之中，而非有唐之所独得而称中者也。……此后千百年无不从是以为断。"①陈寅恪先生说："唐代之史可分前后两期，前期结束南北朝相承之旧局面，后期开启赵宋以降之新局面，关于政治社会经济者如此，关于文化学术者亦莫不如此。退之者，唐代文化学术史上承先启后转旧为新关捩点之人物也。"②从出处方式和审美趣味上讲，对"赵宋以降之新局面"影响更大的，似乎

① 《百家唐诗序》，《己畦集》卷八，《郋园全书》本。
② 《论韩愈》，载《金明馆丛稿初编》，332 页。

是白居易。① 李泽厚先生说：

> 也正是从中唐起，一个深刻的矛盾在酝酿。……作为世俗地主阶级的知识分子，这些卫道者们提倡儒学，企望"天王圣明"，皇权巩固，同时自己也做官得志，"兼济天下"。但是事实上，现实总不是那么理想，生活经常是事与愿违。皇帝并不那么英明，仕途也并不那么顺利，天下也并不那么太平。他们所热心追求的理想和信念，他们所生活和奔走的前途，不过是官场、利禄、宦海沉浮、上下倾轧。所以，就在他们强调"文以载道"的同时，便自觉不自觉地形成和走向与此恰好相反的另一种倾向，即所谓"独善其身"，退出或躲避这种种争夺倾轧。结果就成了既关心政治、热中仕途而又不感兴趣或不得不退出和躲避这样一种矛盾双重性。②

这种"矛盾双重性"鲜明地表现在白居易身上。白居易的人生经历明显地表现为从兼济向独善的转变，在此转变中，白居易的思想和他的人生方式都具有典型意义，并由此对其后的中国美学产生深远影响。

一、中隐与白居易的人生经历

对于白居易在出处问题演变史上的重要性，王毅先生有精审之论：

---

① 参见张玉璞《"吏隐"与宋代士大夫文人的隐逸文化精神》，载《文史哲》2005年3期。

② 李泽厚：《美的历程》，文物出版社，1981，151—153页。

　　白居易能够成为中唐隐逸文化的代表……首先是因为他创立的
"中隐"理论集中体现了当时一代士人的命运,体现了封建大帝国中
衰以后集权制度与士大夫阶层间关系的发展趋势,以及在此趋势的
制约下,士大夫通过强化隐逸文化所作出的种种痛苦挣扎。

　　作为中国传统文化由盛而衰转折之处士大夫的典型,白居易的
思想及其生活对以后历代士大夫产生了极深远的影响。①

中隐的形成与白居易的人生经历密切相关。 初、盛唐时期,政治
的昌明带来社会现实的稳定繁荣,科举制的设立使得庶族士人得以进入
权力中心,士人的参与意识空前高涨,因此,士人并未明确感受到个人
与君主政权的对立与冲突。 随着安史之乱的爆发,各种社会矛盾爆发
出来,君主集权政治与士人独立人格的矛盾逐渐明显:一方面,士人兼
济天下之"道"要借助于君主之"势"才能实现;另一方面,"势"的腐
朽与残暴又压制、阻碍士人之"道"的实现。 这种矛盾迫使士人开始从
君王之业中退出,转而追求一己精神的完善,此即从兼济到独善的转
变。 白居易的人生经历典型地体现了这一点。

白居易出身于中小地主家庭,并无可资利用的家世背景,也是经过
科举考试进入仕途,并且其科举道路也是比较顺利的。 初登仕途的几
年,恰逢宪宗时代,宪宗早期颇有一番作为。② 正是在其领导下,长期
动荡的唐王朝出现了"元和中兴"的局面。 白居易作为翰林学士,颇受

---

　　① 王毅:《中国园林文化史》,245—246 页,128 页。
　　② 《新唐书》卷七《宪宗纪赞》云:"宪宗刚明果断,自初即位,慨然发愤,志平僭
叛,能用忠谋,不惑群议,卒收成功。"

信任,可以说接近了皇权中枢。① 对于他这样出身庶族、初入仕途的人而言,感激之情是不言而喻的。 在被授左拾遗后、给宪宗的上疏中,白居易说:"臣所以授官以来,仅经十日,食不知味,寝不遑安,唯思粉身以答殊宠,但未获粉身之所耳。"(《旧唐书·白居易传》)这意味着诗人要自觉、彻底地把个人生命融入君王之业中。 其途径主要有两种:一是直接给宪宗上奏状,二是通过诗歌来讽喻,此即以《新乐府》和《秦中吟》为代表的讽喻诗。 从这些奏状和讽喻诗中可以看出,白居易所抨击的对象正是唐朝腐朽势力的最高层:藩镇和宦官。 藩镇割据和宦官专权是主宰中晚唐政治的根本力量,也是唐朝衰亡的基本原因,甚至白居易尽忠效力的宪宗也是依靠这两种力量登基。 一方面可见白居易的赤诚和勇气;另一方面也意味着他的危险即将到来,白居易对此有清醒的认识。②

元和十年,白居易被贬江州司马,论者多将之视为白居易一生思想的转折点。③ 作于江州时期的《与元九书》可以看作对其人生转折的自

---

① 傅璇琮:"翰林学士建立于唐玄宗期间,它是唐朝中期后知识分子参预政治的最高层次,对文士生活、思想及文学创作,都有较大影响。"(《从白居易研究中的一个误点谈起》,《文学遗产》2002 年第 2 期)

② "凡闻仆《贺雨》诗,而众口籍籍,已谓非宜矣;闻仆《哭孔戡》诗,众面脉脉,尽不悦矣;闻《秦中吟》,则权豪贵近者,相目而变色矣;闻《乐游园》寄足下诗,则执政者扼腕矣;闻《宿紫阁村》诗,则握军要者切齿矣。大率如此,不可遍举。"(卷四十五《与元九书》)本书所引白居易诗文,除特别说明外,均据顾学颉校点《白居易集》,中华书局,1979。以下只在文中以夹注形式注明卷数。

③ 清人赵翼在《瓯北诗话》中认为白居易的知退心理,元和初年即已萌生(参见陈友琴《古典文学研究资料汇编·白居易卷》,中华书局,1962,319 页)。当代也有一些学者认为其思想转变早在卸任左拾遗一职时就已形成,但这些观点似仍未完全成熟,元和十年目前仍是学界普遍认可的观点,从白居易思想转变的实际来看,虽然其早年就有独善心理,但明确转变应当还是以被贬江州为界线。

我解剖：

  古人云："穷则独善其身，达则兼济天下。"仆虽不肖，常师此语。大丈夫所守者道，所待者时。时之来也，为云龙，为凤鹏，勃然突然，陈力以出；时之不来也，为雾豹，为冥鸿，寂兮寥兮，奉身而退。进退出处，何往而不自得哉？

  独善与兼济为儒家对待出处问题之基本思想。一方面，儒家思想充满积极进取的精神，要求"泽加于民"，此为兼济；另一方面，又注重自我生命的完善，要求"修身于世"，此为独善。（《孟子·尽心上》）选择兼济还是独善，关键在于是否"得志"，或者说"邦"是否"有道"。在白居易看来，此即是否具有"时"。一旦时机来临，要"陈力以出"，竭尽全力，实现兼济天下的理想；如果时机失去，则"奉身而退"，及时抽身，追求一己人格之独善。"时"之"来"与"去"完全决定于君主之"势"，士人不可抗拒、不可察究，只能被动接受。因此，当"道"与"势"相冲突时，士人只有两种选择：或是弃"道"而从"势"，与之同流合污；或是避开"势"，追求个体人格的完善，这可以说是一种无奈而消极的反抗，这就是白居易所要选择的道路。谢思炜先生的一段话颇具启发性："白居易所谓'独善'，其实并不包含多少道德修养意义。对于他来说，个人的道德追求也主要体现在兼济方面，体现在外在的政治批评中。兼济、独善的区别对于他的意义，主要是帮助他在个人生活与政治生活之间保持一种平衡，肯定两者对于主体个人均具有重要意义。独善实际上也被他当作一种私生活

领域内的个人的处世方式。"①这意味着白居易的独善主要是追求个人
生活的闲适,与孟子原义相距甚远。② 这与王维对孔子"无可无不可"
的改造有相似之处,都是淡化或削弱了道德的含义,而重视个人生活的
适意与否。

二、中隐与大隐、小隐的区别

中隐思想正是这种独善生活方式的理论表现。 中隐相对于小隐和
大隐而言,因此,理解中隐首先需要界定大隐与小隐。 小隐是彻底的
隐居山林,远离尘世。 如尧时的许由、舜时的务光,都曾拒绝君主之位
而逃于山林;而商周之际的伯夷、叔齐,则因为不满周武王伐纣而隐居
首阳山,采薇为生,最后饿死。 汉代淮南小山的《招隐士》所表现的正
是小隐生活环境的真实写照。 大隐意味着进取精神或多或少的丧失,
这一点在论述东晋及梁代出处问题时已有讨论。

无论是割裂出处的小隐,还是出处同归的大隐,都有不足之处:小
隐虽然维护了个人的独立性,但以生活的贫穷为代价;大隐虽然获得物
质的享受,但以进取精神的缺失为代价。 针对于此,白居易提出了"中
隐":

---

① 《白居易集综论》,中国社会科学出版社,1997,322—323 页。

② 《孟子·滕文公下》:"居天下之广居,立天下之正位,行天下之大道;得志,与
民由之;不得志,独行其道。"(杨伯峻:《孟子译注》,141 页)可见,孟子的独善其身是
独行其道,与白居易的理解明显不同。在另一处更为后世所熟悉的独善其身、兼善
天下的表述之前,孟子说:"故士穷不失义,达不离道。穷不失义,故士得己焉;达不
离道,故民不失望焉。"(同上,304 页)此"义"与"道"不同,但与白居易对私人生活的
闲适追求同样相距甚远。尚永亮先生对此有精审辨析,参见《贬谪文化与贬谪文
学》,兰州大学出版社,2003,199—202 页。

大隐住朝市,小隐入丘樊;丘樊太冷落,朝市太嚣喧。不如作中隐,隐在留司官。似出复似处,非忙亦非闲。不劳心与力,又免饥与寒。终岁无公事,随月有俸钱。君若好登临,城南有秋山。君若爱游荡,城东有春园。君若欲一醉,时出赴宾筵。洛中多君子,可以恣欢言。君若欲高卧,但自深掩关。亦无车马客,造次到门前。人生处一世,其道难两全:贱即苦冻馁,贵则多忧患。唯此中隐士,致身吉且安;穷通与丰约,正在四者间。(卷二十一《中隐》)

"似出复似处"意味着中隐是出处问题的新解答。 较之于小隐之"处",中隐并非隐居山林,而是出仕入朝,这是"出";较之于大隐之"出",中隐虽入朝而如居山林,这是"处"。 相比而言,中隐与小隐的区别比较明显,而与大隐的差异则不易辨析,研究者虽已有充分探讨,①似仍有略可补充之处:中隐与大隐同样是"身心分离",同样是出仕为官,同样是住于朝市。 但二者的区别在于:(一) 如何对待"出"与"处"的关系。 就大隐而言,往往意味着出仕者据其位而不尽其责。下面两个例子颇具典型性:

壶干实当官,以褒贬为己任,勤于吏事。……阮孚每谓之曰:"卿恒无闲泰,常如含瓦石,不亦劳乎?"壶曰:"诸君以道德恢弘,风流相

---

① 李红霞的界定颇具代表性,也是十分精确的:"中隐是一种吏隐,它以散官、闲官、地方官为隐,在小隐与大隐间找到一条折衷之途,既可免饥寒之患,又可以躲避朝堂纷争,在为政之暇的山水歌临中、在壶中天地的杯酒声色中、在与洛中君子的过往唱酬中享受欢乐闲适。"[《论白居易中隐的特质、渊源及其影响》,《天津师范大学学报》(社科版),2004 年第 2 期]

尚,执鄙吝者,非壶而谁!"(《晋书》卷七十《卞壶传》)

桓大司马乘雪欲猎,先过王、刘诸人许。真长见其装束单急,问:"老贼欲持此何作?"桓曰:"我若不为此,卿辈亦那得坐谈?"(《世说新语·简傲》)①

第一例中的卞壶勤于吏事,却只能自认"鄙吝",下场很悲惨,于苏峻之乱中苦战而死。 第二例中的真长即刘惔,与阮孚一样,也是出仕为官者,却对桓温的勤于政务横加指责。 通过《世说新语》可以看到,阮孚、刘惔等人的观点是占据主流的,这种意义上的出处同归其实是"吏非吏,隐非隐"(孙绰评山涛语,《晋书》卷五十六《孙绰传》)。 对隐逸之趣的追求是以出仕者责任感的消解为代价的。 如果说东晋士人在世极迍邅的现实中尚能宅心玄远而不废事功,则到了南朝,进取精神的沦丧已是不可避免。

与此不同,中隐只是在兼济之志无法实现的前提下,迫不得已的选择。"隐在留司官"指的东都洛阳的闲职之官,虽有官位、俸禄,而无实权,即使欲有所作为,也难实现。 留司官或是因朝政动荡而心灰意冷,或是因朋党倾轧而暂时闲置,或是因年事已高而安度晚年,但就与白居易同时的大多数留司官而言,都曾有积极进取的经历,即使是闲居洛阳,也大多未忘兼济之志,时有兼济之事。② 白居易即是典型,为官时,白居易对自己的官职始终尽职尽责:

---

① 余嘉锡:《世说新语笺疏》,800 页。

② "白氏与王维又有何区别? 区别在于:白居易'兼济'之志至死不渝。……综观白氏一生,无论前、后期,都是兼济、独善并存。"(林继中:《文化建构文学史纲》[中唐—北宋],128 页)

　　白居易，长庆二年以中书舍人为杭州刺史……居易在杭，始筑堤
捍钱塘湖，钟泄其水，溉田千顷，复浚李泌六井，民赖其汲。……及
罢，俸钱多留守库，继守者公用不足，则假而复填，如是五十余年。
（王说）①

　　当宝历初元，公来刺苏州，次年即移疾去，在郡未久，史不详其治
行，然读其《郡斋走笔》诗有云："救烦无若静，补拙无如动。削使科条
正，摊令赋役均。敢辞称俗吏，且愿活疲民。"蔼蔼乎，恳恳乎，洵古循
吏之言也。（钱大昕）②

　　钱大昕以"循吏"称谓白居易，是十分精确的。清叶舒璐云："子
美千厦间，香山万里裘。迥殊魏晋士，熟醉但身谋。"③杜甫曾有诗句
"安得广厦千万间，大庇天下寒士俱欢颜"，白则有类似之句："我有大
裘君未见，宽广和暖如阳春。此裘非缯亦非纩，裁以法度絮以仁。刀
尺钝拙制未毕，出亦不独寒一身。若令在郡得五考，与君展覆杭州
人。"（卷十二《醉后狂言酬赠萧殷二协律》）"丈夫贵兼济，岂独善一
身。安得万里裘，盖裹周四垠。稳暖皆如我，天下无寒人。"（卷一
《新制布裘》）后一首诗模仿杜诗的痕迹十分明显。④ 然而，较之于杜
甫的矢志不渝、忧国忧民，白居易虽然也说"贵兼济"，但一旦受挫，

---

① 陈友琴：《古典文学研究资料汇编·白居易卷》，104 页。
② 陈友琴：《古典文学研究资料汇编·白居易卷》，328 页。
③ 陈友琴：《古典文学研究资料汇编·白居易卷》，305 页。
④ （清）沈德潜云："乐天忠君爱国，遇事托讽，与少陵同。"（陈友琴：《古典文学
研究资料汇编·白居易卷》，277 页）

则选择后退。事实上，古代士人如杜甫矢志不渝者，毕竟不是多数；如白居易知难而退者，则更为普遍。正是这种后退而不是彻底离去，导出了中隐的出处方式。

虽然严格意义上的中隐只能是指白居易于洛阳任闲职时的出处方式，但早在被贬江州之后，白居易已经表现出明显的吏隐思想：一方面，是克尽职守的"循吏"；另一方面，更关注一己生活的适意。如："高城直下视，蠢蠢见巴蛮。安可施政教，尚不通语言。且喜赋敛毕，幸逢闾井安。岂伊循良化，赖此丰登年。案牍既简少，池馆亦清闲。秋雨檐果落，夕钟林鸟还。南亭日潇洒，偃卧恣疏顽。"（卷十一《征秋税毕，题郡南亭》）张培仁评曰："读此知公之政绩矣。"①这是从吏的角度去评，从隐的角度去评，也许可以说：读此之公之逍遥矣。兼济之政绩与独善之逍遥并行不悖，这是白居易的吏隐，也可以说是广义的中隐。在此意义上可以说，中隐是白居易多年吏隐的总结与发展。因此，本书以中隐总称白居易的各种吏隐，或者说，本书所说的主要是广义的中隐。

（二）对待日常生活的态度。较之于大隐，中隐对个人生活的关注虽看起来与齐梁的咏物诗人相似，但二者有根本区别，也许是受到南宗禅的生活禅思想的影响，也许是庶族身份的影响，也许是元和风气使然，白居易等人对日常生活的欣赏、惊喜与自得的态度是齐梁士人缺乏的。日常生活导出的"私人天地"是大隐与中隐的一个重要区别，借助于对日常生活艺术化、审美化的建构，士人在日常生活中可以更好地获得身心的超越与自由，从而对出处矛盾的统一更为成功。

---

① 陈友琴：《古典文学研究资料汇编·白居易卷》，357 页。

三、中隐的哲学基础

　　中隐的思想基础是研究者关注较多的一个问题，对于理解白居易思想具有重要意义。本文尝试从两个方面加以探讨。（一）三教合流。对于白居易的思想倾向，历来有不同观点，兹略举数例。陈寅恪先生的一段话几乎是所有研究者均要提及的："乐天之思想，一言以蔽之曰'知足'。'知足'之旨，由老子'知足不辱'而来。盖求'不辱'，必知足而始可也。"①但也有论者提出不同看法："对白居易来说，佛禅与老庄在安顿心性与人生践履上是统一的。而这种统一，又正与洪州禅'平常心是道'的理论相契合。因此，白居易这亦佛亦道的看似纷杂的思想，又正体现着代表当时禅宗发展方向的洪州禅的潮流。"②虽然对于白居易所接受之佛学的具体流派尚有不同看法，③但白居易深受佛学影响是很明确的。不过，研究者对此同样有不同看法："实际上他既不佞佛，也不信道，而是以'执两用中'的儒家中庸之道，或者说以儒道互补的'知足保和'、'乐天知命'的中庸主义，作为支配其思想和行为的杠杆的。"④其实，不仅是现当代研究者，即使是古人也有不同看法："乐天少年知读佛书，习禅定；既涉世，履忧患，胸中了然，照诸幻之空也。故其还朝为从官，小不合，即舍去，分司东洛，伏游终老。盖唐

---

　　①　《白乐天之思想行为与佛道关系》，载《元白诗笺证稿》，三联书店，2001，337页。

　　②　孙昌武：《白居易与禅》，载《禅思与诗情》，中华书局，1997，197 页。

　　③　如谢思炜先生就认为："居易参学的范围要广泛得多，他的禅学也很难说与洪州宗有特殊关系。"（《白居易集综论》，290 页）

　　④　蹇长春：《白居易评传》，南京大学出版社，2002，407 页。

世士大夫达者如乐天者寡矣。"（苏辙）①这是将白居易思想归因于佛；"香山文行，都无可议，白璧微瑕，正在'外袭儒风，内宗梵行'二语。乐天知命之语，当于《论语》、《孟子》中求之，何必乞灵外道？"（陈继辂）②这是将白居易思想归之于儒家。

以上观点均有充分理由，白居易诗文中屡屡言及自己对儒、道、佛的崇奉。 如，"仆本儒家子"（卷十一《郡中春宴因赠诸客》），"上遵周孔训，旁鉴老庄言"（卷三十六《遇物感兴因示子弟》），"乐天佛弟子也"（卷七十《苏州南禅院白氏文集记》），"余早栖心释梵，浪迹老庄"（《病中十五首序》），"栖心释氏，通学小中大乘法"（卷七十《醉吟先生传》），等等。 可以说，研究者的分歧也是因为白居易自己的不同表白。 如何理解这种多元化的思想？ 学界多以三教合流来概括，正如白居易自己在《三教论衡》中所说："夫儒门释教，虽名数则有异同；约义立宗，彼此亦无差别。 所谓同出而异名，殊途而同归者也。"三教融合为有唐一代的整体特征。 有的学者形容白居易思想是"大杂烩"，这虽然是讥讽之义，但兼容并包正是白居易，乃至唐代大多数士人的思想倾向，儒道释在白居易这里都可以被接受。 如，"五千言里教知足，三百篇中劝式微。"（卷二十四《留别微之》）"七篇真诰论仙事，一卷坛经说佛心。"（卷二十三《味道》）这一方面反映了白居易理论水平的浅薄，他对各家均无特别深刻之见解；另一方面也表现出白居易，乃至整个唐代士人会通儒释道的思想特点。

白居易为什么要会通儒释道？ 或者说，他是在何种意义上会通儒

---

① 陈友琴：《古典文学研究资料汇编·白居易卷》，44 页。
② 陈友琴：《古典文学研究资料汇编·白居易卷》，349 页。

释道？　与西方哲学中的形而上的纯粹理论思考不同，中国哲学中的理论终究要落到人生实践的层面上。　对于儒道释，白居易，以及绝大多数士人是在人生实践的层面上去理解、去接受。　换句话说，儒道释中的某些思想之所以被接受，是因为它们能解决白居易人生中遇到的种种困惑与痛苦。

白居易遇到的矛盾很多，但最突出的也许是出处矛盾，这是君主政权中每一个士人必须思考的基本问题。　对于出处相济、语默同归，白居易早有体会。　早年所写的《动静交相养赋》云："有以见人之生于世，出处相济，必有时而行，非匏瓜不可以长系。　人之善其身，枉直相循，必有时而屈，故尺蠖不可以长伸。"①他多次表述这一思想：

> 我抱栖云志，君怀济世才；常吟反招隐，那得入山来？（卷十七《山中戏问韦侍御》）
> 吏隐本齐致，朝野孰云殊？道在有中适，机忘无外虞。（卷二十二《和〈朝回与王炼师游南山下〉》）

中国传统哲学中，道释本为出世之学，隐逸为应有之义，儒家同样有自己的隐逸观，因此，可以说，从宦海风波中抽身而退则是三家共同的观点。　在此意义上也许可以说，白居易中隐说的思想基础是三教合流。　具体而言，首先，中隐是对儒家"独善"思想的继承。　其次，是

---

① 这段话是对《易经》思想的阐发，《易·系辞下》云："尺蠖之屈，以求伸也，龙蛇之蛰，以存身也，精义入神，以致用也，利用安身，以崇德也，过此以往，未之或知也。"

对庄子"材与不材之间"思想的发挥，"养病未能辞薄俸，忘名何必入深山？ 与君别有相知分，同置身于木雁间"（卷三十四《咏怀，寄皇甫朗之》）。"木雁一篇须记取，致身才与不才间。"（卷三十三《偶作》）最后，也是对佛教之"空"的继承。"每夜坐禅观水月，有时行醉看风花。净名事理人难解，身不出家心出家。"（卷三十一《早服云母散》）"净名"即维摩诘。 前文已论，《维摩诘经》对于士人消除出处之别具有重要影响。 总之，儒释道三家虽有诸多不同，但都可以在一定程度上解决隐显出处的矛盾，为出处一致的中隐观提供理论支持，这也许是白居易认同三教合流的一个重要原因。

（二）南宗禅"生活禅"思想的影响。 如果我们的研究视角不是仅限于从白居易诗文中抽绎其或儒或释或道的表述，而是从其诗文所表达的生活态度入手，换句话说，不是停留在抽象的理论表述，而是扩大至具体的生活态度，也许可以更为清楚地理解其思想倾向。 在本章后面的探讨中，我们可以看到，中隐的出处方式导出对日常生活的关注。白居易对日常生活的关注既有其个性特点，也是中唐士人的普遍倾向。在此意义上可以说，探讨南宗禅的生活禅思想，不仅可以更深入地探讨白居易的中隐观，也有助于理解中唐士人的思想。

需要说明的是，首先，儒、道两家均有对日常生活的重视，但从本章后文的探讨中可以看出，白居易对日常生活的态度似与南宗禅更为接近。 其次，此处所用之禅宗文献为北宋初年所编的《景德传灯录》，但其中所载禅师多生活于中晚唐，虽然有的禅师晚于白居易，但作为一种思想体系，南宗禅有其自身的发展演变，也就是说，其生活禅的思想大多为中唐禅师如马祖道一、石头希迁等人或显或潜已有的。 因此，本书于此将中晚唐南宗禅作为一个整体，尝试对其生活禅思想及美学意蕴作一初步探讨。

早在上世纪前半叶，日本学者铃木大拙和柳田圣山等人就指出马祖之后的生活禅倾向①，国内佛学界对此关注不多，美学界似乎更少讨论，本书拟对此作一探讨。

1. 意在目前。 南宗禅的成佛根据或者说佛性是人人自有的，慧能称之为"自性"，后来的禅师又称为"本心"、"本来面目"、"本地风光"等。 一方面，它是南宗禅最重要的范畴，是所有参禅者孜孜以求的最终目标；另一方面，它又是不可言说、不可思议的，第一义不可说，"说似一物即不中"（南岳怀让语，329 页）②。 所谓"直指人心，见性成佛"③经常被作为南宗禅的基本概括，这既显示了南宗禅"顿教"的直探本源，又意味着南宗禅的机锋峻烈。 正是因为第一义不可拟议，所以要通过各种其他的途径绕路说禅。 慧能之后的南宗禅师于此表现出充分的想象力和创造力，留下令人眼花缭乱的诸多公案。 这里要涉及的是夹山善会禅师的一段话："夫有祖以来，时人错会，相承至今，以佛祖句为人师范，如此却成诳人、无智人去。 他只指示汝：无法本是道，道无一法。 无佛可成，无道可得，无法可舍。 故云：目前无法，意在目前。"（1113 页）这段话主要有三层意思：（1） 对经文的排斥，对

①　铃木大拙说："禅同生活保持着密切的接触。"（《禅：答胡适博士》，载张曼涛主编《现代佛教学术丛刊》第二册《禅学论文集》，大乘文化出版社，1976，239 页）柳田圣山说："马祖以后的禅的特色，最具有强烈的生活味道。……在这期间的禅语录中，可以听到牛马的叫声，也嗅到豆腐、酱油的气味。"（《中国禅思想史》，吴汝钧译，台湾商务印书馆，1982，110 页）

②　本书所引禅师语录，凡未特别注明者，均依据（宋）道原原著，顾宏义译注《景德传灯录译注》，上海书店出版社，2010。为行文简洁考虑，以下凡引自该书者，均只在正文后以夹注形式注明禅师名及页码。

③　《黄檗山断际禅师传心法要》，载《大正藏》48 卷，384 页，页上。

自力的重视。 这是南宗禅一贯的主张。(2)"无道可得，无法可舍。"
这是般若空观的思想，它是南宗禅的思想基础，也就是慧能所说的"于
一切法不取不舍"①。(3) 既然有所求或有所舍都是错误的，从当下现
存的生活中体悟佛法就成为南宗禅的必然结论，这就是"目前无法，意
在目前"②。

夹山善会在禅宗史上最为人熟悉的是他的两句诗，"问:'如何是夹
山境?'师曰:'猿抱子归青嶂里，鸟衔华落碧岩前。'"(1114 页)后来
宋代的圆悟克勤禅师在编辑禅宗语录时就以《碧岩录》为名。 这里有
两点值得注意:(1)"如何是夹山境?"这既可以理解为禅师所住的夹山
的境界，也可以指夹山禅师的禅风特点。 这就涉及禅宗对境的理解。
一般来说，佛教对境是持排斥态度的，一方面境是虚幻不实的，另一方
面境又会扰乱心的纯粹宁静，妨碍修行。 但禅宗的思想基础既然是般
若空观，按照荡相遣执、不落两边的空观思想，对境之排斥也是一种
执，也是错误的。(2) 从问者对境的使用以及夹山的回答来看，境不仅
是自然景色之境，更是夹山修禅所悟之佛境。 这是很有意思的对答，
问者并未问佛法大意、和尚家风之类的问题，而是以"境"来表示;答
者同样是用自然景象或者说"境"来表示禅修所悟，也许就是诗歌意象
的模糊性（或者说诗歌的能指与所指之间的差异性）与禅悟的模糊性具
有相似之处。 虽然禅师强调心不随境流转，不被境所惑，但又要借助
于境来表示不可言说、不可思议的禅悟，这看似矛盾的对境的理解也许

---

① 《新版敦煌新本六祖坛经》,杨曾文校写,宗教文化出版社,2001,32 页。
② 与此类似的表述还有很多,如,"有僧问:'道在何处?'师曰:'只在目前。'"
(京兆兴善寺惟宽禅师,471 页)"宿州定林惠琛禅师,僧问:'如何是道?'师曰:'只在
目前。'"(普济著,苏渊雷点校:《五灯会元》,中华书局,1984,749 页)

并不矛盾，前者强调在具体修行中要破除对境之执，保持心的纯粹、宁静；后者则指禅悟所得可以借助于模糊性、形象性的诗句来庶几近似地表达，刘禹锡所说的"境生于象外"如果从禅宗的角度来理解，也许可以指禅师所悟之佛境，是对禅师以诗句来表示体悟之境的一种理论概括。类似的禅悟之诗还有很多：

问："如何是西来意?"师曰："白猿抱子来青嶂。蜂蝶衔华绿蕊间。"（舒州天柱山崇慧禅师,204页）

问："如何是佛?"师曰："如何不是佛?"问："未晓玄言,请师直指。"师曰："家住海门洲,扶桑最先照。"（汝州风穴延沼禅师,908页）

问："如何是黄檗境?"师曰："龙吟瀑布水,云起翠微峰。"（杭州龙华寺契盈禅师,1632页）

僧问："如何是兴阳境?"师曰："松竹乍栽山影绿,水流穿过院庭中。"（郢州兴阳山道钦禅师,1890页）

以诗句作答只是禅师诸多教学方式中的一种。慧能之后，禅师在心性论上创见不多，主要是在教学方式上不断创新。对于最常见的如何是祖师西来意、如何是佛法大意之类的问题，一般的反应都是要截断众流、斩断其攀援之心，所谓言语道断、心行处灭。但具体而言，不同的禅师又有各自不同的教学方式。有的是答非所问，甚至是故意违背常识；有的是当头棒喝，甚至拳脚相加；其中有一种是直陈目前景物，用眼前之景物的自在呈现来展现佛法的"意在目前"，以诗句作答可以说就是属于这一种。再如惟俨与李翱的对话：

> （朗州刺史李翱）问曰："如何是道？"师以手指上下，曰："会么？"翱曰："不会。"师曰："云在天，水在瓶。"翱乃欣惬作礼，而述一偈曰："练得身形似鹤形，千株松下两函经。我来问道无余说，云在青天水在瓶"……师一夜登山经行，忽云开见月，大笑一声……李翱再赠诗曰："选得幽居惬野情，终年无送亦无迎。有时直上孤峰顶，月下披云啸一声。"（澧州药山惟俨禅师，1004—1005 页）

这段话在禅宗史和美学史上均颇具影响，云在青天水在瓶与云开月出均是自然景物的自在显现。就禅师而言，也许只是从其当时所处的"目前"之境中顺手拈来，如眼前有露柱，即答曰问取露柱；如有长空白云，即答曰长空不碍白云飞。这些回答有的语句颇具诗意，如惟俨的回答并非诗句，但经过李翱的略作加工就成为优美的诗句。从禅宗的教学方式而言，它既非表诠，亦非遮诠，既非肯定，也非否定，它指向的是眼前景物的自在显现。用佛教的话来说，此为现量，去除了所有的知识性、功利性的思量、计较，以纯粹空明澄澈之心照见万物自身的如如本性。就禅宗本身而言，对此类诗句也许并不能从文字本身去知解、攀缘，它只是禅师对目前景物的自然呈现，如果一定要说文字中有深意，那也许就是"若论佛法，一切见（现）成"[1]。临济义玄的一段话也许可以视为此类诗句的注释："拟心即差，动念即乖。有人解者，不离目前。"[2]禅师所住多是深山，这些诗句所描绘的正是"意在目

---

[1] 普济著，苏渊雷点校：《五灯会元》，561 页。
[2] 慧然集，杨曾文编校：《临济录》，中州古籍出版社，2001，24 页。

前", 以当前的自然景象来表示不可言说、不可思议之体悟。①

　　就审美而言, "意在目前"意味着当下的目前的存在就是美, 万物不加任何人为修饰、阐释, 无需各种附加的意义, 如其本然的呈现就是美, 就是意义。 就自然而言, 从魏晋时期进入文人的视野, 在嵇康、谢灵运等人的笔下, 皆可以说是"以我观物", 到了禅宗的"意在目前", 才可以说是真正的"情不附物"(潭州沩山灵佑禅师, 556 页), 从而有"以物观物"②的审美态度。 王维的山水诗也许是"意在目前"思想最好的体现。 对于王维山水诗, 历来论者已详。 萧驰先生的一段话颇具启发性:"王维这类诗作风格有某种吊诡:一方面是'近事浅语, 发于天然', 另一方面又是'穷极幽玄'。"③这意味着王维的山水诗是极浅极深, 极近极远:浅、近指其所写均是目前之景, 深、远指其所蕴又是幽玄之意。 这与前引几位禅师的诗句具有相似之意趣, 以目前平常、自然之景物显现非常、幽深之领悟。 之所以能有如此"吊诡"的境界, 也许就在于"意在目前", 叶维廉先生说:"王维的诗, 景物自然兴发与演出, 作者不以主观的情绪或知性的逻辑介入去扰乱眼前景物内在生命的生长与变化的姿态, 景物直现读者目前。"④

────────

　　① 铃木大拙:"禅的一切修习都随着这个绝对的现在进行。"(《禅:答胡适博士》, 载张曼涛主编《现代佛教学术丛刊》第二册《禅学论文集》, 238 页)艾伦·沃茨:"在这里面, 你决不可寻求任何象征……神秘而又显然的如如之性毫无所隐——当你直想便见而不东追西问之时。"(《禅与日本俳句》, 载铃木大拙等著《禅与艺术》, 北方文艺出版社, 1988, 57 页)
　　② 王国维在《人间词话》中提出"以我观物"和"以物观物"两种审美的观物方式。
　　③ 《佛法与诗境》, 中华书局, 2005, 99 页。
　　④ 《禅与中西山水诗》, 载铃木大拙等《禅与艺术》, 北方文艺出版社, 1988, 62 页。

2. 触目菩提。"意在目前"并不仅限于目前的自然景物，它更指向目前的日常生活。"曰：'如何是和尚佛法？'师于身上拈起布毛吹之。"（杭州鸟窠道林禅师，211 页）这是多么亲切、自然的禅法！"意在目前"导出禅与生活的相即相融，因为目前的正是日常生活，日常生活即是目前之意。

> 问："和尚修道，还用功否？"师曰："用功。"曰："如何用功？"师曰："饥来吃饭，困来即眠。"曰："一切人总如是，同师用功否？"师曰："不同。"曰："何故不同？"师曰："他吃饭时不肯吃饭，百种须索；睡时不肯睡，千般计校，所以不同也。"（越州大珠慧海禅师，387 页）

这段话是研究者经常引用的，其思想基础是般若空观，般若荡相遣执、破除对立的思想落实到禅修上，就是不能执着于禅修的境界，而应落实于日常生活中，用冯友兰先生的话说，就是"极高明而道中庸"，如果只是停留于"高明"的境界，反而是一种"执"①。这也是研究者屡屡提及的青原惟信禅师的"看山看水"的第三个阶段（"见山只是山，见水只是水"）②所昭示的意义，即从"在凡"到"入圣"之后，又返回"凡"——"堕凡"的三段论③。这意味着最艰深的佛法修行就是最普通的日常生活，反之亦然。概而言之，生活即修行。正如铃木大

---

① 南泉普愿的一段话经常被引用："他不曾滞著凡圣，所以那边会了，却来这边行履，始得自由分。"（赜藏主编集，萧萐父、吕有祥、蔡兆华点校《古尊宿语录》，中华书局，1994，198 页）

② 普济著，苏渊雷点校：《五灯会元》，中华书局，1984，1135 页。

③ 巴壶天：《禅宗的思想》，载张曼涛主编《现代佛教学术丛刊》第二册《禅学论文集》，142 页。

拙所云:"禅的日常生命即是去生活。"①

这里又涉及境,境不仅限于具有诗意的自然景象,更有广阔的日常生活。 心与日常生活接触,必然会产生境。 作为南宗禅的开创者,慧能对境的思考值得注意。 在慧能看来,境既是遮蔽自性的障碍,"于外著境,妄念浮云盖覆,自性不能明"②。 但又不能刻意排斥。"于一切境上不染,名为无念。 于自念上离境,不于法上生念。 莫百物不思,念尽除却。"③如果刻意断念除境,反而是违背了无念的准则。 无念是慧能禅修行论的核心范畴,从般若空观出发,慧能反对一切落于一边的边见。 下面这段话虽然不是直接谈境,但似乎也可以视为慧能乃至后来的南宗禅师对境的基本态度:

> 何名无念? 无念法者,见一切法,不著一切法;遍一切处,不著一切处,常净自性,使六贼从六门走出,于六尘中不离不染,来去自由,即是般若三昧,自在解脱,名无念行。若百物不思,当令念绝,即是法缚,即名边见。④

慧能既反对为境所惑,是为"染",又反对"百物不思",是为"离",只有"不离不染",才能"来去自由",在此意义上可以说,对境的正确态度是出入其中而不染不执。 在《坛经》的契嵩本和宗宝本

---

① 铃木大拙:《禅:答胡适博士》,载张曼涛主编《现代佛教学术丛刊》第二册《禅学论文集》,238 页。

② 杨曾文校写:《新版敦煌新本六祖坛经》,宗教文化出版社,2001,24 页。

③ 杨曾文:《新版敦煌新本六祖坛经》,19 页。

④ 杨曾文:《新版敦煌新本六祖坛经》,37—38 页。

里，有一段敦煌本和惠昕本均无的文字："有僧举卧轮禅师偈云：卧轮有伎俩，能断百思想，对境心不起，菩提日日长。 师闻之，曰此偈未明心地，若依而行之，是加系缚。 因示一偈曰：惠能没伎俩，不断百思想，对境心数起，菩提作么长！"①无论这段文字是否由南宗禅后人添加，可以明确的是，依照慧能的无念思想，应当会导出这样的观点。 牟宗三先生认为："此卧轮禅师……属息妄修心宗。"第二偈"'对境心数起'而不住于境，不于境上生心，即是于念而无念。 ……夫人有生命，有心，焉能灭却而不令其起思想？ 起而不住著于境，不于境上生心，即是念而无念，不断断也。"②从"对境心不起"到"对境心数起"，可以看出禅宗对待境的态度的变化。

慧能对境的观点奠定了南宗禅关于境的基本思想。"凡人皆逐境生心，心随欣厌。 若欲无境，当忘其心。 心忘则境空，境空则心灭。 不忘心而除境，境不可除，只益纷扰耳。"（黄檗希运传心法要，618 页）在心与境的对立关系中，禅宗更重视的是对心的修治。 所谓心如木石，无所辨别，无所取舍，自然不被境惑。"僧问：'如何不被诸境惑？'师曰：'听他何碍汝？'曰：'不会。'师曰：'何境惑汝？'"（澧州药山惟俨禅师，1002 页）。 心之所以会被境惑，关键在于心能够被惑，而不在于境。"有行者问：'即心即佛，那个是佛？'师云：'汝疑那个不是佛，指出看！'无对。 师云：'达即遍境是，不悟永乖疏。'"（越州大珠慧海禅师，386 页）即心即佛是大珠的老师马祖道一的话，当下的现实的平常心就是道，就是佛。 大珠认为，只要体悟南宗禅理，则凡所见境，皆

---

① 郭朋：《坛经对勘》，齐鲁书社，1981，127 页，134 页，二者文字有一处不同：契嵩本是"菩提日日长"，宗宝本是"菩提日月长"。

② 牟宗三：《佛性与般若》，台湾学生书局，1997，1062 页，1064 页。

是佛理，佛理就在当下目前之境中，这也许就是南宗禅师经常提及的"触目菩提"。"师后参道吾，问：'如何是触目菩提？'道吾唤沙弥，沙弥应诺，吾曰：'添净瓶水著。'"（潭州石霜山庆诸禅师，1084 页）不是从理论上予以正面阐释，而是用目前生活中的"添净瓶水"来作答，正所谓"触目无非佛事，举足皆是道场"（汾州大达无业国师，2286 页）。

触目菩提意味着禅修的生活化。"'日用生活'，是中国禅宗的活源泉；'日日是好日'，是中国禅宗的活境界。"[1]下面这则故事颇有趣味："师在法堂坐，库头击木鱼，火头掷却火抄，拊掌大笑。师云：'众中也有恁么人。'唤来问：'作么生？'火头云：'某甲不吃粥，肚饥，所以喜欢。'师乃点头。"（潭州沩山灵佑禅师，557 页）火头因为肚子饥饿，所以听到召集吃饭的木鱼声而大笑，这是极其自然、又极其平常的，至于其是否悟道恐怕还是一个疑问，灵佑却给予肯定。其原因也许就在于触目菩提：在时节因缘相合时，即使是一个最平常的生活现象，也能成为体悟最艰深的佛理的契机。"僧问：'如何是佛法大意？'师云：'春日鸡鸣。'僧云：'学人不会。'师云：'中秋犬吠。'"（潭州石霜大善和尚，513 页）春日鸡鸣和中秋犬吠是最自然、最平常的生活现象，这也许是在提醒学人佛法大意就是最自然、最平常的生活。[2]

---

　　①　石屋：《达摩禅系和禅的教学》，载张曼涛主编《现代佛教学术丛刊》第二册《禅学论文集》，198 页。

　　②　吕澂先生区分了南岳的"触目是道"和青原的"即事而真"，前者由理见事，后者由事见理，二者虽都讲理事圆融，但有体用与理事之区别。（《中国佛学源流略讲》，中华书局，1979，247 页）本书着重从理事圆融的角度讲，并且二者都重视从日常生活中去体悟理或本，因此，对二者之区分不作辨析。方立天先生说："慧能以后，一些禅师张扬最多的直觉修持内容、方式是'触目是道'、'触目菩提'、'触目会道'、'触目皆如'、'触目皆是'、'触目皆真'、'触目无非佛事'、'触目无非正觉'、'触目无非道场'等。"（《中国佛教哲学要义》，中国人民大学出版社，2002，1065 页）

　　从思想上讲,般若之空破除各种执着,因此,当下目前的自然生活就是佛法;从制度上讲,马祖弟子百丈怀海的"普请法"确立了农禅并作的修行方式,在农业劳动中修行,这是生活禅的一个重要特点。① 下面这则故事十分有趣:"问:'如何是祖师西来意?'师曰:'风吹日炙。'问:'从上诸圣向什么处行履?'师曰:'牵犁拽杷。'"(汝州首山省念禅师,928 页)对于如何是祖师西来意、如何成佛之类的根本问题,因为不能从正面回答,不能从义理本身用分析、推演的方法展开,所以用眼前的日常生活来截断这种逻辑性思路。 但一般而言,这并不是要学人从其回答的具体内容中寻找答案,而是说只要任运自然,自然而然,这就是"触目菩提"。 于是义理本身被悬置起来,或者说对义理的逻辑探讨被悬置,禅师关注的是当前的自然生活,生活禅也许就是这样展开的吧。② "僧问:'如何是三宝?'师曰:'禾、麦、豆。'曰:'学人不会。'师曰:'大众欣然奉持。'"(潭州三角山总印禅师,435 页)将佛法僧三宝改为禾麦豆,这显然是提醒学人三宝即学人当下的日常生活,这也许就是生活禅的意趣。 进而言之,大众欣然奉持,应该是指百姓虽不知而日用,其正在展开的目前的日常生活就是三宝。 庞居士所说的"神通并妙用,运水及般柴"(襄州居士庞蕴,549 页)之所以广为流传,也许就在于它揭示了生活即禅的道理。

　　就审美而言,其意义主要有二:首先,意境是中国美学史上的一个

---

　　① "禅最典型的特点之一,就是禅师与弟子共同做一切操劳的工作,而在工作之际又做着高度形而上学的问答。"(铃木大拙:《禅:答胡适博士》,载张曼涛主编《现代佛教学术丛刊》第二册《禅学论文集》,237 页)

　　② 周裕锴先生对此现象总结道:"借用德国哲学家海德格尔的哲学术语来说,一切存在物的存在(Sein)意义都必须从人的时间性的此在(Dasein)领悟这一中心出发去阐释。"(《禅宗语言》,浙江人民出版社,1999,36 页)

重要范畴。它出现于唐代，与佛学密切相连，这是研究者的共识。但对于佛学之境如何进入美学，以及美学之境含义如何，这是学界长期探讨却又众说纷纭的一个难点。此非本书主旨，不作展开。但值得注意的是，传统佛学是在否定意义上对待境，中晚唐时期皎然、王昌龄、刘禹锡、司空图等人则正式将境纳入美学范畴，这其中的转变值得思考，如果考虑到这一阶段正是南宗禅盛行的时期以及大多数士人与南宗禅的密切交往，则也许可以说，美学之境与南宗禅有内在联系，通过上文对"意在目前"和"触目菩提"思想的探讨，则进而可以说，美学之境更是与南宗禅的生活禅思想密切相关。其次，从中唐如白居易、韩愈，到北宋欧阳修、苏轼等人皆喜欢描述日常生活中的诸多细节——不同于南朝咏物诗，而是带着欣喜、惊奇的目光观赏自己个人生活的细节——应该也是一种"触目菩提"的思想。例如白居易，其与南宗禅师尤其是马祖门下弟子接触颇多，学界对此已有充分探讨。需要注意的是，南宗禅的生活禅思想对于白居易的生活方式应当也有影响。中隐的出处方式导出对日常生活的关注，白居易诗多写个人日常生活的细节，吃饭、穿衣、洗澡、睡觉、养花、栽树等等，如《晏起》："鸟鸣庭树上，日照屋檐时。老去慵转极，寒来起尤迟。厚薄被适性，高低枕得宜。神安体稳暖，此味何人知？睡足仰头坐，兀然无所思；如未凿七窍，若都遗四肢。缅想长安客，早朝霜满衣。彼此各自适，不知谁是非。"①只不过是睡觉晚起，其沾沾自喜的自得之情却溢于言表，类似的诗作在白居易诗集中比比皆是，这应当与生活禅有关。

3. 快乐无忧。这种对日常生活的关注与欣赏是南宗禅的一个基本

---

① 顾学颉校点:《白居易集》,164—165 页。

思想。 四祖道信云:"汝但任心自在,莫作观行,亦莫澄心,莫起贪嗔,莫怀愁虑,荡荡无碍,任意纵横,不作诸善,不作诸恶,行住坐卧,触目遇缘,总是佛之妙用。 快乐无忧,故名为佛。"(171—173页)因为不取不舍,无所执著,所以能任心自在,在日常生活的行住坐卧中任意纵横,处处皆能体悟佛法。 这样的修行方式无所希求,也无所舍弃,所以无须设防,无须紧张,在当下的日常生活中任运而行,随缘而安,这是何等的"快乐无忧"! 在禅宗的各种灯录中,我们处处能感受到这种快乐无忧的气息。 其中,《南岳懒瓒和尚歌》(一作《乐道歌》,2438 页)颇具代表性,原文甚长,不具引。 其内容主要有两点:

(1)无事与自然。 此《乐道歌》的核心思想是"无事"。"兀然无事无改换,无事何须论一段? 直心无散乱,他事不需断。"这与后来临济义玄的思想十分接近。 义玄云:"无事是贵人,但莫造作,只是平常。"①"无事"的关键在于不造作,方立天先生说:"'无事'就是在日常行为中体悟平常无事的道理,在现实生活中保持'平常心',顺遂日常生活,饥来食,困来睡,无住无念,无思无虑,任运自在。"②这说明"无事"与慧能的"无念、无住"是一致的,强调对万法不粘不滞,不离不染。 这与黄檗希运所说的"无心"同样一致:"如今但一切时中,行住坐卧,但学无心,亦无分别,亦无依倚,亦无住著。 终日任运腾腾,如痴人相似。"③因为无心、无事,所以对目前的事物、当下的生

① 慧然集,杨曾文编校:《临济录》,13 页。
② 方立天:《中国佛教哲学要义》,510 页。
③ 《黄檗断际禅师宛陵录》,载《大正藏》48 卷,386 页,页下。

活能够不执著，所谓"情不挂物"①。

因为无事，所以能自然。"饥来吃饭，困来即眠。愚人笑我，智乃知焉。"因为无事，所以能在日常生活中不造作、不分别，不存取舍之心。"种种劳筋骨，不如林下睡兀兀。举头见日高，乞饭从头掭。"也许正是因为吃饭、睡觉是最平常的事，所以更能够体现生活即禅的道理，南宗禅师多次用此来表述任运自然的思想。如，"僧问：'如何是平常心？'师云：'要眠即眠，要坐即坐。'僧云：'学人不会。'师云：'热即取凉，寒即向火。'"（湖南长沙景岑禅师，643页）如果说道家的自然主要是相对于仁义礼教等人为秩序，禅宗的自然则从般若之空出发，遣除一切执著、取舍、分别之心，按照禅宗的观点，道家对礼教的警惕与防范也是一种执著，禅宗自己则是"随心自在，无复对治"（四祖道信语，173页）。在此意义上可以说，禅宗的自然更为彻底、全面。从审美上讲，推崇"清水出芙蓉，天然去雕饰"的自然主义思想是中国美学的一个基本主题，先秦老庄、魏晋玄学可以说是这一思想的重要的思想基础，但如果我们考虑到南宗禅在中唐之后的巨大影响，尤其是道家思想日渐与禅宗合流，即学界多有探讨的庄禅或者说道禅合流，则应特别注意禅宗的自然主义思想在中国美学史上的重要意义。

（2）审美与自由。禅宗与审美的联系当然不仅限于提供了一种新的自然主义，《乐道歌》的结尾："青松蔽日，碧涧长流。山云当幕，夜月为钩。卧藤萝下，块石枕头。不朝天子，岂羡王侯！生死无虑，更复何忧？水月无形，我常只宁。万法皆尔，本自无生。兀然无事坐，春来草自青。"这里有两点值得注意：首先，最后两句精炼地概括了无

---

① 普济著，苏渊雷点校：《五灯会元》，219页。

心而自然的思想,不仅如此,它与研究者经常引用的苏轼的"静故了群动,空故纳万境"①有相近之意趣,这是禅师修行的境界,因为心中静且空,没有贪嗔痴的躁动,也没有取舍、执著的阻塞,所以能"万法皆尔",万法如如;同样也是审美观照的境界,即美学上的审美心胸论,因为心中静且空,所以美得以显现。 宗白华先生的一段话似乎也可以从这个角度去理解:"禅是中国人接触到佛教大乘义后体认到自己心灵的深处而灿烂地发挥到哲学境界与艺术境界,静穆的观照和飞跃的生命构成艺术的两元,也是构成'禅'的心灵状态。"②所谓"静穆的观照"(静)也许就是马祖道一所说的"无造作,无是非,无取舍,无断常,无凡无圣"的"平常心"(2252页),此即"兀然无事坐"的"无事"或者说"无心";所谓"活跃的生命"(动)也许就是万物自在而生动活泼的显现,此即"春来草自青"的自然。 韦应物的诗句"野渡无人舟自横"屡屡为后来的南宗禅师引用,其强调的也许就在于因"无人"而有的"舟自横"。"自"意味着自在,"自在"一词频频出现于禅宗的各种灯录,就禅师而言,这既是强调修行论上的自力、自信,也是修行的目的——摆脱各种系缚;就万物而言,因为修行者"无事坐",所以能自在显现,"心生种种法生,心灭种种法灭。 心且不附一切善恶,而生万法,本自如如"(明州大梅山法常禅师,466—467页)。

其次,这意味着禅修、生活与审美三者合一,也许可以说,平常心、无事的生活方式既是禅修,也是审美,虽然禅师自身并非以审美为目标,但这种生活方式可以表现为一种审美境界,换句话说,无事而自

---

① 《送参寥师》,引自王文诰辑注,孔凡礼点校《苏轼诗集》,中华书局,1982,906 页。
② 宗白华:《艺境》,北京大学出版社,1987,156 页。

然的生活本身就是一种美。 傅伟勋先生说："禅道……所真正要求的是
人人转化成为修证一如的生活艺术家。 对于此类生活艺术家，日日必
是好日，平常心必是道心；禅道审美性即在于此。"①禅宗在近于艺术
化的生活方式中所要追求的是个人的解脱与自由，艺术也是如此，较之
于中唐之前，此后的艺术与审美的一个基本倾向就是追求个人精神的解
脱与自由。

　　禅宗的归宿在于自由。 铃木大拙先生说："禅追求'心'的自
由。"②这意味着一方面，禅宗的归宿在于自由，另一方面，这是一种
心，或者说精神境界意义上的自由。 吕澂先生说："禅家一切行为的动
机，始终在向上一着，探求生死不染，来去自由的境界。"③中唐之后，
这种境界的自由也是审美所要探求的，面对日趋没落的社会现实，士人
无论是在禅宗，还是在审美中，从某种意义上可以说都是在寻求精神境
界的自由。④

四、中隐的心态特征及其美学意蕴

　　中隐的心态特征主要有四点：（一） 忘。 中唐时期，由于藩镇割
据、宦官专政以及朋党之争，士人朝宠暮辱之事屡见不鲜。 有鉴于此，

────────

　　① 《禅道与东方文化》，载《禅学研究》第 1 辑，江苏古籍出版社，1992。
　　② 铃木大拙：《禅者的思索》，朱也译，中国青年出版社，1989，14 页。
　　③ 吕澂：《中国佛学源流略讲》，376 页。
　　④ 中隐不仅有理论基础，还有经济基础，学界对此已有详尽论述，兹不赘论。
值得一提的是，在诸多论述中，谢思炜先生对白居易"中人"身份的论述颇为精彩。
（参见《白居易集综论》下编之《中唐社会变动与白居易的人生思想》）就本书而言，王
维、白居易、韩愈、姚合等都曾提及因为家庭的拖累而不能彻底退隐，这也可以说是
文官阶层的普遍特征。

白居易在被贬江州之后,逐渐疏离时事。"昨日诏下去罪人,今日诏下得贤臣;进退者谁非我事,世间宠辱常纷纷。我心与世两相忘,时事虽闻如不闻。但喜今年饱饭吃,洛阳禾稼如秋云。更倾一樽歌一曲,不独忘世兼忘身。"(卷三十《诏下》)险恶的政治环境促使士人远离时世,"忘"成为士人对待现实的主要态度。"忘"既是对兼济理想的遗忘,也是对与此相关的政治沉浮、权力斗争、时事变幻的疏远。

忘记外在现实必然导向亲近内在自我,这是由群体政治向个人生活的转向,换句话说,由对兼济之"身"的"忘"而有对独善之"身"的亲近。"狂夫与我世相忘,故态些些亦不妨。纵酒放歌聊自乐,接舆争解教人狂"(卷三十四《又戏答绝句》)?"与世相忘"是从世事中超脱出来,游于世外。因为与世相忘,所以能从各种桎梏中解脱出来,"故态"当为本然之态,借用魏晋玄学的话讲,对名教的超越意味着对自然的回归。正如魏晋是一个人的觉醒、文的觉醒的时期,中唐时期的这种转变同样导出另一种人的觉醒、文的觉醒,唐李肇云:"长安风俗,自贞元侈于游宴,其后或侈于书法图画,或侈于博弈,或侈于卜祝,或侈于服食。"①也许可以说,贞元之后,士人从大历时期的震惊、迷惘与惆怅中醒悟过来:盛唐已然远去,个人与君主相融相亲的岁月不再重现,唯一可以掌握的是个人生活,个人生活的丰富多彩由此展开,这就是我们所讲的另一种"人的觉醒"。

"忘"与"身心相离"的思想密切相关。"身"是不可摆脱的,也是无法超越的,但"心"可以通过"忘"达到精神的超越,获得"心"之自由。白居易反复表达"身心相离"的思想,如,"兀然身寄世,浩然

---

① 李肇:《唐国史补》,上海古籍出版社,1979,60 页。

心委化"（卷六《冬夜》），"已将心出浮云外，犹寄形于逆旅中"（卷三十五《老病幽独，偶吟所怀》），"穷通不由己，欢戚不由天。命即无奈何，心可使泰然"（卷七《咏怀》）。下面这首诗写于诗人精神十分困苦的忠州时期，正是困厄穷苦的人生遭际使诗人趋向"身心相离"的人生态度。

> 我身何所似？似彼孤生蓬；秋霜剪根断，浩浩随长风。昔游秦雍间，今落巴蛮中。昔为意气郎，今作寂寥翁。外貌虽寂寞，中怀颇冲融。赋命有厚薄，委心任穷通。通当为大鹏，举翅摩苍穹。穷则为鹪鹩，一枝足自容。苟知此道者，身穷心不穷。（卷十一《我身》）

　　既然现实是不可改变的，或者说"身"所处的外在世界是无能为力的，则唯有改变自己对待现实的态度，或者说"心"所采取的态度是自己可以主宰的。"不得身自由，皆为心所使。我心既知足，我身自安止"（卷三十《风雪中作》）。因为"身"之世界是不自由的，所以要通过"心"构建虚幻的自由之境。

　　"身心相离"意味着对外在现实的超越、对个人生活的回归，由此，诗人关注的重点不再是外在现实的盛与衰、治与乱，而是个人生活的适意、精神境界的超越与自由。这一转向对于中国美学具有深刻影响，中国美学在中晚唐之后对意境这一范畴日渐重视，意境的基本特点就是刘禹锡所说的"境生于象外"①，所谓"象外"，简单地说，就是从当下的具体之"象"超越出来，进入到玄远、虚幻的审美意境中。既然现实

---

① 瞿蜕园笺证：《刘禹锡集笺证》，上海古籍出版社，1989，517 页。

世界是五色、炫目的，则审美意境就是素淡、黑白的，水墨画的兴起也许就是根源于此；现实是多变、动荡、喧嚣的，审美意境就是安宁、纯粹、清幽的，文人画对清、远、淡的追求似乎同样根源于此；现实属于当下的尘世，是人间的烟火世界，审美意境就一定要"洗尽尘滓"①或者说脱尽烟火气。这意味着，审美意境的关键在于由对形质之"身"的"忘"而有精神之"心"的自由。中唐之后的审美形态，尤其是意境范畴，就其主要倾向而言，就是为士人营造一种虚幻的自由之境。

（二）闲。闲与忘密切相连，忘意味着对钻营奔走、利禄之事的排斥，这是身之闲；忘更意味着对时事变幻、宦海风波的淡漠，这是心之闲。闲是白居易诗中出现频率最高的词之一，在诗题中就出现六十多次，在诗中则出现六百多次。从中可以看出"闲"的含义主要有三点：

1. 与中隐相关。虽然在确立中隐的人生方式之前，白居易诗中就曾出现"闲"，但"闲"的大量出现则在被贬江州之后。"闲"与"忙"相对比，"忙"与兼济相联系，"闲"则与独善相联系。从兼济转向独善也就是从"忙"转为"闲"。"忙驱能者去，闲逐钝人来"（卷三十一《自喜》）。"钝"意味着对朝政失去兴趣，对时局不再关注，因为对外在政治之"钝"而有个人生活之"闲"。

2. 与个人生活相关。"身闲甚自由"（卷三十一《重修香山寺毕，题二十二韵以纪之》），因此自由之身，故得以建构丰富多彩的个人生活。"道屈才方振，身闲业始专"（卷十七《江楼夜吟元九律诗，成三十韵》）。因为兼济之道不能实现，所以能"身闲"；因此之"闲"，方有

---

① 恽寿平:《南田画跋》,《中国书画全书》第七册,上海书画出版社,1994,980页。

"才"之"振"、"业"之"专",这里的"才"与"业"与兼济无关,而主要是营造个人生活的艺术才情。 无论是饮酒、写诗、听琴,还是登山临水、建造私人园林,甚至是睡觉、洗澡、听妓,都是这种艺术才情的体现,这种对个人生活的艺术化建构也就是前文所说的中唐时期的"个人的觉醒"。

3. 在个人生活的建构中,艺术才情或者说审美趣味至关重要,它主要包含三个相互联系的层面:(1) 因"闲"而发现美。 所谓"意闲境来随"(卷五《夏日独直,寄萧侍御》),因为心意之"闲",所以能够感受到美。 从中国美学史讲,这是导源于庄子的审美心胸理论,即只有虚静空明的心胸才能发现美。 庄子说:"瞻彼阕者,虚室生白,吉祥止止。"①这句话在中国美学史上的影响主要即在于审美心胸的确立,即, 只有在虚静空明的心胸中,才能创作或感受到美。

白居易对于《庄子》十分熟悉,应当深知"虚室生白"的含义。 值得注意的是,他将"虚室生白"与"闲"联系起来,"空室闲生白,高情淡入玄"(卷二十《忘筌亭》)。 在他看来,"虚室"与"生白"之间还有一个中间环节:"闲"。"虚室"是因为"闲"才能"生白"。"闲"不仅是时间的,更是心理的,不仅要有"闲"之时间,更要有"闲"之心境,才能"生白",此所谓"幽境虽目前,不因闲不见"(卷二十九《冬日早起闲咏》)。 白居易屡屡表达这一观点,"尽日前轩卧,神闲境亦空。 有山当枕上,无事到心中"(卷二十三《闲卧》)。"神闲"故"境空",因为心中无事,所以能发现轩前山色,这一思想是此后的中国美学反复强调的。 审美心胸的理论虽然来源已久,但白居易的特殊意义

---

① 陈鼓应:《庄子今注今译》,117 页。

在于:在庄子(以及嵇康、阮籍等人)那里,这是一种远离尘世、远之
又远的心灵修养①;在白居易这里,这种心灵修养不仅不脱离尘世,而
且就是在庙堂的背景中展开审美活动。 以"闲"生"白"意味着传统的
尘世之外、与世隔绝的"虚室生白"被移入中隐者的官宦生活中,中隐
者在为官从政、处理公务之余徜徉于艺术空间,既能获得尘世生活的感
官享受,又可获得精神境界的逍遥之游。

(2)"闲心"生"闲境"。 或者说,因"闲"而偏好"闲境"之美。

> 闲园多芳草,春夏香靡靡。深树足佳禽,旦暮鸣不已。院门闭松
> 竹,庭径穿兰芷。爱彼池上桥,独来聊徙倚。鱼依藻长乐,鸥见人暂
> 起。有时舟随风,尽日莲照水。谁知郡府内,景物闲如此? 始悟喧静
> 缘,何尝系远迩?(卷二十一《郡中西园》)

此诗作于苏州刺史任上,典型体现了中隐者的生活方式。 诗人着
力描写郡斋内的闲寂之境,一方面是强调自己对时事的疏离,对政局的
淡漠,另一方面也是因为"闲心"必然落实于对"闲境"的欣赏。 诗人
能在平凡、简单的日常景物中体味到萧散冲淡、清新淡雅的审美趣味,
其根源也许还是在于"神闲"②。"树绿晚阴合,池凉朝气清。 莲开有
佳色,鹤唳无凡声。 唯此闲寂境,惬我幽独情。 病假十五日,十日卧

---

① 庄子云:"出六极之外,而游无何有之乡,以处圹埌之野。"(陈鼓应:《庄子今
注今译》,215 页)。嵇康云:"俗人不可亲,松乔是可邻。"(戴明扬:《嵇康集校注》,人
民文学出版社,1962,80 页)。阮籍则希望"必超世而绝群,遗俗而独往"(陈伯君:《阮
籍集校注》,185 页)。

② 类似的诗句还有很多,如,"闲居见清景"(卷三十《七月一日作》),"闲中得诗
境,此境幽难说"(卷二十二《秋池二首》之二)。

兹亭。明朝吏呼起，还复视黎甿"（卷二十一《北亭卧》）。此诗不仅指出"闲寂境"与"幽独情"的内在联系，或者说，"情"与"境"的交融统一，而且说明是在政务之余、不离官舍而得隐逸之趣，也许可以说，正是中隐的生活方式导出了"幽独"的审美趣味。"偶得幽闲境，遂忘尘俗心。始知真隐者，不必在山林"（卷八《玩新庭树，因咏所怀》）。此诗进一步点明，因为是中隐，是身处"尘俗"，所以需要"幽闲境"，借之可以身心相离，身处尘俗之官舍而心游幽闲之山林。

对于白居易诗歌中的这一特点，研究者虽有涉及，但似乎并未充分重视。概括而言，白居易在中国诗歌史上的形象主要有二：一是《新乐府》、《秦中吟》等关注民生疾苦的讽喻诗，这类诗歌因其思想性而受到后人的高度评价；二是"太露太尽"（翁方纲）①、"千篇一律"（王世贞）②的表达方式，这一点受到后人的诸多批评。但如果从上面所引的，以及还有很多类似的诗歌来看，白居易于"闲境"中体悟的"幽独"之美在中国美学史上影响深远，换句话说，白居易因"闲心"而发现的"闲境"，以及"闲境"所蕴涵的清幽淡雅、萧散冲淡的审美风格与中唐之后的中国美学的主要倾向是一致的。在此意义上也许可以说，虽然白居易直白单一的表达方式使其诗歌在艺术技巧上乏善可陈，但其中所传达的幽独、闲寂的审美趣味则具有重要的审美意义。③

---

① 陈友琴：《古典文学研究资料汇编·白居易卷》，199 页。

② 《古典文学研究资料汇编·白居易卷》，332 页。

③ 王维诗歌的审美风格对于封建社会中后期的美学发展具有重要影响，这是学界比较一致的看法，这方面的研究也已经很丰富。但如果我们注意到"闲"也是王维诗歌中屡屡出现的一个词语，并且王维之"闲"同样具有"闲心"与"闲境"两层含义，则也许可以说，白居易与王维一样，对于中唐之际审美趣味的转变具有重要影响。

（3）"闲"意味着一种"老"之美。因为"闲"，所以经常体味到心态之"老"。"不争荣耀任沉沦，日与时疏共道亲；北省朋僚音信断，东林长老往还频。渐老渐谙闲气味，终身不拟作忙人"（卷十七《闲意》）。"与时疏"就是前文所说的"忘"，"忘"是因为对衰朽政局的看破，对政治险恶的洞察，这种洞察以及由之而来的淡漠也就是心态之"老"。此诗作于江州时期，诗人的岁数并不老，所谓"渐老"只能说是兼济理想的日渐破灭，独善之志的日渐增长。"浔阳迁客为居士，身似浮云心似灰"（卷十七《赠韦炼师》）。此诗同样作于江州时期，所谓"老"也许就是这种"心如灰"的心灰意冷。白居易多次表白这一思想，"灰死如我心"（卷十《送兄弟回雪夜》），"心绪逢秋一似灰"（卷十六《百花亭晚望夜归》），"心灰不及炉中火"（卷十八《冬至夜》）。在其他一些诗作如《放言五首》中，多次流露出这种洞察世事的无奈与悲凉，正如宋人罗大经所说："读乐天诗，使人惜流光，轻职业，滋颓惰废放之念。"①这种心态对于白居易的审美趣味具有重要影响。"老更谙时事，闲多见物情"（卷三十四《晚夏闲居……》）。"老"→"谙时事"→"闲"→"见物情"，这四者之间是不断递进的因果关系，概括而言，这就是由"老"而"见物情"，这意味着诗人所发现的或者说所偏爱的是一种"老"之美。"幽境深谁知，老身闲独步。行行何所爱？遇物自成趣"（卷三十六《池上幽境》）。因为"闲"，所以能发现万物之美；因为"老"，所以偏爱清幽、淡泊之美。"空门寂静老夫闲，伴鸟随云往复还"（卷三十一《香山寺二绝》之一）。"老"意味着心境的淡泊、宁

---

① 陈友琴：《古典文学研究资料汇编·白居易卷》，217 页。

静，这与"无心以出岫"的云的特点正相契合，①所以"云"成为白居易诗中的一个重要意象，"闲与云相似"（卷三十《和裴侍中〈南园静兴〉见示》），"道行无喜退无忧，舒卷如云得自由"（卷三十五《和杨尚书……》），"若论尘事何由了，但问云心自在无"（卷三十五《杨六尚书……报而谕之》），"云自无心水自闲"（外集卷上诗词《白云泉》）。从中可以看出，"无心"、"自在"、"自由"是诗人偏爱云的根本原因，从士人心态上讲，它折射出诗人内心的苍老与暮气；从审美趣味上讲，它意味着清幽、淡泊的美。②

（三）慵。　闲与慵密切相连，二者皆导源于中隐的人生态度。"身慵难勉强，性拙易迟回。　布被辰时起，柴门午后开。　忙驱能者去，闲逐钝人来。　自喜谁能会？　无才胜有才"（卷三十一《自喜》）。　此诗的意思主要有三层：开始两句说明身之慵、性之拙都是针对兼济之志而言，因为放弃了兼济之志，所以表现出慵、拙的特点；中间四句说明因为拙与慵，所以能从喧嚣、繁忙的兼济事业中摆脱出来，获得个人生活之"闲"；最后两句说明身处动荡纷纭的中唐时期，兼济之"才"只能让自己经受危险和痛苦，所以"无才"倒是值得"自喜"的。"才"应是兼济之才，"无才"也就是放弃兼济理想，选择中隐之路，从而对兼济之

---

①　陶渊明《归去来兮》云："云无心以出岫，鸟倦飞而知还。"也许这就是白居易此诗的出处。

②　这与中唐时期大多数诗人的理解是一致的。葛兆光先生《禅意的"云"》一文对此已有详尽论述，兹不赘论。值得注意的是，葛文在论述盛中唐诗歌中"云"的不同含义时，说："盛唐时代那许多喜怒哀乐，都在这一'闲'之中烟消云散，剩下的只是闲适自然，平静空寂，这显然是中国古代文人心境的一大变。"并自注云："这个变化实际上是一个极为复杂的过程，是可以写上一大本书的题目，这里只是简略地谈谈而已。"（《文学遗产》1990 年第 3 期）

事表现出有意识的笨拙、慵懒和愚钝。①

"张翰一杯酣,嵇康终日懒。 尘中足忧累,云外多疏散。 病木斧斤遗,冥鸿羁绁断。 逍遥二三子,永愿为闲伴"(卷二十九《和皇甫郎中……》)。 懒也是慵,嵇康之"懒"是对庙堂之事的逃避,《与山巨源书》所载的"七不堪"就是其"懒"的典型表现。② 张翰之"酣"、嵇康之"懒"都是对"尘中"的超越。 从"尘中"到"云外"的超越也就是从"忧累"到"疏散"的转换,从紧张、忧累的束缚超越到疏放、闲散的自由。"病木"之典当出自《庄子·山木》,"木"因为无所用而免遭斧斤之砍伐。"冥鸿"之"冥"当指高飞入云、冥合天际,这样的"鸿"是"羁绁"无法网罗的。"病木"以无用而得全,"冥鸿"因超越而无羁绁。 前者可以说是白居易对外的处世方式,后者则是其内在的精神世界。 二者密切联系,因为以"病木"之形态立于世,所以能以"冥鸿"之形态逍遥于个人世界中。"病木"的处世方式主要就是"慵":

> 有官慵不选,有田慵不农。屋穿慵不葺,衣裂慵不缝。有酒慵不酌,无异樽长空。有琴慵不弹,亦与无弦同。家人告饭尽,欲炊慵不舂。亲朋寄书至,欲读慵开封。常闻嵇叔夜,一生在慵中。弹琴复锻铁,比我未为慵。(卷六《咏慵》)
>
> 架上非无书,眼慵不能看。匣中亦有琴,手慵不能弹。腰慵不能带,头慵不能冠。午后恣情寝,午时随事餐。一餐终日饱,一寝至夜

---

① "慵"与"拙"、"钝"是类似的概念,"慵"的出现频率最高,因此,本书以"慵"为此类概念的代表。

② 白居易多次提及嵇康之"慵",如,"慵于嵇叔夜"(外集卷上《酬令狐留守尚书见赠十韵》),"嵇康向事慵"(卷二十五《秋斋》)。

安。饥寒亦闲事,况乃不饥寒?(卷二十二《慵不能》)

　　这两首诗写得饶有情趣,如此之慵懒,只能说是诗人的夸张手法。诗人为什么要如此细致、得意地夸耀自己的慵懒? 其原因也许有二:(一) 与兼济事业在身体上的劳碌奔波相对比。"清旦方堆案,黄昏始退公:可怜朝暮景,销在两衙中"(卷二十四《秋寄微之十二韵》)! 选择独善,虽然失去了权势与富贵,但没有烦杂的公务,无须奔走于权贵门下,所以能够在自己的私生活中如此懒散,此所谓"懒与道相近,钝将闲自随"(卷二十九《咏所乐》)。(二) 与兼济事业在心理上的殚精竭虑相对比。"世名检束为朝士,心性疏慵是野夫"(卷二十《闲夜咏怀,因招周协律刘薛二秀才》)。"检束"意味着遵循名教,"疏慵"意味着任运自然,因为是"朝士"所以循名教,因为是"野夫"所以顺自然。"酒助疏顽性,琴资缓慢情。 有慵将送老,无智可劳生。 忽忽忘机坐,怅怅任运行。 家乡安处是,那独在神京"(卷二十四《江上对酒二首》之一)? 慵与"智"相对,说明慵不仅仅是生活上的懒散,而且是心理上的去除机心,任运自然,正是因为慵,所以能"忘机"、"任运"。 慵意味着从官场之"桎梏"中解脱出来,返回自己的自然本性。 这与嵇康之慵是一致的,也是一种越名教而任自然,其归宿是一己身心之自由。不同的是,嵇康是要彻底决绝而去,在名教体系之外寻找自由,这样的自由固然纯粹,但不现实;白居易则是在名教体系之内安顿身心的中隐,这样的自由虽然不纯粹,但更为现实。

　　与慵相似,拙、钝也是对兼济事业的笨拙、愚钝。 这当然不是真的愚蠢,而是看破之后的一种超脱。"应须绳墨机关外,安置疏愚钝滞身"(卷三十三《迂叟》)。"疏"、"愚"、"钝"、"滞"都是强调面对纷乱动荡、变化莫测的政治斗争保持疏远、愚钝、呆滞的态度。 因为面对这样的社会现实,保持清醒与聪明是令人痛苦的:"聪明伤混沌,烦恼污头陀"(卷二十七《偶作》),"巧者焦劳智者忧,愚翁何喜复何忧"(卷三十七《感所见》)。 与此相似,"病"也是独善生活的一个重要概念。"性慵无病常称病,心足虽贫不道贫"(卷二十八《酬皇甫宾客》),"散秩留司最有味,最宜病拙不才身"(卷二十三《分司》)。 从白居易诗集来看,诗人确实身体欠佳,但这里所说的"病"与"慵"、"拙"、"钝"、"疏"、"愚"、"滞"一样,都是对兼济事业的有意疏远。 作为来自中下层社会的知识分子,诗人多年苦读圣贤之书,通过科举考试跻身朝堂,满怀兼济之"道"的理想与激情。 然而,衰败、残酷的政治现实很快将他的梦想击得粉碎。 于是,他需要冷却对君主、苍生的热情,淡化对丑恶、黑暗的愤怒,钝化自己敏感、多情的心灵,正是在此意义上,慵、拙、钝等等开始被推崇。 如果我们考虑到中唐之后封建政治日趋没落的社会现实,则可以说,慵、拙、钝等等是封建社会中后期大多数士人的一种典型心态,这种心态对于中国美学(以及中国文化的其他各个方面)的影响绝不仅仅是几个范畴或几个命题,而是直接奠定了封建社会中后期美学,乃至文化等各方面的一些基本特点。

何言太守宅,有似幽人居。太守卧其下,闲慵两有余。起尝一瓯茗,行读一卷书。(卷八《官舍》)

北院人稀到,东窗地最偏。竹烟行灶上,石壁卧房前。性拙身多暇,心慵事少缘。还如病居士,唯置一床眠。(卷二十三《北院》)

这两首诗都是在杭州刺史任上所做,公务之余,诗人在自己的私人生活中选择了"闲"的生活方式。因为兼济事业总是与繁忙、喧闹的朝堂联系在一起，与此相对，独善则意味着清幽、寂静的生活环境。① 它对于中国美学的影响十分广泛：内容上，平远萧散的水墨山水逐渐成为中国绘画的主流，在艺术中追求的是寂寥无人的荒寒之境；在技法上，反对熟、巧、嫩、甜，有意识地化巧入拙、化熟入钝。概言之，这就是后来文艺思想反复提及、影响深远的"士人气"。对于在文艺作品中体现"士人气"的文人，历来有诸多探讨，但白居易则很少被注意，如果我们考虑到白居易对出处问题的深刻思考，以及其独善其身的中隐对于后世士人的巨大影响，则也许可以说，后世士人的心态、生活方式，以及在此基础上形成的审美趣味均与白居易的"慵"、"拙"、"钝"等密切相关，换句话说，"慵"、"拙"、"钝"等也许就是"士人气"的心理基础。

（四）适。中隐生活的目的是追求一己之"适"。"苦乐心由我，穷通命任他。坐倾张翰酒，行唱接舆歌。荣盛傍看好，悠闲自适多"（卷三十四《问皇甫十》）。第一联是典型的"身心相离"或者说"忘"的思想，因为"身心相离"，所以能忘记外在现实，回归一己内心，这也就是第二联的两个典故所表达的含义：对朝政的疏离，对自我的亲近，此即"闲"。"闲"意味着中隐的人生方式，在中隐之"闲"中，一己之"适"成为生活的主要目的。

---

① 类似的语句还有很多，如，"慵慢疏人事，幽栖遂野情"（卷十三《早春独游曲江》），"可怜幽静地，堪寄老慵身"（卷十六《游宝称寺》），"老更为官拙，慵多向事疏，松窗倚藤杖，人道似僧居"（卷十九《晚亭逐凉》），"懒钝尤知命，幽栖渐得朋"（卷二十五《与僧智如夜话》）。

> ……昔虽居近密,终日多忧惕;……今虽在疏远,竟岁无牵役。
> 饱食坐终朝,长歌醉通夕。人生百年内,疾速如过隙;先务身安闲,次
> 要心欢适。(卷八《咏怀》)

"近密"而"多忧伤"说明是混乱之朝局逼迫士人选择退避;"疏远"而"无牵役"说明独善虽然远离权力中心,却获得了个人之"适",诗人不无得意地夸耀于此,从中已看不见当年对苍生病痛的慷慨陈诉、对动荡时局的激烈抨击。这意味着从兼济向独善、从社会向个人、从外在世界向私人生活的转向。这种对私人生活的重视、对一己之"适"的追求对此后中国文化、中国美学的发展具有直接影响。李泽厚先生说:"真正展开文艺的灿烂图景,普遍达到诗、书、画各艺术部门高度成就的,并不是盛唐,而毋宁是中晚唐。"①也许可以说,这种"灿烂图景"的一个重要基础就是这种特殊意义的"人的觉醒"。

"褐绫袍厚暖,卧盖行坐披。紫毡履宽稳,蹇步颇相宜。足适已忘履,身适已忘衣;况我心又适,兼忘是与非。三适合为一,怡怡复熙熙。禅那不动处,混沌未凿时。此固不可说,为君强言之"(卷二十九《三适,赠道友》)。这首诗将禅的体验融入日常的穿衣登履中,表现出南宗禅的思想,其归宿则在于"适"②。在白居易这里,无论是对私人园林的悉心经营,还是对饮茶、睡觉、洗澡、换衣等等日常生活中细枝末节的沾沾自喜,其目的都在于对"适"的追求。"人心不过适,适外

---

① 李泽厚:《美的历程》,148 页。
② 其中也应有庄子的影响。《庄子·达生》云:"忘足,履之适也;忘要,带之适也;忘是非,心之适也;不内变,不外从,事会之适也;始乎适而未尝不适者,忘适之适也。"(陈鼓应:《庄子今注今译》,492 页)

复何求"（卷六《适意二首》之一）。

中隐的最终指向是个人自由，白居易在诗中多次言及自由。 如，"心为身君父，身为心臣子；不得身自由，皆为心所使。 我心既知足，我身自安止。 方寸语形骸，吾应不负尔"（卷三十《风雪中作》），这是强调通过"身心相离"的"忘"获得身心自由；"官散殊无事，身闲甚自由"（卷三十一《重修香山寺毕，题二十二韵以纪之》），这是说因中隐之"闲"而"自由"。 其诗中屡屡出现的"虚舟"意象可以说是这种个人自由的典型形象："宦途似风水，君心如虚舟；汎然而不有，进退得自由"（卷五《赠吴丹》），"野鹤一辞笼，虚舟长任风。 送愁还闹处，移老入闲中"（卷三十四《自题酒库》）。 虚舟意味着从种种拘束、机心、愁苦中解脱出来，而有无心之自由，这既受到南宗禅任运自然思想的影响，也体现了庄子无心而自由的思想。① 扁舟一叶是中国古代士人超越现实、追求身心自由的基本意象，但与此前的大多数士人不同的是，白居易泛舟的地点并非风高浪急的大江大海，而是自己园林中的小池。下面这首诗也许是中隐之自由最形象的写照：

> 池上有小舟,舟中有胡床。床前有新酒,独酌还独尝。薰若春日气,皎如秋水光。可洗机巧心,可荡尘垢肠。岸曲舟行迟,一曲进一觞。未知几曲醉,醉入无何乡。萦缘潭岛间,水竹深青苍。身闲心无事,白日为我长。我若未忘世,虽闲心亦忙。世若未忘我,虽退身难藏。我今异于是,身世交相忘。（卷二十九《池上有小舟》）

---

① 从白居易诗文中可以看出,他对《庄子》十分熟悉,"虚舟"之典也许源自《庄子·山木》。

作为一种人生方式，它被后世很多士人奉为基本准则；作为一种审美趣味，它对此后文艺发展中的士人化（或者说文人化）、雅化倾向具有深远影响。从某种意义上可以说，白居易泛舟于小池中的闲适与自由是此后中国美学，尤其是意境范畴的一个基本追求。①

五、庭中山水及相关审美意象

如何实现中隐？这就涉及园林。中隐意味着不能脱离庙堂，又不能局限于庙堂。庭中山水的兴盛解决了这一矛盾：士人于庙堂中即可隐逸山林。王毅先生的《中国园林文化史》对此已有详细而精审之论述，本节于此只就庭中山水所涉及的审美意象略作申述：②

（一）庭中山水的形成原因。中隐的关键是以闲职或郡守身份出仕：一方面，可以避免烦杂公务与宦海风波中的危险，此为"闲"；另一方面，可以获得丰厚的物质待遇和娱乐享受，此为"适"。获得"适"的一个重要途径是山水之游，早在江州司马任上，白居易就将山水与"吏隐"联系起来。"惟司马绰绰可以从容于山水诗酒之间。由是

---

① 从艺术技巧上讲，白居易诗歌数量虽多，将近三千首，但总体而言，乏善可陈，历来论者对此已有充分揭示。但如果联系宋元的文人画，以及明清的文人画的南北宗论，从某种意义上可以说，文人画、文人画的南宗论所追求的审美趣味也许就是白居易诗歌所反复吟咏的。如果说作为文人画的精神鼻祖，王维诗歌表现的趣味与意境是文人画在构图中所要营造的，则也许可以说，白居易诗歌是对这种趣味与意境的理论阐释。不妨从题画诗的角度来看，如果说文人画之画所指向的是一种模糊的、不可言喻的，如同王维诗歌的意境，则也许可以说，文人画的题画诗往往与白居易诗有诸多相似之处。

② 之所以用"庭中山水"这一称谓，是突出它在空间距离上的当下性。园林包括庭中山水，但前者的外延要比后者大，不是所有的园林都是庭中山水。在白居易看来，距离过远的园林并不能充分满足中隐的需要。

郡南楼山、北楼水、溢亭、百花亭、风篁、石岩、瀑布、庐宫、源谭洞、东西二林寺、泉石松雪，司马尽有之矣。苟有志于吏隐者，舍此官何求焉？"（卷四十三《江州司马厅记》）但中隐并非弃官而去，而是以闲官的身份继续出仕，闲官仍是官，终究不能整日在外游玩，在此意义上，庭中山水应运而生。

> 旧径开桃李，新池凿凤凰。只添丞相阁，不改午桥庄。远处尘埃少，闲中日月长。青山为外屏，绿野是前堂。引水多随势，栽松不趁行。年华玩风景，春事看农桑。花妒谢家妓，兰偷荀令香。游丝飘酒席，瀑布溅琴床。巢许终身隐，萧曹到老忙。千年落公便，进退处中央。（卷三十三《奉和裴令公〈新成午桥庄、绿野堂即事〉》）

此诗有四点值得注意：1.庭中山水兴起的现实原因。诗题中所说的裴令公即裴度，是中唐时期的著名宰相，二十年间四度为相，几乎可以说社稷安危存乎一身，然而，所谓大厦将倾，又岂是一木能支？因此，晚年的裴度与白居易一样，开始追求个人生活的适意，午桥庄、绿野堂不仅是其个人的庭中山水，也是当时名士聚集的地方。《旧唐书·裴度传》云：

> 中官用事，衣冠道丧，度以年及悬舆，王纲版荡，不复以出处为意，东都立第于集贤里，筑山穿池，竹木丛萃，有风亭水榭，梯桥架阁，岛屿回环，极东都之胜概。又于午桥创别墅，花木万株，中起凉台暑馆，名曰："绿野堂"。引甘水贯其中，酾引脉分，映带左右。度视事之隙，与诗人白居易、刘禹锡酣宴终日，高歌放言，以诗酒琴书自乐，当

时名士，皆从之游。

"中官"是宦官，"衣冠"是士大夫，面对中唐时期的混乱朝政，即使是裴度这样的名相，也只能束手而已。由此可以看出，裴度、白居易等人的寄情山水其实是不得已而为之，既然兼济理想不能实现，就只能从个人生活中寻求慰藉，这是中隐，以及庭中山水在中唐时期兴盛的根本原因。

2. 庭中山水意味着士人转向个人生活的趋势。"巢许终身隐"，巢父、许由是传说中有名的隐士，不愿意与现实政权发生任何联系，彻底游离于政治体系之外；"萧曹到老忙"，萧何、曹参是西汉初年有名的宰相，为了君主、苍生废寝忘食，完全献身于君主政治之内。在白居易看来，这二者均不可取，就前者而言，无论是君主政权的严密体系，还是个人生活的物质需要，都不允许士人决绝而去；就后者而言，面对中唐时期衰败、动荡的社会现实，兼济理想无法实现，士人只能在个人生活中寻求寄托。在此意义上，如何在日益衰落的封建政权中营造适意的个人生活成为士人思考的核心问题，庭中山水就是这一思考的结果之一。

3. 庭中山水是对"仕"与"隐"的统一。午桥庄、绿野堂典型地体现了士人中隐的理想，"只添"、"不改"说明作为朝堂象征的"丞相阁"与作为山林象征的"午桥庄"是合而为一的。为什么要移"丞相阁"入"午桥庄"？因为要追求"远"。"远"是相对朝堂而言，这不仅是物理距离，也是心理距离上的"远"，因为"远"所以朝堂之"尘埃"少，因为"远"所以"闲"；又因为"闲"，所以需要寻求寄托，庭中山水的意义即在于此：一方面，它使士人能在君主专制的严密体系中享受属于自己的自由空间；另一方面，它又不是完全脱离君主专制的体系，从而避免了君主政权的猜忌与镇压，这就是白居易所说的"进退处中央"。

4. 庭中山水的特点。"中央"不仅是仕途上的，也是地理上的，白居易有一首诗仅从题目上即可看出此意：《李、卢二中丞各创山居，俱夸胜绝，然去城稍远，来回颇劳，弊居新泉，实在宇下，偶题十五韵，聊戏二君》（卷三十六），李、卢二位中丞虽然也建造了"山居"但由于离得较远，每次出行很不方便，白居易认为他们的"山居"并不能真正起到中隐的作用。白居易自己的园林就在庭园中，所以能够达到庙堂与山林的统一。

（二）泉、石与池。庭中山水对中国美学具有深远影响，这主要体现在它的布局建构上：1. 泉与石。泉与石在庭中园林的构造中十分重要："我有商山君未见，清泉白石在胸中。"（卷二十七《答崔十八》）商山为历史上著名的商山四皓隐居之地，在白居易看来，清泉白石即代表着商山，"在胸中"又意味着这是一种"心隐"，身虽居官而心隐山水。"金章紫绶辞腰去，白石清泉就眼来。"（卷三十六《题西涧亭，兼酬寄朝中亲故见赠》）泉、石意象很明确地指代隐逸。"泉声磷磷声似琴，闲眠静听洗尘心。莫轻两片青苔石，一夜潺湲直万金。"（卷三十六《南侍御以石相赠，助成水声，因以绝句谢之》）由"闲"而"静"，在泉、石之声中，功名利禄之"尘心"被涤除。泉、石的功用即在于此。白居易十分喜爱泉、石，即使是垂暮之年仍乐此不疲："殷勤傍石绕泉行，不说何人知我情？渐恐耳聋兼眼暗，听泉看石不分明。"（卷三十六《老题石泉》）清泉白石是冷色调，也许正是因为红尘中太过于色彩缤纷、喧闹躁动，使人心绪纷乱，所以才会偏爱清冷幽寂的境界。从美学上讲,山水画在中晚唐开始运用水墨,并逐渐成为山水画的主流;清冷幽寂的境界则是后世山水画所着力营造的一种理想境界,甚至是在具体描绘对象上,泉与石也成为山水画的主要题材之一。 在这个意义上也许可以说,庭中山水成为后世山水画的基本范式。

对"丑石"的强调更具特殊意义:"苍然两片石,厥状怪且丑。 俗用无所堪,时人嫌不取。 ……回头问双石:能伴老夫否? 石虽不能言,许我为三友。"(卷二十一《双石》)白居易对丑石的喜爱也许是对当时华美艳丽风气的反动,①但更深层次的原因也许与中隐有关:出入庙堂意味着拘束,意味着在处世上必须循规蹈矩,树立起尽善尽美的形象;与之相对,中隐则意味着对拘束的超越,对所谓完美形象的突破。 在此意义上可以说,"丑"是对庙堂之"美"的超越。 从美学上讲,中国美学很喜欢"丑":苏轼喜欢画丑石,有著名的《枯木怪石图》。 与苏轼约略同时的米芾、清代的郑板桥都因嗜好丑石而闻名。进而言之,对"丑"的推崇是中国美学颇有意味的一个普遍现象,这可能与老庄之"道"无所不在的思想有关,也可能与某些时期对"法"的突破有关。② 但也可以说,它与白居易的丑石具有同样的审美趣味。

2.池。 池主要由泉与石构成。"有石白磷磷,有水清潺潺;有叟头似雪,婆娑乎其间。 进不趋要路,退不入深山;深山太濩落,要路多险

---

① 例如,白居易对白牡丹的欣赏就与当时的潮流相反,这一点在他的诗中多次言及。

② "有法"与"无法"之争是中国文论、画论、书论史上屡屡出现的一个问题,"法"当然是必要的,但如果过于推崇"法",又会使艺术走向僵化。因此,当"法"走向极端、变成教条时,总会兴起一股"无法"的思潮。"法"意味着在技巧上趋向完美,与此相对,"丑"则意味着对"法"的破除,是"无法"之"法"。

艰。 不如家池上，乐逸无忧患。 有食适吾口，有酒酡吾颜……"（卷三十六《闲题家池，寄王屋张道士》）"家池"处于"深山"和"要路"的"中央"，它获得的是个人生活的"乐逸"。 池是庭中山水最重要的建筑，围绕着池，可以造亭、台，可以栽植松、竹，可以养鹤，因此，自从第一次以太子宾客的身份分司东都洛阳，白居易就十分重视对池的建造，它最主要的功能是个人生活的适意。

> 十亩之宅，五亩之园：有水一池，有竹千竿。勿谓土狭，勿谓地偏；足以容膝，足以息肩。有堂有庭，有桥有船；有书有酒，有歌有弦。有叟在中，白须飘然；识分知足，外无求焉。如鸟择木，姑务巢安。如龟居坎，不知海宽。灵鹤怪石，紫菱白莲：皆吾所好，尽在我前。时饮一杯，或吟一篇。妻孥熙熙，鸡犬闲闲。优哉游哉！吾将终老乎其间。（卷六十九《池上篇》）

此诗有五点值得注意：（1） 池的功能很明确：在政务之外营造属于自己的私人空间，一方面它显示出士人对君主政权的离心倾向，另一方面它意味着士人对自己个人生活的关注。 换句话说，士人在知道"兼济"之不可行的情况下，追求个人生活的"独善"。"非庄非宅非兰若，竹树池亭十亩余。 非道非僧非俗吏，褐裘乌帽闭门居。"（卷三十一《池上闲吟二首》之二）兰若为佛教寺庙之别称，池不是山中之"庄"、朝市之"宅"，也不是佛寺之"兰若"，居于池上之人既非道士、僧人，也非一般官吏。 诗人明明是官，是"俗吏"，但借助于池，自己的住所便成了"非庄非宅非兰若"，自己也超越了一般"俗吏"的身份。 因此，这"十亩余"的竹树池亭便成为诗人独善其身的理想之地。

（2）池的意义在于：在混乱、动荡的社会现实中建构一个属于自己的安定、宁静的私人空间。"洗浪清风透水霜，水边闲坐一绳床。 眼尘心垢见皆尽，不是秋池是道场。"（卷二十八《秋池》）把秋池比作佛家讲经说法之道场，说明居于池上，虽无僧人说法，却能同样涤除来自于政务的"心垢"。 在此意义上我们可以说，"家池"与"公堂"是对立的，前者意味着"隐"，后者意味着"仕"。 对池的重视意味着对"隐"的亲近。"新晴夏景好，复此池边地。 烟树绿含滋，水风清有味。 便成林下隐，都望门前事。"（卷三十四《奉和思黯相公雨后林园四韵见示》）东都洛阳中的"池边"与山中的"林下"之所以相同，因为它们都能使人不脱离"俗吏"之身而获得隐逸之趣。

（3）池的特点之一：隐逸之趣。 中隐需要在"仕"与"隐"之间寻求一个平衡，或者说，寻求一个统一。 庭中山水的意义正在于此，它奇妙地使士人在不舍弃"仕"的同时又能获得"隐"的快乐。 因此，作为庭中山水里最重要的建筑，池就处处透露出"隐"的意味。"门前有流水，墙上多高树。 竹径绕荷池，萦回百余步。 波闲戏鱼鳖，风静下鸥鹭。 寂无城市喧，渺有江湖趣。 吾庐在其上，偃卧朝复暮。 洛下安一居，山中亦慵去。"（卷三十《闲居自题》）池虽处于城市，却能有江湖之趣，以至于诗人不愿意去山中隐居，这说明在诗人看来，中隐胜于小隐。

（4）池的特点之二：清幽、恬淡。 隐逸必然指向清幽、恬淡的审美趣味。"池馆清且幽，高怀亦如此。"（卷三十《和裴侍中南园静兴见示》）外在的自然环境与诗人的内在情怀是一致的，在政务之余，诗人回到池边，所要体味的正是喧嚣、浮躁的朝堂之上所没有的清幽、恬

淡。"行寻嶔石引新泉，坐看修桥补钓船。 绿竹挂衣凉处歇，清风展簟
困时眠。 身闲当贵真天爵，官散无忧即地仙。 林下水边无厌日，便堪
终老岂论年。"（卷二十七《池上即事》）这首诗写得饶有情趣，日常生
活的平淡、从容意味着对朝堂的焦虑、紧张的拒斥，正是在朝堂之"俗
吏"的背景中，池边的平凡生活彰显出"身闲"、"官散"的弥足珍
贵。"山僧对棋坐，局上竹阴清。 映竹无人见，时闻下子声。"（卷三
十二《池上二绝》之一）这首诗的清幽、寂静颇似于王维，但不同的
是，王维写的大多是山中、林中，往往是"深林人不知"的境界，白
居易描写的则是自己的庭中山水。 这不仅意味着遥远的山林被移入庭
院中，而且说明诗人自觉地将超然的隐逸之趣移入世俗的官宦生涯
中，这也是中隐的要义所在。"移花夹暖室，洗竹覆寒池。 池水变渌
色，池芳动清辉。 寻芳弄水坐，尽日心熙熙。 一物苟可适，万缘都
若遗。 设如宅门外，有事吾不知。"（卷八《春葺新居》）"宅门"不仅
是物理的、实际的"门"，也是诗人心理的、体悟的"门"，中国美学
的内倾性、超越性，或者说内在超越性也许就是如此：社会越是混
乱，人生越是困苦，"门"的重要性就越是突出，它要拒绝的，或者说
忘却的，是门外的混乱与困苦，而在门内追求"心熙熙"的自由与宁
静。 池，以及庭中山水所要建构的就是这个"门"。 社会越是动荡、
越是令人痛苦，对庭中山水的需求就越是迫切，因为外在现实是无法
改变的，唯有退缩到自己的私人空间中，追求个人一己的安定、闲
适。 由此可以说，白居易的庭中山水在后世具有典范意义，从美学上
讲，中唐之后，中国美学的发展表现出很多新的特点，这些特点大多
与庭中山水密切相关。

　（5）池的特点之三：小中见大。 个人的住宅不可能如山林江湖般

开阔浩大,所以只能在有限的空间内表现无限的意味,换句话说,池,乃至庭中山水是要于方寸之地中显出江海之趣,白居易经常不无得意地表达这一观点:"枕前看鹤浴,床下见鱼游"(卷二十八《府西池北新葺水斋,即事招宾,偶题十六韵》),"沧浪峡水子陵滩,路远江深欲去难。何似家池通小院,卧房阶下插鱼竿"(卷三十三《家园三绝》之一)。封建社会中后期,审美越来越具有内倾性,即把广阔的世界纳入狭小的境界中,从具体的、有限的一泉、一石体味抽象的、无限的超越境界,我们不能说这种内倾性是直接受到白居易审美趣味的影响,但至少可以说它与白居易庭中山水的趣味是一致的。

与池相关的景物有很多,舟是其中十分重要的一个。"萧疏秋竹篱,清浅秋风池。一只短舫艇,一张斑鹿皮。皮上有野叟,手中持酒卮。半酣箕踞坐,自问身为谁。严子垂钓日,苏门长啸时。悠然意自得,意外何人知。"(卷二十九《秋池独泛》)这首诗充分表现出上述所论的池的五个特点。诗人在公务之余,躺在家池的一只小舟上,即可超越自己的俗吏之身。东汉时垂钓野外的严光、西晋时长啸苏门山的孙登是历史上有名的两位隐士,现在,诗人却能与他们一样,成为世外桃源中的"野叟",其关键即在于家池所营造的萧疏、清浅的隐逸之境。中唐之后,意境逐渐成为中国美学的核心范畴,前文已提及刘禹锡的"境生于象外",如果我们注意到前文所引《旧唐书·裴度传》中,刘禹锡与白居易一样,也是经常出入于午桥庄、绿野堂,并且刘禹锡晚年与白居易多有诗歌酬唱,表现出共同的人生志趣,则我们也许可以说,所谓"象外"之"境"也就是白居易在《秋池独泛》中所要体味的意境。这是一种典型的内在超越的方式,意味着士人不再将主要精力放在"身"之超越上,而更为注重"心"之超越。

（三）履道里的美学意蕴。　白居易后期主要中隐于东都洛阳，其位于洛阳履道里的私人住宅可以说是庭中山水的典范。　私人园林的重要性决非仅仅是时间、空间上的便利，而是因为它在群体秩序（衰朽，腐败，却又不能摆脱的君主政权）和个人生活（安宁、清静、自由的个人空间）之间实现了一种平衡，换句话说，通过庭中山水，士大夫们在不违背君主政权的各种规定的同时，可以惬意地享受私人生活。

不仅是园林，庭中山水对于此后的山水画同样具有重要影响。　宋代欧阳修说："萧条淡泊，此难画之意，画者得之，览者未必识也。"[1]这种"萧条淡泊"之"意"与白居易的"家池"所表现的情趣是一致的，即二者皆意味着一种清幽、恬淡的审美趣味。　宋代沈括说："度支员外郎宋迪工画，尤善为平远山水。　其得意者，有《平沙雁落》、《远浦帆归》、《山市晴岚》、《江天暮雪》、《洞庭秋月》、《潇湘夜雨》、《烟寺晚钟》、《渔村落照》，谓之'八景'。"[2] "八景"之题在中国山水画史上影响深远，几乎可以说是中国山水画的基本母题。　从"八景"之题来看，其中所透露的是一种清幽恬淡的意境，这也许就是白居易在履道里的庭中山水中所要体味的意境。

履道里是白居易的自觉选择，可以说是其人生态度的必然结果。值得注意的是，履道里的生活方式一旦确立，反过来又对诗人的心态产生重要影响。　在履道里的庭中山水里，诗人浅斟低吟，流连徘徊，对于庭园之外的时事变幻、白云苍狗波澜不惊。　如果我们想到诗人身处的

① 俞剑华编：《中国古代画论类编》，42页。
② 潘运告编：《宋人画论》，湖南美术出版社，2000，234页。

时代是何其动荡、混乱——数位皇帝的被弒、连年的藩镇叛乱、甘露之变的惨剧，这些令人心旌摇荡的惊风密雨在诗人的数千首诗歌中几乎完全没有表现，则更可以感慨：这种从容、安宁是何其不易。从政治上讲，这也许是一种消极的逃避；但从审美上讲，中国美学在中唐之后的变化与发展正是由此导出，换句话说，中国美学在此之后的诸多特点正是来自于这种对个人生活的专注。

六、作为生活方式的诗、酒与琴

中隐主要是追求个人生活的舒适，实现"适"的途径很多，如私人园林的建构，交游酬唱、观舞听曲，甚至是洗澡、饮茶、睡觉、换衣等等，都可以体味到"适"的意味。

诗、酒与琴是其中十分重要的三个因素。"今日北窗下，自问何所为？欣然得三友，三友者为谁？琴罢辄举酒，酒罢辄吟诗。三友递相引，循环无已时。一弹惬中心，一咏畅四支；犹恐中有间，以醉弥缝之。……三友游甚熟，无日不相随"（卷二十九《北窗三友》）。综观白居易后期的人生旅程，可以说，这"三友"已经不是一般意义上的欣赏对象，而是日常生活不可或缺的主要内容，换句话说，写诗、饮酒与弹琴不是外在的点缀品，而是一种内在的生活方式。

（一）诗。白居易对写诗有特殊的爱好："人各有一癖，我癖在章句。万缘皆已销，此病独未去"（卷七《山中独吟》）。为何如此钟情于写诗？首先，这与唐代科举考试及社会风气有关。唐代科举考试中最重要的一科是进士试，从唐玄宗开元年间开始，诗在进士试中的作用日渐突出，并很快发展为"将诗赋列于首位"，而"进士所试的诗作，都是五言律诗"①。 这一点直接影响了白居易对诗，尤其是五言律诗的爱好。 其次，这与诗可以"立言"的功用相关。 清钱大昕云："古人称三不朽，以立言与立德立功并称，言岂易立哉！ ……唐太子少傅白文公，……使其遭时遇主，功岂在房、魏、姚、宋下；而时命限之，独以诗为百代之宗师。 公之立言，出于性之所好，要非有惭于德，亦岂无意于功者哉！"②"太上立德，其次立功，其次立言"即"三不朽"，是儒家士人的最高理想。 白居易出身庶族，经由科举而入仕，儒家思想对他必然产生深刻影响，但身处中唐，无论是立德，还是立功，都是十分困难的。 在此意义上可以说，白居易是在深知立德、立功不可能的情况下，自觉地以写诗作为自己的"不朽"之业。

但被贬江州之后，白居易更多的是通过写诗自娱自乐。"新篇日日成，不是爱声名。 旧句时时改，无妨悦性情。 但令长守郡，不觅却归城。 只拟江湖上，吟哦过一生"（卷二十三《诗解》）。 这意味着诗不再是为时事、为现实而写，而是自我娱乐的手段。 从江州司马到忠州刺史，再到杭州刺史、苏州刺史，到最后长期的以闲官身份中隐东都洛阳，白居易对诗的爱好与日俱增。"行亦携诗箧，眠多枕酒卮"（卷三十七《不与老为期》）。"兴来吟咏从成癖，饮后酣歌少放狂"（卷二十八《座中戏呈诸少年》）。 发展到后来，这种爱好甚至到了狂热的地步，诗人几乎以写诗作为自己人生的主要任务，"房传往世为禅客（自注：世传房太尉前生为禅僧，与娄师德友善，慕其为人，故今生有娄之遗风也），王道前生应画师（自注：王右丞诗云：'宿世是词客，前身应画

---

① 傅璇琮：《唐代科举与文学》，陕西人民出版社，2003，174 页。
② 陈友琴：《古典文学研究资料汇编·白居易卷》，328—329 页。

师')。 我亦定中观宿命,多生债负是歌诗。 不然何故狂吟咏,病后多于未病时"(卷三十五《病中诗十五首·自解》)? 这是自觉地把自己的生命与写诗等同起来。

与此同时,诗的内容则越来越脱离动荡混乱的现实政治。 诗的数量越来越多,诗的内容却越来越日常化。 诗几乎成为日常生活的记事本,处理杂务、迎来送往以及衣食住行,都成为其吟咏对象。"遇物辄一咏,一咏倾一觞"(卷八《洛中偶作》)。 正是在这里,诗的意义开始发生转变:对私人生活中各种微不足道的小事的津津乐道意味着对外在的现实事务的疏远、对内在的个人生活的重视,"醉来忘渴复忘饥,冠带形骸杳若遗。 耳底斋钟初过后,心头卯酒未消时。 临风朗咏从人听,看雪闲行任马迟。 应被众疑公事慢,承前府尹不吟诗"(卷二十八《醉吟》)。 身为"府尹",白居易的主要兴趣却在于吟诗、饮酒,并且以此自得,这说明他关注的不是社会现实,而是个人生活的适意。

不仅如此,诗人还努力赋予这些对象以审美的意蕴,无论是多么微不足道的小事,诗人都是趣味盎然地吟咏流连,既要从中体会脱离庙堂束缚的自由之乐,又要感受细微点滴的审美之趣。"软褥短屏风,昏昏醉卧翁。 鼻香茶熟后,腰暖日阳中。 伴老琴长在,迎春酒不空。 可怜闲气味,唯欠与君同!"(卷三十三《闲卧,寄刘同州》)从某种意义上可以说,诗人是自觉地、迫不及待地投入个人生活的审美建造中,审美似乎可以将诗人从令人沮丧而心烦意乱的现实生活中拯救出去,因此,诗人开始全身心地以审美的态度建构自己的日常生活。 私人园林、歌舞、参禅问道,以及饮茶、喝酒,甚至狎妓等等,这些爱好的一个共同特点是对缺乏意蕴的日常生活加以重新"阐释"。 虽然这种对日常生活的审美态度此前已有，但这样自觉、全面地以日常生活为审美对象的，应当是从贞元士人开始的，白居易则是这一群体的典型代表。 借用学界很流行的一个术语，在白居易这里，写诗是使"日常生活审美化"的重要途径，通过写诗，诗人将自己平淡无奇的日常生活"审美化"①。

（二）酒。 饮酒同样是白居易的爱好。 在白居易现存的两千八百多首诗中，与酒有关的就有九百多首。 这也许是与中唐时期"侈于游宴"的风气有关，白居易的很多诗都是在宴会上所作，诗中出现酒是很自然的。 但更主要的原因应当是借助酒以获得精神超越。

> 佛法赞醍醐，仙方夸沆瀣；未如卯时酒，神速功力倍。一杯置掌上，三咽入腹内：煦若春贯肠，暄如日炙背。岂独支体畅，仍加志气大。当时遗形骸，竟日忘冠带。似游华胥国，疑反混元代。一性既完全，万机皆破碎。半醒思往来，往来吁可怪。宠辱忧喜间，惶惶二十载。前年辞紫闼，今岁抛皂盖。去矣鱼反泉，超然蝉离蜕。是非莫分别，行止无疑碍。浩气贮胸中，青云委身外。扪心私自语，自语谁能会？五十年来心，未如今日泰。况兹杯中物，行坐长相对。（卷二十一《卯时酒》）

"佛法"、"仙方"都比不上"卯时酒"，酒的"神速功力"是什么？"煦"、"暄"是说酒能温暖身体，但不仅如此，在使"支体畅"之外，酒

---

① 当然，二者之间有很大区别，这是毋庸置疑的，此处只是借之以表达白居易对日常生活的审美建构。

更能使"志气大"。 什么样的志气?"遗形骸"意味着超越身体之拘束,"忘冠带"是说从名教束缚中解放出来。"华胥国"、"混元代"是说超越当下的空间和时间,进入无分别、无计较、无利害、无忧患的自由之境。 由"万机之破碎",即破除各种机心而得"一性之完全",即回归本然之自我。 在诗的前半部分,诗人描述了酒的超越作用。 在诗的后半部分,诗人开始反思自己的兼济与独善之路,"宠辱忧喜间,惶惶二十载"。 身处庙堂,必然会有朝升暮贬之可能,得宠自然是喜,受辱则有忧,这种惶惶不安的日子已经二十年。"辞紫闼"和"抛皂盖"是离开庙堂,选择退隐。 它带来的是如"鱼反泉"和"蝉离蜕"般的自由与解脱。 从此以后,再也不要担心朝宠暮辱的变幻莫测,再也不会整日生活在忧虑、惶恐中。"浩气贮胸中,青云委身外",这是明显的独善思想。 综观全诗可以说,酒在带来身心的超越的同时,又让诗人醒悟庙堂之危险,从而下定决心、选择退隐。

很多时候,白居易将酒与诗并提。 在告别了兼济理想之后,写诗与饮酒成为日常生活的主要内容。"百事尽除去,尚余酒与诗。 兴来吟一篇,吟罢酒一卮;不独适情性,兼用扶衰羸"(卷三十六《对酒闲吟,赠同老者》)。 诗与酒不仅可以愉悦性情,还能救治衰老。"生计抛来诗是业,家园忘却酒为乡"(卷十八《送萧处士游黔南》)。 以诗为业,以酒为乡,这已经是把诗、酒作为一种生活方式。"酒引眼前兴,诗留身后名。 闲倾三数酌,醉咏十余声。 便是羲皇代,先从心太平"(卷二十五《初授秘监,并赐金紫,闲吟小酌,偶写所怀》)。 诗与酒最重要的功能是从现实中超越出去,寻求心之太平。 白居易六十七岁时模仿陶渊明的《五柳先生传》,写了一篇自传性的《醉吟先生传》,以"醉吟"自称,说明写诗与饮酒是白居易对自己一生的总结,"既而醉复醒,醒复吟，吟复饮，饮复醉：醉吟相仍，若循环然。 由是得以梦身世，云富贵，幕席天地，瞬息百年，陶陶然，昏昏然，不知老之将至，古所谓得全于酒者，故自号为醉吟先生"（卷七十）。

与诗一样，在白居易"独善"生活中，酒最重要的功能也是在于"销愁若沃雪，破闷如剖瓜"（卷二十二《和〈新楼北园偶集……〉》）。为什么有愁、闷？ 原因当然很多，但最主要的也许还是兼济理想的破灭。 由此可以看出，虽然白居易留给后人的形象是知足常乐，在他的诗歌中也多次言及对现状的满足与自得，但从其对酒的态度可以看出，他的内心并不满足，并不快乐。① 在此意义上也许可以说，他所自许的"诗家眷属酒家仙"其实是无奈而沉痛的（卷二十《重酬周判官》），从当年的逆龙鳞、批权贵、刺中臣，到现在的纵情诗酒，也许可以说，无论诗酒本身带来多少欢乐，都不能从根本上消除理想破灭的痛苦。 在此意义上可以说，白居易中隐生活的基调是无奈而苦涩的。 不妨借用李泽厚先生对苏轼的一段评论：

（苏轼的）典型意义在于，他是上述地主士大夫矛盾心情最早的鲜明人格化身。他把上述中晚唐开其端的进取与退隐的矛盾双重心理发展到一个新的质变点。……苏轼诗文中所表达出来的这种退隐心绪……是对整个人生、世上的纷纷扰扰究竟有何目的和意义这个

---

① 《劝酒寄元九》云："薤叶有朝露，槿枝无宿花。君今亦如此，促促生有涯。既不逐禅僧，林下学楞伽；又不随道士，山中炼丹砂。百年夜分半，一岁春无多。何不饮美酒？胡然自悲嗟！俗号销忧药，神速无以加。一杯驱世虑，两杯反天和；三杯即酩酊，或笑任狂歌。陶陶复兀兀，吾孰知其他？况在名利途，平生有风波。深心藏陷阱，巧言织网罗。举目非不见，不醉复如何。"（卷九）这种浓烈的无奈与落寞之情是白居易九百多首写酒之诗的一个基调。

　　根本问题的怀疑、厌倦和企求解脱与舍弃。……就在这强颜欢笑中，不更透出那无可如何、黄昏日暮的沉重感伤么？①

　　较之于苏轼的高蹈浪漫，白居易多了一些平庸低俗，白的"喟叹"也未达到苏的深度，但这种"矛盾心情"和"退隐心绪"也是白所具有的，②白居易流连于诗、酒中的生活，同样是"在强颜欢笑中"，"透出那无可如何、黄昏日暮的沉重感伤"。在其达观、自得的基调中，同样透露出深深的萧索与落寞③。这种苦涩的心态对于此后的中国美学具有深刻影响，在宋词中（无论是婉约词还是豪放词），在文人画中，都可以感受到与此类似的苦涩。也许可以说，封建政治在中唐之后的日趋衰落必然影响到士人心态的日趋消沉，这种心态折射到文学艺术中，必然表现出苦涩的情感意味。

　　（三）琴。琴是白居易独善生活不可或缺的一部分。"食饱拂枕卧，

---

　　①　《美的历程》，160—162 页。

　　②　白居易对苏轼具有深刻而全面的影响，这一点前人已多有论述，兹不赘论。需要指出的是，白居易对于苏轼的这种矛盾与颓唐同样具有重要影响。

　　③　李泽厚还说，因为"苏轼这一套对当时社会秩序具有潜在的破坏性"，所以，朱熹和王夫之两位大儒都坚决不喜欢苏轼。（《美的历程》，164 页。）值得注意的是，朱、王二人同样不喜欢白居易。朱熹云："乐天，人多说其清高，其实爱官职，诗中凡及富贵处，皆说得口津津地涎出。"（《古典文学研究资料汇编·白居易卷》，138 页。）王夫之则更为激烈："迨元、白起而后将身化作妖冶女子，备述衾裯中丑态，杜牧之恶其蛊人心，败风俗，欲施以典刑，非已甚也。"（同上书，240 页。）这两段话用词之严厉、批评之苛刻，颇耐人寻味：一方面，历史上对白居易人格持如此激烈之态度者，似乎仅见于此，可以说，朱、王的观点并非普遍观点；另一方面，以朱、王之学识，不可能如此误解白居易，尤其是王夫之以杜牧之观点为论据，更是难以成立。也许可以说，同样是因为他们觉察到白居易的思想"对当时社会秩序具有潜在的破坏性"，所以才会有意曲解。

睡足起闲吟。 浅酌一杯酒，缓弹数弄琴。 既可畅情性，亦足傲光阴。谁知利名尽，无复长安心"（卷八《食饱》）。"傲光阴"说明诗人真的是百无聊赖，唯有借琴、酒消遣时光。"畅情性"是舒缓心中的郁闷与痛苦。 无论是琴，还是诗、酒，之所以能进入独善生活并具有重要意义，其基本原因就在于能够"畅情性"。"浅"说明诗人的痛苦并不强烈，其原因也许在于，较之于同时代的韩、孟诗派的大多数诗人，诗人的处境还是不错的。① "缓"说明诗人要在琴声中寻找恬淡、悠闲的境界，因为内心的焦灼、紧张需要放松，正是现实中太多拘束、太多焦虑，所以诗人要借酒来超越束缚，借琴以消解焦虑。"乐可理心应不谬，酒能陶性信无疑"（卷二十六《卧听法曲〈霓裳〉》）。 琴与酒的作用在于调理心性，为什么要调理心性？ 因为心过于纷乱，所以需要"理"，性过于痛苦，所以需要"陶"。"耳根得所琴初畅，心地忘机酒半酣"（卷二十六《琴酒》）。"畅"是"畅情性"，也就是晋宋之际王微《叙画》所云的"畅神"。 中国美学的主体是士人，士人之所以创造、欣赏艺术，是要在其中获得被现实压抑的精神之"畅"。

琴声的特点是恬淡、清幽。"本性好丝桐，尘机闻即空。 一声来耳里，万事离心中。 清畅堪消疾，恬和好养蒙。 尤宜听三乐，安慰白头翁"（卷二十三《好听琴》）。"月出鸟栖尽，寂然坐空林。 是时心境闲，可以弹素琴。 清泠由木性，恬淡随人心。 心积和平气，木应正始音"（卷五《清夜琴兴》）。 较之于尘世或庙堂的喧杂纷扰，琴声意味着

---

① 参见吴相洲《中唐诗文新变》,学苑出版社,2007,60 页。

一个平和、清幽的虚幻世界。①

　　(四)　诗、酒与琴的美学意蕴。　至此,随着诗、酒与琴作为生活方式的确立,审美作为独善生活的主要内容,又反过来影响到白居易在仕隐问题上的选择。　江州之后,白居易并非没有机会重返权力中心,但他屡屡放弃了这种机会。　这其中的主要原因固然是朝政的混乱使他失去了兼济之心,但似乎也有对独善之"适"的难以割舍。　如下面这首诗所表明的:"身心安处为吾土,岂限长安与洛阳?　水竹花前谋活计,琴诗酒里到家乡"(卷二十八《吾土》)。　身心为何能"安"?　是因为选择了独善的生活方式;独善为何能"安"身心?　是因为"琴诗酒"。"琴诗酒"在动荡混乱的现实世界之外为诗人重新构建了一个"家乡",在此意义上也许可以说,诗、酒与琴的生活方式使他的心态发生了变化,在独善之"适"与兼济之道之间,他最终选择了前者。②

----

　　①　就琴而言,明代徐上瀛的《溪山琴况》是封建社会后期音乐理论的代表作,其中所透露的同样是恬淡清幽的审美趣味。如,《溪山琴况·静》云:"惟涵养之士,淡泊宁静,心无尘翳,指有余闲,与论希声之理,悠然可得矣。……取静音者亦然,雪其躁气,释其竞心。"(载《中国音乐美学史资料注译》增订版,蔡仲德注译,人民音乐出版社,2004,739 页。)《溪山琴况·清》云:"故清者,大雅之原本,而为声音之主宰。……试一听之,则澄然秋潭,皎然寒月,湑然山涛,幽然谷应,始知弦上有此一种情况,真令人心骨俱冷,体气欲仙矣。"(同上书,740 页。)《溪山琴况·淡》云:"清泉白石,皓月疏风,翛翛自得,使听之者游思缥缈,娱乐之心不知何去,斯谓之淡……每山居深静,林木扶苏,清风入弦,绝去尘嚣,虚徐其韵,所出皆至音,所得皆真趣。"(同上书,747 页。)

　　②　罗时进:"(从)内在的心态意向从哲学上分析,(隐逸)又有宗教取向和审美取向的不同……审美取向的隐逸则是超越了政治关系、实用观念、功利目的和世俗的矛盾纠纷,冲破了传统文化心理所形成的伦理感情和风俗习惯,进入更广阔的空间领域,释放自由的精神,审度人生的价值和意义,品味大千世界和人情世故,在一种超越了有限的、相对的实践活动以后,重新建构一个自由的、诗化的精神乐园,以充分把握本然生命的有限性和现实生活的此岸性。"(《晚唐诗歌格局中的许浑创作论》,太白文艺出版社,1998,96 页)

"宋初诸子,多祖乐天。"①如苏轼、苏辙、黄庭坚等人在出处问题上均以白居易为典范,由独善而发展出来的中隐的人生态度对于他们的审美思想具有重要影响。② 从中唐到北宋,是中隐理论逐步确定的时期,同时,它也是封建社会中后期美学思想逐步确定的时期,李泽厚先生说:"从中唐到北宋则是世俗地主在整个文化思想领域内的多样化地全面开拓和成熟,为后期封建社会打下巩固基础的时期。"③这二者的同步发生似乎并非巧合,而是具有内在的联系。 白居易晚年长期居住在洛阳履道里,下面这篇文章可以看作他晚年对自己独善生活的概括:

> 都城风土水木之胜,在东南隅。东南之胜,在履道里。里之胜,在西北隅。西闬北垣第一第,即白氏叟乐天退老之地。地方十七亩,屋室三之一,水五之一,竹九之一,而岛树桥道间之。……先是颍川陈孝山与酿酒法,味甚佳。博陵崔晦叔与琴,韵甚清。蜀客姜发授《秋思》,声甚澹。弘农杨贞一与青石三,方长平滑,可以坐卧。……每至池风春,池月秋,水香莲开之旦,露清鹤唳之夕:拂杨石,举陈酒,援崔琴,弹姜《秋思》,颓然自适,不知其他。酒酣琴罢,又命乐童登中岛亭,合奏《霓裳·散序》,声随风飘,或凝或散,悠扬于竹烟波月之际者久之。曲未竟,而乐天陶然已醉,睡于石上矣。(卷六十九《池上篇序》)

---

① (明)胡应麟语,载陈友琴《古典文学研究资料汇编·白居易卷》,210 页。
② 参见张再林《中唐—北宋士风与词风研究:以白居易、苏轼为中心》(苏州大学 2002 年博士学位论文)
③ 《美的历程》,150 页。

　　此序典型地体现了诗、酒与琴的生活方式,它不仅对后世士人具有深远影响,而且对此后的中国美学同样产生重要影响。概括而言,这种影响主要有五个方面:1.由"惟歌生民病"而"无妨悦性情"的转向,简单地说,即从为他的功利观转向为己的娱乐观:明代大画家董其昌所说的"以画为寄、以画为乐"①可以说是这种思想的典型表现。②我们也可以说"以诗为寄、以诗为乐"、"以文为寄、以文为乐",概言之,文艺创作的主要目的不再是为了针砭现实,而是娱乐自己。2.由外而内的转向:从此前的外在现实转向个人生活。个人日常生活中的点滴琐屑逐渐成为文学艺术的重要内容,既然喝酒、写诗、弹琴主要是为了打发时光、愉悦身心,则吃饭、穿衣、洗澡、喝茶、栽树等等,都可以成为消遣的对象。3.由"象内"而"象外"的转向:文人关注的对象一方面是与个人生活相关的极度的琐碎,另一方面是与现实毫无关系的极度的玄远境界,二者并不矛盾。一方面,正因为个人的日常生活琐碎平庸,所以竭力要赋予其超越、玄远的意蕴;另一方面,二者都是对现实政治的疏远与淡忘,不仅是"忘世"而且是"忘我"。4.由浓烈到恬淡的转向:不仅是作为内容的思想情感,而且是作为形式的表现手法,都有从浓烈到恬淡的转向,这并非说后世的美学没有对情感奔放、

---

　　① 卢辅圣主编:《中国书画全书》第三册,上海书画出版社,1996,1018页。

　　② 明代大画家倪云林说:"仆之所谓画者,不过逸笔草草,不求形似,聊以自娱耳。"(俞剑华编:《中国古代画论类编》,人民美术出版社,2000,704页)明代唐志契说:"山水原是风流潇洒之事,与写草书行书相同,不是拘挛用功之物,如画山水者与画工人物花鸟一样,描勒界画粉色,那得有一毫趣致?……夫工山水始于画院俗子,故作画思以悦人之目而为之,及一幅工画虽成,而自己之兴已索然矣。是以有山林逸趣者,多取写意山水,不取工致山水也。"(同上,734页。)

金碧色彩的追求，而是说，从文艺（不仅是中唐兴起的山水画）的主流来看，"淡"逐渐占据主导地位，即，从现实社会的五彩缤纷转向审美幻境的素净恬淡。 5. 由"蓬勃的朝气，青春的旋律"①到"衰飒"、"颓惰废放"的转向：如果说李白、杜甫等人的审美趣味是意气风发的青年，则白居易代表的审美趣味可以说是暮气沉沉的老年。 无论他如何"强颜欢笑"，从中却总能体会到无可奈何花落去的沉重与悲凉。 这并非说后世的美学就没有对激昂奋进的表现，而是说，就其主流来看，萧索落寞的情感成为文艺中一个挥之不去的基调。

不仅如此，此序还意味着一种艺术化的人生方式。 通过被名教所允许的私人空间的建立，通过对私人空间艺术化、审美化的建构，士人们无须对抗，或逃离名教，就能体味到自然的乐趣。 白居易有一句诗说："身不出家心出家"（卷三十一《早服云母散》），我们可以说："身不离名教而心游于自然。"在此意义上可以说，诗、酒与琴的方式不仅意味着一种审美化的人生方式，不仅在中国美学史上产生深远影响，而且意味着一种出处（仕隐）方式，魏晋以来一直困扰士人的进退失据的问题由此而得到比较完善的解决，这一点对于中国古代士人的影响更为深刻，如果考虑到士人是中国古代文化的创造主体，士人心态和出处方式直接影响到中国古代文化的发展和诸多特点，则我们也许更能理解诗、酒与琴的方式对于中国古代文化的重要意义。

七、余　论

身处"百代之中"的转折点上，作为出身庶族的士人，白居易的出

---

① 林庚：《盛唐气象》，载《唐诗综论》，35 页。

处方式对于后世士人具有深远影响,学界对此已有充分探讨。① 兹以苏轼为例,明代高鹤的一段概括颇为全面:"苏公居黄州,称东坡居士,盖慕白公乐天而云然也。 白公有《东坡种花》诗……又《步东坡》诗……又《别东坡花树》诗……皆刺忠州时作也。 苏公雅慕白公,如《赠李道士》云:'他时要指集贤人,知是香山老居士。'《赠程傪》云:'我似乐天君记取,华颠(巅)赏遍洛阳春。'《送程懿叔》云:'我甚似乐天,但无素与蛮。'《入侍迩英》:'定似香山老居士,世缘终浅道根深。'《去杭州》云:'出处依稀似乐天,谁将衰朽较前贤。'其景仰白公,可谓至矣。"②苏轼有一段话可以说是对白居易庭中山水的直接继承:

> 古之君子,不必仕,不必不仕。必仕则忘其身,必不仕则忘其君。譬之饮食,适于饥饱而已。然士罕能蹈其义、赴其节。处者安于故而难出,出者狃于利而忘返。于是有违亲绝俗之讥,怀禄苟安之弊。今张君之先君,所以为子孙之计虑者远且周,是故筑室艺园于汴、泗之间,舟车冠盖之冲。凡朝夕之奉,燕游之乐,不求而足。使其子孙开门而出仕,则跬步市朝之上;闭门而隐,则俯仰山林之下。于以养生怡性,行义求志,无适而不可。故其子孙仕者皆有循吏良能之称,处者皆有节士廉退之行。盖其先君子之泽也。③

① 林继中:"带有浓重退避情绪的白居易式的自调机制,在中晚唐是比较典型的。中晚唐文人在不同程度上大都具有这种自调机制。……特别是白式自调机制经北宋苏轼之手……具有更为复杂的功能。"[《文化建构文学史纲》(中唐—北宋),135—136 页]

② 陈友琴:《古典文学研究资料汇编·白居易卷》,230 页。苏轼还有类似的表述,如,"未成小隐聊中隐,可得长闲胜暂闲。"(《六月二十七日望湖楼醉书五绝》)

③ 《灵璧张氏园亭记》,孔凡礼点校:《苏轼文集》,中华书局,1986,369 页。

　　这段话对园林的理解以及其中透露的出处思想与白居易几乎完全一致，于此可见从白居易到苏轼，在出处方式和审美趣味上的内在联系。从中唐到北宋，或者说从元和到元祐，其间有内在发展与延续之脉络，这是史学界、文学界多有讨论的。也许可以说，其中应当也有出处方式的一致性。

附：

论韦应物、白居易的郡斋诗及其美学意蕴①

　　大历士人面对盛唐破灭的局面，其现实境遇与内心感受都是痛苦不堪的。在出处方式上，大历士人远承谢朓，普遍遵循吏隐的出处方式。② 韦应物虽然不属于一般所讲的"大历十才子"，二者之间的诗风也有诸多差异，但韦应物同样表现出吏隐的思想。从某种意义上讲，大历诗人的吏隐既是对王维亦官亦隐的承续，又开启了白居易的中隐。③ 就韦应物而言，其吏隐的出处方式主要表现在郡斋诗中，蒋寅先生于《大历诗风》一书中首次提出"郡斋诗"一词，并有专文论述韦应

---

　　① 本文内容原载赵宪章主编《汉语文体与文化认同研究》(中华书局,2008)，经主编同意，收入本书，有删改。

　　② 参见蒋寅《大历诗风》(上海古籍出版社,1992)及《吏隐：谢朓与大历诗人》，载《中华文史论丛》第五十辑,上海古籍出版社,1992。

　　③ 李红霞："王维引禅宗以达仕隐两全的亦官亦隐、韦应物的郡斋之隐对白居易的中隐也有所启示。"(《论白居易中隐的特质、渊源及其影响》,《天津师范大学学报》[社科版]2004 年第 2 期)

物的郡斋诗。① 本文尝试从出处的角度对韦应物的郡斋诗及其美学意蕴加以探讨，并对白居易的郡斋诗略作表述，以彰显从吏隐到中隐之间的内在联系。

<h2 style="text-align:center">一、韦应物</h2>

郡斋，为郡守之官舍。 郡斋诗，就其作者而言，主要指身份为郡守一级的地方官吏；就其内容而言，主要描写郡斋内的景物；就其主题而言，主要表现吏隐的思想。 封建政治体制内，士人兼济苍生的理想往往受挫，但对官俸之依赖使其又难以弃官而去，因此，吏隐的人生方式渐渐盛行。 作为吏隐之一种，郡斋之隐对于中国文学、美学具有特殊意义，因为身为郡守，首先可以避开身处京城而有的紧张、压抑，其次可以避免下层官吏的贫寒、屈辱，并能适当施展自己的兼济理想，同时还可以亲近山水，作赏心之游。 在此意义上，郡斋意味着一种比较从容、萧散、审美化的人生方式。

韦应物的人生经历颇有传奇色彩，从青少年的无赖恶少再到中晚年的高雅幽人，这种个性的转变看似突兀，却正昭示了个人命运与世事巨变的内在联系。 安史乱后，韦应物历任洛阳丞、京兆府功曹参军、左司郎中、滁州刺史、江州刺史、苏州刺史等职。 身为低级官吏，不仅要处理各种烦琐案牍，更要执行各种猛于虎的苛政，这对于生性刚直的诗人而言，尤为痛苦。 因此，诗人在踏入仕途不久就有退隐之意。 如，"直

---

① 蒋寅先生认为："韦应物……在中国诗史上建立起一个基本主题同时也是一个诗歌类型——郡斋诗。"（《自成一家之体　卓为百代之宗》，载《社会科学战线》1995 年第 1 期）

方难为进，守此微贱班。 开卷不及顾，沉埋案牍间。 兵凶互相践，徭赋岂得闲。 促戚下可哀，宽政身致患。 日夕思自退，出门望故山。 君心倘如此，携手相与还。"（卷三《高陵书情，寄三原卢少府》）①

　　然而，诗人虽屡屡因罢官而托身寺庙，却始终没有彻底归隐，这意味着诗人必须从思想上解决仕与隐的矛盾："折腰吏"的烦琐与屈辱促使诗人向往退隐，物质上的依赖和儒家思想的教诲又促使诗人必须出仕。 诗人对这一矛盾的解决主要依赖于佛教（尤其是禅宗）以及道家思想②："山僧一相访，吏案正盈前。 出处似殊致，喧静两皆禅。 暮春华池宴，清夜高斋眠。 此道本无得，宁复有忘筌。"（卷七《赠琼公》）此诗可注意者有二：（一） 第一联是说于"方内"之郡斋接待"方外"之僧人，"山僧"之"处"与"吏案"之"出"统一于"高斋"之内。 较之于王维，韦应物在义理的熟悉和信仰的坚定上也许有所不足，但他将佛教引入郡斋之内，直接于郡斋之内体悟山林之趣，这也许是韦应物等人的特殊之处。（二） 以"禅"之"无得"统一出处。 韦应物借用禅宗思想，认为自己与"琼公"虽有出处形迹之不同，在实质上则没有区别，其关键即在于"心"、"迹"相离的出处方式。 在另一首诗中，诗人阐发得更为明确："佳士亦栖息，善身绝尘缘。 今我蒙朝寄，教化敷里廛。 道妙苟为得，出处理无偏。 心当同所尚，迹岂辞缠牵。"（卷八《春月观省属城，始憩东西林精舍》）"善身绝尘缘" 为"处"，"教化敷里廛" 为"出"，二者似很难融合。 但"道妙苟为得"，只要对玄妙之理有所体悟，即可有出处之同归，这就把出处之

---

　　① 本文所引韦应物诗，均据孙望编著《韦应物诗集系年校笺》，中华书局，2002。

　　② 参见刘蔚《试论韦应物的吏隐心态与儒道禅思想之关系》，载《江苏石油化工学院学报》2001 年第 1 期。

关键系于对"理"之领悟与否。

"心"、"迹"相离意味着身处郡斋与心游山林并不矛盾，在此意义上，吏隐成为可能。韦诗中多次出现的"心"、"迹"并提也许正是诗人表白自己吏隐于郡斋的出处方式。

> 高贤侍天阶，迹显心独幽。（卷一《贾常侍林亭燕集》）
>
> 心绝去来缘，迹顺人间世。（卷七《寄恒璨》）
>
> 出处虽殊迹，明月两知心。（卷三《沣上对月，寄孔谏议》）
>
> 仿佛谢尘迹，逍遥舒道心。（卷八《答冯鲁秀才》）
>
> 形迹虽拘检，世事澹无心。（卷六《南园陪王卿游瞩》）
>
> 乐幽心屡止，遵事迹犹遽。（卷三《东郊》）

比韦应物略早的王维曾提出"身心相离"的思想，它与韦应物的"心"、"迹"相离相似。但以"迹"代"身"，更突出"身"之虚幻。也许可以说，较之于王维，韦应物更突出"心"之重要性，这与禅宗义理的发展趋势是一致的。①

吏隐的生活方式导出郡斋诗的诗歌类型，"所谓郡斋诗，实际上也就是吏隐的产物。"②《郡斋雨中与诸文士燕集》（卷九）是论者经常引用的："兵卫森画戟，燕寝凝清香。海上风雨至，逍遥池阁凉。烦疴近消散，嘉宾复满堂。自惭居处崇，未瞻斯民康。理会是非遣，性达形迹忘。鲜肥属时禁，蔬果幸见尝。俯饮一杯酒，仰聆金玉章。神欢体

---

① 参阅赖永海《中国佛性论》，上海人民出版社，1988，277—278 页；《佛道诗禅——中国佛教文化论》，中国青年出版社，1990，59 页。

② 蒋寅：《自成一家之体 卓为百代之宗》，《社会科学战线》1995 年第 1 期。

自轻，意欲凌风翔。 吴中盛文史，群彦今汪洋。 方知大藩地，岂曰财
赋强。"蒋寅先生认为：此诗为郡斋诗之代表作，它充分表现了吏隐者
的复杂心态。 其可注意者主要有二：（一）循吏之形象。① 韦应物虽然
出身望族，但家境贫寒，对民生疾苦有比较充分的了解，因此，作为
吏，自然会恪尽职守。 类似的诗句在韦诗中还有很多，如，"物累诚可
遣，疲氓终未忘"（卷七《游琅琊山寺》），"理郡无异政，所忧在素餐"
（卷六《冬至夜寄京师诸弟兼怀崔都水》），这是郡斋诗的一个重要特
点，张天健先生认为："韦应物不是出世的'幽人'，而是动荡现实中的
'忧人'。"②也许可以说，因为以"身心相离"为思想基础，所以能将
"吏"之"身"与"隐"之"心"合而为一，"心"之为"幽人"并不妨
碍"身"之为"忧人"。 反之亦然，因此，诗人的愧疚之情被"遣是
非"之"理"驱除。 在此意义上可以说，这种"循吏"并非传统的以兼
济为己任的官吏，而是有所保留的：一方面，在公务上，与传统循吏相
似，牵挂民生；另一方面，在此之外，他们奉行的是独善其身的准则，追
求的是一己身心之适。

（二）宴集之功用。 身为吏，必然要应对吏之事务，"到郡方逾
月，终朝理乱丝。 宾朋未及燕，简牍已云疲"（卷八《始至郡》）。 如果
说前一联表现出循吏的责任感，后一联则显示出循吏的不纯粹。 因为
诗人并未从代表吏务的简牍中获得快乐，相反，在韦诗中却颇多对吏务

① （宋）朱长文《吴郡图经续记》卷上"牧守"门云："若韦应物、白居易、刘禹锡，
亦可谓循吏，而世独知其能诗耳，韦公以清德为唐人所重，天下号曰'韦苏州'，当正
元时为郡于此，人赖以安，又能宾儒士，招独隐……其贤于人远矣。"（江苏古籍出版
社，1999，19 页）
② 《试论韦应物及其诗歌》，载《贵州大学学报》（社会科学版），1986 年第 3 期。

的倦、烦之辞，如，"公府适烦倦"（卷九《酬张协律》），"烦襟倦日永"（卷七《立夏日忆京师诸弟》），与此相应，思归成为韦诗中的一个重要内容，如，"归思方悠哉"（卷七《闻雁》），"空斋归思多"（卷七《新秋夜寄诸弟》），"归思坐难通"（卷六《寄中书刘舍人》），"归思徒自盈"（卷六《寄职方刘郎中》）。在此意义上，如何于郡斋内实现身心之适就变得十分迫切，宴集的功用主要即在于此。"杲杲朝阳时，悠悠清陂望。嘉树始氤氲，春游方浩荡。况逢文翰侣，爱此孤舟漾。绿野际遥波，横云分叠嶂。公堂日为倦，幽襟自兹旷。有酒今满盈，愿君尽弘量。"（卷三《扈亭西陂燕赏》）诗人曾亲自将自己的郡斋诗作编为《郡斋宴集诗》，可见其对宴集的重视，"燕集观农暇，笙歌听讼馀"（卷八《酬阎员外陟》）。宴集成为诗人于郡斋内追求身心适意的一个重要途径。其内容主要有二：（一）赏景。这也就是谢灵运、谢朓所说的"赏心"，通过对自然山水的欣赏涤除心中之烦、倦。虽然对山水自然的发现由来已久，但身处郡斋之中，其对自然的理解或者说自然对于郡斋诗人必然具有特殊的含义。下面这首诗颇具典型意义："隐隐起何处，迢迢送落晖。苍茫随思远，萧散逐烟微。秋野寂云晦，望山僧独归。"（卷九《烟际钟》）烟岚属视觉，钟声属听觉，二者均是缥缈淡远的意象，诗人把二者放在一起，真可谓虚而又虚，淡而又淡，远而又远，其用意即在于从当下所处的"尘境"超越出去。在一定意义上可以说，仅仅这题目，几乎就可以概括后世山水画的意境。（二）诗文酬唱。这是唐代士人的一个突出现象，其原因之一也许是郡斋身份的需要。身处郡斋，不仅要埋首于烦琐案牍之中，而且作为"折腰吏"，需忍受来自于方方面面的屈辱，陶渊明决然而去的直接原因就是因为不愿束带见督邮。韦应物曾感叹道："自叹犹为折腰吏，可怜骢马路傍行。"（卷一

《赠王侍御》）因此，在与知己的诗文酬唱中，不仅可以伸展被侮辱、被损害的灵魂，而且可以向世人表白心迹，维持自己完整、独立的人格形象，更可以相互慰藉、彼此劝勉。

> 公府适烦倦，开缄索新篇。（卷九《酬张协律》）
>
> 满城怜傲吏，终日赋新诗。（卷一《和李二主簿寄淮上綦毋三》）
>
> 大藩本多事，日与文章疏。每一睹之子，高咏遂起予。宵昼方连燕，烦苛亦顿祛。格言雅诲阙，善谑矜数馀。（卷九《赠丘员外二首》其一）

在此意义上，诗之功用已不仅是言志、抒情的工具，而且是交流、适意的媒介；诗之主题则主要表现萧散、闲淡、清幽的意境；诗之表现手法追求自然、平易、简洁。

无论是赏景还是诗文酬唱，其目的之一都是要拒斥尘俗。"俗"与"吏"相联，与之相应，与"隐"相联的是"雅"，换句话说，体现吏隐者不同于一般俗吏的一个重要标志是宴集之"雅"。① 对"雅"的追求不仅限于郡斋内宴集，比较突出的还有：（一）交接释、道，研读佛、道之理。 诗人不仅于屡屡罢官之后寄居佛寺，而且在为官时就多次拜访僧人、道士，进而于郡斋内交接释、道，高谈佛、道之理，"虽居世网常清净，夜对高僧无一言。"（卷三《县内闲居赠温公》）"玉书示道流"（卷九《郡中西斋》）。 其对释、道的亲近固然是唐代普遍风气之体现，

---

① 这种宴集之"雅"乃是士人之普遍追求。贾晋华先生指出：浙西联唱中宴集诗"不同于一般宴集诗的特色有二：一是突出体现了'以诗会友'的自觉意识和文人情趣。……二是风格清雅恬淡，充满文人情趣。……后来韦应物《郡斋雨中与诸文士燕集》一类诗的风流清雅风格，正肇源于此。"（《唐代集会总集与诗人群研究》，94—95 页）

但更因吏隐身份的特殊需要。"吏"之尘俗借释、道以涤除，"隐"之清净借释、道以实现。（二）经营庭园。诗人不仅于闲暇时登山临水，而且于郡斋内移石栽杉。"擢干方数尺，幽姿已苍然。结根西山寺，来植郡斋前。新含野露气，稍静高窗眠。虽为赏心遇，岂有岩中缘。"（卷六《郡斋移杉》）诗人所欣赏的正是杉树带来的"岩中缘"。移石的目的同样在于营构山林野趣，换句话说，使郡斋山林化。"远学临海峤，横此莓苔石。郡斋三四峰，如有灵仙迹。方愁暮云滑，始照寒池碧。自与幽人期，逍遥竟朝夕。"（卷七《题石桥》）正是因为有"吏"之"身"，不能时时逍遥于庭外之山水，故移之于庭内，借此以涤除烦襟，抚慰欲"隐"之"心"。

较之于王维的往返奔波于长安和辋川之间，韦应物于"吏"之郡斋即可得"隐"之雅趣，在此意义上可以说，王维并没有实践自己提出的身心相离的出处方式，韦应物等人却于郡斋中实践了这一理论。因为身心相离的核心是"身"拘束于形迹之内而"心"超越于形迹之外，王维不能直接隐于长安官府内，说明他并没有做到身心相离，还是要等"身"完全摆脱官府之拘束后，返回到辋川，才能获得"心"之隐逸。韦应物则做到了即郡斋即山林，"身"虽仕而"心"已隐。

早在唐代，司空图即将王、韦并提，二者的异同成为历来诗论家津津乐道的一个话题。乔亿云："诗中有画，不若诗中有人。左司高于右丞以此。"①所谓"有画"，也许是指王诗多以辋川为对象，所呈现的是与"吏"对立、隔绝的"隐"的形象；所谓"有人"，也许是指韦诗多以

---

① 郭绍虞编选、富寿荪校点：《清诗话续编》，上海古籍出版社，1983,1081 页。

郡斋为对象，描写的是庭园内"吏""隐"交融的形象。① 因为有意识地排斥"吏"的形象，所以王维的辋川之作"读之身世两忘，万念皆寂"；②因为吏隐一如，所以韦应物的郡斋诗更多人间气息，其对山水的欣赏往往交织于对吏务的牵挂，如"屡往心独闲，恨无理人术。"（卷三《任鄠令渼陂游眺》）"终日愧无政，与群聊散襟"（卷九《酬秦徵君徐少府春日见寄》）。③

　　同样是因为吏隐一如，韦诗中虽然屡屡言及思归之情，但与郡斋诗的起源——谢朓诗中的思归并不相同。 身处动荡、险恶的南齐政局，面对此起彼伏的政治漩涡，谢朓的归思真实而迫切；中唐的社会环境虽然仍是动荡不安，但对于沉沦下僚的诗人而言，并无明显的威胁，而物质的贫困则促使诗人在罢官之后一次又一次出仕。 因此，诗人之归思最终消除在身心相离的吏隐中。《新理西斋》一诗作于苏州刺史任上："方将氓讼理，久翳西斋居。 草木无行次，闲暇一芟除。 春阳土脉起，膏泽发生初。 养条刊朽槎，护药锄秽芜。 稍稍觉林耸，历历忻竹疏。 始见庭宇旷，顿令烦抱舒。 兹焉即可爱，何必是吾庐。"（卷九）郡斋稍加修理，"烦抱"便得以舒展，并有"何必是吾庐"的感慨，这说明诗人在郡斋中找到了安顿身心的归宿。 如果说谢朓在进退失据的困境中最初发现了郡斋的特点，王维将玄、禅哲学的出处观发展为"身心相离"的思想，韦应物则用自己长期"折腰吏"的实践将郡斋转化为士人的归

---

　　① 　参见童强《论韦应物山水田园诗的写实倾向》，载《文学遗产》1996 年第 1 期。

　　② 　《诗薮》，上海古籍出版社，1979，119 页。

　　③ 　参见沈文凡《大历诗坛中的一个特殊存在——论韦应物诗歌的思想特征》，载《吉林大学社会科学学报》1994 年第 3 期。

宿。历来论者多将韦、陶（潜）并提，并认为唐人中唯韦之冲淡最近于陶，其关键也许就在于二者皆获得了自己的归宿，内在之安宁发而为外在之冲淡。但不同的是，陶渊明是挂冠而去，于田园中"采菊东篱下"；韦应物则是簪缨而来，于郡斋中"移杉""西斋前"。下面这首诗生动刻画了郡斋生活的萧散冲淡："栖息绝尘侣，屏钝得自怡。腰悬竹使符，心与庐山缁。永日一酣寝，起坐兀无思。长廊独看雨，众药发幽姿。今夕已云罢，明晨复如斯。何事能为累，宠辱岂要辞。"（卷八《郡内闲居》）从某种意义上可以说，这种"郡内闲居"是魏晋玄学的基本命题——名教与自然——的根本解决。嵇康《与山巨源绝交书》的毅然决然、刚肠疾恶最终化为飘荡在夕阳中的《广陵散》，阮籍《大人先生传》的上下求索、无以为寄最终化为大醉六十日的癫狂，六朝士人在动荡、混乱的朝代更替中以自己的生命为代价，寻找属于自己的生存空间。现在，韦应物（以及其他大历诗人）把这种探索落实为"郡内闲居"的人生方式，痛苦不能说完全消失，躁动也没有根本平息，但至少可以说得到一定程度的缓解。

随之而来的是心态的淡定从容，也许可以说，郡斋诗的诸多特点均与此心态密切相关。（一）就思想内容而言，朱熹云："其诗无一字做作，直是自在，其气象近道。"①贺裳云："韦诗皆以平心静气出之，故多近于有道之言。"②所谓"近道"、"有道"，当指韦诗思想内容平和纯正。仕途之困顿，理想之受挫，家庭之不幸，生活之穷蹇，这些往往使一般人走上幽暗、狂怪的因素并未影响到韦应物。其原因固然有很

---

① 蔡正孙撰：《诗林广记》，中华书局，1982，63 页。
② 郭绍虞编选、富寿荪校点：《清诗话续编》，上海古籍出版社，1983，335 页。

多，然而不可忽略的也许还有郡斋的意义。因为于郡斋内获得身心的安定，所以有笔下的淡泊。历来论者多以"淡"称谓韦诗，如，闲淡、冲淡、散淡、平淡，等等，此处以淡定指称韦诗，着眼于"淡"形成的原因，所谓淡定，简单地说，由"定"而"淡"。在此意义上，我们对郡斋诗的理解也许不必仅限于郡斋之内所作之诗，而可以理解为诗人安顿身心之后所带来的一种心境，一种人生观，并由此而有的一种审美风格。

（二）就审美风格而言，其主要者，也许就是白居易所说的"高雅闲淡"。① 此四字本为一整体，但为辨析之故，兹勉强拆分而谈。1.先论高雅。所谓"高"，当指高洁之人品，进而转化为高洁之诗意。乔亿云："韦左司诗，澹泊宁静，居然有道之士。《国史补》称韦'性高洁，鲜食寡欲。'今读其诗，益信其为人。"② "高"与"雅"密切相连，所谓"雅"，其主要含义应是指超尘脱俗的文人情趣。韦诗的高雅从其多次使用的一些高频词可以看出来，如"清"，共出现一百多次，就其基本含义而言，"清"意味着超尘脱俗。"九日驱驰一日闲，寻君不遇又空还。怪来诗思清人骨，门对寒流雪满山。"（卷一《休暇日访王侍御不遇》）也许可以说，九日之"吏"的庸俗需要借此一日之"闲"来涤除，如何涤除？其方法就在于"诗思"，诗不仅是言志抒情的载体，更是抵制"吏"之俗的工具，在此意义上做出的诗自然是充满了文人雅趣的"清人骨"之作。再如"幽"，同样出现一百余次，"幽"意味着孤寂、隐逸之心。"似与尘境绝，萧条斋舍秋。寒花独经雨，山禽时

---

① 白居易《与元九书》云："如近岁韦苏州，歌行才丽之外，颇近兴讽。其五言诗又高雅闲澹，自成一家之体。今之秉笔者，谁能及之？"

② 郭绍虞编选、富寿荪校点：《清诗话续编》，1081 页。

到州。 清觞养真气，玉书示道流。 岂将符守恋，幸已栖心幽。"（卷九《郡中西斋》）所谓"尘境"，也许就是"吏"所面对的纷扰、喧哗的世界，郡斋却可以将此尘境拒之门外，此所谓"迹显心独幽"（卷一《贾常侍林亭燕集》）。 诗人屡屡言"幽"，如，"绿苔日已满，幽寂谁来顾"（卷二《休暇东斋》）。 有时直接称自己的住所为"幽居"，并自称"幽人"。 与"清"相似，"幽"之孤寂意味着对尘俗的超越，同时也是对尘俗审美趣味的超越，从而最终指向一种文人雅趣。

2. 次论闲淡。（1）"闲"当指摆脱"吏"之事务而有的身心之闲。如韦诗中多次出现的"闲居"一词，有的是罢官之后的闲居，如，"政拙忻罢守，闲居初理生。"（卷九《寓居永定精舍》）在此意义上，闲居意味着与"吏"相对立的"隐"；有的是郡斋内的闲居，如前文已引的《县内闲居赠温公》、《郡内闲居》，在此意义上，闲居意味着与"吏"相统一的"隐"。（2）"闲"意味着私人生活的丰富多样。 因为有了身心之闲，所以有对个人生活的追求。"高闲庶务理，游眺景物新。"（卷九《酬刘侍郎使君》）这是登山临水。"今日郡斋闲，思问楞伽字。"（卷七《寄恒璨》）"灵药出西山，服食采其根。"（卷六《饵黄精》）这是谈佛求道。"白事廷吏简，闲居文墨亲。"（卷七《答杨奉礼》）这是舞文弄墨。（3）"闲"意味着对"吏"之尘俗的否定。"微官何事劳趋走，服药闲眠养不才。"（卷一《假中枉卢二十二书亦称卧疾兼讶李二久不访问以诗答书因亦戏李二》）这是以"闲眠"拒斥官宦之奔竞，所谓"不才"，可以理解为对现实之不满，对自我之期许。"县闲吏傲与尘隔，移竹疏泉常岸帻。 莫言去作折腰官，岂似长安折腰客。"（卷二《杂言送黎六郎》）这同样是以"闲"抵制"尘"，但进一步说明山水之于诗人，并非因为有感于仕途之险恶而被迫选择的逃离之地（这似乎是两晋，乃至南朝一些士人对山水的理解），也不是为官之余的休憩之地（这似乎是初、盛唐的许多士人对别业的认识），而是基于吏隐思想上的一种主动选择，借之可以维持吏隐之间的平衡。 不仅是山水，而且是诗文酬唱、经营庭园、交接释道、种药栽茶，等等，皆应该从这一角度去理解，在此意义上可以说，"闲"意味着由吏隐而来的一种人生方式。（4） 因"隐"而"闲"，因"闲"而"淡"。"闲"意味着"淡"的审美旨趣。"由来束带士，请谒无朝暮。 公暇及私身，何能独闲步。"（卷二《休暇东斋》）这是奔走于利禄之场的世俗之吏。"俗吏闲居少"，只有以吏为寄、以吏为隐的人，才会亲近闲。 尘俗往往意味着纷扰、喧闹，与之相对，闲居大多追求清幽、淡雅的境界。"道心淡泊对流水，生事萧疏空掩门。"（卷四《寓居沣上精舍，寄于、张二舍人》）这两句诗虽是作于闲居沣水时期，以之概括诗人的郡斋生活似也十分精确。 在此意义上，私人生活的各种追求，大多指向一种"淡"的审美旨趣，"即事玩文墨，抱冲披道经。 于焉日淡泊，徒使芳樽盈"（卷三《县斋》）。 因为对尘俗的淡泊，所以有审美上的淡泊之趣。

高雅与闲淡密切相连。 人品之高洁主要也就是体现为对俗吏的排斥，换句话说，因为人格之"高"，所以有郡斋之"闲"；而超尘脱俗的文人雅趣主要体现为平淡的审美追求，也就是说，审美之"雅"，其具体内容即是"淡"。"淡"为中国诗学史、美学史上的一个基本范畴，历来论者已详。 就其成因而言，当然很多，其中一个重要的因素，也许是中唐之"中"的社会现实。 盛世之远去，朝纲之混乱，促使士人之心理开始由外在现实转向内在自我，由兼济而独善。 现实往往是"五色令人目盲；五音令人耳聋；五味令人口爽"（《老子·十二章》），因此，士人在由外而内的转向中，在审美趣味上往往排斥五色、五音、五味，其结果就是"淡"，在此意义上可以说，"淡"是士人于动荡、喧嚣、炫目的现实世界中寻求内心宁静的结果。"淡"并非一种孤立的审美风格，它与六朝以来的清、远、韵、自然等等均有内在联系，代表着一种属于文人阶层的新的审美趋向。

二、白居易

白居易曾任忠州、杭州、苏州三地刺史，本文对其郡斋诗的探讨主要以这三地所作之诗为对象。从元和十四年三月到元和十五年夏，诗人任忠州刺史。也许是地处偏僻，物质条件过于简陋，既没有山水可赏心，也没有多少诗文酬唱，忠州留给诗人的印象十分恶劣。这一阶段的诗，大多是牢骚愁苦之语。这也许有其他更重要的原因，但不可忽略的是，在吏隐思想的指导下，诗人为"吏"的一个重要目的是身心之"适"，如果没有身心之"适"，纯粹的"吏"是难以维持的。

长庆二年十月至长庆四年五月，诗人任杭州刺史；宝历元年五月至宝历二年五月，诗人任苏州刺史。在苏、杭的这几年是白居易漫长的仕宦生涯中比较快乐的一段时光，其中的一个重要原因也许就在于可"适"之事众多。

> 昔为凤阁郎，今为二千石；自觉不如今，人言不如昔。昔虽居近密，终日多忧惕；有诗不敢吟，有酒不敢吃。今虽在疏远，竟岁无牵役。饱食坐终朝，长歌醉通夕。人生百年内，疾速如过隙；先务身安闲，次要心欢适。事有得而失，物有损而益。所以见道人，观心不观迹。（卷八《咏怀》）

此诗作于杭州，其可注意者有三：（一）郡斋意味着对禁中的疏离。自忠州返京后，白居易历任刑部司门员外郎、主客郎中知制诰、中书舍人，虽仕途相对顺利，但宦情日渐冷落。藩镇之乱、宦官专权、朋党之争，再加上新登基的穆宗荒淫昏庸，这些因素使诗人"终日多忧惕"。重考科目人、重考进士，以及元稹与裴度的矛盾，更促使诗人决心离开长安这个"杀身地"（卷十九《钱侍郎使君以题庐山草堂诗见寄因酬之》）。因此，出守杭州可以视为诗人的主动选择。① 在此意义上，郡斋也许可以视为诗人疏离权力中心的一个吏隐之地。"箕颍人穷独，蓬壶路阻难。何如兼吏隐，复得事跻攀。"（卷二十《奉和李大夫题新诗二首，各六韵·因严亭》）此诗作于杭州，前面两句是说小隐过于贫苦，求仙过于艰难，只有吏隐，尚可实现。"常爱西亭面北林，公私尘事不能侵。共闲作伴无如鹤，与老相宜只有琴。莫遣是非分作界，须教吏隐合为心。"（卷二十四《郡西亭偶咏》）此诗作于苏州，诗人同样以苏州郡斋为吏隐之地。郡斋之所以能作为吏隐之地，不仅是因为其远离权力中心，而且因为它能亲近山水。

（二）郡斋意味着闲适的生活方式。这一点前文已有探讨，兹不赘论。略可补充的是，对于如何协调处理政务（兼济）与体味闲适（独善）的关系，白居易有十分明确的理解：

> 公门日两衙，公假月三旬。衙用决簿领，旬以会亲宾。公多及私少，劳逸常不均。况为剧郡长，安得闲宴频。下车已二月，开筵始今晨。初黔军厨突，一拂郡榻尘。既备献酬礼，亦具水陆珍。萍醅箬溪

① 参见褰长春《白居易评传》，180—194页。

醑,水鲙松江鳞。侑食乐悬动,佐欢妓席陈。风流吴中客,佳丽江南人。歌节点随袂,舞香遗在茵。清奏凝未阕,酡颜气已春。众宾勿遽起,群寮且逡巡。无轻一日醉,用犒九日勤。微彼九日勤,何以治吾民。微此一日醉,何以乐吾身。(卷二十一《郡斋旬假始命宴呈座客示郡寮》)

朝亦视簿书,暮亦视簿书。簿书视未竟,蟋蟀鸣座隅。始觉芳岁晚,复嗟尘务拘。西园景多暇,可以少踟蹰……(卷二十一《题西亭》)

两首诗都是作于苏州刺史任上,一写宴集,一写园林,都是在郡斋内追求闲适之乐。诗人自觉地将为官之吏务与私人之享乐区分开,尤其是第一首写得颇有趣味,在郡斋内毫不遮掩、大张旗鼓地享受美味佳肴、声色歌舞,这与一般为官者的形象是有冲突的,也是"众宾"和"群寮"犹豫、顾忌之所在。但白居易理直气壮地告诉众人:"治吾民"与"乐吾身"并不矛盾,二者的关系是相互补充、相辅相成,"九日勤"之兼济与"一日醉"之独善都是不可或缺的,也许这正是白居易虽然屡屡在诗文中述说感官享乐,却不影响其为官之政绩的原因。①

(三)"观心不观迹"也许就是韦应物所说的"心"、"迹"相离思想,这也是白居易郡斋诗的思想基础。在白居易的诗句中,"心"也许是出现频率最高的词之一。对心的突出意味着对一己感受的关注,对外界现实的疏离。但心虽疏离于世而身并未离世,所以需要有适当的

---

① 《别州民》:"耆老遮归路,壶浆满别筵。甘棠无一树,那得泪潸然。税重多贫户,农饥足旱田。唯留一湖水,与汝救凶年。"(卷二十三)此诗作于杭州刺史卸任时。《唐宋诗醇》评此诗曰:"经济政绩具见其中,慈惠之意蔼然言表,必如此留心民事,方许诗酒遨游。"(陈友琴:《古典文学研究资料汇编·白居易卷》,294 页)

渠道表现自己的"身心相离"。写诗即是渠道之一。在此意义上，郡斋诗的一个重要目的是"贻所知"。晚年寓居洛下时所写的《病中诗十五首序》云："吟讽兴来，亦不能遏，因成十五首，题为病中诗，且贻所知，兼用自广。""自广"与"自适"涵义相近，"贻所知"则是向他人表白心意，这种心意当然很多，就郡斋诗而言，其中的一个重要意义应当是"心"之高洁。如果没有诗文来表白，来显现，也许自己只能如一般的郡守那样被当作沉沦于案牍利禄中的"折腰吏"。"太守三年嘲不尽，郡斋空作百篇诗。"（卷二十三《重题别东楼》）也许正是这些郡斋诗的存在，使诗人不再是一般的风尘之吏，而是超尘脱俗的吏隐者。①

郡斋生活中，可"适"之事众多，写诗之外，还有饮酒，以及山水之游。苏、杭任上，郡务之暇，诗人不遗余力登山临水。蒋寅先生敏锐地注意到韦应物在赏景时同样没有忘记自己的郡守身份，②白居易同样如此。下面几句诗形象描绘了诗人出游时的场面，"上马复呼宾，湖边景气新：管弦三数事，骑从十余人。立换登山屐，行携漉酒巾。逢花看当妓，遇草坐为茵。西日笼黄柳，东风荡白蘋。小桥装雁齿，轻浪皱鱼鳞。画舫牵徐转，银船酌慢巡。野情遗世累，醉态任天真。"（卷二十三《早春西湖闲游，怅然兴怀，忆与微之同赏……偶成十八韵寄微之》）较之于韦应物，诗人的排场有过之而无不及。如果说韦应物只是于高雅的基调中泄漏出一点俗气，白居易则可以说是于俗气的基调中透出一点高雅，这也许就是人们常说的韦"雅"白"俗"的区别所在。

---

①　蒋寅："作诗本身就是'吏隐'生活中的一个重要内容，也是提升风尘吏的品位而赋予其诗意的核心要素。"（《古典诗歌中的"吏隐"》，载《苏州大学学报》[哲社版]2004年第2期）

②　参见蒋寅《自成一家之体　卓为百代之宗》。

但这种"雅"、"俗"只是一种审美风格的区别，就郡斋诗而言，这种区别并非根本，最重要的在于二者皆是于勤政之暇，借山水之游获得心灵之"适"，以维持郡斋之内的出处平衡。如果说郡斋之"吏"意味着"俗"，则郡斋之"隐"则必须指向"雅"，山水之游即是这种"雅"的体现之一。在此意义上，韦、白皆是雅、俗相融。

> 鳏惸心所念，简牍手自操。何言符竹贵？未免州县劳。赖是余杭郡，台榭绕官曹。凌晨亲政事，向晚恣游遨。山冷微有雪，波平未生涛。水心如镜面，千里无纤毫。直下江最阔，近东楼更高。烦襟与滞念，一望皆遁逃。（卷十八《初领郡政，衙退，登东楼作》）

这首诗同样是在赏景时未能忘记自己的郡守身份，甚至是在突出郡守身份的背景中写景，这种"俗气"与韦应物十分相似，但这种吏隐之"俗"并非审美风格之"俗"。因此，就郡斋诗而言，韦、白皆是以山水之"雅"消解郡务之"俗"，同样皆是不废郡务之"俗"而有山水之"雅"。

同样类似于韦应物，诗人不仅外出赏景，而且于郡斋内即能有赏心之遇。"霭霭四月初，新树叶成阴；动摇风景丽，盖覆庭院深。下有无事人，竟日此幽寻。岂唯玩时物，亦可开烦襟。时与道人语，或听诗客吟……"（卷十八《玩新庭树，因咏所怀》）如果说景色，此处恐怕谈不上任何特殊之处，关键也许还是其相对于"吏"之喧嚣、纷扰而有的宁静、清幽。

二人相似之处还有很多，如交接释道、宴集、诗文酬唱，诗中多知足、旷达之语等，这当然不是二者独有的共同点，但却为郡斋生活所共有。 白居易对韦应物的仰慕由来已久，①前文所引的《郡斋旬假始命宴呈座客示郡寮》就是自觉模仿韦诗《郡斋雨中与诸文士宴集》而作，并将韦诗和已诗一并刻于苏州剌史郡斋内的石头上，可见其对韦应物的敬仰之情。② 在此意义上也许可以说，无论是郡斋之隐的生活方式，还是郡斋诗的诸多特点，白居易均受到韦应物的直接影响。 不过，较之于韦应物，白居易在理论上更为系统地反思兼济与独善的关系，在实践上更为细致、全面地追求闲、适，在审美趣味上更突出地彰显雅、淡与自然，并将郡斋之隐发展为中隐。

---

① 如，"又怪韦江州，诗情亦清闲。"(《题浔阳楼》)"诗成淡无味，多被众人嗤。上怪落声韵，下嫌拙言词。时时自吟咏，吟罢有所思。苏州及彭泽，与我不同时。"(《自吟拙什，因有所怀》)清赵翼云："香山诗恬淡闲适之趣，多得之于陶、韦。……晚年自适其适，但道其意所欲言，无一雕饰，实得力于二公耳。"(陈友琴：《古典文学研究资料汇编·白居易卷》，313 页)

② 白居易专门写有《吴郡诗石记》记载此事。

第十章　论韩愈、姚合的私人天地及其美学意蕴

　　闻一多先生在《论贾岛》一文中说："元和长庆诗坛动态中的三个较有力的新趋势"，分别是韩孟、元白和姚贾。① 故本章主要以韩愈、姚合为考察对象。 韩、姚在历史上很少相提并论，本章将其并置，主要是基于如下考虑：首先，二人分别是韩孟诗派、姚贾诗派的领袖，就文坛地位和时代影响而言，韩、姚又远大于孟、贾，在此意义上，可将二人作为当时文人之代表；其次，二人皆为出身庶族地主的文官阶层，此即"文官化"的士人，② 作为出身庶族地主的文官阶层，二人面临着共同

---

　　① 《唐诗杂论》，28 页。

　　② 参见刘宁《唐宋之际诗歌演变研究：以元白之元和体的创作影响为中心》"引言"，北京师范大学出版社，2002。此书"所讨论的士人'文官化'现象……侧重分析士人在唐宋之际与官僚体制的联系日趋紧密以后，其精神上产生的新特点，勾勒这些新特点在产生、演变过程中所经历的痕迹。"(《唐宋之际诗歌演变研究：以元白之元和体的创作影响为中心》，7 页)这一观点对于我们理解中国美学史于中唐之际的转变极具启发性。另外，美国汉学家包弼德认为，从南北朝到北宋，士人的身份(转下页)

的出处矛盾。 在此矛盾的困扰下，都有一个由兼济而独善、由外而内的转向，这种转向导出对私人天地的关注与建构。 私人天地的突出特征是追求闲适的文官趣味，它对于此后的中国美学具有深远影响。 本章即着重探讨作为"文官化"士人的韩愈与姚合对私人天地的建构及其美学意蕴。

一、韩　愈

　韩愈的突出特点是好古。《出门》："长安百万家，出门无所之。 岂敢尚幽独，与世实参差。 古人虽已死，书上有遗辞。 开卷读且想，千载若相期。 出门各有道，我道方未夷。 且于此中息，天命不吾欺。"（卷一）①这种与当世格格不入的孤独感、焦虑感是韩愈诗文的基调。 舍弃当下世俗，回归古代经典，这是韩愈的选择，也是很多士人的选择。《秋怀诗十一首》之五云："归愚识夷涂，汲古得修绠。"（卷四）韩愈所理解的古的具体内涵暂且不论，需要注意的是，在古今关系上，也许可以说韩愈是由今而古，由对今的排斥而确立对古的推崇。 正是在政治上、理想上"与世实参差"，所以他要通过对与今对立的古的塑造来安顿自己的精神世界。

　面对中唐日益衰颓的社会现实，士人在抗争、改变无望之后，纷纷退回私人天地，在政治理想之外寻找自己的精神家园。 不同于白居易

（接上页）经历了由门阀士族向文官阶层的转变。（参见包弼德著，刘宁译《斯文：唐宋思想的转型》第二章"士的转型"，江苏人民出版社，2001）中国美学的创作主体是文人，文人的身份及其心态对于美学发展具有直接影响，因此，从士人"文官化"的角度讨论中国美学于中唐至北宋的发展演变可以说是一项颇具吸引力的课题。

　① 本书所引韩愈诗文，均据钱仲联《韩昌黎诗系年集释》，上海古籍出版社，1984。

以及很多其他士人的游戏禅悦，韩愈在孔孟圣贤那里得到精神上的皈依和支撑。 韩愈的古，首先是一种自觉的理想诉求，它不仅仅是政治、思想的，同时也是审美的。 对前者，从古至今的研究者已讨论颇多；就后者而言，此即学界多有论及的以文为诗、以丑为美。 这种审美趣味在具体表现上与白居易的中隐趣味有诸多差异，研究者也早有指出。 在文学史上，韩、白往往是作为对立的两极被并提的。 就思想内容而言，宋人方勺云："韩退之多悲诗，三百六十首，哭泣者三十首。 白乐天多乐诗，二千八百首，饮酒者九百首。"①故有韩诗多悲，白诗多乐之说；就表达方式而言，"中唐诗以韩、孟、元、白为最。 韩、孟尚奇警，务言人所不敢言；元、白尚坦易，务言人所共欲言。"②韩、白年代相近，曾有诗歌酬唱，但不仅没有深厚交谊，反而是多有隔膜，其中固然有多种原因，但二人之人生态度、审美趣味的差异应是一个重要原因。 但值得注意的是，二人有一个共同点：均屡次表白在诗歌趣味上与时代的疏离感，这种挥之不去的孤独感是士人面对世俗风尚而共有的沉重压力。 不仅如此，韩愈在其狠重险怪的风格之外，更展现出文官阶层的心态及审美趣味，如果说前者是个性，后者则是共性，这种共性同样属于白居易以及其他文官阶层，这也正是本章尝试阐发的。"其实昌黎自有本色，仍在文从字顺中，自然雄厚博大，不可捉摸，不专以奇险见长。 恐昌黎亦不自知，后人平心读之自见。 若徒以奇险求昌黎，转失之矣。"③ "文从字顺"只是表层的表达技巧，也许我们可以进一步说，韩愈之"本色"更在于深层的文官阶层的出处困境以及由此而来审美趣

---

① 《古典文学研究资料汇编·白居易卷》，123 页。
② 赵翼:《瓯北诗话》，人民文学出版社，1963，36 页。
③ 赵翼:《瓯北诗话》，28 页。

味上的清幽、淡泊。

文官阶层面临的首要矛盾也许是"道统"与"势统"的冲突。面对这一矛盾，绝对的出仕与退隐都是十分困难的。《从仕》："居闲食不足，从仕力难任。两事皆害性，一生恒苦心。黄昏归私室，惆怅起叹音。弃置人间世，古来非独今。"（卷一）全力"从仕"已然不可能，而对于韩愈等出身庶族的文官阶层而言，经济上对俸禄的依赖又使他们难以退隐，对家贫的哀叹在《全唐诗》中可以说是不绝于耳。出与处皆有"害性"之处，"惆怅"也就在所难免。《将归赠孟东野房蜀客》："君门不可入，势利互相推。借问读书客，胡为在京师？举头未能对，闭眼聊自思。倏忽十六年，终朝苦寒饥。宦途竟寥落，鬓发坐差池。颍水清且寂，箕山坦而夷。如今便当去，咄咄无自疑。"（卷二）对于韩愈这样通过科举考试进入官僚阶层的文人而言，如何在"道统"的价值观与"势统"的权力场之间维持平衡，一直是无法回避的基本问题。① 因为士人若欲实现兼济理想，必须借助于权力场，但对于这些深受"道统"熏染的士人而言，权力场之黑暗与风波是他们无法把握的，因此，远离"势统"的权力场成为大多数文官阶层的共同选择，这也就是由兼济而独善的转向。

---

① 韩愈对此有自觉思考："古之士三月不仕则相吊，故出疆必载质。然所以重于自进者，以其于周不可，则去之鲁；于鲁不可，则去之齐；于齐不可，则去之宋之郑之秦之楚也。今天下一君，四海一国，舍乎此，则夷狄矣，去父母之邦矣；故士之行道者不得于朝，则山林而已矣。山林者士之所独善自养而不忧天下者所能安也；如有忧天下之心，则不能矣；故愈每自进而不知愧焉；书亟上，足数及门，而不知止焉。"（《后二十九日复上书》，马其昶：《韩昌黎文集校注》，上海古籍出版社，1986，163 页）此为韩愈求仕之书，较之于白居易，韩愈的进取之心似乎更为强烈，但对于大一统政治秩序中士人的出处矛盾，同样有深切体会。

独善生活如何建构？ 这有多种选择，但对于大多数士人而言，其主要内容是对个人生活或者说私人天地的关注与经营。 就韩愈而言，在"文起八代之衰，而道济天下之溺"①的古文写作之外，也有属于怡情悦性的诗歌写作。 韩诗的艺术特点是狠、重、奇、险，但就内容而言，则主要是对日常生活的欣赏流连。 莫砺锋先生的《论韩愈诗的平易倾向》一文颇具启发性，"在今存的四百三十五首韩诗中，三百多首诗的内容是从平凡的日常生活中汲取、提炼的，这才是韩诗的主要题材走向"，"这些'常琐事'、'常琐情'经过了诗人的审美观照，已经具有永久的审美价值"。② 为什么要以审美的眼光观照日常琐事？ 其主要原因也许即在于由兼济而独善的转向。 通过对个人生活的艺术化建构，在此相对独立的私人天地中，获得身心的安宁与清静，这一点与白居易的闲适诗十分相似。 不仅如此，二人的相似之处还在于这类诗歌的特点同样相近。 就韩愈而言，蒋抱玄评《此日足可惜一首赠张籍》："写得淋漓尽致。"③何焯评《山石》："直书即目，无意求工。"查慎行评《落齿》："只如白话。"朱彝尊评《除官赴阙至江州寄鄂岳李大夫》："即如口说一般，正以浅显佳。"而对于白居易诗的浅近直白，研究者早有共识。 值得注意的是，二人之诗为何具有此特点？ 其原因也许在于对诗歌的态度。 韩愈《上兵部李侍郎书》云："谨献旧文一卷，扶树教道，有所明白；《南行诗》一卷，舒忧娱悲，杂以瑰怪之言，时俗之好，

---

① 《潮州韩文公庙碑》，孔凡礼点校：《苏轼文集》，中华书局，1986，509 页。

② 莫砺锋：《论韩愈诗的平易倾向》，载《唐宋诗歌论集》，凤凰出版社，2007，135 页，136 页。

③ 钱仲联：《韩昌黎诗系年集释》，98 页，148 页，174 页，1187 页。

所以讽于口而听于耳也。"①正如莫砺锋先生所言:"在韩愈心目中,文是用来明道的,而诗的功能则是'舒忧娱悲',也即抒发心中不平的。"②对于选择独善生活的诗人而言,不仅需要高举孔孟之道——那也许更多的是一种理想追求,更需要安顿自己紧张、疲惫的身心,需要在私人天地中获得身心之自由。 正是在此意义上,以娱乐、游戏为目的的文学思想受到重视。《病中赠张十八》:"文章自娱戏,金石日击撞。"(卷一)好友张籍对于这种"娱戏"之作颇为不满,《上韩昌黎书》云:"比见执事多尚驳杂无实之说,使人陈之于前以为欢,此有以累于令德。"③韩愈不得不苦苦解释,《答张籍书》云:"此吾所以为戏耳,比之酒色,不有间乎?"④写诗与酒色虽然"有间",但终究都是"娱戏"而已,这与白居易吟玩情性的闲适诗已十分相近。 欧阳修云:"退之笔力,无施不可,而尝以诗为文章末事,故其诗曰:'多情怀酒伴,余事作诗人'也。 然其资谈笑,助谐谑,叙人情,状物态,一寓于诗,而曲尽其妙。"⑤诗成为一种调理性情的生活调料,这意味着一种诗歌价值观的转向:从载道、言情到娱乐、自遣的转向。

其次,对个人生活的关注不仅有"娱戏"之诗,还有酒。 也许是从陶渊明开始,写诗饮酒成为士人个人生活的基本方式,正如杜甫《可惜》所云:"宽心应是酒,遣兴莫过诗。 此意陶潜解,吾生后汝期。"⑥

---

① 马其昶:《韩昌黎文集校注》,144 页。
② 莫砺锋:《唐宋诗歌论集》,132 页。
③ 《韩昌黎文集校注》,131 页。
④ 《韩昌黎文集校注》,132 页。
⑤ 《六一诗话》,载《历代诗话》,(清)何文焕辑,中华书局,1981,272 页。
⑥ (唐)杜甫著,(清)仇兆鳌注:《杜诗详注》,中华书局,1979,803 页。

尤其是在面临出处矛盾时，诗酒风流成为文人寄托性情、安顿身心的一个重要方式。《和仆射相公朝回见寄》："尽瘁年将久，公今始暂闲。事随忧共减，诗与酒俱还。放意机衡外，收身矢石间。秋台风日迥，正好看前山。"（卷十二）正是因为官场的诸多"机衡"、"矢石"，所以要"放意"、"收身"，诗酒与看山成为身心从官场疏离之后的承载之地，这正是兼济不得而独善其身的一种表现。虽然韩愈在历史上主要是严谨的儒者形象，但这并不意味着他没有自己的私人天地。在酒香浓郁的中国文学史上，韩愈的饮酒并不闻名，甚至可以说默默无闻，但作为调节出处矛盾、化解内心痛苦的一个重要手段，酒同样是韩愈私人天地中必不可少的。《游城南十六首》之《遣兴》："断送一生惟有酒，寻思百计不如闲。莫忧世事兼身事，须著人间比梦间。"（卷九）如果我们熟悉白居易的诗，则可以发出这样的疑问：这是韩愈的诗吗？其表达、其精神更像是白居易的，将它放到《白居易集》中，似乎完全可以。不仅如此，酒与诗密切相连，因为酒不仅可以忘忧，更可以使人获得超越的审美心胸。杜甫的《饮中八仙歌》所显示的正是这一思想，熊秉明对此有精彩的阐释："酒不是消极的'浇愁'、'麻醉'，而是积极地使人的精神获得大解放、大活跃，在清醒的时候不愿说的，不敢说的，都唱着、笑着、喊着说出来。清醒时候所畏惧的、诚惶诚恐崇敬的、听命的都踏倒、推翻，正是杜甫《饮中八仙歌》所赞美张旭的'脱帽露顶王公前'。"①韩愈之饮酒也有此含义，《醉赠张秘书》："所以欲得酒，为文俟其醺。酒味既冷冽，酒气又氤氲。性情渐浩浩，谐笑方云云。此诚得酒意，余外徒缤纷。长安众富儿，盘馔罗膻荤。不解文字饮，惟能

① 《中国书法理论体系》，天津教育出版社，2002，84 页。

醉红裙。"（卷四）所谓"文字饮"，即通过酒醺达到"性情渐浩浩"的境界，进而"为文"，这也许是私人天地中往往诗酒相连的另一个重要原因。

诗酒风流往往与山水清音联系在一起，因为二者都是用以抗拒仕途的拘束与压迫，都是对个人身心的安顿。这就涉及诗人经营个人生活或者说私人天地的第三个内容：山水。《县斋读书》："出宰山水县，读书松桂林。萧条捐末事，邂逅得初心。哀狖醒俗耳，清泉洁尘襟。诗成有共赋，酒熟无孤斟。青竹时默钓，白云日幽寻。南方本多毒，北客恒惧侵。谪谴甘自守，滞留愧难任。投章类缟带，仁答逾兼金。"（卷二）这是一首典型的郡斋诗。"末事"是官场世事，"初心"是自然本心，用魏晋玄学的话说，前者是名教，后者是自然，"俗耳"、"尘襟"指向名教的尘俗，现在面对山水清音，消失殆尽。诗酒风流本是文人固有之乐趣，青竹、白云意味着淡雅、清幽的审美感受。宦海沉浮、吏务纷扰与谪谴之苦，都在郡斋的诗酒与山水中得到化解。

对自然的爱好在中国文化中源远流长。中唐之际，在出处矛盾日益尖锐的背景下，相对于庙堂之名教，山水之自然意味着由拘束而自由。《和李相公摄事南郊览物兴怀呈一二知旧》："顾瞻想岩谷，兴叹倦尘嚣。"（卷十二）但对于吏务缠身的文官阶层，如何能既坐享山林野趣，又不必舟车劳顿，这是一个有待解决的问题。正是在此意义上，"壶中天地"的私人庭园开始盛行。

　　老翁真个似童儿，汲水埋盆作小池。一夜青蛙鸣到晓，恰如方口钓鱼时。

　　莫道盆池作不成，藕梢初种已齐生。从今有雨君须记，来听萧萧打叶声。

　　池光天影共青青,拍岸才添水数瓶。且待夜深明月去,试看涵泳几多星。(卷九《盆池五首》之一、二、五)

　　白居易也写过多首类似的题目, 其美学意蕴前文已有阐发。 需要补充的是, 首先, 依笔者有限之所见, 学界对于韩愈的这类诗作似乎缺少充分关注,①论及对此后中国美学, 尤其是对士人气、文人画思想影响深远者, 就唐代而言, 论者多举王、孟、韦、柳, 这固然是正确的, 但似乎并不十分完备。 韩愈的这类诗歌, 虽然其数量、成就远不能与王维等人相比, 但考虑到韩愈在历史上的重要影响, 尤其是韩愈积极进取的儒者形象, 他的这种审美趣味就尤其值得重视。 其次, 有的研究者认为韩愈的平淡风格是晚年才形成的, 是经过早年的绚烂之极, 而归于平淡, 其实并非如此, 韩愈这类平淡之作贯穿于其一生之中, 只是他并未如白居易那样有较为明确的由出而处的自觉转变, 终其一生, 其主要态度都是孜孜以求的, 在此意义上也许可以说, 对私人天地的关注并非只是处士才有, 而是身处于"道统"与"势统"夹缝中的士人必然而有的自我调节。 复次, 普遍的观点是韩愈的山水诗追求浓烈之美, 陈衍说:"纷红骇绿, 韩退之之诗境也。"②韩愈很多作品确实如此, 但这并非全部。 虽然韩诗的主流并非平淡之作, 但就现存的这类作品而言, 已经充分表现出清幽、淡泊的文人意味。《新竹》:"笋添南阶竹, 日日成清閟。 ……何人可携玩, 清景空瞪视。"(卷七)《闲游二首》之

---

　　① 肖占鹏先生注意到韩诗平淡美的特点。参见肖著《韩孟诗派研究》,南开大学出版社,1999,144—147 页。

　　② 陈衍:《石遗室诗话》,人民文学出版社,2004,357 页。

一:"雨后来更好,绕池遍青青。 柳花闲度竹,菱叶故穿萍。 独坐殊未厌,孤斟讵能醒。 持竿至日暮,幽咏欲谁听?"(卷十)第一首的"清阒"即清静幽邃义,元代文人画大家倪云林之文集即名《清阒阁集》,第二首则无论在表达技巧还是审美趣味上都十分像白居易。 这两首诗表现出典型的文人趣味,就韩愈的大部分诗歌作品而言,虽然在具体写作方法、表达方式上和白居易等人还有诸多不同,在其诗文中也未充分展现后来苏轼等人提倡、经董其昌等人发扬的文人情趣,但作为出身庶族的文官阶层,其内在心态、生活方式以及由此而来的审美趣味有诸多共同之处:在自己的私人天地中,诗人以审美态度经营日常生活,其闲适、淡泊的人生态度与淡雅、清幽的审美趣味成为此后中国美学的一个基本内容。

二、姚　合

姚合与韩愈时代相近,但二人很少交往,姚合诗集中仅有一首应景之作《和前史部韩侍郎夜泛南溪》,韩愈对于姚贾诗派中的贾岛颇多激赏,对于姚合则殊为冷淡,这应该与二人诗歌风格的差异有很大关系,故历来论者很少将二人并提。

与韩愈的终生忙碌、奋进不同,也不同于白居易曾经的积极进取,姚合早年的仕途坎坷、官职卑微使他早早地心灰意冷,无心世事。 虽然早年也写过几首壮志凌云的作品,但那也许只是书生意气的偶尔展现。 初仕武功县尉,姚合写有《武功县中作三十首》,并因此被后世称为"姚武功",其诗也被称为"武功体",这说明这三十首诗是姚合的代表作。 其主要内容有二:(一) 对官场的厌倦,对山林的向往,或者说对拘束、倾轧的逃避,对自由、闲散的追求。 下面这首诗颇具典型性，《武功县中作三十首》其二十六："漫作容身计，今知拙有余。 青衫迎驿使，白发忆山居。 道友怜蔬食，吏人嫌草书。 须为长久事，归去自耕锄。"①第一联：前一句说明诗人出仕并非为实现兼济之志，仅仅只是为了"容身"，这也许可以说是中晚唐士人的基本心态；后一句的拙，与慵、懒、钝、狂等等，是姚合诗中反复出现的，也是韩愈，尤其是白居易诗中多次出现的，其用意主要是表明自己远离官场之机巧、倾轧，此即在姚合其他诗作中屡次出现的"疏"：对官场、对时局的自觉疏离。 第二联："青衫"表示官职低微，陶渊明正是因为"迎驿使"之琐屑屈辱而挂印离去，但后来的文人既然不是陶渊明，则只能"忆山居"，因为这种"忆"，所以诗歌、绘画多以"山居"之类为主题。 文人的理想与官吏的职业往往处于对立矛盾状态，但又很难真的挂冠而去，于是在诗画中屡屡表现对"山居"之"忆"。 第三联："道友"与"吏人"并提，也许是意味着诗人之所以屡屡寻僧问道，是在方内之身份中追求方外之趣味，"蔬食"所要断去的也许并不仅仅是荤腥，还有世俗之欲望。"草书"意味着面对案牍公文，诗人不愿循规蹈矩做一个纯粹的"吏"，对"吏"之身份的自觉排斥是诗人的一个基本心态。第四联：从大历诗人开始，"归思"便如此迫切、如此频繁地出现在诗人笔下。 就姚合而言，有时是归于山中，有时是归于泛钓，有时是归于耕锄，这既说明对社会现实的失望，对宦海沉浮的厌倦，又说明诗人难以真正归去，往往只是停留于"归"之渴望中。 从另一个角度来说，"归"之渴望与迫切也正是在于欲"归"而不能之的尴尬与痛苦中，山水

_____

① （清）彭定求等编：《全唐诗》，5658 页。

田园的意义也许就在于此。《送裴宰君》："见说为官处，烟霞思不穷。"①《洛下夜会寄贾岛》："乌府偶为吏，沧江长在心。"②《酬张籍司业见寄》："日日在心中，青山青桂丛。"③出处之矛盾往往借助于对山水田园的归思来表现，真正的小隐也许就没有这样强烈的诉求。闻一多先生的一段话颇具启发性：

> 读书人便永远在一种心灵的僵局中折磨自己，巢由与伊皋，江湖与魏阙，永远矛盾着，冲突着，于是生活便永远不谐调，而文艺也便永远不缺少题材。矛盾是常态，愈矛盾则愈常态。今天是伊皋，明天是巢由，后天又是伊皋，这是行为的矛盾。当巢由时向往着伊皋，当了伊皋，又不能忘怀于巢由，这是行为与感情间的矛盾。在这双重矛盾的夹缠中打转，是当时一般的现象。反正用诗一发泄，任何矛盾都注销了。诗是唐人排解感情纠葛的特效剂，说不定他们正因有诗作保障，才敢于放心大胆地制造矛盾，因而那时代的矛盾人格才特别多。自然，反过来说，矛盾愈深愈多，诗的产量也愈大了。④

不仅是诗，还要有更多的艺术形式来"注销"此矛盾。中晚唐的文艺繁荣当然有多种原因，但文官阶层"注销"出处矛盾的诉求也许是一个重要原因。

（二）对个人生活或者说私人天地的经营。主要是写诗饮酒、经营

---

① 《全唐诗》，5617 页。
② 《全唐诗》，5641 页。
③ 《全唐诗》，5700 页。
④ 《唐诗杂论》，25 页。

庭园与访僧寻道，试以下面这首为例，《武功县中作三十首》其九："邻
里皆相爱，门开数见过。 秋凉送客远，夜静咏诗多。 就架题书目，寻
栏记药窠。 到官无别事，种得满庭莎。"①这就不是"忆山居"，而是
直接将自己的做官转化成山居，真正做到了《武功县中作三十首》其一
所说的"为官与隐齐"。② 蒋寅先生说："这组作品之所以具有特别的意
义，我觉得就在于它发掘出了吏隐生活中特别富有诗意的细节。"③白
居易等人或是在闲散职务上，或是在退隐之后才真正去经营个人生活，
姚合则是在仕途之初即以吏为隐。 吏隐与诗歌的结合导出了郡斋诗，
《杭州官舍偶书》："钱塘刺史谩题诗，贫褊无恩懦少威。 春尽酒杯花影
在，潮回画槛水声微。 闲吟山际邀僧上，暮入林中看鹤归。 无术理人
人自理，朝朝渐觉簿书稀。"④从谢朓到大历诗人，再到韦应物、白居
易，郡斋诗在文官阶层的日常生活中越来越重要。 它既是对庙堂风尘
的涤荡，也是个人精神的超越与解脱。 清人江开《继雅堂诗集序》云：
"声音之道与政通焉。 顾或于簿书旁午而性耽吟咏，自谓大远于俗吏，
而时事之废失已多；若因案牍之繁焚弃笔砚，不暇自适其性情，亦未免
绌于才而疏于学耳。"⑤一方面，不能因文而废失时事，姚合虽然屡屡
表白对吏务的疏离，如《武功县中作三十首》其二："为官是事疏"，⑥

---

① 《全唐诗》,5656 页。
② 《全唐诗》,5655 页。
③ 《"武功体"与"吏隐"主题的发展》,载《扬州大学学报》(人文社科版)2000 年
第 5 期。
④ 《全唐诗》,5689 页。
⑤ 此序载于清人陈仅著《继雅堂诗集》,道光年间刻本。
⑥ 《全唐诗》,5655 页。

《武功县中作三十首》其二十九："吏事固相疏"，①但这往往是表明对官场奔竞的疏离，并非真的荒废公务。《金州书事寄山中旧交》所说的"忧人骨肉同"②的情怀与韦应物著名的诗句"邑有流亡愧俸钱"③类似，都是表现对苍生的关心；另一方面，文人通过作诗与俗吏在身份上相区别，这意味着诗（应该还包括其他艺术形式）必须与文人情趣密切相关，必须体现出文人情趣，这一点也许就是中唐之后文艺作品中文人趣味逐渐占据主导地位的根本原因。

　　较之于韩愈，姚合对个人生活或者说私人天地的经营更为自觉。"谩题诗"与"酒杯"是郡斋生活必不可少的，《乞酒》："岂唯消旧病，且要引新诗。"④《和令狐六员外直夜即事寄上相公》："吟诗清美招闲客，对酒逍遥卧直庐。"⑤与韩愈、白居易相似，诗在姚合这里也是愉悦身心的工具。《山居寄友人》："诗情聊自遣，不是趁声名。"⑥这意味着写诗的主要目的只是"自遣"。 不仅如此，作为区别于俗吏的一个重要标志，写诗更是文官阶层雅致生活的一个重要内容。《送刘禹锡郎中赴苏州》："太守吟诗人自理，小斋闲卧白蘋风。"⑦山水庭园同样是不可或缺的。 元代方回的一段评语在文学史上颇有影响："姚合之诗……所用料不过花、竹、鹤、僧、琴、药、茶、酒，于此凡物，一步不可离，

---

① 《全唐诗》，5659 页。
② 《全唐诗》，5639 页。
③ 孙望编著《韦应物诗集系年校笺》，353 页。
④ 《全唐诗》，5688 页。
⑤ 《全唐诗》，5696 页。
⑥ 《全唐诗》，5647 页。
⑦ 《全唐诗》，5617 页。

而气象小矣。"①这是姚合诗的基本内容。较之于韩愈，姚合更近于晚唐，对晚唐诗人的影响也更大，其原因也许就在于气象之小。外在的广阔的山水完全让位于身边的狭小的庭园，正如研究者所指出的，从王、孟到姚、贾，是"由写景诗向咏物诗靠拢"、"由田园诗向庭院诗转型"。② 这不仅是审美的变化，更是心态的转变，中国文化以及中国美学的内倾性于此有充分之展现。

> 身外无徭役，开门百事闲。倚松听唳鹤，策杖望秋山。萍任连池绿，苔从匝地斑。料无车马客，何必扫柴关。
>
> 白日逍遥过，看山复绕池。展书寻古事，翻卷改新诗。赊酒风前酌，留僧竹里棋。同人笑相问，羡我足闲时。③（《闲居遣怀十首》其一、三）

"闲"是这十首诗的核心，施蛰存先生概括为"安闲冲淡"、"文字平易"④。从第一首的第一联可知，"闲"的一个重要基础是"无徭役"，这是诗人出仕的重要原因。中晚唐诗人苦苦挣扎于出处之间，一边是山林泉石的放逸逍遥，一边是困于场屋的艰辛屈辱，也许就是这"无徭役"之"闲"吸引着诗人。一旦登科及第，则往往通过私人天地的经营获得个人身心的逍遥。第一首的倚松听鹤、策杖望山，第二首

---

① 李庆甲集评校点:《瀛奎律髓汇评》，上海古籍出版社，1986，340 页。
② 张震英:《论姚合、贾岛对唐诗山水田园审美主题的新变》，载《文艺研究》2006 年第 1 期。
③ 《全唐诗》，5654 页。
④ 《唐诗百话》，华东师范大学出版社，1996，550—551 页，553 页。

的看山绕池、读书写诗、酌酒下棋，都是因闲而得，或者说是闲的具体内容。闲与淡密切相连，淡既是写作技巧、表达方式上的平淡，如韩愈《送无本师归范阳》评价贾岛"奸穷怪变得，往往造平淡"（卷七）；更是精神境界、审美趣味的平淡，二者在姚合这里皆有充分体现。《唐才子传》评姚合云："合易作，皆平淡之气。……性嗜酒爱花，颓然自放，人事生理，略不介意，有达人之大观。"①所谓"易作"之"平澹"是表达方式的，而"颓然自放"的"达人之大观"则是精神境界的。前者往往是指姚诗多写眼前之景，重白描；后者则是由精神境界而导向审美趣味的清幽恬淡。这两点在前文论述韩愈时已有涉及，它同样是白居易闲适诗的主要特点。

"闲"与适同样密切相连，或者说，因闲而适是私人天地的基本追求。姚合诗作大多以闲适为主要情怀。②白居易近三千首诗作中，闲适诗占了很大比重。就韩愈而言，闲适诗虽然非其主流，但他对于闲适同样有深切体会，元代方回《瀛奎律髓》卷之二十三"闲适类"之题解云："韩昌黎《送李愿归盘谷序》下一段所谓：'穷居而闲处，升高而望远，坐茂树以终日，濯清泉以自洁。采于山，美可茹；钓于水，鲜可食。默陟不闻，理乱不知。起居无时，惟适之安。'此能极言闲适之味矣，诗家之所必有而不容无者也。凡山游郊行，原居野处，幽寂隐逸之趣，于此所选诗备见之。如姚合《少监集》有'闲适'一类，《武功

① 傅璇琮主编：《唐才子传校笺》第三册，中华书局，1990，124 页。

② 李建崑认为："不论姚合之具体生活景况如何，贯串其一生者，殆为闲适情怀；《武功县作三十首》固然是'武功体'之代表作，然而《姚少监集》中大量闲适之作，所呈现出来的诗歌风格，与这三十首并无二致，此亦古今论者以'武功体'概括姚合诗之主因。"（《论姚合〈武功县中作〉三十首》，载[台湾]《兴大中文学报》第 17 期，2005 年 6 月）

县中作三十首》者,乃是仕宦而闲适,已选置'宦情类'中。 先欲分郊野、闲适为二类,要之闲适者流,多在郊野;身在城府朝市,而有闲适之心,则所谓大隐君子,亦世之所希有者也。"①方回认为闲适有两种:郊野即小隐之闲适,其所举之例为韩愈的《送李愿归盘古谷序》;仕宦或城府朝市即大隐之闲适,以姚合之《武功县中作三十首》为例。 相较而言,后者虽然更难,却是封建社会士人更普遍的选择。 韩愈同样有大隐之闲适,前文已论,兹再举一例,《独钓四首》之二:"一径向池斜,池塘野草花。 雨多添柳耳,水长减蒲芽。 坐厌亲刑柄,偷来傍钓车。 太平公事少,吏隐讵相赊?"(卷十)这种审美趣味与白居易、姚合是一致的,都是文官阶层的闲适趣味。 这是一个更为宽广的题目,于此不能充分展开。

在中唐出处矛盾日趋尖锐之际,士人往往通过经营私人天地追求仕宦之闲适,从而化解出处矛盾。 私人天地如何经营? 这就涉及"文官趣味",②它是韩愈、白居易与姚合共同的审美趣味的内在基础。 至此,我们可以对本章的基本思路作如下总结:出处矛盾——文官趣味——私人天地。 私人天地既然是出仕之士人用以化解出处矛盾的,或者说是"出"之士人寻求"处"之趣味,通过"处"之趣味调节、化解"出"之痛苦,从而达到精神、心理上的出处平衡,则对此私人天地之经营必然要刻意排斥"出"之色彩,体现"处"之趣味,"出"意味着廊庙的机巧、喧嚣、炫目,"处"则指向山林之淡泊、宁静、清幽。 这也许是此后中国古典美学的一个基本趋势,在雅俗之辨、形神之辨、逸神

---

① 李庆甲集评校点:《瀛奎律髓汇评》,929 页。
② 参见刘宁《唐宋之际诗歌演变研究:以元白之元和体的创作影响为中心》,56—61 页。

妙能之辨那里，在士人气、文人画、绘画的南北宗之分那里，我们都可以看到这一思想的影响。下面这首诗在姚合诗中颇具典型性：

> 县斋还寂寞，夕雨洗苍苔。清气灯微润，寒声竹共来。虫移上阶近，客起到门回。想得吟诗处，唯应对酒杯。（《万年县中雨夜会宿寄皇甫甸》）①

在诗的唐朝中，这首诗当然不能算是出众之作，但它自有其价值。从人生方式讲，这种隐于吏中、诗酒风流、徜徉自然的出处同归是后世文人普遍遵循的；从身份上讲，这种"县斋"是普通寒士、底层官僚所熟悉的；从技巧上，这种苦吟的方式是一般文人、平庸之士所能达到的；从心态上讲，这种平和中夹杂着些许悲凉的"寂寞"是盛唐已逝的背景下士人的感情底色；从审美上讲，这种"清气"、"寒声"是此后中国美学的一个基调。细品这首诗，它是这样的一尘不染（夕雨洗苍苔），这样的清冷（清气灯微润，寒声竹共来），这样的安静（虫移上阶近）。这是县斋，还是山林？它是身处县斋内的士人为自己构建的一片心灵的山林，此即士人的私人天地。这一私人天地既是物理的，也是心理的，同样也是审美的，审美的私人天地也许就是意境这一范畴。②

---

① （清）彭定求等编：《全唐诗》，5649 页。

② 本章所说的私人天地也就是学界常用的"壶中天地"，学界对此已有充分探讨，参见王毅《中国园林文化史》，尚永亮《"壶天"境界与中晚唐士风的嬗变》，《东南大学学报》（哲社版），2006 年第 2 期。本章之所以用私人天地，主要是突出其与名教代表的集体秩序相对立的私人性、个体性，换句话说，强调与出仕之庙堂相对立的私人空间。

结语与推论

至此，我们可以对全书略作总结，并尝试在此基础上做一点推论：

一、结　语

（一）本书首先探讨现实政治环境对士人出处方式的影响，以及由此而有的士人心态的变化。魏晋更替之际，面对进退失据的出处困境，阮籍的心态是徘徊与孤独。其徘徊于出处两端的出处方式并不为时代所认可，也并非自觉选择，所以是孤独的。西晋士人的心态是困苦与哀伤。如同阮籍一样，西晋士人也是困苦于出处两端，无可寄托，唯有通过各种哀情之抒发，宣泄人生、政治、出处之悲苦。东晋士人心态可谓是超越与自由。大隐意味着对出处关系的统一，从而能在玄言、山水中获得精神之超越与自由，进而追求雅化的生活方式。从东晋到萧齐，谢灵运等人将山水从玄言中独立出来，奠定了山水在出处矛盾中的基本意义，山水成为士人在官场之外的逃遁之地。梁朝士人的心态是柔弱、疲倦与矫饰。 随着大隐的普遍被接受，从魏晋以来的出处矛盾得到化解，但也导致进取精神的丧失。 初、盛唐中下层士人的心态可谓是悲而壮。 在进取之路上备受挫折却愈挫愈勇，痛苦交织着希望，吟唱出慷慨激越的盛唐之音。 从王维的亦官亦隐到韦应物的郡斋之隐，再到白居易的中隐，以及韩愈、姚合的私人天地，都是在探索如何再次统一出处关系，中隐的出现意味着出处关系在理论上较为圆融的统一，士人心态经过动荡又归于平静。

魏晋至南朝经过出处关系的矛盾与统一，提炼出大隐的范畴；从初唐到中唐，则是中隐的出现。 大隐与亦官亦隐、中隐有内在的延续性：首先，虽然在处理仕与隐的关系上有所不同，但三者都是以仕为隐、出处同归，在一定意义上都可以称之为吏隐；其次，虽然对于儒释道的具体接受有所不同，但三者都受到儒释道的影响；其三，三者都以"神形分殊"为指导思想，无论是大隐的神超形越，还是亦官亦隐与中隐的身心相离，均表现出内在超越的特点；其四，三者均以个人生活的闲适逍遥为目的，并且这种闲适逍遥都指向艺术化的人生方式。

经过漫长而痛苦的探索与实践，中古士人总结出中隐的出处方式。其意义在于：对出处矛盾的较为彻底的消解使他们可以心安理得地出仕，不必如前人那样焦虑于隐显出处之别；对吃饭睡觉、语默动静的肯定使他们可以充分享受日常生活，或者说，中隐的出处方式促使士人自觉地在日常生活中探求人生的价值与意义，从而与南宗禅师一样，成为修证一如的生活艺术家。

（二）美国汉学家列文森在分析中国明代官员时，说过一段很著名的话：

他们是全整意义上的"业余爱好者",和人文文化的娴雅的继承者。他们对进步没有兴趣,对科学没有嗜好,对商业没有同情,也缺乏对功利主义的偏爱。他们之所以能参政,原因就在于他们有学问,但他们对学问本身则有一种"非职业"的偏见,因为他们的职责是统治。①

所谓"业余爱好者",包含两方面的含义:一方面,官员在取得官员资格的考试中,所考察的并非行政能力,而是文学与道德知识。② 它所涉及的是科举制度,即官员的选拔并非依据官员所需要的专业知识,从这个角度讲,"业余"所强调的是官员并非专业出身。 另一方面,作为文化的创造者和鉴赏者,他们同样是业余的,因为他们并非职业艺术家,他们的身份是官员,他们对艺术的理解并非是按照职业艺术家的标准,此即"'非职业'的偏见"。③ 这两方面结合起来就意味着,士人

---

① 列文森:《儒教中国及其现代命运》,郑大华、任菁译,中国社会科学出版社,2000,16—17 页。

② "学者的那种与为官的职责毫不相干、但却能帮他取得官位的纯文学修养,被认为是官员应具有的基本素质。它所要求的不是官员的行政效率,而是这种效率的文化点缀。"(《儒教中国及其现代命运》,14 页)

③ 一个值得注意的现象是,"作为美术史上的一个时代,他(指吴道子——引者按)所代表的既是一个高峰,又是一个终结。历史上再不会有一个以'匠作'的方式从事创造和总结的画家具有像他那样崇高的地位与受到像他那样的尊敬。历史上也不再会有一个画家仅仅以'绘画'的才能而获得他那样广泛的为上层文化所注目与首肯"(陈绥祥:《隋唐绘画史》,人民美术出版社,33 页)。在唐人所著的画论中,吴道子的地位远高于王维,二者完全不在同一个层次上,但在北宋苏轼的眼里,王维的成就要高于吴道子。"吴生虽妙绝,犹以画工论。摩诘得之于象外,有如仙翮谢笼樊。吾观二子皆神俊,又于维也敛衽无间言。"(《凤翔八观·王维吴道子画》,[清]王文诰辑注,孔凡礼点校:《苏轼诗集》,中华书局,1982,109—110 页)王维并(转下页)

作为官员是业余的，作为文人也是业余的，文—官二重身份皆是业余。就文之业余而言，艺术对于士人，并非作为谋生手段的职业，而是政务之余的休憩之地，借助于艺术的创作和欣赏，他们摆脱了来自于官员身份的种种束缚。在此意义上可以说，通过艺术，士人得以在官与文的身份、群体秩序和个人自由之间获得一种平衡。如果上溯到魏晋时期，我们可以说，这是对名教和自然的统一。

这种意义上的艺术之范围十分广泛，诗词茶酒、琴棋书画、山水园林、参禅悟道、文房四宝、木器瓷器，乃至日常生活中的衣食住行等等，皆可成为艺术，皆可作为士人体悟超越与自由的承载之地，这也就是本文所说的私人天地。① 通过被名教所允许的私人天地的确立，通过

（接上页）非凭借其画，而是凭借其诗，确切地说，是凭借其诗表现的人格、绘画之境获得苏轼的肯定。如苏轼对文同文艺的评价，"与可之文，其德之糟粕。与可之诗，其文之毫末。诗不能尽，溢而为书。变而为画，皆诗之余"。（《文与可画竹屏风赞》，《苏轼文集》，614页）在此后绵延千年的绘画史上，王维的地位不断递增，直至被董其昌尊为南宗画精神鼻祖。其最主要的原因也许就在于作为艺术作品的创作者、鉴赏者，以及艺术史的书写者，均是非职业化的、"业余"的文—官。随着科举制的完善，文—官的审美趣味和审美思想主导了此后的美学发展史。

① 不妨再引苏轼的两段话为例，《书临皋亭》："东坡居士酒醉饭饱，倚于几上，白云左绕，清江右洄，重门洞开，林峦坌入。当是时，若有思而无所思，以受万物之备，惭愧！惭愧！"（孔凡礼点校：《苏轼文集》，中华书局，1986，2278页）《与子明兄一首》："吾兄弟俱老矣，当以时自娱。世事万端，皆不足介意。所谓自娱者，亦非世俗之乐，但胸中廓然无一物，即天壤之内，山川草木虫鱼之类，皆是供吾家乐事也。"（《苏轼文集》，1832页）两文皆作于黄州时期，因"乌台诗案"被贬黄州是苏轼人生的低谷，政治上等于是囚犯，生活上更是极其困苦，需要亲自垦荒种粮，诗人却能在其中体悟逍遥适意的自得之乐，其原因当然很多，但应该也有私人天地的作用。《苏轼文集》卷七十三中有专门的"草木饮食"，如《种松法》、《记惠州土芋》、《煮鱼法》、《真一酒法》等，均作于被贬期间，反观其在京为官期间，对于繁华奢靡的东京饮食，则几乎没有任何记载。也许可以说，因为被贬，所以有时间，也有必要通过日常生活的审美化建构以消解出处矛盾。正如学界早已指出的，苏轼的文艺佳作大多作于被贬时期，这与其自觉通过文艺化解出处矛盾的努力应有一定关系。

私人天地艺术化、审美化的建构，士人们无须对抗，或逃离名教，就能体味到自然的乐趣，身在庙堂而心游山林。 西晋乐广说："名教中自有乐地。"（《晋书》卷四十三《乐广传》）在当时，这句话并无具体的理论支撑与现实基础，只能说是一种设想和目标，不过以之移用于中唐士人的私人天地，则颇为恰当：一方面，私人天地并无政治诉求，是对私人日常生活的艺术化、审美化建构，因此，是名教所允许的；另一方面，私人天地的核心是闲适逍遥，在这个意义上说，是真正的"乐地"，因此，是士人乐意接受的。

私人天地对于美学的意境范畴具有深刻影响。 作为美学范畴的意境诞生于中唐，并非偶然，它既受到佛学的影响，也是美学自身演变的结果，同样应该与中隐的出处方式有关。 中隐意味着身陷于尘俗之象内，心则向往超越之象外，这是一种境界之超越，即，无关乎人的实际存在，而是求得一己内心境界之改变。 中唐之后，封建政治日趋没落，士人们无法挽救，只有躲进自己的内心。 中国美学的内倾性、超越性，或者说内在超越性也许在于此：社会越是混乱，人生越是困苦，审美意境的重要性就越是突出，无论外面有多少惊风密雨，借助于艺术化的人生方式，士人可以在私人天地中建构一个审美意境，由此，身虽陷于动荡、嘈杂的现实中，心则可游于无限的自由与宁静中。

在此意义上，审美又影响到士人的出处方式。 在艺术化的人生方式中，他们消解了兼济天下的雄心，淡漠了理想受挫的痛苦，不再执着于出处之对立。 这意味着由中隐导出的艺术化人生方式形成以后，又反过来影响到士人心态，并进而影响到士人的出处方式。 如果说一开始是社会现实影响士人的出处方式，进而通过士人心态对审美产生影响，简而言之，即，社会现实→出处方式→士人心态→审美；那么，随着私人天地的确立，审美又反过来影响到士人心态，并进而影响到士人对待社会现实的态度。简而言之，即，审美→士人心态→出处方式→社会现实。

对于此后的士人而言，由于现实环境的变化，他们在不同阶段内也许会侧重于出处之一端，但将出与处完全对立、割裂的做法已经不是主流，出处互补或出处相融成为基本模式。支撑这一模式的途径是私人天地。从北宋至明清，士人在艺术化的人生方式上何其精致、何其繁复、何其细微地费尽心力，乐此不疲，流连忘返。一方砚台，一把椅子，一套茶具，一个盆景，都有深厚的文人雅趣蕴含其中，都能成为调节出处关系的载体。① 随着私人天地的确立与不断完善，士人在出处问题上少有进退失据的彷徨与困苦，而更多进退自如的从容与宁静。这意味着出仕、私人天地与审美之境相互补充，成为大多数士人遵循的出处方式、人生方式与审美方式，套用"据于儒，依于老，逃于禅"的格式，即，据于庙堂，逃于私人天地，游于审美之境。② 联系此后的中国

---

① 王毅："中国古代士大夫隐逸文化、园林，甚至一幅山水画、一首田园山水诗，之所以具有自己独特、丰富的内涵，其原因之一也就在于：作为它们基础的士大夫阶层与集权制度间高度发达的平衡关系，在世界其他民族文化中是根本没有的。"(《中国园林文化史》，209 页)

② 兹举两例略作说明：其一，欧阳修作为北宋名臣，晚年自号"六一居士"，即藏书一万卷，三代以来金石遗文一千卷，琴一张，棋一局，酒一壶以及自己一介老翁，这六个一作为修身养性、调节出处的私人天地，在士人中颇具代表性，不过后世士人可乐之事远大于六。其二，稍后的李公麟为著名画家，但他身边的朋友很少以画家视之，反而要竭力否认其画家的身份。苏轼称之为"吏隐"："伯时有道真吏隐，饮啄不羡山梁雌。丹青弄笔聊尔耳，意在万里谁知之。"(《次韵子由书李伯时所藏韩干马》，[清]王文诰辑注，孔凡礼点校：《苏轼诗集》，1504 页)黄庭坚则称之为"画隐"："李侯画隐百僚底，初不自期人误知。戏弄丹青聊卒岁，亦如阅世老禅师。"(《咏李伯时摹韩干三马次苏子由韵简伯时兼寄李德素》，[宋]黄庭坚撰，[宋]任渊、史容、史季温注，刘尚荣点校：《黄庭坚诗集注》，中华书局，2003，253 页)较之于绘画技巧的优劣，苏、黄，或者说士人更为重视的是"聊尔耳"、"聊卒岁"的创作态度，这是大有深意的。也许可以说，他们所重视的是私人天地意义上的绘画。

美学史,可以看到,这一模式的影响是极其深远的,进而言之,它对于中国文化史、政治史均有重要影响。①

(三)二十世纪三十年代,林语堂先生的《生活的艺术》(The Importance of Living)在美国引起巨大反响。在谈到写作此书的缘由时,林先生说:"中国诗人旷怀达观、高逸隐退、陶情遣兴、涤烦消愁之人生哲学……正足于赶忙帮助美国人对症下药。"他称这种人生哲学为"闲适哲学",认为这是人精神上的"屋前空地"。"闲适哲学"落到现实中,是一种"半半"的生活方式:"我相信这种'半半'的生活,不太忙碌,也不完全逃避责任,能令人日子过得舒舒适适。"②形成这一生活方式的原因固然很多,其中也应包括士人对出处关系的思考与实践。

在当代社会中,古代士人的文官身份已经不复存在,出处矛盾也无从谈起。但对于在为生计而"赶忙"的今人而言,也许在奔波劳碌于生计的同时,通过对日常生活的艺术化建构,也可以偶尔游心于超尘脱俗、清幽恬淡的私人天地。

二、推 论

如同很多学科一样,中国美学也是 20 世纪初在西学东渐的背景下,受西方学科分类思想而建立的。从 20 世纪 80 代开始,多种中国美学史著作出版,这对于当代中国美学研究具有重要意义。但关于中国

---

① 金诤:"除了中国,世界上还没有哪一种古代文化能够在几千年间未曾中断地持续下来,也没有哪一个国家能够在两千年的漫长历史中大体稳定地维持着疆域广大的统一形态,这不能不在很大程度上归因于中国古代特有的文官政治。"(《科举制度与中国文化》,上海人民出版社,1990,4页)也许可以说,士人通过私人天地调节名教与自然的关系、消解出处矛盾,对于文官政治的发展具有重要意义。

② 林太乙:《林语堂传》,东北师范大学出版社,1994,153页,158页。

美学史如何写的反思与讨论也一直没有终止，其原因也许主要在于，中国传统的美学资料包罗万象，涉及哲学、文学与艺术等诸多方面，①如果用某一种命题或范畴来演绎，难以见其全"美"；如果从生活现象或时代风尚来归纳，又难以称之为"学"。因此，如何在前人基础上重写中国美学史，是美学界关注的一个热点话题。

如果我们将目光从作为客体的文献资料转移到作为主体的创造者和鉴赏者，也许会提供另一种观照角度。就古代政治、历史而言，阎步克先生说："士大夫政治是中国古代社会非常富于特征性的现象。它是了解这个社会历史的重要线索之一。"②就文学而言，李春青先生说："只有牢牢抓住士人阶层这一主体维度，才能较准确地理解中国古代文学价值观的奥秘。"③就美学而言，张法先生说："士人是大一统中国的整合力量，同时也是大一统美学的整合力量。……就整体——部分关系中强调整体来说，只有一个美学，由士人来思考的中国美学。在这一意义上，中国美学就是士人美学。"④士人是中国古代政治、文化中极其重要的一个阶层，从士人的角度考察中国美学史，对于我们理解、重写中国美学史，也许是不无裨益的。

（一）士人身份：文与官的二重性。士人是中国古代国家实际的统

---

① 中国美学研究者也许都会有此感受，在引进西方的"美学"这一范畴之后，再以之观照中国古代文献，在不同程度上几乎都与美学有关联。一个数据也许能说明这一问题，叶朗先生总主编的《中国历代美学文库》(高等教育出版社，2003)除索引卷外，共18卷，1000多万字，这还是就其辑录的资料而言，若就其所用的资料来源而言，几乎涉及经、史、子、集各个方面。

② 阎步克:《士大夫政治演生史稿》，北京大学出版社，1996，465页。

③ 《乌托邦与诗：中国古代士人文化与文学价值观》，北京师范大学出版社，1996，6页。

④ 张法:《中国美学史》，四川人民出版社，2006，292页。

治者，对于士人阶层的演变及其特征，阎步克先生在《士大夫政治演生史稿》中有详细而全面的考察：

> 在中华帝国的漫长历史之中，"士"或"士大夫"这一群体具有特别重要的地位，当我们着重去观察那些政治—文化性事象之时，就尤其如此。从战国时期"士"阶层的诞生，此后有两汉之儒生、中古之士族，直到唐、宋、明、清由科举入仕的文人官僚，尽管其面貌因时代而不断发生着变异，但这一阶层的基本特征，却保持了可观的连续性。就其社会地位和政治功能而言，我们有理由认为他们构成了中华帝国的统治阶级；中国古代社会的独特政治形态，自汉代以后，也可以说特别地表现为一种"士大夫政治"。①

大致而言，在中国古代社会的金字塔结构中，②处于顶端的封建君主其实对于庞大而繁杂的日常管理并无多少影响，大多数君主被身边的宦官与妃嫔包围，对于自己的帝国也许可以说非常陌生；处于底端的一般黎民更是被管理、被教化的对象，其作用在一般情况下也许主要是纳税与劳役；帝国的核心是位于金字塔中间的士人阶层。③ 无论是中国古代政治，还是文化，皆与士人密切相关。 或者说，在中国古代历史上的士人具有二重身份：文人（学者）与官员（scholar-official、scholar-

---

① 阎步克：《士大夫政治演生史稿》，1 页。
② 张法先生绘有此金字塔图，参见《中国美学史》292 页。
③ 费孝通："握有无上政权的天子，固然可以在政权的占有上一丝不让人，但是幅员辽阔的天下，却不能一手经管。他虽则未始不想凡事亲理，天子还是人：还是有实际的限制，所以他不能不雇佣大批官僚。"（《论绅士》，《皇权与绅权》，上海观察社，1948，5 页）

bureaucrat、literati and officialdom)。①

美国汉学家包弼德说:"在士从门阀向文官,再向地方精英的转型中,文化和'学'始终是作一个士所需的身份属性。"②这段话不仅适用于唐宋士人,同样适用于从先秦以来的所有士人。"文"可以是文化、学术,也包含文学,历代士人的侧重点并不完全一致。 两汉之儒生重视的是道德与教化,中古士族青睐于解脱与自由;唐宋明清之文人官僚则随着科举内容的不同,在诗赋、策论与经义间变化。 阎步克指出,汉代士人的身份经过了儒生与文史从分裂到融合的过程,融合的结果就是士大夫③。 在此意义上可以说,汉代士人所信奉的儒家教化之文与所从事的官的工作是统一的。 两汉士人自觉地将个人与天下融为一体,"经夫妇、成孝敬、厚人伦、美教化、移风俗"④不仅是文,也是官的主要目的。 在汉赋中、在汉乐府中,都可看出其文是为君主苍生而作,与官的工作并无本质区别。 这也许可以从一个侧面解释汉代文学艺术不太兴盛的原因,因为对于汉代士人而言,文和官的二重身份并无多少矛盾与冲突之处,其所理解之文已较为充分地在官的工作中展开。

汉末是一大转变,大一统政治的崩溃导致大一统思想的崩溃,士人不再以君主苍生为念,而更多关心个人之解脱与自由,汤用彤先生说:

---

① 参见阎步克《士大夫政治演生史稿》第一章第一节"关于士大夫的'二重角色'"。对于士人的界定,学界多有探讨,其间仍有诸多分歧,此非本文主旨,故不作充分讨论。就本文之主题而言,文与官是士人的基本属性。吴晗说:"照我的看法,官僚,士大夫,绅士,知识份子,这四者实在是一个东西。"(《论士大夫》,《皇权与绅权》,68 页)本书所说的士人所突出的是其中"官僚"与"知识份子"的身份。

② 包弼德:《斯文:唐宋思想的转型》,刘宁译,80—81 页。

③ 阎步克:《士大夫政治演生史稿》,484 页。

④ 李学勤主编:《十三经注疏·毛诗正义》(上),北京大学出版社,1999,10 页。

"故其时之思想中心不在社会而在个人，不在环境而在内心，不在形质而在精神。于是魏晋人生观之新型，其期望在超世之理想，其向往为精神之境界，其追求者为玄远之绝对，而遗资生之相对。从哲理上说，所在意欲探求玄远之世界，脱离尘世之苦海，探得生存之奥秘。"①因此，士人之文不再局限于儒家之道德伦理，而更重视个人情感的宣泄与个人自由的诉求。时局之动荡、环境之险恶使得官的理想成分大大削弱，尤其是九品中正制的实行，形成了门阀士族与寒门庶族的分化，士族占据高位而轻视实务，庶族辛苦操劳而沉沦下僚，因此，士人之出仕为官虽有多种原因，但往往较少如汉代士人以君王苍生己任者。在此意义上可以说，对于魏晋南朝的士人而言，文和官的二重身份是分裂的，但同样并无多少矛盾与冲突之处，对于士人而言，作为官员，其关注的并非能否实现儒家之理想；作为文人，其主要目的同样与儒家思想无关，在失去了两汉士人所信奉的儒教的心灵母体之后，士人迫切需要寻找新的生命价值之所在。这也就是学界常说的人的觉醒，不过，这种觉醒是痛苦的，也因为这种痛苦的探索，才导出了魏晋南北朝时期审美的觉醒。②

隋唐开始推行科举制，不过真正受到重视是在武则天时期。为了打压李唐政权所依赖的关陇士族，武则天通过科举考试选拔庶族士人进入统治机构，由于没有门第、家族可以庇荫，通过科举进入统治机构的

---

① 汤用彤：《魏晋玄学论稿》，196 页。

② 宗白华先生的一段话是研究者十分熟悉的："汉末魏晋六朝是中国政治上最混乱、社会上最苦痛的时代，然而却是精神史上极自由、极解放，最富于智慧、最浓于热情的一个时代。因此也就是最富有艺术精神的一个时代。"（宗白华：《美学散步》，上海人民出版社，2005，356 页）

庶族地主必须紧紧依赖皇权。 宋代，在轻武重文的治国思想背景下，科举制进入全盛期，无论是在数量上，还是在实际权力上，都达到了巅峰，甚至有"与士大夫治天下"之说。① 中国文化也进入最璀璨的时期，至此，门阀士族基本退出政治舞台，文官政治成为此后封建政权的基本模式。② 就"文"而言，无论具体考试的内容是诗词还是策论，与此后为官的政务并无直接联系。 换句话说，士人通过科举出仕为官，虽然有专门的胥吏和幕僚协助，但决断者仍主要是为官之士人，而此前为考试而准备的、士人所熟悉的文对于为官所需要之行政能力可以说并无直接帮助。③ 马克斯·韦伯将科举考试称为"士大夫的文化考试"，他的一段话可以说代表了西方学者的普遍感受："字斟句酌、词藻华丽、旁征博引、纯正细腻的儒学教养，这一切被奉为高雅之士的谈吐典范，一切实际政务则被拒之门外。 我们很奇怪，这种囿于经典的理想化的'沙龙'修养何以能治理大片的国土。"④

这意味着士人的二重身份出现矛盾，兹以白居易为例论之。 就其为官之身份而言，所谓"食君之禄，忠君之事"，在《白居易集》中，有大量的制诰、奏状、判等，即是其忠君之事的表现。 兹列举几篇判的题目：《得乡老不输本户租税。 所司诘之，辞云：年八十余，岁有颁赐；

① 此语出自李焘《续资治通鉴长编》卷二二一。吴晗对此有精审阐述，参见《论皇权》第一节"谁在治天下"，《皇权与绅权》，42 页。
② 此后并非没有变化，如元朝很长时期废除科举制，即使后来恢复，也只具有象征意义，通过科举进入统治阶层的士人微乎其微。明清的文官格局则伴随着皇权的高度压制而在政治上渐渐萎缩。
③ "封建中国的科举考试，就技能方面说，只是一种文学考试，不论诗赋、策论、经义、八股，都是如此。这跟中国文化中悠久的'尚文'传统有关。"（金诤：《科举制度与中国文化》，22 页）
④ 马克斯·韦伯：《儒教与道教》，王容芬译，商务印书馆，1999，183—184 页。

请预折输纳。 所由以无例，不许》，《得乙女将嫁于丁，既纳币，而乙悔。 丁诉之，乙云：未立婚书》，《得甲妻于姑前叱狗，甲怒而出之。诉称非七出。 甲云：不敬》，《得乙以庶男冒婚丁女，事发离之。 丁理馈贺衣物；请以所下聘财折之。 不伏》。 无须详细列出其内容，仅从这些题目就可看出：这些层出不穷的鸡毛蒜皮之事何其琐碎，它与士人为获得官僚身份而准备的诗赋文章相距何其遥远。《白居易集》中也有大量为应制举而作的《策林》，也是针对时事而发，其所论之范围不可谓不广，但多为侧重于理论层面的言论，其欲展现的主要是雄才大略的胸怀，与家长里短的琐碎之事相距甚远。 在此意义上可以说，出仕之前的准备与出仕之后的现实构成了士人的一个基本矛盾，在文与官的二重身份之间存在着矛盾。 如何化解这一矛盾？ 一方面，在工作中尽力做一个"循吏"，在前文论述韦应物、白居易的郡斋诗时，我们已引用宋人朱长文的话，认为"若韦应物、白居易、刘禹锡，亦可谓循吏，而世独知其能诗耳"。 我们今天仰慕的大多数文人，其实作为官，他们笔下更多的也许是案牍公文，但大多数往往有意或无意地流失了，因为对于其自身而言，往往更为重视文的身份，对于后人的接受而言，更是强调其文人的形象；另一方面，在私人生活中通过各种文艺活动恢复文的身份。 因为这种努力，文艺再次灿烂。 李泽厚先生说："正是在这一时期，出现了文坛艺苑的百花齐放。 它不像盛唐之音那么雄豪刚健、光芒耀眼，却更为五颜六色，多彩多姿。 各种风格、思想、情感、流派竞显神通，齐头并进。 所以，真正展开文艺的灿烂图景，普遍达到诗、书、画各艺术部门高度成就的，并不是盛唐，而毋宁是中晚唐。"①元、

---

① 李泽厚:《美的历程》,148 页。

白、韦、柳的诗，韩愈的文，颜真卿、柳公权的书法，张璪的绘画，张彦远的《历代名画记》，都是在中唐出现。《旧唐书》卷一百八十九《儒学传上》云："高宗嗣位，政教渐衰，薄于儒术，尤重文史。于是醇醲日去，华竞日彰。" ①较之于门阀士族所尊崇的礼法，进士出身的文官阶层更青睐各种"华竞"，因为它意味着文人身份的确认。为了恢复文人身份，中唐士人不遗余力地开创各种新的文艺形式，如词、石、茶等，可以说都是在此背景下兴起。②

（二）士人二重身份对中国美学的影响：以雅集为例。阎步克先生说："如果从士大夫之学士—官僚二重角色入手，我们也能够由表面的和谐进而察觉到内在紧张的存在，它也伴随着许多特有的政治、文化现象和问题。……譬如说，这些特有的政治或文化性的紧张，就显现为'道'与'势'的冲突、'士'与'民'的冲突、'礼'与'法'的冲突、'学'与'用'的冲突，以及'仕'与'隐'的冲突，等等。"③就对士人心态及中国美学的影响而言，阎先生所总结的这几种冲突并非相互割裂，而是共同作用的。在此，我们尝试通过对雅集的解读彰显士人二重身份对于中国美学的影响。就雅集而言，其中就有"道"与"势"的冲突，"学"与"用"的冲突，而最主要的，还是"仕"与"隐"的冲突。

1. 邺下。东汉末年，政治混乱，宦官外戚把持朝政，士人以天下

① （后晋）刘昫等《旧唐书》，中华书局，1975，4942页。
② 此处之"文"不仅包含狭义的文学，更指向广义的文化，如中唐时期文的兴盛，就既指白居易的闲适之文，也指韩愈的载道之文，而且在同一个士人身上，就有多重之文，如韩愈，既有载道之文，也有自娱之诗，宋代如欧阳修、苏轼等人，皆是集政治家、学者、文学家、艺术家于一身，其文所包含内容更为广泛。
③ 阎步克：《士大夫政治演生史稿》，492页。

为己任,奋起抗争。但经过两次惨烈的党锢之祸,在君权的屠刀之下,士人对君主的效忠之心开始动摇,长期被士人信奉的天—君—臣的固定模式受到怀疑。《后汉书》卷六十七《党锢列传》载:李膺在第一次党禁中下狱,后遇赦归乡里,"天下士大夫皆高尚其道,而污秽朝廷"。士人为了维护刘氏政权甘愿舍弃生命,换回的却是刘氏政权残酷的镇压,这必然导致士人的离心离德。"逮桓、灵之间,主荒政缪,国命委于阉寺,士子羞与为伍。"①士人羞与宦官外戚为伍,以朝廷为污秽,不愿出仕为官,文—官一体的格局被破坏。士人从官的身份及其所承担的价值体系中逃离,转而寻求新的人生价值。

这是一个痛苦的过程,《古诗十九首》就是这一心态的表现,其基本主题是生命无常、功名无望、夫妇离别,呈现的是一个人最本真的迷惘与痛苦。邺下文学当然有其梗概而多气的特点,但同样也有与十九首一脉相承的痛苦,此即本书所论的文人雅集的第一个场所邺下所代表的意义。邺下雅集的实际主持人是曹丕、曹植兄弟。曹氏兄弟虽为华胄之身,但他们既有卓越的文学才华,同时与身边的文人又能较为融洽地交往。刘勰曰:"宋来美谈,亦以建安为口实。何也?岂非崇文之盛世,招才之嘉会哉。"②对于曹氏政权而言,是招才,邺下士人大多为曹氏属官;对于士人而言,是崇文,邺下士人大多能文,而雅集所侧重的显然是后者。曹丕在两封《与吴质书》中深情地回忆道:"昔日游处,行则连舆,止则接席,何曾须臾相失!每至觞酌流行,丝竹并奏,酒酣耳热,仰而赋诗,当此之时,忽然不自知乐也。"③"每念昔日南皮之

---

① (宋)范晔撰,(唐)李贤等注:《后汉书》,中华书局,1965,2195 页,2185 页。

② 刘勰著,范文澜注:《文心雕龙注》,702 页。

③ 《三曹集·魏文帝集》,岳麓出版社,1992,161 页。

游，诚不可忘。 既妙思六经，逍遥百氏，弹棋间设，终以博弈，高谈娱心，哀筝顺耳。 驰骛北场，旅食南馆，浮甘瓜于清泉，沉朱李于寒水，白日既匿，继以朗月，同乘并载，以游后园。 舆轮徐动，宾从无声，清风夜起，悲笳微吟，乐往哀来，怆然伤怀。"①这奠定了后世各种雅集的基本模式：在一个相对独立而封闭的空间中，身份相近之士人以文会友，在琴棋书画、诗酒风流中体味身心之逍遥。 就邺下而言，在这种交融着痛苦（来自于生命之有限）与欢乐（来自于诗、酒、音乐、对经典之研讨）的雅集中，不仅能有同类相求的酬唱往还，还有对文的深入探讨。 正是在这种雅集中，生之欢乐、死之恐惧——浓烈的个人情感得以宣泄，是为人之觉醒；与之相连的是文的觉醒。 文的觉醒的重要标志是曹丕的《典论·论文》，其文曰："年寿有时而尽，荣乐止乎其身，二者必至之常期，未若文章之无穷。 是以古之作者，寄身于翰墨，见意于篇籍，不假良史之辞，不托飞驰之势，而声名自传于后。"②可以说，其对文的理解与汉代的功利主义思想无关，只是出于对死亡的恐惧，将文章作为个人生命的另一种延续。 换句话说，曹丕是将文从官所代表的伦理、教化的附庸中抽离出来，文不再是从属于官所代表的伦理、教化，而是属于一己私人情感的表现，此即文的觉醒。

2. 兰亭。 邺下之后，从曹丕篡汉到司马炎篡魏再到西晋灭亡，不到百年时间，却有着难以想象的混乱与动荡。 士人身处其间，无可逃避，无所适从，从竹林到金谷，被杀士人之多，即使是在整个中国历史上，也是触目惊心。 因此，当琅琊王司马睿在建康登基后，虽然只是偏

---

① 《三曹集·魏文帝集》，160—161 页。
② 《三曹集·魏文帝集》，178 页。

安一隅，但渡江而来的大多数士人已经心满意足，在汉末魏晋以来的历史背景下，在北方混战不休、生灵涂炭的空间对照下，江左得之不易的安定显得格外珍贵。也许可以说，在整个魏晋南北朝，唯有东晋一朝，政治环境相对安定，士人心态相对从容。作为门阀士族，既无君权之压迫，也无经济之困窘，因此，士人或是不屑出仕，更多的是出仕而不问官事。《晋书·刘惔传》载："孙绰为其作诔云：'居官无官官之事，处事无事事之心。'时人以为名言。"①再如，"王子猷作桓车骑参军。桓谓王曰：'卿在府久，比当相料理。'初不答，直高视，以手版拄颊云：'西山朝来，致有爽气。'"②桓冲作为王子猷（即王羲之第五子王徽之）的上司，提醒他适当料理一些官务，王子猷完全是答非所问，在言约旨远、既有玄理又有诗意的回答中，透露的是对自己文的身份的自傲。

因此，士人文—官的二重身份仍然是分裂的，士人的主要兴趣在于文。需要注意的是，此"文"并非纯粹的文学，恰恰相反，作为东晋文学的主要形式，玄言诗因其枯燥乏味、缺少艺术感染力在历史上一直备受批评。东晋士人所感兴趣的文是广义的，包括哲学、宗教、艺术等一切可以获得精神超越的文化形式——这也是本书所讨论的文—官二重性中文的含义。在经历了那么多的动荡与混乱之后，他们需要的是精神的超越与自由，这正是兰亭雅集的意义所在。"散"是《兰亭诗》中反复出现的词汇，"时来谁不怀？寄散山林间"（曹茂之）③，"消散肆情志，

---

① 《晋书》，中华书局，1986，1992 页。
② 余嘉锡：《世说新语笺疏》，775 页。
③ 逯钦立：《先秦汉魏晋南北朝诗》，909 页。

酣畅豁滞忧"（王玄之）①，"豁尔累心散，遐想逸民轨"（袁峤之）②，"散怀山水，萧然忘羁"（王徽之）③，"散豁情志畅，尘缨忽已捐"（王蕴之）④。 也许可以说，"散"就是从现实世界的各种束缚与烦恼中超越出来，获得精神的超越与自由。

　　作为兰亭雅集的主人，王羲之的《兰亭集序》流传千古，其两首《兰亭诗》同样值得重视，其二为："三春启群品，寄畅在所因。 仰望碧天际，俯瞰绿水滨。 寥朗无厓观，寓目理自陈。 大矣造化功，万殊莫不均。 群籁虽参差，适我无非新。"⑤ "寄畅"也是散怀之意，"在所因"是从当下的、触目可及的现象中获得精神的萧散。《世说新语·言语篇》载："东晋简文入华林园，顾谓左右曰:'会心处，不必在远，翳然林水，便自有濠濮间想也，觉鸟兽禽鱼，自来亲人。'"⑥简文帝与王羲之等人生活于同一时期，可以说，王弼哲学的"得意忘象"到了东晋士人这里，就成了从当下的日常生活中体悟玄远的哲理，反过来说，玄远、抽象的哲理就蕴涵在当下浅近的日常生活中，此即"寓目理自陈"，形而上的哲理就在形而下的生活中。 只要能够"得意"，用超越的思想境界去观照当下的生活现象，即使是最平常的事物也会有玄理的意蕴，此即"适我无非新"。 这意味着文不再只局限于传统的学术文章，还包括

---

①　逯钦立:《先秦汉魏晋南北朝诗》,911 页。
②　逯钦立:《先秦汉魏晋南北朝诗》,911 页。
③　逯钦立:《先秦汉魏晋南北朝诗》,914 页。
④　逯钦立:《先秦汉魏晋南北朝诗》,915 页。
⑤　逯钦立:《先秦汉魏晋南北朝诗》,895 页。
⑥　余嘉锡:《世说新语笺疏》,120—121 页。

在日常生活中所出现的一切普通的细微的事物①。 一方面,"文"的范围扩大了,从学术文章进而扩展至日常生活;另一方面,士人对"文"的理解改变了,既非汉代的教化工具,也非汉末以来的情感宣泄,而是个人精神的超越与自由。 在一定意义上可以说,这两点奠定了此后士人"文"的基本内容。

就士人而言,因为这种超越,所以能从有限的、多变的生活现象中体悟到无限的、永恒的哲理;又因为这种体悟,所以心灵不会受现实干扰,不会或喜或悲,心烦意乱,而呈现为一种淡泊、宁静的精神境界,从审美上讲,这是一种雅的审美趣味。 对于雅的含义及其在中国美学史上的重要意义,学界已有充分探讨,本书于此需要指出的有二:其一,雅是士人特有的审美趣味,雅与士人文—官二重身份的分离密切相关,因为官的身份意味着俗,文的身份就需要突出雅,以雅的审美趣味来彰显文的身份。 其二,雅来自于超越的精神境界,只有境界高远,才能不为现实困扰,《世说新语·雅量篇》记载的大多是此类故事。 雅量来自于玄理,玄理属于文,在此意义上,雅来自于士人文的身份。

3. 南朝至中唐。 南朝政权更替频繁,君王多出身寒族,依靠军队与权谋篡夺皇位。 一方面,对门阀士族既有利用,更多的是打压,留给士人的独立空间十分狭窄;另一方面,雅集大多以君主王侯为中心,士人只是作为文学侍臣出现,难以展现自身的思想和趣味。 即使是在南朝最为太平、文治最盛的刘宋元嘉时期,士人的处境依然十分困苦。

① 罗宗强:"琴棋书画,中国士人用来表现自己特出的文化素养的生活方式,在东晋士人的生活中已具规模了。他们爱竹、爱松柏、爱鹤、爱山水与园林,也和他们爱琴棋书画一样,是他们的生活内容、生活方式,也是生活情趣。"(《魏晋南北朝文学思想史》,133页)

谢灵运在《拟魏太子邺中集诗八首序》中，借曹丕之口说："建安末，余时在邺宫，朝游夕燕，究欢愉之极。……古来此娱，书籍未见。何者？楚襄王时，有宋玉、唐、景。梁孝王时，有邹、枚、严、马，游者美矣，而其主不文。汉武帝徐乐诸才，备应对之能，而雄才多忌，岂获晤言之适！"①表面上是讥讽楚襄王、汉武帝，其实是批评宋文帝既"不文"，又"多忌"。邺下、兰亭的以文会友、如切如磋如琢如磨的雅集，如同士人的地位一样，已经风光不再。

隋唐以来，随着科举制的实行，庶族士人进入统治机构。较之于门阀士族，科举及第的文人无门第可依赖，除了紧密依附君权之外，唯有同类可以相求，因此，对于科举及第的庶族士人而言，彼此之间的联系尤为重要。这种联系既是政治利益的，如中唐时期著名的朋党之争，在陈寅恪看来，其本质即是门阀士族与新科进士之间的竞争；也是文化思想的，如中唐时期韩愈等人的"道统"说，在很多论者看来，是无门第可依的进士阶层为了对抗君权强大的"势统"。就文而言，中唐士人承续东晋士人，在广度和深度上都进一步拓展日常生活与文的联系。琴棋书画、茶酒药石、佛法道教、诗词歌舞、瓷器服饰，经过士人思想和趣味的灌注，平淡的日常生活、普通的寻常器物以及抽象的佛道玄理都被赋予了雅趣，成为士人涤除官场风尘、追求文人雅趣的载体。如茶，本为僧人所饮，经过士人的体验与阐释，就被赋予超尘脱俗的文人雅趣。如卢仝《走笔谢孟谏议寄新茶》："柴门反关无俗客，纱帽笼头自煎吃。碧云引风吹不断，白花浮光凝椀面。一椀喉吻润，两椀破孤闷。三椀搜枯肠，唯有文字五千卷。四椀发轻汗，平生不平事，尽

---

① 顾绍柏：《谢灵运集校注》，135 页。

向毛孔散。 五椀肌骨清,六椀通仙灵。 七椀吃不得也,唯觉两腋习习清风生。 蓬莱山,在何处。 玉川子,乘此清风欲归去……"①正是在这种风气中,中唐人陆羽撰写了中国第一部《茶经》。

从中唐开始,文人间的雅集日趋频繁。 贾晋华先生的《唐代集会总集与诗人群研究》(北京大学出版社,2001)收集了从初唐到晚唐七种集会诗歌集,从中可以看出,酬唱主体的身份从最初的君王主导逐渐下降,直到最后的下层文人。 就文艺价值而言,既不是最初的宫廷酬唱,也不是最后的游离于统治阶层之外的寒士,而是处于中间的文—官阶层成就最高,原因也许如前所论,文—官的二重身份使士人对于官的束缚最有感受,所以格外需要文的涤除。

4.西园。 士人参政在宋代达到巅峰,"盖宋之政治,士大夫之政治也。 政治之纯出于士大夫之手者,惟宋为然"②。 士人文化同样在宋代臻于巅峰,"华夏民族之文化,历数千年之演进,造极于赵宋之世"③。 这二者的同时出现并非偶然,士人与政治结合得越紧密,士人对文化的创造就越旺盛,换句话说,士人官的身份越突出,其文的需求就越强烈,文—官的二重身份具有内在的张力,既相互冲突又相辅相成,从某种意义上可以说,正是这种矛盾又统一的张力,形成了宋代文化的灿烂。

《西园雅集》传为北宋李公麟所画,对于此画以及米芾的《西园雅集图记》的真伪,学界一直有诸多争议。 但在北宋中后期,以苏轼等人为

①　(清)彭定求等编:《全唐诗》,4379 页。
②　柳诒徵:《中国文化史》,上海三联书店,2007,516 页。
③　陈寅恪:《邓广铭宋史职官志考正序》,《金明馆丛稿二编》,上海古籍出版社,2001,277 页。

中心的士人经常具有雅集，这是没有疑问的。因此，关键也许不在于讨论此画及《图记》的真伪，而在于它们所揭示的当时士人雅集的特点及意义。正如衣若芬先生所指出的："不论'西园雅集'是真实历史事件或者全为虚构都不妨碍后人对它的向往，赞叹者有之，仿效者有之，尤其对中国文人文化建立更具有标杆的作用。"①更有论者指出："它简直可以被看作是文士内心精神世界的完整呈现，有着深远的文化情结。北宋文事之盛，硕果累累，无过于元祐以后正式诞生的文人画，影响后世近千年之久的诸多文人画典范，亦在此时形成，西园作为文人文事的象征，也就具备了非同一般的意义。"②从魏晋以来的文—官文化，终至北宋而臻于极致。

衣若芬先生依照米芾的《图记》，将《西园雅集》画面布局加以分组："人物的安排在画面上大致被分为五组：第一组以苏轼为中心，王诜、蔡肇、李之仪和苏辙环绕在四周看苏轼挥毫。第二组的主角李公麟执笔正画着叙述陶渊明事迹的《归去来图》，黄庭坚、晁补之、张耒和郑靖老在旁围观。第三组是秦观坐在古桧下侧听道士陈景元弹阮。第四组有王钦臣仰观米芾题石。第五组则画了刘泾谛听圆通大师高谈无生论。"③其可注意者有三：（1）雅集地点：西园。从魏晋开始，私人园林成为士人调节文—官矛盾，修身养性的重要场所，伴随着士人文—官身份的演变，园林成为中国文化的一个重要内容。诚如任晓红先生所说："中国古典园林的一个基本追求便是可居、可行与可游、可赏的统一。……园林成了中国文化的重要承载体：人们生活于其间，游

① 衣若芬：《赤壁漫游与西园雅集——苏轼研究论集》，线装书局，2001，73 页。
② 赵启斌：《中国绘画史上的〈文会图〉》（中），载《荣宝斋》2005 年第 5 期。
③ 衣若芬：《赤壁漫游与西园雅集——苏轼研究论集》，49—50 页。

乐于其间，它既是实际的日常生活的场所，供人居住、读书、接待宾客、宴饮亲朋，同时也是怡情悦性、消遣精神、标榜风雅、超世独立的心理活动空间，是精神逍遥的理想天地。"①这与山水画的理念是一致的，北宋郭熙的《林泉高致·山水训》云："世之笃论，谓山水有可行者，有可望者，有可游者，有可居者。画凡至此，皆入妙品。但可行可望，不如可居可游之为得。何者？观今山川，地占数百里，可游可居之处，十无三四。而必取可居可游之品，君子之所以渴慕林泉者，正谓此佳处故也。故画者当以此意造，而鉴者又当以此意穷之。此之谓不失其本意。"②士人之所以要欣赏山水画，不是站在画外观望，而是要走入其中，融入画中的山水，以之作为自己文人思想情趣的游憩之地。

（2）雅集内容：书法、绘画、音乐、赏石、谈佛。这些内容本身并无特殊之处，但如果联系到画中人物除了僧人、道士外，其身份几乎都是官员，就会惊讶：官员为何要在私人聚会中欣赏这些？其原因即在于官员的另一重身份：文人。李公麟在画中正在画《归去来图》，陶渊明不甘官场的束缚与屈辱、挂冠而去的决绝使其成为后世具有文—官二重身份的士人精神偶像，从某种意义上可以说，陶渊明从默默无闻到北宋的炙手可热，与文—官二重身份的士人的推崇密不可分。在米芾的《图记》中，无一字涉及官员身份，反而是在篇末曰："嗟呼！汹涌于名利之域而不知退者，岂易得此耶！自东坡而下，凡十有六人，以文章议论，博学辨识，英辞妙墨，好古多闻，雄豪绝俗之资，高僧羽流之

---

① 任晓红:《禅与中国园林》,商务印书馆国际有限公司,1994,40—41 页。
② 俞剑华:《中国古代画论类编》,人民美术出版社,2000,632—633 页。

杰，卓然高致，名动四夷。"①强调的皆是参与者的文人身份。 如果将苏东坡等人皆作为文人对待，则创作与欣赏书法、绘画、音乐等行为就是正常的，因为正是要通过这些文艺活动，突出、强调参与者的文人身份。

（3）雅集主题：身份认同。 士人在雅集游于艺的活动中，既能确认自己文人的身份，又能获得彼此文人身份的认同。 从中唐开始，士人热衷给自己起名号，大多是居士、山人、道人之类，这是表明文人身份的另一种途径。 西园雅集中，苏轼号"东坡居士"，黄庭坚号"山谷道人"，米芾号"襄阳漫士"、"海岳外史"，自号"鹿门居士"，秦观号"淮海居士"，晁补之号"归来子"，苏辙号"颍滨遗老"。② 一群官员在私人聚会中谈文论艺，以与官员对立的身份自居并自得，这也许是中国古代文化一个极具民族特色的现象。 在身份相同的群体中，士人找到属于自己的群体，构建一个属于自己的精神家园。 查尔斯·泰勒指出："我们的认同，是某种给予我们根本方向感的东西所规定的，事实上是复杂的和多层次的。 我们全部都是由我们看作普遍有效的承诺构成的，也是由我们所理解为特殊身份的东西构成的。"③也许正因如此，作为体现士人"特殊身份的东西"的空间，雅集终于成为中国古代士人生活的一个不可或缺的组成部分。 包弼德说："'士学'是一个历史实

---

① 米芾：《宝晋英光集·补遗》，商务印书馆，1939，76 页。
② 余贵林《别号与心态——宋代士大夫心态研究之二》一文将宋人热衷别号的原因归结为四点，第一点是仕途多艰，第四点是崇尚隐逸。（《内江师专学报［社科版］》1995 年第 1 期）就本书的主题而言，这两点都与出处有关系。
③ 查尔斯·泰勒：《自我的根源：现代认同的形成》，韩震等译，译林出版社，2001，39 页。

体（entity），它由一群饱学诸多相同经典的读书人所构成，这些人对他们的行为价值设定许多共识，并且树立了彼此认同的身份。 这是士人的思想文化。"①对于中国古代士人而言，在雅集中，不仅能通过游心文艺，确认文人身份，更能在与同类的应和中，树立群体意识，相互认同。 因此，研究中国古代"士学"，不能忽视雅集，同样不能忽视雅集的核心：文艺。

本书于此只是粗线条地通过雅集的例子简单勾勒文—官身份二重性对中国美学的影响，尚未涉及其中具体的艺术门类，如果通过具体的艺术现象进行分析，则可以更为细致、清晰地看到文—官身份在中国美学史上的重要意义。 另外，文官身份所蕴含的冲突不仅只是出处、仕隐冲突，其对中国美学的影响也不仅只限于出处冲突。 在此意义上可以说，本书对出处矛盾及其美学意蕴的探讨只是士人（文官）与美学这一大课题中的一个子课题。

最后需要说明的是，出处问题贯穿于中国古代历史，士人对出处问题的思考绵延数千年，本书只是以中古这一阶段为对象，并且对中古的探讨也只是以若干个案为代表，远不能概括中国古代出处问题的全貌；即使是中古这一阶段，其中牵涉的诸多士人，与之相关的哲学、文学、艺术、美学问题，也非本书有限的几个专题所能概括。 因此，本书只能说是一种初步的、很不成熟的尝试，衷心期待各位方家的批评指正。

---

① 包弼德:《斯文:唐宋思想的转型》,6 页。

参考文献

说明:本书牵涉内容较多,若一一罗列,似过于芜杂,故仅列出主要古籍文献,研究性论著一概不列。

(唐)房玄龄等撰:《晋书》,中华书局,1974。

(梁)沈约撰:《宋书》,中华书局,1974。

(梁)萧子显撰:《南齐书》,中华书局,1972。

(唐)姚思廉撰:《梁书》,中华书局,1973。

(唐)姚思廉撰:《陈书》,中华书局,1972。

(后晋)刘昫等撰:《旧唐书》,中华书局,1975。

(宋)欧阳修,宋祁撰:《新唐书》,中华书局,1975。

逯钦立辑校:《先秦汉魏晋南北朝诗》,中华书局,1983。

严可均校辑:《全上古三代秦汉三国六朝文》,中华书局,1958。

阮籍著,黄节注,华忱之校订:《阮步兵咏怀诗注》,人民文学出版社，1984。

陈伯君校注：《阮籍集校注》，中华书局，1987。

（晋）潘岳著，董志广校注：《潘岳集校注》（修订版），天津古籍出版社，2005。

（晋）陆机著，刘运好校注整理：《陆士衡文集校注》，凤凰出版社，2007。

（后秦）鸠摩罗什译：《维摩诘所说经》，《大正藏》第 14 册。

（后秦）释僧肇等：《注维摩诘经》，《大正藏》第 38 册。

余嘉锡撰：《世说新语笺疏》，中华书局，1983。

顾绍柏校注：《谢灵运集校注》，中州古籍出版社，1989。

（南朝齐）谢朓著，曹融南校注集说：《谢宣城集校注》，上海古籍出版社，1991。

陈庆元校笺：《沈约集校笺》，浙江古籍出版社，1995。

刘勰著，范文澜注：《文心雕龙注》，人民文学出版社，1962。

（梁）钟嵘著，曹旭集注：《诗品集注》，上海古籍出版社，1994。

（梁）萧统编，（唐）李善注：《文选》，上海古籍出版社，1986。

（北齐）颜之推撰，王利器集解：《颜氏家训集解》，上海古籍出版社，1980。

（明）张溥著，殷孟伦注：《汉魏六朝百三家集题辞注》，人民文学出版社，1963。

（清）陈祚明评选，李金松点校：《采菽堂古诗选》，上海古籍出版社，2008。

（清）彭定求等编：《全唐诗》，中华书局，1960。

（清）董诰等编：《全唐文》，中华书局，1983。

（唐）王勃著，（清）蒋清翊注：《王子安集注》，上海古籍出版社，1995。

（唐）高适著，孙钦善校注：《高适集校注》，上海古籍出版社，1984。

刘开扬：《高适诗集编年笺注》，中华书局，1981。

（唐）王维著，（清）赵殿成笺注：《王右丞集笺注》，上海古籍出版社，1998。

（唐）王维撰，陈铁民校注：《王维集校注》，中华书局，1997。

孙望编著：《韦应物诗集系年校笺》，中华书局，2002。

顾学颉校点：《白居易集》，中华书局，1979。

（唐）韩愈著，钱仲联集释：《韩昌黎诗系年集释》，上海古籍出版社，1994。

（唐）韩愈撰，马其昶校注，马茂元整理：《韩昌黎文集校注》，上海古籍出版社，1986。

（唐）陆龟蒙著，宋景昌、王立群点校：《甫里先生文集》，河南大学出版社，1996。

（宋）道原著，顾宏义译注：《景德传灯录译注》，上海书店出版社，2010。

后 记

从 05 年动笔至今，已是十年。 本应是学术最可珍惜的十年，却有近半时光忙于谋生安家。 回首之际，多少感慨。

谨向十年来在学术、生活、精神上给我诸多鼓励、诸多关怀、诸多温暖的各位师友奉上深深的谢意。

如果可以，我想把此书作为一份微薄的礼物，献给南京大学文学院，以表达我的感激与敬畏之情。

当代一位作家在评论另一位作家时，曾如是说："她也许是现实生活的旁观者，她也许站在世界的边缘，但她的手从来都是摊开着，喜悦地接受着雨露阳光。 即使对迎面拂过的风……也充满感念之情。"

这样的人生，一定是温暖而幸福的。

2014 年 1 月 21 日

补 记

因校对之需，重新翻阅旧稿，除了对自己深深的失望更有时光流逝而学无所成的悲凉。然而，一则，研究兴趣已转移，并无新的观点，即使反刍，也只能留待以后；再则，虽是客观的学术研究，但其中融入了过往十年中诸多的人生体验。故一仍旧貌，以存昔日因缘。

书稿内容大多曾以单篇论文形式发表于诸多学术刊物，谨向各位编辑致以诚挚的谢意。

历时两年多，终于得以出版，特别感谢施敏女士和郭艳娟女士，也衷心感谢安徽教育出版社王竞芬女士。

2016 年 8 月 24 日